KB056062

50년 후의 시인

50년 후의 시인

— 김수영과 21세기

최원식 외 지음

도서출판 b

|차 례|

총론

1부 세계문학과 정전

5

2부 시와 삶의 이념

서문

실증과 정전, 그리고 담론

이 책은 김수영 50주기 기념 학술대회의 발표문들을 모은 것이다. 김수영의 50주기를 맞이하여 문화체육관광부와 한국작가회의는 한국문학의 내실과 외연을 추스르기 위해 오래 준비해왔고, 두 차례의 학술발표를 거쳐 이 책으로 열매 맺게 되었다. 1부는 김수영 문학세계를 살펴보면서 기존 연구의 여러 결락된 부분들을 거론하고, 또 정전으로서의 김수영 시의 양상들을 살펴보는 일에 초점이 맞추어져 있다. 기존의 해석적 오류들을 바로잡고, 전집 편찬과정에서 이루어진 성과와 필요사항들을 정리했으며, 한중일 문학 속의 김수영이라는 주제를 적극적으로 개진했다. 2부는 담론적 해석의 새 영역을 구성한 글들이다. 필자들은 김수영에 대한 새 면모를 구성하고 제시하기 위해 노력했다. 시인 김수영의 자의식, 최근 한국문학의 주요 논점인 젠더적 감수성, 김수영 시의 철학적 배경은 언제나 가장 기초적인 담론 사항들이다. 여기에 최근

문학론의 흐름에 견주어 김수영을 조명하는 글들도 흥미롭다.

우리는 시인의 50주기에 진행된 이 학술적 연구들이 그의 생애와 문학이 지닌 새로운 면모를 발견하고 구성하는 데 기여했기를 바란다. 그의 작품들에 대한 해석은 한국문학의 새로운 차원을 열어가는 일에서 거의 항상 선두를 차지해왔다. 이는 무엇보다도 그의 문학적 역량이, 그의 표현을 빈다면, '퍼내도 퍼내도 마르지 않는 우물'과도 같다는 사실에서 비롯될 것이다. 시에서나 산문에서나, 그리고 별도의 단행본을 통해 조명될 그의 번역작업에서나 김수영은 한국문학 담론의 보고였다. 그의 문학이 현실과 언어의 양 측면을 동시에 아우르는 논점으로 항상 정리되는 것도 마찬가지 배경을 갖고 있다. 이 학술서도 그 의도로부터 출발한 것이었다.

이 학술서 발간과 함께 김수영 50주기에는 여러 일들이 함께 진행되었다. 서울, 동경, 길림에 걸친 그의 생애가 다시 복원되었고, 마침내 그동안 추가된 그의 작품 목록을 한데 모아 전집으로 발간하였으며, 작품 해설서와 회고문집도 간행되었다. 50주기에 맞춰 그의 생애가 거쳐 간 여러 장소를 답사하여 진행된 문학지도도 곧 빛을 볼 것이다. 이 일들의 결과로 김수영 시인은 곧 '김수영학'이라는 특별한 연구 영역을 가질 수 있을 것이다. 여기에는 실증을 거쳐 생애와 작품의 정본을 확정하고 그를 바탕으로 해석적 담론의 지평을 넓혀가는 과정이 뒤따를 것이다. 이 일은 김수영을 사랑하는 한국문학인 모두의 과제가 아닐 수 없다. 그것이 3년 후 시인의 탄생 100주년이 되는 해에는 더 알찬 결실로 맺어지기를 바란다.

기획위원 모두의 바람을 모아 씀.

총론

김수영學을 위한 시론: 병풍, 누이, 그리고 풀

최원식

1. 六七翁 海士

황규관의 『리얼리스트 김수영』을 읽다가 시 「屛風」(1956)에 나오는 '해사'를 하이데거로 비정하는 어느 교수의 해괴한 주장을 접하게 되었다. 다행히 황규관은 그 현학을 "그냥 억측"[1]이라고 비판하며 시 본문에 충성하는 옳은 방법을 선택했다. 나는 김수영(金洙暎, 1921~68)의 「병풍」이 설움과의 투쟁에 봉헌되었다는 그의 분석에 원칙적으로 동의하면서 먼저 '해사'를 풀고 싶다. 해사는 시의 마지막 행에 나온다. "달은 나의 등뒤에서 屛風의 主人 六七翁 海士의 印章을 비추어주는 것이었다."[2] 병풍의 작자가 해사고 그의 인장 즉 도서(圖署)도 뚜렷하니 하이데거는 어불성설이다. 해사라는 호의 주인은 아마 김성근(金聲根, 1835~1919)일

---

1. 황규관, 『리얼리스트 김수영: 자유와 혁명과 사랑을 향한 여정』, 한티재, 2018, 154면.
2. 『김수영 전집 ① 詩』, 민음사, 1998, 96면. 이하 이 책 인용은 본문에 면수를 표시함.

것이다. 장동 김씨 벌열의 후예로 고위직을 두루 역임한 그는 서화가로도 유명하다. "屛風은 虛僞의 높이보다도 더 높은 곳에/飛瀑을 놓고 幽島를 점지한다"는 데서 보이듯 이는 '비폭'이 있는 병풍인데, 바로 그 앞의 행이 "무엇보다도 먼저 끊어야 할 것이 설움이라고 하면서"를 감안컨대, 「병풍」이 "瀑布는 곧은 絶壁을 무서운 기색도 없이 떨어진다"로 열리는 「瀑布」(1957)를 생성한 듯도 싶다. 시인 또한 이 두 시를 "나의 현대시의 출발"이라고 자부하고 있거니와,3 이 점에서도 과잉해석을 중지하고 작품의 실상에 충실한 독법이 한층 긴요하다 하겠다. 박수연이 김수명(金洙鳴)에게 전문한바, 이 해사 병풍은 가전(家傳)이다. 이 시가 쓰여진 이후 언젠가 병풍은 시인의 모친에 의해 아궁이에 들어갔다는데, '六七翁'을 어떻게 읽느냐는 문제가 또 있다. 한자가 노출된 원문을 한글로 풀면서 '육칠옹'으로 독음하는 경우가 일반적이나, '예순일곱 먹은 늙은 이'라는 해사의 자칭대로 '육십칠옹'으로 읽어야 자연스럽다.

해사 67세 때, 그러니까 1901년 어름에 제작되어 언젠가 시인 집안으로 전해진 병풍의 역사로 이 시의 배경이 한결 분명해졌으니, 한번 전문을 보자.

屛風은 무엇에서부터라도 나를 끊어준다
등지고 있는 얼굴이여
주검에 醉한 사람처럼 멋없이 서서
屛風은 무엇을 向하여서도 無關心하다

....

3. "「屛風」은 죽음을 노래한 詩이고, 「瀑布」는 懶惰와 안정을 배격한 시다. 트릴링은 쾌락의 부르죠아적 원칙을 배격하고 고통과 불쾌와 죽음을 현대성의 자각의 요인으로 들고 있으니까 그의 주장에 따른다면 나의 현대시의 출발은 「屛風」 정도에서 시작되었다고 볼 수 있고(⋯)." 김수영, 「演劇하다가 詩로 전향: 나의 처녀작」(1965), 『김수영 전집 ② 散文』, 민음사, 1998, 230면. 이하 이 책 인용은 본문에 면수를 표시함.

주검의 全面같은 너의 얼굴 우에

龍이 있고 落日이 있다

무엇보다도 먼저 끊어야 할 것이 설움이라고 하면서

屛風은 虛僞의 높이보다도 더 높은 곳에

飛瀑을 놓고 幽島를 점지한다

가장 어려운 곳에 놓여있는 屛風은

내 앞에 서서 주검을 가지고 주검을 막고 있다

나는 屛風을 바라보고

달은 나의 등뒤에서 屛風의 主人 六七翁 海士의 印章을 비추어주는 것이었
다

─『전집 ① 詩』, 96면

  시인이 "죽음을 노래한 시"라고 명토 박는 바람에 그 후 평론가/연구
자들이 '의도의 오류'에 걸려든바, 이 시는 기실 제목부터 마지막 행까지
병풍을 노래한다. 집에서 장례를 치르던 시절 죽은 이와 산 자 사이에
쳐진 병풍은 일시적으로 이승과 저승을 분별하는 약속이다. 이를 두고
두 세계 사이의 거래가 성립한다는 점에서 병풍은 장례라는 관습의
핵심이라고 해도 지나치지 않거니와, 이 빈소에는 병풍이, 그것도 해사의
병풍이 있으니 호사다. 그런데 의례에 꼭 맞는 것은 아니다. 이 시에
의하건대 이 병풍은 용도 있고 낙일도 있고 비폭도 있고 유도도 있는
화려한 그림병풍이다. 장사(葬事)나 제사에는 그림병풍을 기(忌)한다고
들었다. 예에서 어긋진 빈소의 그림병풍4이 오히려 시인으로 하여금

----

4. 김수영 집안의 신분은 무엇일까? "동대문 밖에 있는 동묘는 내가 철이 나기 전부터
   어른들을 따라서 명절 때마다 참묘를 다닌 나의 어린 시절의 성지였다."(김수영,
   「演劇하다가 詩로 전향─나의 처녀작」, 227면) 알다시피 관우(關羽)를 모신 사당으
   로 동대문 밖엔 동묘(東廟), 남대문 밖엔 남묘(南廟)가 저명한데 후자는 「廟庭의

사유를 활발히 불러일으키는 약이 되는 역설이 통쾌하다.

　이 시를 산문적으로 좀 풀어보자. "屛風은 무엇에서부터라도 나를 끊어준다"——"무엇에서부터라도"라고 에둘렀지만 병풍이 바로 죽음으로부터 나를 보호하고 있음에 안도하는 모양새가 첫 행부터 돌올하다. "등지고 있는 얼굴이여/주검에 醉한 사람처럼 멋없이 서서/屛風은 무엇을 向하여서도 無關心하다"——이 3행은 모두 병풍에 대한 묘사다. 집안을 꾸미는 격조의 장식에서 느닷없이 의례적인 침통함이 지배하는 낯선 장소로 끄들려나와 취한 듯 무심한 듯 주검을 등지고 멋쩍게 서 있는 병풍의 모습이 리얼하다. "주검의 全面같은 너의 얼굴 우에/龍이 있고 落日이 있다/무엇보다도 먼저 끊어야 할 것이 설움이라고 하면서/屛風은 虛僞의 높이보다도 더 높은 곳에/飛瀑을 놓고 幽島를 점지한다"——시인은 새삼 병풍의 그림들을 와유(臥遊)하며, 특히 "虛僞의 높이보다도 더 높은 곳에"서 직하(直下)하는 '비폭'에서 병풍의 소격효과에 감응한 바, "가장 어려운 곳에 놓여 있는 屛風은/내 앞에 서서 주검을 가지고 주검을 막고 있다"고 명징한 인식에 도착한 터다. "나는 屛風을 바라보고/달은 나의 등뒤에서 屛風의 主人 六七翁 海士의 印章을 비추어주는 것이었다"——달빛을 등진 시인이 주검을 등진 병풍을 바라보는데 달빛이 해사의 인장을 비추는 이 평명한 마무리는 말하자면 월인천강(月印千

....

노래」(1945) 배경이다. 관왕묘에 대한 이 집안의 깊은 연계는 무엇을 가리키는가? 동묘에 종로 육주비전을 대표하는 백목전(白木廛, 면포를 거래하는 점방)에서 진상한 석조물이 한 점 있다. 광서(光緖) 14년(1888)이라는 청의 연호도 흥미롭거니와, 맨 위층에 아마도 청 황제의 만수무강을 기원한 '聖壽萬歲'라는 각(刻)도 재미있다. 무신 관우는 한편 재신(財神)이다. 서울 상인들도 관우를 위했다는 증거가 이 석조물일진대, 김수영이 어린 시절 집안 어른들 따라 명절 때마다 참묘했다는 것은 시인 집안의 신분을 드러낸다고 보아도 좋을 터다. "우리 아버지는 상인이라 나는 어려서 서울의 아래대의 장사꾼의 말들을 자연히 많이 배웠다"(「가장 아름다운 우리말 열개」, 『전집 ② 散文』, 281면)는 시인의 발언까지 감안하면 김수영 집안은 서울 중바닥, 그중에서도 전통 상인에 속하는 신분일 듯싶다.

江)이다. 가까운 이의 죽음으로부터 촉발된 죽음의 내상(內傷)을 병풍을
매개로 치유하는 중중한 정신의 운동을 탁월하게 베낀 이 시는 가히
김수영 현대시의 출발이라는 자부에 전혀 손색이 없다. 다만 병풍을
주검으로부터의 단절로만 파악한 점에서는 반쪽이다. 병풍은 죽은 이와
산 자 사이를 끊어주지만 한편 이어주기도 하기 때문이다. 6·25를
정점으로 하는 참혹한 대량 살상의 시간들에 지핀 당시 시인의 처지를
감안할 때 소격하는 병풍을 발견한 성취만으로도 오롯한데, 「병풍」의
'비폭'을 다시 사유한 「폭포」야말로 진경이다. 「폭포」 역시 "懶惰와
안정을 배격한"(김수영) 교훈시가 아니다. "하나의 견고한 知的 스테이트
먼트"[5]도 시가 될 수 있다는 희귀한 예를 보여준 「폭포」는 "비상에
대한 참을 수 없는 유혹을 떨치고" "하강하는 것들을 시적 사유의 중심주
제로 삼"은 김수영식 회통을 개시(開示)한 이정표로 되기에 부족함이
없는 작품일 것이다.[6]

2. 자살과 해탈

준비위에서 처음 내게 청탁한 제목은 '21세기 문학의 위상과 김수영'이
다. 이를 '21세기 한국문학의 위상과 김수영'으로 살짝 바꿔도 난당(難當)
은 난당인데, 우선 '김수영'에 집중하면 한 가지는 확실하다 하겠다.
지금도 김수영은 살아있다. 그는 역사의 본전에 음전히 안치된 고전이
아니다. 쥘리앙 쏘렐이 현실의 벽에 부딪칠 때면 다락방에 숨겨둔 나폴레

....
5.   白樂晴, 「金洙暎의 詩世界」, 『民族文學과 世界文學』, 창작과비평사, 1978, 244면.
6.   졸고, 「'리얼리즘'과 '모더니즘'의 회통」(1999), 『문학의 귀환』, 창작과비평사, 2001,
     51~52면.

옹 초상을 몰래 들여다보고 다시 전의를 불태웠던 것처럼 그는 후배시인들의 기도처다. "그동안 김수영만 읽었다면 너무 심한 과장이 되겠지만, 때가 되면 김수영에게로 돌아가"[7]곤 했다는 황규관의 고백은 그 단적인 예다. '노동시인' 황규관은 왜 김수영으로 회귀하는가? 아시다시피 김지하의 「諷刺냐 自殺이냐」(『시인』, 1970. 7)는 김수영을 역사로 봉인하고 모더니즘을 넘어, 소시민을 넘어, 민족문학/민중문학/리얼리즘의 새 시대를 선언한 이정표였다. 그 선언은 과연 오늘날에도 유효한가?

김수영론으로서도 일급인 이 글은 1970년대 민중시가 모더니즘과 맺고 있는 복잡한 매듭을 분석한 문헌으로서도 주목된다. 김지하에게 김수영은 밖이 아니다. 그는 김수영이 "자기 자신을 죽임으로써 넋의 생활력이 회복되기를 희망한 하나의 강력한 부정의 정신이었으며, 현실모순의 육신으로 파악된 소시민성을 치열하게 고발함에 의하여 참된 시민성의 개화(開花)를 열망한 하나의 뜨거운 진보에의 정열이었다"[8]고 찬미한다. 그럼에도 그는 탄식한다, "김수영 문학의 풍자에는 시인의 비애는 바닥에 깔려 있으되, 민중적 비애가 없다"[9]고. 그리하여 플라톤이 사랑하는 시인을 자신의 '국가'에서 기름 부어 추방했듯이, 그도 김수영을 새 시대에서 배제한다. 자기 안의 김수영과 고투하면서 간신히 김수영을 방축하는 데 이른 민중시의 생성과정을 그대로 보여주는 이 산문은 구경 단순명쾌한 결론에 도착한다. "시인이 민중과 만나는 길은 풍자와 민요정신 계승의 길이다."[10]

과연 우리 시는 특히 광주를 겪은 1980년대에 김지하적인 것이 대세를

....

7. 황규관, 앞의 책, 4면.
8. 김지하, 「諷刺냐 自殺이냐」, 김지하詩選集 『타는 목마름으로』, 창작과비평사, 1982, 150면.
9. 위의 글, 151면.
10. 위의 글, 155면.

이루게 되었거니와, 그중에도 김수영을 새로이 평가하는 시도가 없지는 않았다. 20주기를 맞아 펴낸 김수영 시선집『사랑의 변주곡』(1988)은 대표적이다. 이 책에 부친 편자 백낙청의 해설「살아있는 김수영」은 제목부터 상징적인데, 김수영이 "그와 닮은 시를 써온 사람들보다, '민족문학'의 이름으로 모더니즘을 극복한 작품을 쓰고자 한 사람들에 의해 이어져왔다고 믿는다"[11]고 지적한 점이 주목된다. 김수영을 괄호 치는 경향과 김수영을 추종하는 경향, 이 두 가장자리를 여의고 민족문학이 김수영의 계승자임을 강조함으로써 김수영의 현재성을 구원하는 충정이 기룹지만, 당대 민중시는 비(非)김수영적인 것이 현실이었다. 김수영이 역사의 봉인을 따고 다시 현장 근처로 출몰하기 시작한 것은 아마도 소련의 해체를 전후한 1990년대 어름일 것이다. 그리하여 36주기를 맞아 봉헌된『살아있는 김수영』(2005)은 격세지감이다. 편자들은 물론이고 필자 거의가 민족문학/민중문학 진영이니, 편자 김명인은 말한다. "그가 세상을 떠난 지 36년이 넘었지만, (…) 그의 작품들은 지금도 마치 바로 어제 씌어지고 오늘 발표된 것처럼 우리에게 새롭게 다가온다. 그는 아직도 하나의 당면문제로서 제출되어 있는 것이다."[12] 김수영은 마침내 그 추종자들이 아니라 그 비판자들에 의해 우리 민족문학/민중문학 최고의 현재로 호출된 터다.

1960년대 참여문학에서 진화한 1970년대 민족문학은 민주주의와 민족통일을 두 축으로 형식의 앙가주망조차 거듭하면서 한국문학의 얼굴을 일신하였다. 유신체제의 붕괴가 광주학살을 먹이로 신군부의 집권으로 귀결되는 비통함 속에 출범한 1980년대 문학은, 김지하가 김수영을

11. 백낙청,「살아있는 김수영」, 백낙청 엮음, 김수영 詩選集『사랑의 변주곡』, 창작과비평사, 1988, 219면.
12. 김명인,「책머리에」, 김명인·임홍배 엮음,『살아있는 김수영』, 창작과비평사, 2005, 4면.

소시민으로 비판한 것처럼, 70년대 민족문학을 소시민적인 것으로 비판하면서 급진화로 질주했다. 반전이 발생한다. 유월항쟁으로 쿠데타와 혁명이 동시에 폐기되는 전망 속에서 1991년 마침내 소련이 해체되고, 1993년 긴 군부독재 끝에 문민정부가 출범한다. 근대성 또는 현대성이 새삼 화두로 부상하는 새로운 흐름 속에서 우리 문학의 오랜 정치성이 시나브로 바래지고 민족문학작가회의가 2007년 12월 한국작가회의로 재출범했다. 민족문학 없는 진보의 재구성이라는 절체절명의 벼랑에 선 '민족문학/민중문학'이 김수영을 다시 골똘히 생각하게 된 인연이 기이타.

이쯤에서 '解脫'을 '自殺'로 오독한 김지하[13]에 의해 유명해진 「누이야 장하고나!──新歸去來 7」(1961)을 좀 자세히 들여다보자. 4연 42행이니까 규모가 있는 편인데, 이 시가 '신귀거래' 연작에 속한다는 점에 주목할 필요가 있다. 모두 아홉 편으로 이루어진 연작은 이미 지적되었듯이 5·16 직후 제작된 것이다. 쿠데타로 어린 공화국이 1년여 만에 붕괴한 비통한 현실 앞에서 시인은 도연명(陶淵明)의 「귀거래사(歸去來辭)」를 본뜬다. 먼저 1연을 읽는다.

누이야
諷刺가 아니면 解脫이다
너는 이 말의 뜻을 아느냐
너의 방에 걸어놓은 오빠의 寫眞

....

13. 아마도 이를 처음 지적한 백낙청은 이 오독이 "김수영의 '풍자'가 시대의 요구에 너무나 미흡했다는 전적으로 타당한 지적과 더불어, 그의 시가 보여주는 '해탈'의 측면, 「풀」이나 「말」, 「꽃잎」 등에서의 진정한 달관의 측면이 제대로 평가되지 못한" "일면성과 무관하지는 않은 듯하다"는 흥미로운 분석을 제출한 바 있다. 「歷史的 人間과 詩的 人間」, 『民族文學과 世界文學』, 189면.

나에게는 「동생의 寫眞」을 보고도

나는 몇번이고 그의 鎭魂歌를 피해왔다

그전에 돌아간 아버지의 진혼가가 우스꽝스러웠던 것을 생각하고

그래서 나는 그 寫眞을 十년만에 곰곰이 正視하면서

이내 거북해서 너의 방을 뛰쳐나오고 말았다

十년이란 세월은 한 사람이 준 傷處를 다스리기에는 너무나 짧은 歲月이다

─『전집 ① 詩』, 184면

  '누이'는 아마도 김수명일 텐데, 그 방에 걸린 동생의 사진을 발견하고 시인은 당황한다. 왜 시인은 놀라는가? '미망인'은 말한다. "수영의 형제 중 넷째 김수경은 집안의 기대주였다. 경기고등학교 야구부 주장이었던 김수경은 (⋯) 수려한 외모에 비상한 머리, 그리고 성품까지 온화해서 그야말로 찬탄의 대상이었다. 그런 수경이 한국전쟁 때 의용군에 자원입대를 하였다. (⋯) 이 시에 나오는 동생이 바로 김수경이다. (⋯) 이 시에 나오지 않는 또 다른 동생 (⋯) 셋째 김수강은 (⋯) 우익 단체였던 대한청년단의 단장을 하다가 인민군에 잡혀서 납북이 된 것 (⋯) 한 집안에서 이렇게 극과 극이 마주하고 있었으니, 수영의 찢어진 자의식의 통점이 얼마나 가혹하게 욱신거렸는지 짐작하고도 남을 일이다."[14] 그런데 시인이 셋째 수강(洙彊)에 대해서는 침묵하고 있는 점을 상기하면 좌우익으로 갈린 가정 비극보다는 수경(洙庚)이 핵심인 듯싶다. "당시(해방 직후: 인용자)의 나의 자세는 좌익도 아니고 우익도 아닌 그야말로 완전 중립이었지만, 우정관계가 주로 작용해서, 그리고 그보다는 줏대가 약한 탓으로 본의 아닌 우경좌경을 하게 되었다"(「演劇하다가 詩로 전

....

14. 김현경, 『김수영의 연인』, 실천문학사, 2013, 109면. 최하림은 수강과 수경 두 동생 모두 의용군에 입대했다고 했지만(구모룡, 「자유라는 시적 원형: 김수영과 거제포로수용소 체험」, 『감성과 윤리』, 산지니, 2009, 100면), '미망인'의 증언이 더 설득적이다.

향」, 226면)는 말마따나 김수영의 의용군 입대는 비자발적이었다. 주저와 유예를 거듭하던 시인을 쓱 지나친 동생은 일종의 콤플렉스다. 귀거래한 /망명한 누이의 방에서 시인은 오히려 정면으로 역사의 악령에 장악된 바, 의용군 '오빠'의 사진을 걸어둔 누이 또한 동생 못지않은 일격일 것인데, 이 당혹 속에서 시인은 나직이 부르짖는다, "누이야/諷刺가 아니면 解脫이다". 이미 「병풍」에서 시인은 관습에 대한 순종으로부터의 일탈을 현대성으로 찬미하면서 참혹한 죽음의 역사적 내상으로부터 간신히 탈출한바, 여기서 그만 도로아미타불이다. 풍자와 해탈은 시인이 채택한 현대성의 전략이다. 풍자를 통해 해탈에 이른다. 다시 말하면 압도적인 대상을 공격적 웃음을 통해 상대화하고 그럼으로써 그 공포로 부터 해방될 것, 그러니 여기서 해탈은 달관 또는 자유쯤 될 것이다. 이 병풍의 전략이 누이의 방에서 동생과 해후하면서 돌연 위기에 함몰한 다. "곰곰이 正視"했지만 "이내 거북해서 너의 방을 뛰쳐나오고 말았"으 니, 유명한 "동무여 이제 나는 바로 보마"(「孔子의 生活難」, 1945, 전집 ① 詩』, 15면)에도 반(反)한 것이다. 진혼도 미룬 채 정시도 견디지 못하고 귀거래한 방에서 탈출했으니, 1연은 귀거래의 실패기다.

다시 주문처럼 "누이야/諷刺가 아니면 解脫이다"를 외우면서 2연은 시작된다. "네가 그렇고/내가 그렇고/네가 아니면 내가 그렇다/우스 운 것이 사람의 죽음이다/우스워하지 않고서 생각할 수 없는 것이 사람의 죽음이다/八月의 하늘은 높다/높다는 것도 이렇게 웃음을 자아 낸다"(같은 곳). '사람의 죽음'이 우습다? 하기는 1연에서 아버지의 진혼 가조차 우스꽝스럽다고 한바, 죽음에 저항하는 이 마음은 어디에서 온 것일까? '높은 것'도 웃음을 유발한다는 구절을 아울러 생각하면 역시 대의 또는 아버지가 참혹한 전쟁의 리얼리즘 속에서 벌거벗겨진 6·25의 내상이 저절로 상기되기 마련이거니와, 순진하게 헌신한 동생과 그를 추모하는 누이의 선택 앞에서 풍자와 해탈이 일거에 무력해진 심리적 공황을 그대로 보여주는 2연이다.

3연에서는 돌연 어조가 바뀐다. 따지는 듯한 어조에서 달래는 어조로 변주되면서 1, 2연을 열던 주문이 사라졌다. 사실 "누이야/諷刺가 아니면 解脫이다"는 전형적인 훈계조다. 어떻게 달라졌는가? "누이야/나는 분명히 그의 앞에 절을 했노라/그의 앞에 엎드렸노라/모르는 것 앞에는 엎드리는 것이/모르는 것 앞에는 무조건하고 숭배하는 것이/나의 習慣이니까/동생뿐이 아니라/그의 죽음뿐이 아니라/혹은 그의 失踪뿐이 아니라/그를 생각하는/그를 생각할 수 있는/너까지도 다 함께 숭배하고 마는 것이/숭배할 줄 아는 것이/나의 忍耐이니까"(184~85면). 1연에서와 달리 시인은 동생의 사진/영정 앞에서 분명히 절을 했다고 뒤집는다. 자신은 항상 습관에 순종했고 인내가 몸에 뱄다고 눙치며 요설로 변명하는데, 풍자와 해탈 전략이 부정하던 '전통'으로 회귀한 반전의 3연이다.

드디어 4연, 시인은 통쾌한 마무리에 도착한다. "「누이여 장하고나!」/나는 쾌활한 마음으로 말할 수 있다/이 광대한 여름날의 착잡한 숲속에/홀로 서서/나는 突風처럼 너한테 말할 수 있다/모든 산봉우리를 걸쳐온 突風처럼/당돌하고 시원하게/都會에서 달아나온 나는 말할 수 있다/「누이여 장하고나!」"(185면). 4연에서 이 시가 제작된 곳이 도회가 아니라 산과 숲이 있는 시골이란 점이 드러난다. 정말 신귀거래사인 것이다. 어딜까? 도봉동에 선영이 있음을 염두에 둘 때 이 연작이 그곳에서 제작되었을 가능성이 높은데, 「檄文—新歸去來 2」에는 "아아 그리고 저 道峰山보다도"(173면)가 마침 등장하기도 한다. 이제야, 지금 근교 숲속에서, 도회에서 달아나오기 전 누이의 방에서 겪었던 일을 반추하며 마음의 골목들을 배회하는 이 시의 정황이 잡힌다.

이 시는 전형적인 기승전결이다. 의용군 오빠를 추모하는 누이에게 왜 망령에서 놓여나지 못하냐고 따지다가(1연) 죽음이란 본래 우스운 것이라고 푸념하다가(2연) 나도 실상 네 마음이랑 같다고 변명하다가(3연) 그 끝에 문득 이른 "이 광대한 여름날의 착잡15한 숲속"에서 풍자와 해탈을 넘어 진정한 유쾌 즉 무애(無碍)의 자유에 오르던 것이다. 이 시의 제목이기도 하고 4연의 시작과 끝이기도 한 "「누이여 장하고나!」"는 약간의 반어조차 묻어 있지 않은 순연한 경탄의 어조이매16 그 바탕에는 의용군 동생의 자리가 오롯하다. 역사의 지옥에서 잃어버린 마음자리를 다시 회복하는 정신의 운동과정을 생생하게 베낀 점에서 「병풍」을 방불케 하지만, 풍자와 해탈을 무기로 '전통'을 전복한 「병풍」과 역으로 이 시에서는 후자로 전자를 넘어서는 새로운 지경으로 나아가니, "이 시에 대한 숱한 논란과 달리, 역사의 온갖 부침을 고스란히 감당하며 개개인이 살아가는 지루하고도 고된 나날의 삶은 '풍자가 아니면 해탈'의 양자택일로 간단히 처리될 성질의 것이 결코 아니"17라는 임홍배의 발언이 미쁘다. 그러매 이 시의 첫 2행만 단장취의(斷章取義)하여 자기풍자를 통해 필경 자살에 이를 소시민문학의 운명으로 독해한 김지하의 주장은 이 시의 본뜻에 반한다고 할 바, 요컨대 「누이야 장하고나!」는 귀거래 즉 내적 망명의 불가능성을 "모든 산봉우리를 걸쳐온 突風처럼/당돌하고 시원하게" 노래함으로써 현실로의 귀환이 머지않았음을 고지하는 예언적 작품일 것이다. 시인이 그동안 유예한 수경의 실종/죽음을 바로 봄으로써 이 도저한 긍정에 도달한 점 또한 뜻깊다.

....

15. 여기서 '착잡'은 마음이 얼크러진 상태로 풀기보다는 글자 그대로 여름 숲의 울울창창으로 새겨야 근리할 것이다.
16. 그럼에도 누이의 모든 것을 그대로 접수한 것은 아니라는 점에도 유의해야 한다. 「누이의 방——新歸去來 8」에서 시인은 "누이야/너의 방은 언제나/너무도 정돈되어 있다"(186면)고 비판한다. 정리는 혁명의 봉쇄일 수 있기 때문일 것이다.
17. 임홍배, 「자유의 이행을 위한 역정: 4·19와 김수영」, 『살아있는 김수영』, 90면.

3. '동양적' 유토피아

김수영문학관(서울시 도봉구)에 갔다가 흥미로운 친필 노트를 발견했다. "東洋동양 사람은/漢文한문을 배워서/古代고대의 훌륭한/書籍서적을 읽을 줄/알아야 된다". 그 해설이 재미있다. "아이의 한자공부를 위한 노트: 김수영 시인이 차남 우(당시 경복국민학교 삼학년)의 한자공부를 위해 또박또박 써주었다." 나는 새삼 김수영의 '동양'이 모더니스트적 파사드에 가려졌다는 점에 생각이 미쳤다. 문학관 연보에는 서당 부분이 전집 연보보다 조금 구체적이다. "1926. 6세 고광호와 함께 계명서당에 다니다." 조양(朝陽)유치원과 어의동(於義洞)공립보통학교(현 孝悌효제초등학교) 사이에 든 서당 수학을 보건대, 한문적 소양에 있어 이후 세대와는 비할 바 없음을 깨닫게 되는데, 더욱이 시인이 이 점을 특별히 의식하고 있었음이 주목되는 것이다.

김수영의 초기시, 예컨대 「廟庭의 노래」(1945)와 「孔子의 生活難」(1945) 등도 모두 '동양'에 연계된다. 남관왕묘에서 취재한 전자는 조지훈(趙芝薰)식 의고주의 아류로서 시인 자신이 지우고 싶어 한 대표적 예이고, 후자는 아마도 전자에 대한 반동으로 '동양'을 과잉적으로 비튼 것이니, 이런 유의 작품들에서 김수영의 '동양'은 정시(正視)에 미치지 못하는 것이다. 역시 4월혁명과 5·16을 겪으면서 현대성의 압박으로부터 한결 자유로워진 뒤, 예컨대 "傳統은 아무리 더러운 傳統이라도 좋다"(「巨大한 뿌리」, 1964)는 역설적 평상심쯤을 지나서 '동양'도 비등할 터인데, 이 점에서는 유작 「풀」(1968)이 압권이다.

먼저 이 시의 전거들을 검토하자. 바람과 풀의 비유는 『논어(論語)』 안연편(顔淵篇) 덕풍장(德風章)에 처음 나온다.

계강자가 공자께 정사에 대하여 물어 가로대, "만일 무도한 자들을 죽여서도 있는 데에 나아가게 한다면 어떻겠습니까?"하였다. 공자께서 대답해 가라사대, "그대가 정사를 행함에 어찌 죽임을 쓴단 말인가? 그대가 선해지고 자 하면 백성들도 선해질 것이다. 군자의 덕은 바람이요 소인의 덕은 풀이니, 풀에 바람이 더하면 반드시 눕느니라"하셨다. (季康子 問政於孔子曰 如殺無 道 以就有道 何如 孔子對曰 子爲政 焉用殺 子欲善 而民善矣 君子之德風 小人之德草 草上之風 必偃)[18]

공자 시기의 노(魯)나라는 대부 계씨(季氏)가 제후를 제치고 실권을 잡았다. 공자의 왕도(王道)에 반하는 하극상(下剋上)이다. 좀 더 정확히 말하면 하극상의 하극상이다. 그러매 공자는 계씨들과 갈등과 화해를 거듭했다. 한때 벼슬도 했지만 곧 망명하여 천하를 떠돌았고 계강자 때야 겨우 귀국이 허락되었다. 계강자는 공자를 존숭했으나 공자는 그 대접이 오히려 불편하기도 했다. 계강자가 묻고 공자가 대답하는 이 장에서도 그 기미가 드러난다. 법치를 내세우는 계강자에게 공자는 퉁명스럽게 덕치(德治)로 응수하는데, 이 문맥에서 바람은 군자 즉 섬기 는 권력이고 풀은 소인 즉 섬기는 백성이다.

이 비유는 다시 『맹자(孟子)』에 나온다. 등정공(滕定公)이 죽자 세자 문공(文公)이 스승 연우(然友)를 보내 맹자에게 올바른 장례법을 묻게 하였다. 맹자는 공자의 말을 두 번 인용하여 대답한다.

연우가 다시 추(鄒)에 가서 맹자에게 묻자, 맹자 가로대, "그렇다. 가히 남에게 구할 수 없는 것이다. 공자 가라사대, '제후가 죽으면 (백관들은) 총재(육경六卿의 우두머리)에게 듣는다. (세자가) 죽을 마시고 얼굴이 매우 검어 자리에 나아가 곡하거든 백관과 유사(기관의 업무를 맡은 자)가 감히

....

18. 정요일, 『논어강의—地』, 새문사, 2010, 928면. 번역은 鄭堯一 역을 내가 살짝 손봤다.

슬퍼하지 않음이 없는 것은, (세자가) 먼저 하였기 때문이다. 윗사람이 좋아하는 것이 있으면 아랫사람은 반드시 더한 것이 있느니라. 군자의 덕은 바람이고 소인의 덕은 풀이니, 풀에 바람이 더하면 반드시 눕는다." (然友復之鄒 問孟子 孟子曰 然 不可以他求者也 孔子曰 君薨 聽於冢宰 歠粥 面深墨 卽位而哭 百官有司 莫敢不哀 先之也 上有好者 下必有甚焉者矣 君子之德 風也 小人之德 草也 草尙之風 必偃)[19]

등(滕)나라는 춘추시대의 제후국이다. 노나라의 속국적 위치에 있다가 송(宋)나라의 침략으로 흐지부지 사라진 작은 나라인데, 문공은 왕도에 대한 맹자의 가르침을 충실하게 실천한 드문 제후였다. 아버지 정공이 훙(薨)하자 맹자에게 자문한 맥락에서 바람과 풀의 비유가 다시 등장한 바, 공자의 충실한 계승자답게 맹자는 이 자문에 두 번이나 공자를 인용했다. 첫 번째 인용 "君薨 聽於冢宰"는 『논어』「헌문편(憲問篇)」 양암장(諒陰章)에 나오고,[20] 두 번째 인용 '바람과 풀의 비유'는 이미 앞에서 검토한 바이다. 권력자 계강자에 대한 훈계 중에 등장한 『논어』에서와 달리, 『맹자』에서는 제자 등문공에게 자상한 가르침을 베푸는 과정에서 인용되었다. 문맥은 차이나지만 취지는 같다. 평천하의 꿈을 실현할 군자-권력이 덕으로써 솔선수범하면 소인-백성도 기꺼이 따라 나라가 평안하게 될 거란 말씀이다. 그러니 두 대목에서 바람과 풀은 대립이 아니다. 바람의 덕으로 풀도 덕화하는 지극한 다스림의 경지를 가리킨 것이다.[21]

....

19. 懸吐具解 監本, 『孟子』 卷三, 「滕文公」 上, 5면. 번역은 졸역.
20. "공자께서 말씀하시기를 (…) 임금이 돌아가시거든 백관이 자기 직책을 총섭하여 총재에게 듣기를 3년 하였느니라" 하였다. (子曰 (…) 君薨 百官總己 以聽於冢宰三年) 정요일, 앞의 책, 1139면.
21. 바람이 움직이는 것[風動]을 지극한 다스림으로 긍정한 예는 『서경(書經)』 우서(虞書)

과연 김수영은 이 오랜 비유를 어떻게 다시 쓰고 있는가?

풀이 눕는다

비를 몰아오는 동풍에 나부껴

풀은 눕고

드디어 울었다

날이 흐려서 더 울다가

다시 누웠다

풀이 눕는다

바람보다도 더 빨리 눕는다

바람보다도 더 빨리 울고

바람보다 먼저 일어난다

날이 흐리고 풀이 눕는다

발목까지

발밑까지 눕는다

바람보다 늦게 누워도

바람보다 먼저 일어나고

....

대우모(大禹謨)에도 보인다. "帝曰 俾予로 從欲以治하야 四方이 風動혼지 惟乃之休
니라(帝께서 이르시되 나로 하여금, 하고자 함을 좇아서 다스려 사방이 바람 動하듯
하는 것이 너의 아름다움이니라). '제'는 순임금이고 '너'는 순의 신하 고요(皐陶)다.
金冠植 역, 『書經』, 현암사, 1967, 59면. 이에 대한 채침(蔡沈)의 주가 유익하다.
"인민은 법을 범하지 아니하고 윗사람은 형벌을 쓰지 않는 것이 순임금이 원하던
바라. (…) 교화가 사달(四達)함이 마치 바람이 고동(鼓動)하여 풀이 기울어지지
않음이 없는 듯하다(民不犯法 而上不用刑者 舜之所欲也. … 敎化四達 如風鼓動
莫不靡然)." 채침 注, 『書經集傳』, 上海古籍出版社, 1989, 13면.

바람보다 늦게 울어도

바람보다 먼저 웃는다

날이 흐리고 풀뿌리가 눕는다

―『전집 ① 詩』, 297면

이 시를 두고 벌어진 리얼리스트와 모더니스트 두 진영 사이의 오랜 전투는 우리 비평사의 장관이다. 이 시를 1970년대 이후 개화한 민중시의 선취로 파악한 전자에 대해 '풀'에서 민중적 결박을 풀어내고자 하는 후자의 노력이 교차하면서 우리 비평의 진화도 도모되었으니, 황동규의 문제제기가 한 획이었다. 풀은 민중이고 동풍은 외세라는 소박한 민중주의적 해석을 "비를 몰아오는 바람을 풀이 싫어할 리가 없다는" 생태학22에 의거해 간단히 배격하고, "<풀>과 <바람>의 두 개의 명사, <눕다> <일어나다>, <울다> <웃다>의 대립되는 동사 두 쌍만으로 이룩된"23이 독특하게 단순한 작품에서 "움직일 수 없는 풀의 움직임이 움직임의 動力이 되는 바람보다 행위가 앞선다는 모순율"24을 발견한다. 이 예리한 파악은 급기야 시 전체로 확대되매, "그리하여 모순이 모순으로 느껴지지 않는 상태 (…) <눕는> 행위와 <일어서는> 행위까지도 한가지로 보이는 상태에까지 이른다. 그리고 다른 한 쌍의 동사인 <운다>와 <웃는다>도 한가지로 보이게 된다. 아니 모순이 모순으로 보이지 않게 되는 반복의 연속 속에서 어느샌가 <운다>가 <웃는다>로 바뀐 것을 발견하게 된다. 그리고 우리는 그런 상태 속에서 生의 깊이와 관련된 어떤 감동을 맛보는 것이다."25

....

22. 黃東奎, 「詩의 소리」, 『사랑의 뿌리』, 문학과지성사, 1976, 157면.

23. 위의 글, 156면.

24. 위의 글, 157면.

25. 같은 곳.

「풀」을 민중시에서 순수시로 견인한 이 해석은 김현에 의해서 더욱 나아간다. 그는 '발목／발밑'에 주목한다.

누군가가 지금 풀밭 속에 서 있는 것이다. 그런데 그 시에서 가장 중요한 것은, 그 숨어있는 누구이다. 서 있는 그는, 마찬가지로 서 있는 풀이 바람에 나부껴 눕고, 뿌리 뽑히지 않으려고 우는 것을 본다(과거). (…) 그 울음을 그러나 그는 웃음으로 파악한다(현재). 뿌리가 뽑히지 않기 위해서 우는 풀은, 사실은, 뿌리가 뽑히지 않았음을 즐거워하며 웃는 풀이다. (…) 그 시의 핵심은, 바람／풀의 명사적 대립이나, 눕는다／일어선다, 운다／웃는다의 동사적 대립에 있는 것이 아니라, 풀의 눕고 울음을 일어남과 웃음으로 인식하고, 날이 흐리고 풀이 누워도 울지 않을 수 있게 된, 풀밭에 서 있는 사람의 체험이다.[26]

뿌리 뽑히지 않으려고 울고 뿌리 뽑히지 않았다고 웃는다는 해석은 민중주의 못지않게 단순하지만 그럼에도 '발목／발밑'에서 서 있는 화자 곧 시인을 발견한 것은 날카롭다. 시인이 툭 튀어나옴으로써 「풀」은 아연 바람과 풀의 운동을 베낀 사물시에서 이탈하여 숨은 화자가 전경화한 주지시로 전환하는 것이다.

이 대목을 더 밀고 간 것이 정과리다. 그는 김현이 "활동하는 주체로서의 개인에 대한 믿음을 끝내 버리지 않은"[27] 모더니스트다운 시각에 지펴 발목의 시인이 "깨어 있는 의식인"이라기보다, 동풍을 맞으며 풀의 쏠리고 일어남을 보면서 풀과 바람의 밀고 당김을 발목에서 느끼는 "감각적 존재"임을 간과한 한계를 지적함으로써 이 시의 주제가 4월혁명

....

26. 김현, 「웃음의 체험」(1981), 黃東奎 編, 『金洙暎의 文學』, 민음사, 1983, 211면.
27. 정과리, 「"발목까지／발밑까지"의 의미」, 『시인세계』, 2002년 가을호, 60면.

의 좌절 이후 시인을 괴롭힌 "존재와 의식의 근본적 괴리"에 닿아 있다고
판단한다.

> 풀의 사건에서 발목으로 참여한 '나'는 몸 전체로는 참여하지 못한다.
> (…) 마지막 행이 "날이 흐리고 풀뿌리가 눕는다'로 메지 난 것은 그 때문이다.
> 그것은 생의 한복판에서 맞는 고통의 엄존성을 똑바로 가리키면서, 동시에
> 그 고통 겪는 존재의 발목의 체험에 힘입어서 근본적인 즉 뿌리째 뒤바뀌는
> 존재의 전환을 열망케 하는 존재로서 재탄생하고 있음을 보여준다. 세
> 개의 이질적인 감각의 복합이 궁극적으로 부각시키는 것은 존재와 열망
> 사이의 날카로운 의식이다. (…) 특히 4·19의 좌절 이후 '신귀거래' 연작과
> 더불어 그를 끊임없이 괴롭힌 것은 바로 존재와 의식의 근본적인 괴리이며,
> 그가 사활을 건 투쟁을 벌인 것은 존재를 앞질러 나아가버린 의식을 어떻게
> 존재케 할 것인가, 라는 문제였다.[28]

홍미로운 분석이다. 그런데 과연 이 시가 분열적 텍스트일까? 비를
몰아오는 동풍이 급히 불어오는 찰나, 정지한 듯한 풀밭을 문득 살아
움직이는 소요로 몰고 가는 그 미묘한 순간, 풀밭을 훑고 지나가는
바람과 그에 감응하는 풀의 운동을 골똘히 들여다본 김수영의 자태는
사실 투명인간이다. '발목/발밑'이 시인인지 아닌지도 더 따져볼 여지가
없지 않지만, 사실 이런 사실주의가 이 시에서는 주변적일 만큼 시인은
멀리 물러앉았다. 「병풍」과 「누이야 장하고나!」에서 전경화한 화자가
이에 이르러 겨우 발목으로 축소되었으니 시인은 주체라기보다는 이
드라마의 숨죽인 목격자인 셈이다. 눈 밝은 김현에게 들킨 바지만, 눈[眼]
이 아니라 '발목'인 점에서도 상승이 아니라 하강에서 파악하는 김수영

....
28. 위의 글, 62~3면.

특유의 각도가 오롯하다. 김수영 특유의 어조도 아니다. 한 점의 반어도 한 점의 기지도 배제된 순일한 어조다. 경탄이되 관찰자의 경탄이 아닌, 우연히 눈에 든 풍경에서 드문 일여의 찰나를 목격하고 자기도 모르게 온몸으로 참획한 견자(見者)의 어조일 터다. 황동규가 지적했듯이, 반복에 기초한 이 시의 운율이 "주술적"[29]이라는 점도 이와 연관될 것인데, 어쩌면 이 시의 주인공은 "이 광경의 원동력인 어떤 낯선 에너지"[30]일지도 모를 일이다. 자연에서 도시를 치유하는 심법은 이미 「누이야 장하고나!」에서도 나타난바, 이 작품은 그 연장이자 절정일 것이다.

다시 강조컨대 이 시에서도 바람과 풀은 단순 대립이 아니다. 바람이 때려서 아파 우는 것이 아니라 바람 덕에 풀이 울 수 있었고,[31] 울 수 있어서 웃을 수도 있던 것이다. 바람이 밟아서 풀이 눕는 것이 아니라 바람 덕에 누울 수도 있고 누울 수 있어서 일어나기도 하는 터이니 바람은 온전한 의미의 덕이다. 이 시에서 굳이 폭력적인 것을 찾자면 바람이 아니라 발목이다. 그런데 발로 밟는 것이 때로는 풀의 착근을 돕기도 한다는 점에서 이 또한 대립으로만 보기도 어려운 것이다. 더구나 시인은 지금 꼼짝없이 서 있다. 바람과 풀이 환대를 교환하는 그 지극한 공생의 순간을 숨죽이고 지켜보는데, 그 찰나란 권력과 민중이 최고의 운명 속에 해후하는 '동양적' 유토피아의 지극한 드러남일 터이다.

그런데 그냥 다시 쓰기는 아니다. 풀이 바람의 수동태로만 시종하지 않는다. 1연의 풀은 대체로 수동적이다. 2연의 풀은 벌써 능동적이다. 3연의 풀은 이미 수동과 능동을 넘었다. 처음으로 "풀뿌리가 눕는다"는 구절이 등장한 마지막 행이 예사롭지 않다. 아마도 바람이 지나간 뒤

29. 황동규, 앞의 글, 155면.
30. 랄프 왈도 에머슨, 「초령(超靈)」, 『자연』, 신문수 옮김, 문학과지성사, 1998, 138면.
31. 여기서 '울다'는 울릴 명(鳴)에 가깝다.

다시 찾아온 고요의 상태를 가리킨 대유(代喻)일 터인데, 무언가 충전된 기운이 생동한다. 바람이 군자 노릇을 할 때는 환대하지만 소인-권력으로 떨어질 때는 역동할 수밖에 없던 인민의 현현이 바로 '풀'일까. 시인은 이 오래된 비유에서 바람과 풀의 관계를 뒤집었다. 이 시에서는 제목이 가리키듯 풀이 바람의 앞이다. 소인-백성으로 고착된 풀이 오히려 바람을 이끄는 군자-인민으로 오른 것이다.

「풀」은 리얼리즘과 모더니즘의 회통 이전, 대문자 시와 소문자 시의 일통 이전, 본디 있었던 태고의 신령한 자리에서 문득 현대로 순간 이동한, 하늘에서 뚝 떨어진 시다. 다시 말하면 지극한 문학성이 그대로 정치성으로 되는 최고의 시다. 그럼에도 유서와 같은 예감이 종이에 물 스미듯 작품 전체에 배어 있다. "길이 나타나자 여행은 끝났다"(루카치). 고통을 통해 단련된 특유의 낙천성이 사라진 자리에 견자의 숭고성이 엄숙하기조차 하다. 그가 일생을 바쳐 탐구한 시의 길에 불쑥 무지개처럼 걸린 이 황홀한 비전은 김수영의 유언인가. 아마도 이 근처가 21세기 한국문학의 운명을 가르는 전장이기 십상이거니와, 누가 김수영의 유언 집행자가 될 것인가?

1부 세계문학과 정전

촛불의 뿌리 그리고 김수영

유중하

1.

광화문 광장에서 군중들이 처음 모이던 2016년 11월 12일 그날, 작가 황석영이 한 중앙일간지에 르포 비슷하게 적은 글이 눈에 들어오던 건 우연이던가. 기사 가운데 황석영이 직접 겪은 4·19체험은 처음 대하는 구절이기도 해서, 아마 작가 황석영의 출발이 4·19체험 바로 거기에 잠겨 있을지도 모른다는 생각이 스치다가, 이어지는 구절이 대번에 눈길을 잡아당기는 거였으니.

가로되 "대통령, 재벌, 총리, 장관, 검찰, 국회의원, 그리고 비선실세니 친 무엇이니 진 무엇이니 빌붙어 먹던 모든 부역자는 개×이다. 역사는 아무리 더러운 역사라도 좋다. 우리에게 놋주발보다도 더 쨍쨍 울리는 지금 이 거리의 추억이 있는 한 인간은 영원하고 사랑도 그렇다"라는, "김수영의 말투를 빌어 외치고 싶다"고 한 구절이 눈길을 잡아매더니, 이어서 다시 이웃 나라 중국의 현대문학 대표 선수 노신(魯迅)의 비유를 되살려 "'물에 빠진 개 때리기'에 주저하지 말자. 물던 개를 건져주면 다시 우리를 물게 될 테니까. 페어플레이 대신 보내는 데 집중하자. 그것이 지혜로운 역사적 전례가 될 것이다."라고 한 구절이 오버랩되는 게다.

전자는 물론 김수영의 「거대한 뿌리」의 말투를 빌려온 것이고, 후자는 노신의 「페어플레이는 아직 이르다」 가운데 한 구절을 따온 건 두말하면 잔소리. 그런데 노신의 구절은 실은 이번 광화문 광장에 처음 등장한 것이 아니라 87년으로까지 거슬러 올라가기도 한다. 작고한 리영희 선생이 남긴 "지금은 관용과 타협, 화합과 망각에 못지않게 옳고 그름을 가리는 준엄한 민주주의 정의가 확립돼야 할 때다. 페어플레이는 페어플레이를 이해하는 상대에게 적용될 때 공정한 게임을 기대할 수 있다. 페어플레이는 아직 이르다."는 구절이 다시 상기되면서, 87년 6월 항쟁 당시 이른바 6 · 29 '선언'이란 걸로 김을 빼던 그 무렵, 물에 빠진 개를 제대로 두들겨 패지 못한 과오가 되새겨지는 것이다.

이 대목에서 황석영이 인용한 구절의 원문에 해당되는 노신의 「페어플레이는 아직 이르다」 가운데 다음으로 이어 읽어야 한다.

침범을 당해도 보복하지 않는 것은 관용의 도(恕道)이고, 눈에는 눈으로 갚고 이에는 이로 갚는 것은 곧 곧음의 도(直道)이다. 중국에서 가장 많은 것은 굽음의 도(枉道)이어서 물에 빠진 개를 때리지 않고 도리어 개에게 물린다.

한국의 독자들에게도 결코 낯설지 않은 이 발언의 배경에는 어떤 사정이 있었던가를 짚자면, 노신이 일본 유학 시절 인연을 맺은 추근이라는 여류 혁명가와 맞닥뜨려야 한다. 노신과 동향 인물인 추근은 밀고로 죽은 사정이 있는 것. 노신의 발언을 빌리면 "혁명 이후에 한동안 여협이

라 불리었지만 지금은 입에 올리는 사람을 찾아볼 수 없다."고 한 추근은
신해혁명이 일단 성공을 거두자 그녀의 고향인 소흥에 신해혁명에 동참
하던 도독 왕금발이 취임했다. 왕금발은 추근을 밀고하여 처형당하게
만든 주모자를 체포하고 밀고 서류를 수합하여 그녀의 복수를 하려다가
포기했다. 이미 민국이 성립되었으니 구원(舊怨)을 들추어서 복수를
해주는 것이 내키지 않았던 모양이다. 그러나 신해혁명이 중도반단으로
실패하고 나서 왕금발은 위안스카이의 앞잡이에게 총살되었다. 왕금발
을 다시 밀고한 인물은 그가 석방해준 추근 살해의 주모자였다는 것이
바로 위의 언급을 배태한 저간의 사정이다.

　여기서 노신이 말하는 직도란 바로 눈에는 눈으로 갚는다는 노신의
문학적 준칙, 곧 "복수"라는 미학이 탄생되는 것이다. 그리고 이 복수라는
미학은 노신이 고대의 '와신상담'이라는 고사성어의 고장인 소흥 출신이
라는 점과도 연결되기도 한다.

　여기서 새삼스러운 것은 김수영에게서도 이런 면모가 발견된다는
점이다.

　　詩를 쓰는 마음으로
　　꽃을 꺾는 마음으로
　　자는 아이의 고운 숨소리를 듣는 마음으로
　　죽은 옛 戀人을 찾는 마음으로
　　잊어버린 길을 다시 찾은 반가운 마음으로
　　우리가 찾은 革命을 마지막까지 이룩하자

　　물이 흘러가는 달이 솟아나는
　　평범한 大自然의 法則을 본받아
　　어리석을 만치 素朴하게 성취한

우리들의 革命을

배암에게 쐐기에게 쥐에게 살쾡이에게

진드기에게 악어에게 표범에게 승냥이에게

늑대에게 고슴도치에게 여우에게 수리에게 빈대에게

다치지 않고 깎이지 않고 물리지 않고 더럽히지 않게

그러나 쟝글보다도 더 험하고

소용돌이보다도 더 어지럽고 海底보다도 더 깊게

아직까지도 부패와 부정과 殺人者와 强盜가 남아있는 社會

이 深淵이나 砂漠이나 山岳보다도

더 어려운 社會를 넘어서

이번에는 우리가 배암이 되고 쐐기가 되더라도

이번에는 우리가 쥐가 되고 살쾡이가 되고 진드기가 되더라도

이번에는 우리가 악어가 되고 표범이 되고 승냥이가 되고 늑대가 되더라도

이번에는 우리가 고슴도치가 되고 여우가 되고 수리가 되고 빈대가 되더라도

아아 슬프게도 슬프게도 이번에는

우리가 革命이 성취하는 마지막날에는

그런 사나운 추잡한 놈이 되고 말더라도

나의 罪있는 몸의 억천만개의 털구멍에

罪라는 罪가 가시같이 박히어도

그야 솜털만치도 아프지는 않으려니

詩를 쓰는 마음으로

꽃을 꺾는 마음으로

자는 아이의 고운 숨소리를 듣는 마음으로
죽은 옛 戀人을 찾는 마음으로
잊어버린 길을 다시 찾은 반가운 마음으로
우리는 우리가 찾은 革命을 마지막까지 이룩하자
　－「祈禱――四·一九殉國學徒慰靈祭에 부치는 노래」(1960. 5. 18) 전문

우선 "시를 쓰는 마음"이라는 구절이 눈길을 끈다. 유서 깊은 공자의
시에 대한 "시삼백, 일언이폐지왈사무사"라는 경구성 발언 가운데 "사무
사"라는, 생각에 사악함이라고는 찾을 길이 없다는 뜻으로 해석되는
문구가 떠오르기 때문이다. 이런 마음가짐은 꽃을 사랑하는 마음을
거쳐, "자는 아이의 고운 숨소리를 듣는" 그야말로 지고지순의 마음가짐
을 일단 확인한 다음, 이런 마음가짐이 배암, 쥐, 살쾡이 등 가장 추악한
짐승류의 나열과 나란히 배치되고 있는 것은 극적 대조를 이룬다. 말하자
면 지고지순과 극도의 추악이 하나의 개체 안에 동서하고 있는 것.
후자는 물론 상대방, 곧 이승만 정권의 추악과 맞물려 있는 것이다.

이 점은 노신의 "눈에는 눈, 이에는 이"라는 복수의 행동방식, 마치
함무라비법전의 문구를 연상시키는 행동지침을 연상시킨다. 바로 이
대목에 김수영의 남다른 면모가 자리 잡고 있거니와, 여기에 돋보기를
들이대는 이유는 다름 아닌 이른바 "기울어진 운동장"을 바로잡기 위한
책략이 바로 이 대목에 스며있는 까닭이다. 페어플레이가 이루어지기
위해서는 사전에 먼저 기울어진 운동장을 바로 잡아야 하는 것.

예컨대 DJ정권이 들어서던 그 무렵, 이른바 "아시아적 가치" 논쟁이
비화되면서 『전통과 현대』라는 잡지를 중심으로 박정희를 복원시키던
기억이라든가, 혹은 노무현 정권이 겪던 곤욕 등이 바로 페어플레이의
시점을 잘못 선택한 소산이라는 사실을 새기는 것은 중요하다. 페어플레
이는 아직 이르다는 노신의 말이 경구처럼 되새겨지는 것이고, 나아가

김수영의 발언처럼 우리 모두 배암이 되더라도 쥐가 되기를 불사해야 했음을 만시지탄으로 되돌아보게 만드는 것. 새로운 정권은 이를 거울삼아야 함은 물론이다.

2.

하지만 여기서 노신의 「페어플레이는 아직 이르다」를 읽으면서 '왕도'를 뒤로 물리고 '직도'를 앞세운 것으로부터 이 직도라는 단어를 김수영의 「폭포」 가운데 다음 구절과 포개기 위함이다.

> 곧은 소리는 소리이다
> 곧은 소리는 곧은
> 소리를 부른다

폭포는 수직낙하하는 자연물이다. 수직낙하는 수평안정과 반대되는 말이고, 그런 의미에서 안정을 뒤엎어버리는 폭풍이라는 자연현상과도 맥락을 같이한다. 말하자면 「사랑의 변주곡」 가운데 등장하는 "폭풍"과 「폭포」의 "폭"이 서로 연결되어 있다는 뜻이다. 이 대목에서 이태백의 시편 「登廬山瀑布」 가운데 "飛流直下三千尺"이라는 구절을 떠올린다는 혹자의 지적을 받아들이면서도 그 직이라는 글자를 곧은이라는 형용사와 연결 지은 다음, 다시 "곧은 소리는 소리이다/곧은 소리는 곧은/소리를 부른다"고 설파한 구절을, 유종호가 김수영 전집의 별권으로 마련된 고인에 대한 평론집의 책날개에 적은 "자아검열을 모르는 직선의 산문가"라는 착안과 연결 짓는다면, 이 "곧은"이라는 형용어가 심상치 않게 다가오기도 하는 것이다.

그럼에도 김수영이 「폭포」에서 설파한 "곧은 소리"라는 일갈은 이런 정도의 뿌리를 가진 것이던가. "곧은 소리"의 정체를 살피기 위해 우리는 노신이라는 거울을 마련하기로 하자. 이는 동아시아 현대문학에서 가장 영토가 넓다는 노신에 우리 문학사의 금자탑과 같은 존재인 김수영의 문학을 서로 연결시켜 그 지맥 속으로 이어지는 지질도를 확인하는 것을 의미한다. 일단 앞서 언급한 노신의 "직도"라는 두 글자를 보강한다는 의미에서 노신의 「추야」 가운데 다음 구절을 살피면 그럴듯하다.

　　대추나무, 그것들은 이파리를 남김없이 떨구고 난 뒤다. 얼마 전에 한 아이가 와서 그것들을 두들겨 다른 사람들이 따다가 남은 대추를 따갔지만 지금은 하나도 남지 않았고 이파리도 죄다 떨어졌다. 그는 작은 분홍색 꽃의 꿈을 안다. 가을이 가면 봄이 온다는 것을. 가는 낙엽의 꿈도 안다. 봄이 가면 가을이 온다는 것을. 그는 이파리를 죄다 떨어뜨리고 가지만 남겨놓았지만 처음에 열매와 잎으로 활처럼 굽어진 가지에서 벗어나 편안하게 가지를 뻗고 있다. 하지만 몇몇 가지들은 대추 따는 장대에 두들겨 맞은 껍질의 상처를 어루만지듯이 가지를 구부리고 있다. 그러나 제일 긴 가지 몇은 묵묵히 쇠처럼 기괴하리만치 높은 하늘을 곧추 찌르고 있어서 하늘은 귀신스런 눈을 깜빡이고 있다. 하늘 한가운데 둥그런 달을 찌르자 달은 궁상스럽게 흰빛으로 변했다. 귀신처럼 깜박이던 하늘은 더욱 남빛이 되어 불안해하면서 인간세계를 떠나려는지, 대추나무를 피하려는지, 오로지 달만 남겨놓았다. 그러나 달도 몰래 동쪽으로 숨고 말았다. 아무것도 지니지 않은 가지만이 묵묵히 기괴하리만치 높은 하늘을 쇠꼬챙이처럼 찌르고 있었다. 그것이 아무리 고혹적인 눈빛으로 깜빡거려도 그것의 죽을 운명을 한사코 제압하려는 듯.

枣树, 他们简直落尽了叶子. 先前, 还有一两个孩子来打他们, 别人打剩的枣子, 现在是一个也不剩了, 连叶子也落尽了. 他知道小粉红花的梦, 秋后要有春; 他也知道落叶的梦, 春后还是秋. 他简直落尽叶子, 单剩干子, 然而脱了当初满树是果实和叶子时候的弧形, 欠伸得很舒服. 但是, 有几枝还低亚着, 护定他从打枣的竿梢所得的皮伤, 而最直最长的几枝, 却已默默地铁似的直刺着奇怪而高的天空, 使天空闪闪地鬼眨眼 ; 直刺着天空中圆满的月亮, 使月亮窘得发白. 鬼睒眼的天空越加非常之蓝, 不安了, 仿佛想离去人间, 避开枣树, 只将月亮剩下. 然而月亮也暗暗地躲到东边去了. 而一无所有的干子, 却仍然默默地铁似的直刺着奇怪而高的天空, 一意要制他的死命, 不管他各式各样地睒着许多蛊惑的眼睛.

「추야」(秋夜)에 등장하는 대추나무는 실제로 현금의 노신 기념관이 자리 잡고 있는 노신의 북경 고거(故居)에 심어져 있던 나무이다. 대추나무의 한자인 棗라는 한자와 直刺라는 한자어와 대비해보면 공통의 부품이 발견된다. 곧 束는 나무 목에 가시가 붙은 글자다. 그리고 직자라는 단어는 문학적으로 풀이하자면 풍자라는 말로 변환된다. 노신은 「秋夜」라는 시편에서 자신의 풍자라는 문학적 지침을 제시한 것이다.

이 장면이 김수영에게서도 발견된다는 점은 흥미롭다. 곧 "누이야/諷刺가 아니면 解脫이다/너는 이 말의 뜻을 아느냐"(「누이야 장하고나!──新歸去來 7」)라는 구절이 새삼스러운 것이다. 그리고 이 구절은 신귀거래 7의 바로 앞을 차지하는 신귀거래 6의 마지막 연에서 "아아 벌/소리야!"(「복중──신귀거래 6」)와 정확하게 맞물린다. 노신의 경우 풍자가 대추나무의 가시 棗였다면 김수영의 경우 풍자는 벌의 침이 다를 뿐 찌르는 몫을 맡기고 있는 점에서도 대동소이하니까.

여기서 다시 노신의 필명인 "直" 혹은 "直入"── 단도라는 두 글자를 감춘──을 다시금 떠올리게 하면서 다음의 시를 거듭 확인하게 만드는 것이다.

这半年我又看见了许多血和许多泪,	이 반년 동안 무수한 피와 무수한 눈물 을 보았으나
然而我只有杂感而已.	그럼에도 내게는 오직 잡감뿐.
泪揩了, 血消了;	눈물은 닦이고, 핏자국은 지워졌네.
屠伯们逍遥复逍遥,	강철로 된 칼, 연철로 된 칼을 쓰며
用钢刀的, 用软刀的.	백정놈들은 어슬렁거리며 오가는데
然而我只有"杂感"而已.	그럼에도 내게는 오직 "잡감"뿐
连"杂感"也被"放进了应该去的地方"时,	그 "잡감"도 "사라질 곳으로 사라질 때 가 오면
我于是只有"而已"而已!	내게 남은 말은 오직 "뿐"이라는 말뿐!

(而已集 题辞)

당시 적대관계에 있던 반동화한 국민당의 파쇼 정권이 남의사라는 앞잡이에게 쥐어준 강도와 연도 두 자루의 칼과 맞서는 것이 바로 잡문이다. 잡문은 노신이 고안한 특유의 문체이자 장르로 이후 노신은 잡감전가라는 오명을 감수하면서, 다시 말해 소설을 버리고 오로지 잡감문에 매달리는 계기가 바로 위의 시편이 있는 것. 다시 말해 스스로 자신의 두 자루 칼(소설과 잡문) 가운데서 한 자루 단도만을 움켜쥐는 것.

3.

현행 『노신 전집』 속에 흩뿌려져 있는 "直"이라는 글자를 하나하나 뒤져내어 그 의미를 추적하는 일은 별도의 작업을 요하는 일이지만,

그 가운데 "직"이라는 글자의 노신 텍스트 내적 의미를 별도로 지닌 대목은 「광인일기」에서 찾아야 마땅할 것이다. 「광인일기」라는 텍스트는 작가 노신의 첫 작품일 뿐 아니라, 중국의 고전문학과 신문학을 가르는 시대구분의 결절점으로서의 의미를 지니는 작품이기 때문이다. 중국문학사가 이 단편 소설 한 편으로 시대구분의 이정표로 삼는 까닭은 이 작품의 무게가 실로 막중하기 때문이며 보기에 따라서는 인문 중국 혹은 중국의 고전문학 전체와 마주서는 대좌의 자리에 정좌하고 있다고 본 데서 기인할 것이다. 「광인일기」 가운데서 다음 구절은 앞서 언급해 온 직이라는 한자가 들어박힌 문구라서 별단의 주목을 요한다. 함께 읽어보지 않을 수 없다.

1) 쓸데없는 생각하지 말고 조용히 요양하라고! 정양해서 살이 오르면 그놈들은 물론 그만큼 더 먹을 수 있겠지만 내겐 무슨 이익이 있으며 어떻게 '나아질 수 있다는 말인가? 그놈들은 사람을 잡아먹고 싶어 하면서도 수법이 비겁하고 음흉하게 감추려고 하기 때문에 결연히 덤벼들지 못하는 것이다. 정말 우스꽝스럽기 짝이 없었다. 나는 참을 수 없어 큰 소리로 웃어버렸다. 그랬더니 기분이 매우 좋아졌다. 이 웃음 속에 용기와 정의감이 들어 있다는 것을 알아야만 한다. 늙은이와 큰형은 나의 이 용기와 정의감에 억눌려 얼굴빛이 변해버렸다.

不要亂想, 靜靜的養! 養肥了, 他們是自然可以多吃; 我有什麼好處, 怎麼會 "好了"? 他們這群人, 又想吃人, 又是鬼鬼崇崇, 想法子遮掩, 不敢直捷下手, 眞要令我笑死, 我忍不住, 便放聲大笑起來, 十分快活. 自己曉得這笑聲里面, 有的是義勇和正氣. 老頭子和大哥, 都失了色, 被我這勇氣正氣鎭壓住了.

우선 위 인용부에서 직을 확인하자. 결연히 덤벼들지 못하는 것은, 광인일기에서 나를 제외한 등장인물 및 여타의 눈을 가친 생명체이다.

그들은 다시 말해 직하지 못한 것이다. 그런데 위 인용부에서 특별히 활자의 크기를 달리 표기한 몇몇 한자들을 살피되, 이를 아래의 구절들과 대비를 해보는 것은 별단의 의미를 가진다.

  2) 공자께서 말씀하시기를 유야 너는 육언육폐를 들었느냐. 대답하여 말하기를, 아직 듣지 못했나이다. 앉거라. 내 너에게 말하여 주리라. 인을 좋아하면서 배우기를 좋아하지 않는다면 그 폐단은 어리석어지고 그 지혜를 좋아하면서 배우기를 좋아하지 않는다면 그 폐단은 방탕하여지고, 신의를 좋아하면서 배우기를 좋아하지 않는다면 그 폐단은 도적이 되고, 정직함은 가혹해지고 용기를 좋아하면서 배우기를 좋아하지 않는다면 그 폐단은 난폭해지고, 굳세기를 좋아하면서 배우기를 좋아하지 않는다면 그 폐단은 망령하게 되느니라.

  子曰, "由也! 女聞六言六蔽矣乎?" 對曰, "未也." "居! 吾語女. 好仁不好學, 其蔽也愚, 好知不好學, 其蔽也蕩, 好信不好學, 其蔽也賊, 好**直**不好學, 其蔽也絞, 好**勇**不好學, 其蔽也**亂**, 好**剛**不好學, 其蔽也**狂**." (陽貨)

  3) 중유의 자는 자로이며 변 땅 사람으로 공자보다 9년 연하이다. 자로의 성벽은 거칠고 용맹스러워 힘쓰기를 즐겨했으며, 심지가 강직했다. 수탉의 꼬리로 관을 만들어 쓰고 수퇘지의 가죽으로 주머니를 만들어 허리에 찼다. 공자의 제자가 되기 전에 공자에게 폭력으로 욕을 보이려 했다. 공자가 예로 대하여 조금씩 자로를 꾀어 들이자 자로는 훗날 유자의 옷을 입고 폐백을 바치면서 문인들을 통해 제자가 될 것을 청했다.

  仲由字子路, 卞人也. 子路性鄙, 好**勇**力, 志**伉直**, 冠雄鸡, 佩猳豚, 凌**暴**孔子. 孔子设礼稍诱子路, 子路後儒服委质.

2)는 『논어』의 「태백편」의 한 구절이고, 3)은 『사기』의 「중니제자열

전」 가운데 공자의 제자인 자로의 외모를 형용한 구절이다. 우선 2)를 살펴보자. 사마천은 자로의 용모를 묘사하는 데 수탉의 깃을 관에 꽂고, 돼지의 오줌통을 허리에 찼다고 적고 있다. 몸치장에 꽤 신경을 쓰는 인물임을 알게 한다. 그리고 끝에서는 다시 복식을 언급하기를 자로는 훗날 공자의 제자가 되면서 유자의 옷을 입었다고 적고 있다. 공자의 제자가 되기 전에 외모는 화려하고 자기과시의 복식인 것이다.

아울러 자로의 성격에 굵은 표기를 한 글자들은 앞의 광인일기에서 광인의 성격, 곧 용 그리고 직과도 겹쳐진다. 그리고 이 용과 직은 『논어』의 「태백편」에서도 같이 반복된다. 아울러 위 인용부의 대화는 공자와 자로 사이의 대화이다. 공자가 열거하는 육언육폐는 실은 고스란히 자로를 특정하여 지적했을 공산이 크다. 아래 논어의 구절들 역시 「자로」의 캐릭터와 무관하지 않은 진술들이다.

4-1) 공자께서 말씀하시기를, "도가 행하여지지 않아서 뗏목을 타고 바다로 떠나게 된다면 나를 따라올 사람은 유뿐일 게다." 자로는 이 말을 듣고 기뻐하였다. 공자께서 말씀하시기를, 유는 용맹을 좋아하는 것은 나를 넘어서나 그 재능을 취할 것은 없나니라.

子曰, "道不行, 乘浮于海. 從我者其由與?" 子路聞之喜. 子曰, "由也好**勇**過我, 無所取材." (公冶長)

4-2) 공자께서 말씀하시기를 공손히 예가 없으면 번거롭고 신중하되 예가 없으면 남이 두렵게 여기고 용기가 있되 예가 없으면 사회를 어지럽히고, 곧되 예가 없으면 급박하여진다.

子曰, "恭而無禮則勞, 愼而無禮則葸 , **勇**而無禮則**亂**, 直而無禮則絞." (泰伯)

4-3) 공자께서 말씀하시기를 용맹을 좋아하고 가난을 싫어함은 난동을 부릴 징조요, 사람이 인이 아님을 지나치게 미워해도 난동을 부릴 징조나라.

子曰, "好**勇**疾貧, **亂**也. 人而不仁, 疾之已甚, **亂**也." (泰伯)

4-4) 자로가 말하기를, 군자도 용기를 숭상하나이까. 공자께서 말씀하시기를 군자는 정의를 가장 높이 숭상해야 한다. 군자가 용기만 있고 정의가 없으면 난동을 부리게 되고 소인이 용기만 있고, 정의가 없으면 도둑질을 하게 되느니라.

子路曰, "君子尙**勇**乎?" 子曰, "君子義以爲上, 君子有**勇**而無義爲**亂**, 小人有**勇**而無義爲盜." (陽貨)

공자의 텍스트 『논어』에서 용을 언급한 대목이 그야말로 非一非再로 검색되는 것은 어디서 비롯되는가. 아마 모르긴 몰라도 공자의 지근거리에서 공자를 따르던 제자 자로의 인물 캐릭터를 꼭 집어서 언급한 것은 아닐까 하는 추정도 가능하다. 곧 자로의 성격을 한마디로 말할라치면 勇에 있는 것이다. 그리고 그것은 육언육폐라는 말에 보듯이 장처와 단점이 버무려져 뒤섞인 소산이기도 하다.

우선 4-1)에 의하면, 자로만큼은 공자 자신보다 윗등이라는 사실을 긍정한다. 그럼에도 거기서 재목으로 취할 대목이 없다고 한 발언의 진의는 어디에 있는가. 용기를 좋아하면서 배우기를 좋아하지 않는다면 그 폐단은 난폭해진다(好勇而不好學은 其弊也 亂)는 발언에서 배운다(學)는 말은 다름 아닌 예교(禮敎)로 勇을 다스려 통제함을 의미한다. 그리고 이는 공교(孔敎) 및 유가(儒家)의 기본 가르침이기도 하다.

육언육폐를 통해 자로에게 공자가 교계를 베푼 것이 이른바 야스퍼스가 말하는 기축시대의 일이었다면, 그로부터 누천년을 지나 이른바 유학이 신유학이라는 단계로 비약하는 단계에서 한 축을 맡았던 주희가 육언육폐에 대해 달았던 다음과 같은 주석의 사정은 어떠한가.

5) 폐란 손으로 가려 막는다는 뜻이다. 『예기』의 가르침에 의하면, 군자가 더욱 알고자 하는 바를 물을 경우, 일어서서 대답하게 되어 있으므로, 공자가

자로에게 깨우칠 때 자로로 하여금 도로 앉게 해서 일러준 것을 말한다. 육언이란 모두 미덕이지만, 잘못 좋아하기만 하면 그 제대로 배우지 못하여 그 이치를 밝힐 수가 없게 되면서 폐단에 이르는 것이다. 어리석음이란 빠져들어 망발을 일삼는 따위이며, 방자하다는 것은 끊임없이 높고 넓게 아는 체하는 것을 말하며, 적이란 사물을 상하게 하는 것이다. 용기라는 것은 강직함의 발로요, 강직함은 용기의 몸체이다. 미치광이는 성급하게 함부로 나서는 것을 말한다.

　蔽, 掩遮也. 禮. 君子問更端, 則起而對, 故夫子諭子路使還坐而告之. 六言 皆美德 然徒好之而不好學而明其理 則各有小蔽 愚若可陷可罔之類, 蕩謂窮 高極廣而無所止, 賊謂傷害物, 勇者剛之發, 剛者勇之體, 狂躁率也.

　주희는 누구인가. 미조구치 유조(溝口雄三)가 주희의 탄생을 일컬어 사건이라 칭한 바로 그 인물, 곧 천관을 확립하고 도와 불을 받아들이는 동시에 유학을 처세술로부터 음양론에 입각하여 이른바 세계관의 자리로 끌어올린 신유학의 개조가 아닌가. 위의 인용부에서 활자 크기를 달리한 대목은, 주희가 논어 가운데 공자의 육언육폐 조목에 주를 붙인 대목이다.

　그리고 노신은 이를 놓치지 않고 각 조목을 겨냥하여 패러디한다. 곧바로 굵게 표기한 掩遮라는 단어, 곧 앞서 인용한 광인일기에서는 단어의 앞뒤 순서를 바꾸어 遮掩이라고 한 대목이다. 이로부터 말미를 찾아 들어가면, 우선 勇으로 접속이 가능하고 이어서 그 勇이 바로 剛이라는 인물 성격의 발로이며 동시에 剛은 勇의 體를 이룬다, 곧 勇과 剛이라는 두 개의 인물성격은 한 몸을 이룬다는 것이 주희의 주석 내용이다.

　아울러 그 剛이라는 인물성격이 禮를 통해 다스려지고 통제되지 않을 경우 필경 狂이 된다는 공자의 지적이 바로 躁率(조급하고 솔직함)이라는 주석의 발언과 궤를 같이하고 있음을 알 수 있다. 따라서 「광인일기」는 공자의 논어와 주희의 주석이라는 두 개의 텍스트와의 대질의 소산인 것이다.

여기서 이런 의문이 생겨야 한다. 勇을 禮로서 다스리는 식이 아니라 勇을 勇으로 보존하려는 것은 왜인가. 그것은 필시 현대의 중국이라는 나라의 이른바 "궈칭"(國情: 국사의 사정)에 맞도록 재규정된 것은 아닌 가. 중국현대사를 가리켜 만일 혁명사라고 일컫는 데 동의한다면, 그 勇과 剛 혹은 直이 禮敎에 의해 순치되는 경로가 아니라 亂과 暴으로 연결되어야 하리라는 점을 각성한 소산이라고 보아야 하는 것은 아닌가.

여기서 논어라는 텍스트를 다시 또 하나의 텍스트인 「수호전」과 대질 시키노라면 망외의 연결고리를 발견할 수 있는 구절이 바로 4-4)의 "군자가 용기만 있고 정의가 없으면 난동을 부리게 되고 소인이 용기만 있고, 정의가 없으면 도둑질을 하게 되느니라"는 구절이다. 정의라는 가치가 전도되어 형해화되었을 때, 다시 말해 시대가 말세에 이르러 송나라 왕조가 문약(文弱)으로 위태로운 지경에 처해 몽고족으로 침탈당 할 위기에 처했을 때, 군자라면 난동을 부려야 할 일이며, 소인이라면 도둑으로 되리라는 말을 작품으로 보여준 소설이 바로 「수호전」이 아닌 가. 의를 표방하는 呼保義 송강은 군자요 임충 이규 무송은 의를 돌아볼 줄 모르는 인물이므로 도(盜)가 된 경우가 아닌가.

시내암이 논어를 안 읽었을 가능성은 제로 수렴한다고 할 때 이런 수호전이 빚어낸 인물 군상, 108영웅 역시 이런 군자와 소인으로 구분할 수 있으며, 군자가 난을 일으켰다면, 소인은 양산박의 도적도 불사하는 그런 인물 형상이겠고 말이다.

나아가 노신의 텍스트 광인일기가 신문학사의 첫 페이지를 장식하는 이유가 바로 예교에 대한 거부에 있다고 한다면, 그리고 그 예교에 대한 거부가 공자를 겨냥한 것이었다면, 논어라는 텍스트가 응당 지목의 대상이 된다. 노신은 현대사와 혁명사를 하나로 결합시킨 작가로, 현대사

=혁명사가 만일 난이라는 옛 언어로 표상되었다면, 그 난을 말살시키는 예교를 지워버리고 용의 난됨을 보존하고자 했던 것은 아닌가.

이 대목에서 광인일기의 광인과 하선생의 진단과 처방에 대한 묘사가 눈길을 끈다. "쓸데없는 생각하지 말고 조용히 요양하라는 의사 하선생의 '처방'을 일소에 부치는 이유는 별도로 있다. 곧 광인이 비록 난동 대신 쟁찰이라는 행동방식을 보여주는 것이다. 그리고 이 쟁찰이라는 행동은 소학으로 뜯어보면 서로 맞물려 있다. 곧 쟁은 정과, 난은 찰과 연결되어 있다. 다만 쟁은 정의 반대, 곧 싸움질(쟁)을, 찰은 난동과 통하게 설계된 동사인 것이다.

시내암의 수호전이 논어의 부분 부정으로 중도반단에 그쳤다면, 노신의 광인일기는 논어와 공자의 전면 부정으로 현대사(혁명사)의 요구에 맞게 부정을 통한 재구성이라고 본다면, 그런 점에서 노신이야말로 공자의 완성이 아닌가.

4.

광화문 촛불에서 문제의식의 발단을 삼아, 내친 김에 김수영과 노신을 언급한 황석영의 발언을 빌미로 하여 살핀 것은 직이라는 한자였다. 이 직은 김수영의 처녀작에 해당되는 「폭포」에 "곧은 소리"라 하여 우리말로 얹혀 있는 것을 직이라는 한자로의 변환을 통해 노신에 대입할 경우 뜻밖의 사로를 확장하게 만든다. 특히 광인일기에 감추어져 있는 직은 공자의 논어라는 텍스트의 '교정'을 통해 중국 인문 정신 전반을 재사유하게 만드는 요해처에 해당되는, 그야말로 열쇳말의 자리를 차지하게 되는 것이다. 아울러 이들은 두 작가의 오리지널리티를 담은 처녀작 속에 잠겨 있는 점은 향후 흥미로운 대비를 가능하게 만든다. 곧 이

직을 통해 우리는 만해와 단재 그리고 모택동으로 두루 이어지는 사유의 회로, 동아시아의 문학적 현대성의 지맥들을 구성할 단초에 접속한 셈이다.

김수영과 만해에 모종의 문학적 연관이 있느냐 하는 질문은, 작년의 촛불정신이 87년으로 거슬러 올라가며, 나아가 5·18을 거쳐 4·19로까지 연결 지음으로써 우리 민족문학이 면면한 전통 위에 있음을 재발견하는 문제로 되지만 이를 다시 3·1로까지 기산할 경우를 염두에 두고 따져보자는 의미로 던진 질문이다.

제법 연조가 된 시점의 일이기는 하지만 한국의 시사에서 현역 시인에게 가장 폭넓은 영향을 행사한 시인이 누구냐 하는 설문에서 김수영이 굴지의 자리를 점했다는 결과는 한국문학사에서 그의 자리를 살피게 하는 한 증빙이 되거니와, 김수영을 이상이나 임화에까지 연결 짓는 문제가 토론거리로 되듯이, 이를 다시 만해에게 이르게 한다면, 이른바 한국문학사의 기점 논의와도 맞물리면서 제법 긴 유서를 구비한 문학사를 보유하게 만드는, 다시 말해 우리 한반도 역사에서 인문전통의 자부심을 가져도 좋을 안목을 갖추는 것을 의미한다.

이웃 나라 중국을 살피면 문학사의 주류가 노신을 중간다리로 해서 손문과 모택동을 잇는 선색이 일목요연한 바, 문학사와 혁명사와 둘이 아니라 하나로 되는 살필 수 있는 까닭이다. 말하자면 광화문 촛불혁명이 정치적 사건에 한류의 흐름이 흘러들어 하나로 합류한 대목이리라는 점을 이웃 나라 중국을 거울로 삼아 한국문학사를 구성해보게 한다는 점과도 연결된다.

일견 문학적으로 일면식도 없으리라 여겨지기도 하는 김수영과 만해, 만해와 김수영 두 고인을 한자리로 불러내서 손을 마주잡는 장면을 연출하기 위해서 우리는 먼저 남도의 진주 땅으로 발걸음을 옮겨 다음 시편을 살피기로 하자.

날과 밤으로 흐르고 흐르는 남강(南江)은 가지 않습니다

바람과 비에 우두커니 섰는 촉석루(矗石樓)는 살 같은 광음(光陰)을 따라서
달음질칩니다

논개(論介)여 나에게 울음과 웃음을 동시(同時)에 주는 사랑하는 논개여

그대는 조선의 무덤 가운데 피었던 좋은 꽃의 하나이다. 그래서 그 향기는
썩지 않는다.

나는 시인으로 그대의 애인이 되었노라

만해의 「논개(論介)의 애인이 되어서 그의 묘(廟)에」의 첫머리이다.
논개라는 여인은 진주성에서 왜장을 껴안고 남강물에 투신한 의기로
알려진, 우리 역사의 한 페이지를 장식하고 있는 여인이라는 사실은
삼척동자에게도 기지의 사실이다. 일단 만해가 진주를 찾은 이유는
논개와 유관순을 결합시키고자 한 데 있다고 보아도 말이 된다는 점을
짚고, 이어서 「님의 침묵」이라는 장편 연작시가 3·1운동의 좌절과
실의를 딛고 실낱같은 희망의 단서를 찾는 데 있었다는 사실을 짚고
나서, 그 연장선 위에서 같은 항일의 여인이라는 접점을 발견하는 것은
그다지 억지가 아닐 것이기 때문이다.

하지만 위의 인용부에서 별도로 활자의 호수를 늘인 글자, 촉석루의
촉이라는 한자를 김수영의 "곧은 소리는 소리이다 / 곧은 소리는 곧은 /
소리를 부른다"는, 김수영 자신이 처녀작의 반열에 올린 「폭포」의 한
구절에서 "곧은"이라는 형용사를 세 차례 반복해서 나열하는 대목과
오버랩해서 읽어도 무방하지 않을까, 촉석루의 촉의 직이라는 부품에
주목하자는 말이다.

직이 셋이나 있으므로 직도 예사롭지 않은 직이다. 나무를 보자면,
목이 한 그루에서 두 그루가 되면 숲이 되고, 세 그루가 되어 삼이

되면서 숲은 숲이되 나무가 **빽빽**이 심어져 물샐 틈이 없는 정도의 그런 숲이 된다는 사실을 살피면, 촉석은 석은 돌은 돌이되 그 돌은 철석같기가 가히 최상급의 격이 되기 때문이다.

삼일운동에 가담한 인물치고 훼절하지 않은 이가 드물건만, 만해는 끝내 절조를 저버리지 않은 인물이다. 이를 떠올리게 하는 기발한 에피소드로, 예를 들면 심우장을 총독부와 반대방향으로 향배를 잡았다거나, 변영만이 남긴 "만해전신도시담"이라는 문자속이라거나, 만해와 육당 최남선이 길에서 우연히 조우했을 때 육당이 아는 체 인사를 하자 만해는 아는 척도 하지 않고 가길래 최남선이 만해를 따라가 다시 인사를 건네자 "육당은 죽었다"고 일갈했다는 일화가 마치 전설처럼 전해지는 것도 만해의 됨됨이가 직이라는 성격의 소유자임을 받쳐주는 증빙이 되고도 남는다.

「님의 침묵」의 마지막을 차지하는, 「님의 침묵」의 결론이기도 한 「사랑의 끝판」에서 가신 님을 기다리던 끝에 종당에는 "네 가요 곧 가요"라는 진술이야말로 동방의 여인네의 유구한 정서, 곧 기다림의 미학을 결별하는 위대한 장면으로 손색이 없는 개소(個所)인 것이다. 그런 만해가 찾은 곳이 바로 논개 사당이 자리 잡은 촉석루인 것은 너무나도 자연스럽다.

5.

하지만 촉석루의 촉이라는 글자를 단서를 삼아 김수영의 곧은 소리와 연결 짓는 것이 너무나 증빙이 빈약하다는 핀잔을 넘어서기 위해 다음의 고시 한 수를 보태기로 하자.

梅花何處在	매화가 어디 피었는가
雪裡多江村	눈 쌓인 강촌에 많다네
今生寒氷骨	금생에는 찬 얼음 뼈다가
前身白玉魂	전생에는 백옥의 넋이었다네
形容畫亦奇	낮에는 맵시가 기특하다가
精神夜不魂	밤에도 얼만은 빛을 잃지 않거늘
長風散鐵笛	먼 바람결에 피리소리 흩어지는데
暖日入禪園	따스한 날에도 선방에 퍼지는구나
三春詩句冷	봄이 한창일 때도 시 구절 차가운 기운인데
遙夜酒盃溫	아늑한 밤에는 술잔을 뎁히누나.
白何帶夜月	흰색은 달빛을 띠어서 그렇겠고
紅堪對朝暾	붉은빛은 아침 해를 받아서 그런즉
幽人抱孤賞	숨은 선비만이 품에 안고 즐기나니
耐寒不掩門	아무리 추워도 문을 닫지 마시게
江南事蒼黃	강남 땅의 일이 아무리 어지러워도
莫向梅友言	매화 벗에게는 알리지 마시게
人間知己少	인간 세상에 본디 지기는 드문 법
相對倒心尊	매화를 벗 삼아 술잔을 기울일손,

만해의 「又古人梅題下不作五古余有好奇心試唫」라는 고시를 인용하는
이유는 골이라는 글자를 확대하여 표기한, 다시 말해 돋보기를 들이대기
위함이다.1 매화는 전통 시대의 문인에게는 정녕 별단의 지위를 점해온

....

1. 魯迅 印章 梅花是唯一知己
   * ≪史记·刺客列传≫: "士为知己者死, 女为悦己者容."
   * 魯迅 "人生得一知己足矣 斯世当以同怀视之 赠与当时正在上海做地下工作的瞿
     秋白"

식생이다. 문인들의 세계에서는 매화를 사군자의 으뜸의 자리에 올리고 있거니와, 일례로 퇴계의 매화 사랑, 그 제자인 서애 유성룡의 매화 사랑을 거쳐 안동 출신 문인의 전통을 잇는 육사의 「광야」로까지 전승되는, 그야말로 족보에 얹힌 나무로 뼈대를 자랑해도 하등의 손색이 없는 수종인 것.

하지만 이런 족보 이외에 별도의 사연을 간직하고 있는바, 매화는 동방의 『주역』에서 복괘의 자리에 걸터앉은 수종인 까닭이다. 복괘는 여섯 효가 오로지 음효로 구성된 곤괘의 바로 다음 괘로, 제일 밑자락에 양효를 깐, 다시 말해 양의 기운을 바닥에서 최초로 움트는 괘로서, 구랍 정월 초하루 직후인 한겨울에 양의 복원을 기약하는 나무. 이를 정치적으로 해석하자면 이른바 광복의 나무이기도 하다. 만해의 기다한 고시편에서 식생을 살피자면 국화 송나무 대나무 등이 없지 않지만, 매화를 다룬 시편이 빈도 1위를 점하는 것도 만해가 전통 시대와 신문학의 중간 길목에 자리 잡고 있다는 증빙이기도 하다. 매화라는 꽃은 광복이라는 두 글자가 감추어진 꽃이라는 말이다.

매화는 위의 고시에서 확인되듯이 빙골(얼음 뼈) 혹은 옥혼(고결한 혼) 이외에 옥골(고결한 뼈)이라는 별명으로 불리기도 한다. 다시 말해 뼈라는 뜻을 통해 고결한 절조 혹은 지조로 상징작용을 머금은 꽃이다. 여기서 흔히 세간에서 흔히 입에 올리는 이른바 뼈대가 있는 가문이라는 구절 가운데 뼈대라는 말의 유래가 잠겨 있으리라 짐작하는 것은 어렵지 않다. 이런 뼈를 의식하고 시편 속에 간간이 박아 넣은 경우가 김수영이다. 그 한 예로 다음 시를 들어야 하리라.

나의 天性은 깨어졌다 / 더러운 붓끝에서 흔들리는 汚辱 / 바다보다 아름다운 歲月을 건너와서 / 나는 태양을 줏었다고 생각하지는 않았지만 / 설마 이런것이 올 줄이야 / 怪物이여 // 지금 고갈詩人의 絶頂에 서서 // 이름도 모르는 뼈와 뼈 / 어디까지나 뒤틍그러져 나왔구나 / ── 그것을 내가 아는 가장 悲慘한 親舊가 붙이고 간 名稱으로 나는 整理하고 있는가 // 나의 名譽는 부서졌다 / 비 대신 黃砂가 퍼붓는 하늘아래 / 누가 지어논 무덤이냐 / 그러나 그 속에서 腐敗하고 있는 것 ── 그것은 나의 앙상한 生命 / PLASTER가 燃上하는 냄새가 이러할 것이다 // 汚辱 · 뼈 · PLASTER · 뼈 · 뼈 / 뼈 · 뼈……………………

─「PLASTER」(1954)

일단 제목이 「PLASTER」라는 영문제목이 눈길을 끈다. 석고로 풀이되는 이 단어는 인체의 뼈가 석고질로 변하고 만 것. 이 뼈는 전통시대 문인의 골기(骨氣)가 소거되어 형해화되어 문자 그대로 해체되었음을 뜻한다.

현대 사회로 이행되면서 시인은 오욕에 물들지 않을 수가 없다. 오욕이라는 단어는 별단의 의미를 지닌다. 이를테면 공자의 『논어』에 14차례나 등장하는 부끄러울 恥라는 글자는, 논어라는 텍스트를 부끄러움을 가르치는 경전이라 봐도 된다.

오욕의 시인이 작시를 하는 붓끝에는 더러움이 필경 수반된다. 시작 행위가 돈을 버는 행위로 치환되면서 고전 전통 시대의 문인들이 화창시를 주고받고 교양인으로서의 덕목으로 작동하는 것이 더 이상 불가능하게 된 것. 현대 세계에 접어든 이후 시인된 자가 겪어야 할 운명, 다시 말해 피치 못할 지경에 맞닥뜨린 것. 그의 시에 등장하는 돈의 비밀도 이와 무관하지 않으며, 나아가 그의 번역활동을 재촉해온 채귀와도 같은 가사 운영의 부담을 면제받을 수 없기 때문인 것이다.

하지만 이런 현대 세계에 속하는 시인의 이런 위기의식만으로 김수영의 뼈를 완전히 해명하는 데는 여전히 미달이다. 다음의 뼈가 기다리고 있기 때문이다.

革命은 안 되고 나는 방만 바꾸어버렸다 / 나는 인제 녹슬은 펜과 뼈와
狂氣―― / 失望의 가벼움을 財産으로 삼을 줄 안다 / 이 가벼움 혹시나 歷史
일지도 모르는 / 이 가벼움을 나는 나의 財産으로 삼았다

　　　　　　　　　　　　　　― 「그 방을 생각하며」(1960. 10. 30) 부분

　일단 뼈를 주목한 다음 이어서 녹슨 펜은 더러운 붓끝과 통한다 치고
이어지는 문제의 단어가 바로 광기이다. 고인의 주사는 문단에서 정평이
자자한 바 있는 이른바 요즘말로 팩트에 속하는 항목을 이루거니와,
이 주사를 광기와 연결 짓는 것도 가능하지만, 이 광기가 실은 혁명은
안 되고 나는 방만 바꾸어버렸다는 그 탄식 어린 술회와 결합할 경우,
노신의 출세작 광인일기의 광인으로 접속을 허용하며 이어서 앞서 거론
한 바 있는 논어의 육언육폐론으로 이어서 주희의 주석 강과 광의 관계로
까지 추찰할 것을 우리로 하여금 요구하는 것이다. 다시 말해 고인의
주사 혹은 광태가 마냥 추악한 악덕의 소산이 아니라 실은 강, 나아가
강골의 소산이기도 하리라는 추정은 얼마든지 가능하지 않을까.2

　그런데 이 뼈라는 문인의 자존감에 위기를 의식한 시인은 김수영뿐만은
아니었으니, 윤동주의 "백골 몰래 / 아름다운 또 다른 고향에 가자"(「또
다른 고향」)고 한 구절에 비치는 백골은 일찍이 포은의 "이 몸이 죽고
죽어 / 일백 번 고쳐 죽어 / 백골이 진토되어" 운운한 구절은 우리 귀에

....

2. 이 뼈는 시원치 않은 이 울음소리만이/어째서 나의 뼈를 뚫고 총알같이 날쌔게 달아나는
　가(「영사판」, 1955).
　나는 아이들을 가르치면서/우리나라가 宗敎國이라는 것에 대한 自信을 갖는다/絶望
　은 나의 목뼈는 못 자른다 겨우 손마디뼈를/새벽이면 하아프처럼 분질러놓고 간다(「우
　리들의 웃음」, 1963. 10. 11).

촛불의 뿌리 그리고 김수영 | 유중하 ·· 57

익혀온 구절로 말미를 삼은 구절이리라는 추정이 가능하거니와,

　버려진 땅에 돋아난 풀잎 하나에서부터 / 조용히 발버둥치는 돌멩이 하나
에까지 / 이름도 없이 빈 벌판 빈 하늘에 뿌려진 / 저 혼에까지 저 숨결에까지
닿도록 // 우리는 우리의 삶을 불 지필 일이다. / 우리는 우리의 숨결을 보탤
일이다. / 일렁이는 피와 다 닳아진 살결과 / 허연 뼈까지를 통째로 보탤
일이다.

라 하여 조태일이 「국토 서시」에서 말하는 "허연 뼈"와도 연결 짓게
한다. 김수영이 조태일의 투박한 호흡을 상찬한 진의가 바로 이 뼈와
무관하지 않을 것이고, 이는 다시 70~80년대 민족문학론의 기점을 이루
는 참여문학의 한 축을 구성하고 있다고 본다면……

　　6.

　여기서 새삼스러운 것이 앞서 노신의 직이니 직입이나 하는 필명을
가지고 실마리를 삼은 데서 다시 포은의 단심의 단을 단재의 단과 연결시
켜도 말이 되는 것이, 단재가 이국 땅 북경에서 작고한 뒤 만해가 단재를
기려 비문을 남긴 사실은 단순히 에피소드가 아니라 두 살 터울로 허교가
가능한 만해와 단재가 간담상조하고 있는 바, 이는 다음 발언으로 증빙을
삼을 수 있지 않을까.

　실업을 경영하는 자를 보면 나의 의견도 실업에 있다 하며, 교육을 실시하려
는 자를 보면 나의 주지도 교육에 있다 하며, 어깨에 사냥총을 메고 서북간도
의 산중으로 닫는 사람을 보면 나도 네 뒤를 따르겠노라 하며, 허리에

철추를 차고 창해역사를 꿈꾸는 자를 보면 내가 너의 유일한 동지로다 하고, 외인을 대하는 경우에도 중국인을 대하면 조선을 유교국이라 하며, 미국인을 대하면 조선을 예수교국이라 하며, 자가의 뇌 속에는 군주국, 비군주국, 독립국, 비독립국, 보호국, 비보호국, 무엇이라고 모를, 집을 수 없는, 신국가를 잠설하여 시세를 따라 남의 눈치를 보아, 값나가는 대로 상품을 삼아 출수하는도다. 애재라. 갑신 이후 40여 년 유신계의 산아들이 그 중에 시종 철저한 **경골한**이 몇몇이냐.

이로써 김수영의 **뼈**는 족보가 만만치 않은, 자못 거대한 뿌리를 가진 DNA의 소산인 바, 이는 4·19가 아니라 3·1로 거슬러 올라갈 수도 있음을 우리가 근대문학사의 한 페이지의 치부책에 적어놓고 되새기게 하는 것이다.

여기서 다시 경골한이라는 우리에게는 생소한 축에 속하는 단어를 마냥 눈대중으로 넘겨짚고 도외시하기 힘든 또 하나의 증빙으로 추가해야 하는 문장이 다음 구절이다.

"루쉰은 중국 문화혁명의 주장(主將)이다. 그는 위대한 문학가일 뿐 아니라 위대한 사상가요 위대한 혁명가이다. 루쉰의 뼈는 가장 단단하며 그는 노예처럼 아첨을 떠는 태는 추호도 지니지 않았으니 이것이야말로 식민지와 반식민지 인민의 가장 고귀한 캐릭터인 것이다. 루쉰은 문화전선에서 전 민족 대다수 구성원을 대표하여 적을 향해 무찌르고 쳐들어간 가장 정확하고 가장 용감하며 가장 견결하며 가장 충실하고 가장 열정적인, 공전의 민족영웅이었다. 루쉰의 방향은 곧 중화민족 신문화의 방향(方向)이다." "鲁迅的**骨头是最硬的**, 他没有丝毫的奴颜和媚骨, 这是殖民地半殖民地人民最可宝贵的性格."

모택동의 신민주주의론의 구절이거니와, 중국혁명사의 기념비적 문헌으로 꼽히는 이 문헌에서 모택동이 노신을 특기하기를 문학가 혁명가 사상가의 삼가를 삼위일체한 바 있는 것은 만해를 가리켜 시인과 선승과 혁명가를 삼위일체한 사정과 무관하지 않다는 점을 짚고 나서 이어서 문제의 그 뼈, 곧 경골이라는, 특이한 유전자를 괄목하게 만드는 것이다, 그리고 이 유전자는 김수영으로부터 만해와 단재를 거쳐 이웃 나라 중국의 노신에게로까지 확장되면서 제법 넓은 동아시아 문학의 풍토를 이루고 있다고 본다면…….

하지만 이런 칼슑이 풍부한 딱딱한 뼈의 DNA의 정체를 구명하기 위해서는 보다 더 깊은 원조를 뒤지는 수고를 아끼지 말아야 한다. 그것은 『문심조룡』의 「풍골편」 가운데 다음 구절로 접속해 들어가는 일을 말한다.

시경에는 육의가 있어서 풍이 그 첫머리를 차지한다. 풍이란 사람을 감화시키는 본원적인 힘이며, 작가의 사상과 감정의 기세에 대한 구체적인 표현이다. 그렇기 때문에 심각하고도 절실하게 감정을 표현하기 위해서는 반드시 풍으로부터 출발해야 하며, 반복적으로 문장을 고쳐가면서 문장의 표현을 다듬기 위해서는 무엇보다 골을 중요하게 여겨야 한다. 문장의 표현에서 골이 있어야 하는 것은 모든 형체에는 그것을 지탱하는 뼈대가 있어야 하는 것과 같고, 감정을 표현함에 있어 풍이 요구되는 것은 모든 형체 안에는 생기가 들어 있어야 하는 것과 같다. 말의 구성이 단정하고 정직하게 되면 문골이 이루어지고, 작가의 의미가 예리하고 쾌활하면 문풍이 청신해지는 것이다. 만일 문채만을 풍부하게 한다면 풍과 골이 살아 움직이지 않게 된다. 그와 같이 문체가 진부하게 되거나 선명하지 못하게 되면 운율의 아름다움도 그 힘을 잃는다. 그러므로 작품을 구성함에 있어서는 반드시 생기가 충분하게 유지되도록 해야 하며, 표현이 강건하면서도 충실하도록 해야 한다. 그럴 때 비로소 그 작품은 새로움의 빛을 발하게 될 것이다. 문장에서 풍과 골이 하는 작용은 날아가는 새의 양 날개의 그것에 비유될 수 있다.

《诗》总六义, 风冠其首; 斯乃化感之本源, 志气之符契也. 是以怊怅述情, 必始乎风; 沉吟铺辞, 莫先于骨. 故辞之待骨, 如体之树骸; 情之含风, 犹形之包气. 结言端**直**, 则文**骨**成焉; 意气骏爽, 则文风清焉.

활자 크기를 키운 직과 골이라는 글자는 김수영의 "곧은 소리" 혹은 "**뼈**"와 무관하지 않을 테며, 이는 실은 『시경』의 16국풍으로까지 거슬러 올라가면서 거기서 다시 그 사무사로 일컬어지는 국풍의 풍이 김수영의 미풍 혹은 동풍 나아가 심지어는 미인에 등장하는 담배연기로까지 연결 지어질 수도 있다는 점을 새삼 확인하게 만들기도 한다. 위 인용부의 결언단직이라는 네 글자는 때로 분식을 거부하면서 "문장의 풍력을 증가시키고 / 문자의 골력을 강건하게 하며 / 재능이 발휘되노라면 / 그 문채가 빛을 발할 수 있으리니"[3]라는 구절로 이어지게 하는 것이다.

중국의 문학연구자 祀志祥은 이 풍골을 평담과 대비지어 설명하는바, 풍골의 한 특징으로 입세정신, 곧 현실사회에 참여와 간여를 강조한다. 고인이 순수참여 논쟁 당시 참여시 진영의 주장이었던 일도 이 풍골의 기질과 무관하지 않은 사실을 확인하게 하는 것이다. 그런데 이 풍골이라는 품격을 좀 자세히 들여다보면 이른바 모더니스트 김수영 시의 또 다른 독특한 면모를 헤아릴 수도 있다. 그것은 풍골의 하위 범주인 "로"이다. 로는 우리말로 풀이하면 "노골", 다시 말해 **뼈**를 드러낸다는 말로 풀이하면 그럴듯하다. 말하자면 자신의 내면에 깃들어 있는 치부를 만천하 백일하에 드러내기를 서슴지 않는, 그런 행동방식이기도 하다.

....

3. 蔚彼风力, 严此**骨鲠**; 才锋峻立, 符采克炳.

예를 들어 고인이 생전에 종삼에 출입한 사정을 버젓이 작품 속에서 드러낸 「성」혹은 고인의 미망인에게 폭행을 가한 사정을 마치 이실직고라도 하듯이 밝히고 있는 「죄와 벌」이라는 시편도 바로 이런 풍골이라는 품격의 소산이라고 읽어야 요해가 가능하다. 자신의 치부를 감추는 것이 아니라 거꾸로 만천하에 드러내는 행동방식은 예사로운 인간형으로서는 엄두도 내지 못하는 법이니 말이다.

7.

고인 서거 30주기를 맞던 1998년이던가. 창비에서 고인의 시선집 『사랑의 변주곡』이 '전집'과는 별도로 빛을 보았는데, 거기서 내 눈을 끌어당긴 것이 「살아있는 김수영」이라는 백낙청의 발문이었다. 30주기를 맞아 살아 있다니 하면서 말이다. 그러고는 이어서 다시 떠올린 것이 『노신이 만일 아직 살아 있다면』(如果魯迅還活着)이라는 중국의 책 제목이었다. 중국인들은 역사의 중요한 장면마다 노신을 불러내곤 한다. 모택동도 불러내고 노신의 제자로 일컬어지던 호풍도 노신을 호출한 바 있다. 하여 지금 이런 시설에 김수영이 살아 있다면 하는 생각을 하는 건 망상일까. 더군다나 고인의 50주기는 이른바 촛불혁명과 맞물려 있기도 한 것이다.

목하 적폐청산 작업이 지지부진하기는 하지만 그런대로 이루어지고 있는 모양새다. 이를 두고 시시비비를 가린답시고 방해하는 세력들은 여전히 예전의 구태를 그대로 유지하고 있고, 적폐청산을 한다고 하는 측도 사법부 입법부는 물론 행정부마저도 썩 적극적으로 보이지 않고 이리저리 눈치를 보거나 구태에 안주하고 있지는 않은가. 현금의 형국을 말하자면, 학명인 것도 아니고 혁명 아닌 것도 아닌, 어중간한 그런

모양새는 아닌가. 선무당질 한다는 비아냥거림을 들을 각오를 하면서 『주역』을 들먹이자면, 혁괘는 정괘에서 마감되는 법이거니와, 정괘에 이르러 신을 자저할 수 있는 것이어서 우리는 여전히 신과 구의 어중간한 단계인 과도기에 있다고 보아야 하지 않은가. 적폐를 문자 그대로 청산, 깨끗하게 셈을 치르자면 다시 문자 그대로 발본색원하지 않으면 그 뿌리는 곧 살아나기 마련이다.

적폐라는 것이 일이십 년의 소산이 아니라는 점은 웬만큼 지각 있는 이라면 아는 사실이다. 그 뿌리를 뒤지노라면 박정희, 이승만은 물론하고 일제강점기를 지나 조선조로까지 거슬러 올라가야 할 일이며, 그동안 우리 촛불의 허다한 선배들이 치러온 고귀한 희생과 저항들이 올바로 자리매김되는 대목에서 고인의 자리를 되살피는 안목이 절실하다. 고인 을 비추는 거울로 거론한 노신을 '역사적 중간물'로 자리매김하는 중국의 논의를 참조하면, 고인이야말로 전통시대에서 현대세계로 넘어오는 오랜 과도기에 중간 교량의 위치에 자리하고 있지 않은가.

본 발표에서 중국의, 아니 동아시아의 풍골론을 들먹여가며 고인을 운위하는 것은 풍골이라는 또 다른 "거대한 뿌리"를 간직한 고인이, 모더니즘의 세례를 통과(신동엽을 가리켜 모더니즘의 세례를 통과하지 못한 것이 아니냐고 계고한 바를 뒤집으면)하여, 전통과 현대가 한군데서 만난 지점을 헤아리고자 하는 데 있다. 아울러 김수영이야말로 사상과 시와 혁명이 하나로 삼위일체된 또 하나의 반증으로 좌정시켜야 할 일이며, 이런 자리를 재확인함으로써 비로소 우리는 앞으로 필경 오랜 동안(중국의 경우를 말하자면 1919년의 5·4운동으로부터 1949년 신중 국의 성립까지 30년 세월이 소요된 바 있었다)에 걸쳐 이루어질 적폐청산 의 사상적 기반과 거점을 마련할 수 있는 것은 아닌가.

세계문학, 번역, 미메시스의 시
─ 번역자로서의 김수영

박수연

1. 김수영이 벤야민을 읽었을까?

1967년 2월 4일자의 동아일보 문화면에는 시인 김수영 인터뷰 기사가 실려 있다. <여기에 걸다 ─ 내 필생의 작업>이라는, 12회 차를 맞는 연속 기획물인데, 기사의 제목은 「김수영 씨의 번역에 대한 분방한 야심」[1]이다. 두 부분이 주목할 만하다. 첫째, "김수영 씨는 한술 더 떠 '시집을 낼 필요가 있을까'고 반문한다."는 진술과 둘째, "그는 '시를 계속 쓸 가능성'도 있고 시론도 쓰고 싶어 한다. 그러나 보다 자기 것을 의식하는 조약돌의 역할은 현재 하고 있는 번역일이라는 것. 번역을 컨덕터(지휘자)로, 번역을 '反逆' 아닌 재창조로 보는 이 시인은 번역을 통해서만이 '깡패와 창부의 문화'를 계몽하는 첩경이라고 주장한다"는

....

1. 이 기획기사를 쓴 기자는 당시의 청년 김병익이었다. 김병익, 「김수영 기사에 대한 후기」, 염무웅 외 편, 『시는 나의 닻이다』, 창비, 2018.

진술이 그것이다. 첫째는 문면 그대로 해석 가능하지만, 둘째 진술에 대해서는 설명이 필요하겠다. "조약돌"은 '평화로운 사회를 건설하는 예술가(시인)'의 비유이고 '깡패와 창부의 문화'는 일방적 강요와 순응으로 점철되는 현대사회의 특징을 일컫는다. 번역으로서 현대의 조약돌 역할을 담당한다는 말은 따라서 번역을 통해 평화 세계의 건설을 도모하겠다는 뜻이 될 것이다.[2]

김수영이 자신을 번역가로 규정하고 있다는 사실과 관련하여 검토할 필요가 있는 것은 번역에 대한 그의 인식론과 그 번역을 통해 세계문학과 한국문학의 관계를 설정하는 자세이다. 본 논문은 그러므로, 김수영의 번역이 어떤 목록을 보여주는가를 정리하는 것이 아니라 그 번역을 통해 어떻게 시 창작에 버금가는 세계 이해의 길을 마련하려 했는가를 알아보려는 데 목적이 있다. 이것은 결국 시가 리얼리티를 얻는 방식과 번역이 리얼리티를 얻는 방식이 서로 유비적이라는 사실을 의미한다. 그래서 이 논점을 살펴보기 위해 김수영이 번역과 관련하여 자신의 생각을 정립하는 데 도움을 얻었을 자원을 확인하고, 그 자원이 제기하는 '번역=세계문학론'을 정리한 후, 마지막으로 시와 번역의 리얼리티라는 논점에 대해 서술해볼 것이다.

이런 방법론은 여러 이론적 전거를 필요로 하지만, 그 이론 체계를 서술하는 것이 본 논문의 목적은 아니다. 여러 이론들은 필요에 따라 부분적으로 서술과정에 개입해 들어오게 될 것이다. 이런 이유는, 본고를 통해 더 자세히 드러나겠지만, 이론 자체가 이미 세계를 이해하는 여러

....
2. 이 주장의 내용은 1957년에 발행된 앤솔러지 『평화의 증언』에 이미 나타난 바 있다. 김수영의 프롤로그에 기록된 "우리에게 있어서 정말 그리운 건 평화이고, 온 세계의 하늘과 항구마다 평화의 나팔소리가 빛날 날을 가슴 졸이며 기다리는 우리들의 오늘과 내일을 위하여 시는 과연 얼마만한 믿음과 힘을 돋구어 줄 것인가"라는 진술이 그것이다. 김수영은 시를 통해 세계의 평화를 도모한다는 바람을 명백히 표현하고 있는 중이었다.

'분절-파편'들의 자기표현 행위이기 때문에, 그 이론 체계를 사용하는 것 자체가 파편적 언어들의 자기실현인 셈이다. 주요 이론적 자원은 벤야민과 자코메티에게서 가져올 텐데, 이들을 호출하는 문학적 언어들은 사용되면서 자신의 본성을 실현하는 매재이다. 그러므로 시와 번역도 세계를 구성하는 분석적 자기표현이라고 해야 한다.

1967년의 인터뷰를 통해 알 수 있는 김수영의 생각 하나는 '시를 대신하는 번역'의 기능이다. 「변한 것과 변하지 않은 것」(1967. 12)에서 그가 설명한 의미와 무의미의 관계를 빌려 말하면, 그는 세계를 번역하는 언어를 끌고 들어가 현대의 '깡패와 창부의 문화'를 넘어서는 모험을 감행하는 중이었다.

시인 김수영이 출중한 번역가이기도 했다는 점은 잘 알려져 있다. 번역은 그의 생계 수단이기도 했다. 김수영이 "내 시의 비밀은 내 번역을 보면 안다"(「시작노트 6」)고 썼던 문장은 그의 연구자들에게 반복적으로 인용되는 것인데, 같은 글에서 그는 "시의 레알리테의 변모"를 긍정하고, 대상과의 동일화 욕망을 진술한다. '시의 스타일에 관한 이야기'에서 "상이하고자 하는 작업과 심로에 싫증이 났을 때, 동일하게 되고자 하는 정신(挺身)의 용기가 솟아난다"고 그는 썼다. 그런데 이 '변모하는 레알리테의 발견'과 '대상에 대한 동일화 욕망'을 그는 그의 시 「눈」 (1966)과 함께 설명하면서, 그것을 "자코메티적 발견"이라고 명명한다. 「자코메티의 지혜」라는 자코메티 방문기[3]를 같은 시기에 번역한 김수영

3. 김수영 연구에서 최근의 주요 주제 중 하나가 자코메티에 연결되어 있다. 대표적인 논문은 다음과 같다. 정명교, 「김수영과 프랑스 문학의 관련양상」, 『한국시학연구』 22, 2008; 조강석, 「김수영의 시의식 변모 과정 연구」, 『한국시학연구』 28, 2010; 조연정, 「'번역체험'이 김수영 시론에 미친 영향」, 『한국학연구』 38, 2011; 강계숙, 「김수영 문학에서 '이중언어'의 문제와 '자코메티적 발견'의 중요성」, 『한국근대문학연구』, 2013. 한편, 김수영과 자코메티의 관계를 '들뢰즈/가타리'라는 논점에 연결시키면서 김수영이 번역한 「자코메티의 지혜」를 논의한 글로는 박수연, 「문학의 양날—현실

이 그의 시작을 번역과 연관시켜 이해했음을 알려주는 대목이다.

대상에 대한 시적 묘사가 그 대상의 리얼리티를 확보하는 한 방법이라면, 그것을 그 대상에 대한 번역이라고 말할 수 있을까? 언어가 대상에 대한 미메시스라는 벤야민의 생각 속에서 그것은 충분히 가능한 일이다. 언어가 세상 속에서의 삶을 표현하는 것이기 때문에, 언어를 통한 대상의 미메시스는 곧 세상을 있는 그대로 받아들이고 그대로 구성하는 것이다. 벤야민의 말 중 참고할 만한 두 문장이 있다. 하나는, "인간이 사물에 부여하는 이름은 그에게 그 사물이 어떻게 전달되어 오느냐에 근거를 둔다"(「언어 일반과 인간의 언어에 대하여」). 다른 하나는 "해설과 번역이 텍스트에 대해 갖는 관계는 양식과 미메시스가 자연에 대해 갖는 관계와 같다"(「일방통행로」)이다. 첫째는 미메시스에 대해 말하기 위한 근거이고, 둘째는 미메시스를 번역과 유비해보기 위한 근거이다. 번역은 물론 세계를 주체의 언어로 바꿔놓는 행위 일반을 뜻한다. 그것은 세계를 주체의 언어로 끌어들이는 행위이기도 하고 구체적으로는 외국문학을 한국문학의 영역으로 이전시키는 행위이기도 하다. 이 이전행위가 주체화는 아닌데, 언어적 미메시스란 대상과 유사해지는 행위 즉, 사물이 드러내는 진리와 유사해지는 '비감각적 유사성'의 과정이다.

벤야민이 언어와 미메시스에 대해 논의한 내용이 김수영에게 유사하게 반복된다는 사실에 대해서도 여러 학자들이 언급하고 있는데, 이들의 연구는, 벤야민의 언어 이론과 미메시스론이 김수영의 문학론과 유사하다는 사실에 대해서 확인해준다. 최근까지 논의된 유사성은 그러나 모든 문학과 문인들이 상호 영향과 상호텍스트성의 관계에 있을 수밖에 없다는 점에서 문학언어의 보편적 추상을 김수영과 벤야민의 관계로 적용해본 수준의 것이다. 게다가 김수영의 문학론은 벤야민만을 닮은

....

의 안과 밖」, 『포에지』, 2001 가을이 있다.

것이 아니라 많은 서양 문인들을 닮아 있기도 하다는 점에서, 그 영향관계는 기존 논의 이외의 새로운 이론체계를 해석학적으로 적용해본 것인 셈이다. 특히 김수영의 번역 경험이 그의 시에 영향을 미쳤으리라는 주장은 그의 말을 통해서도 충분히 확인되고 있는 상황이다. 지식 체계와 내용에 대한 비교 연구가 좀 더 정확한 근거를 확보하기 위해서는 어떤 직접성이 필요할 것이다. 그렇지 않다면 모든 비교 연구는 해석학적 논의가 될 수밖에 없기 때문이다. 그런데 해석학적 방법이 길어 올리는 내용들은 항상 가능하지만 일종의 상대주의에 머무는 것이기도 하다. 또 해석학적 상대주의가 불가지론에 연결될 수밖에 없다는 점도 우리는 인정해야 한다.

논점의 어려움을 우회하기 위해, '벤야민-김수영의 미메시스적 관계'를 설정하면서 그 관계에 대한 직접적인 근거를 찾아볼 수도 있을 것이다. 김수영이 벤야민을 읽었을 가능성을 알아보는 일이 그것이다.[4]

『자유문학』 1960년 5월호에는 김수영의 시 「파밭가에서」가 수록되어 있다. 당시 김수영은 소설과 문학이론, 정치학과 사회사 관련 서적을 왕성하게 번역하고 있던 때이고, 번역가로서의 자기 정체성을 충분히 인식하고 있는 상황이었다.[5] 그런데 『자유문학』 같은 호에 번역 관련

----

4. 어느 날 서점에 들른 김수영이 책을 사지 않고 들춰보기만 하자 서점 문을 닫겠다며 나가달라고 하던 주인을 떠올리면서 김수영이 쓴 이런 구절이 있다. "우리들의 사회에는 이러한 웃지 못 할 예가 얼마든지 있습니다. 이것이야말로 자유의 악질적인 방종입니다. 나는 여기서 구태여 벤야민이 말한 노동자를 위한 자유의 필연성을 새삼스럽게 논의할 생각은 없습니다. 다만 자유의 방종은 그 척도의 기준이 사랑에 있다는 것만을 말해 두고 싶습니다" 전집 개정판(2003년)에 기록된 이 벤야민은 그러나 그 벤야민이 아니다. 이 벤야민은 우리가 아는 발터 벤야민이 아니라 19세기의 노동문제에 관심이 많았던 자유주의 정치가인 프랑스의 뱅자맹 콩스탕(Benjamin Constant)일 개연성이 높다. 더구나 이 진술이 들어있는 「요즘 느끼는 일」의 원본에는 '벤야민'이 아니라 '벤자민'이라고 기록되어 있다. 다행히 제2개정판(2018년)에서는 다시 '벤자민'이라고 수정되어 있다.
5. 「번역자의 고독」(1963)에는 "번역을 부업으로 삼은 지가 어언간 10년이 넘는다."는

논문이 하나 수록되어 있어서 주목을 요한다. 철학자 임석진이 번역한 「번역인의 사명」이 그것이다. 원문의 필자가 '발터어 벤쟈민'이고, 이 표기가 Walter Benjamin을 가리킬 것임은 바로 알 수 있다. 번역에 대한 본격적인 논의가 그다지 많지 않았을 상황에서 그 번역논문은 제목 자체로써 많은 관심을 받았으리라고 생각해볼 수 있다. 그래서 직접 언급하고 있지는 않지만, 김수영이 이 번역글을 읽었으리라는 사실은 개연성이 상당히 높다. 이 「번역인의 사명」은 최근에 「번역자의 과제」라고 소개되는 논문이다.

이 사실을 언급하는 이유는 김수영과 자코메티의 관계를 김수영과 벤야민의 관계로 수렴해가면서 논의할 수 있다는 점이다. 언어와 실재의 관계 때문이다. 벤야민이 언어를 '전달'의 기능과 함께 '언어 그 자체'의 영역을 강조했을 때 그것은 현실을 강조하면서도 시의 언어 자체에 대한 관심을 소홀히 하지 말아야 한다고 생각했던 김수영의 시적 태도와도 통하는 것이었다. 김수영의 시 한 구절을 본다.

> 캄캄한 소식의 실날같은 완성
> 실날같은 여름날이여
> 너무 간단해서 어처구니없이 웃는
> 너무 어처구니없이 간단한 진리에 웃는
> 너무 진리가 어처구니없이 간단해서 웃는
> 실날같은 여름바람의 아우성이여
> 실날같은 여름풀의 아우성이여
> 너무 쉬운 여름풀의 아우성이여
>
> ─「꽃잎 3」 부분6

....

진술이 있다.

시는 언어 배치와 리듬에 집중한다는 사실을 알 수 있다. 혼란한 언어배치가 부각시키는 것은 여러 위치가 뒤섞이는 과정 속에 있는 언어 자체이다. 이 언어 사용법은 고정된 의미의 정확성 여부를 거의 고려하지 않는 태도를 환기한다. 그의 산문 「번역자의 고독」(1963)도 그렇다. 기존 번역의 오역을 적절히 수정해야 하는 작업의 필요성을 언급한 다음, 그는 근자에 이르러 그 작업을 기피하는 자신의 심리를 진술한다. "틀려도 그만 안 틀려도 그만 잘돼도 그만 잘못돼도 그만이다. 아니, 오히려 틀리기를 바라고 잘못되기를 바라고 싶은 마음인지도 모른다"라고 쓰고 있는 것이다. 자포자기의 심사를 표현하는 것 같은 이 진술은 그러나 다른 방향에서 접근될 필요가 있다. 번역에 대한 그런 표현은 시에 대한 유사한 진술을 이어받는 것이다. 「자유의 회복」(1963)이라는 시평문이 있는데, 이 글은 "한국의 현대시에 대한 나의 대답은 한마디로 말해서 '모르겠다!'이다."라는 문장으로 끝난다. 이 '모름'이라는 단어, 이것은 그 대당으로서 파악 대상에 대한 완전한 앎의 차원을 설정하지 않으면 사용할 수 없는 단어이다. 일종의 반증 형식이기 때문에, 이 경우 전달하고자 하는 내용보다 그 전달에 활용되는 언어가 부각된다. 언어 자체가 강조될 수밖에 없다는 뜻이다.

이 언어관은 벤야민의 그것과 많이 유사하다. 김수영이 짐짓 번역의 옳고 그름에 무관심한 듯하는 태도도 이와 관련될 것이다. 그것은 단번에 대상에 도달하는 언어 과정이 아니라 계속 미끄러지면서 대상에 나아가는 과정이다. 파편화된 언어들이 제각각의 장소에서 순수언어에 도달하는 것, 그것이 벤야민의 언어관이고 번역관이었다면, 그것은 김수영도

....

6. 이 시의 시어 "실날"은 전집 판본 세 가지에는 "실낱"으로 기록되어 있지만, 처음 발표된 『현대문학』과 육필원고에는 "실날"로 되어 있다.

마찬가지였다. 그에게 세계문학은 그 순수언어에 도달하는 파편화된 언어들의 총체였다. 위의 시는 파편화된 언어들을 구체적으로 형식화한 하나의 사례로 읽힐 수 있다.[7]

2. 세계문학과 만나는 번역

김수영의 번역에 주목하는 이유는 번역이 그에게는 세계문학을 경험하는 유력한 통로였기 때문이다.[8] 그 번역작업에 대한 자신의 심리를 묘사한 글이 「모기와 개미」(1967)이다. 그의 전체 번역 생애를 정리하고 있다고 보아도 될 이 글의 핵심은 '절망과 응전'이라고 할 수 있다. 당대 한국사회의 지식인들을 '모기'로 비유하고, 왜곡된 현실에 대해 모기 소리밖에 낼 수 없는 지식인에 대해 절망한 후 그는 이렇게 쓴다.

> 우리의 시와 소설은 아직껏 후진성을 탈피하지 못하고 있다. 요즘 잡지사가
> 그전보다 좀 깼다고 하는 것이, 외국말을 아는, 외국에 다녀온 문인들을
> 골라서 글을 씌우고 싶어 하는 경향이다. 그러나 자세히 보면 이것도 구역질
> 이 나는 경향이다. 역시 탈을 바꾸어 쓴 후진성이다.

한국문학의 서구지향성에 대한 비판은 번역가로서의 그의 위치를 이중적으로 만들어 놓는다. 한편으로는 번역-혹은 세계문학에 대한

---

7. 물론 이 사례는 형식에 적용되는 경우이고 사례이기 때문에 대표자이다. 직접 거론되지 않는 무수히 많은 작품들이 이 파편화된 언어들의 사례이다. 벤야민의 번역 언어는 파편화된 언어들의 직접적 사례로 읽혀야 한다.
8. 김수영이 경험하고 진술한 외국문학의 항목들에 대해서는 박연희, 「1950-60년대 냉전문화의 번역과 '김수영'」, 『국제비교한국학』 20-3, 2012.

자각-의 필요성을 강조하는 것이지만, 또 한편으로는 번역가들의 현실 외면적 태도가 문제이다. 과거 임화와 해외문학파의 관계를 연상시키기도 하는 이 대목은 '임화-김기림-김수영'으로 이어지는 로컬과 세계(문학)에 대한 이해 경로라는 차원에서 보다 집중적으로 논의되어야 할 터이다.9 이 '현실성 추구'야말로 김수영 문학의 핵심인데, 이것은 물론 지방색을 강조하는 것과는 다른 것이었다. 이른바 '실재-리얼'의 탐구가 김수영과 관련하여 논의해보아야 할 본격적인 대목이다. 가령, 지방색과 맹목적이랄 수 있는 전통관을 시의 전면에 드러내는 서정주에 대해 김수영은 이미 「현대성에의 도피」에서 적절히 비판하고 있는 것이다.10 김수영의 세계문학론에 대해, 1950, 60년대 당대의 공시적 차원뿐만 아니라 한국문학사의 차원에서 분석되어야 하는 이유는 여기에 있다.

그런데 그 모기-지식인의 태도와 관련해서 김수영이 대비시키고 있는 존재가 '개미'이다. 불에 타는 개미를 구해 놓았더니 개미들이 다시 불 주위로 모여들더라는 솔제니친 소설의 한 장면을 인용하는 김수영의 심리란, 어떤 목숨을 건 불가능성에 대한 인간의 태도를 비유한다. '리얼-실재'의 탐구가 그런 것일 것이다. 추상의 차원에서 김수영에게 죽음은, 시 「병풍」과 「구라중화」에서 표현되듯이, 삶의 경계선에 아스라이 걸려 있는 것이어서 언제나 필연적으로 의식해야만 하는 핵심이었다. 번역을 하고 세계문학을 만나는 일은 모든 언어가 언제나 자신의 경계를 넘는 행위이며, 나아가 타자와 유사해지거나 동일해지려는 행위였다. 나를 넘어서 타자를 만나는 사건이기 때문에 거기에는 언제나 상징적 죽음이

....

9. 김기림의 과학론을 김수영이 이어받고 있다는 점도 주목되어야 한다. 다만 김기림에게 과학이 서구를 의미했다면(「'동양'에 관한 단장」) 김수영에게 서구는 세계라는 순수 공간의 한 요인이었다.
10. 김수영이 서정주를 비판하는 맥락 또한 임화가 신지방주의를 비판하는 관점과 연결된다.

도사리고 있을 수밖에 없다. 창작자의 관점에서 볼 때 그것은 이미 썼던 작품을 지우고 매번 다시 쓰는 행위이고, 김수영의 말을 빌면 '촌초의 배반자'가 되는 행위일 것이다.

한편, 서구문학에 대한 무조건적인 추종이야말로 '탈을 바꿔 쓴 후진성'이라고 일갈하는 그의 말이 제대로 이해되기 위해서는 다음과 같은 진술이 겹쳐져야 한다.

> 나는 우리의 현실이 시대에 뒤떨어진 것을 부끄럽고 안타깝게 생각하지만, 그보다도 더 안타깝고 부끄러운 것은 이 뒤떨어진 현실을 직시하지 못하는 시인의 태도이다. 오늘날의 우리의 현대시의 양심과 작업은 이 뒤떨어진 현실에 대한 자각이 모체가 되어야 할 것 같다. 우리의 현대시의 밀도는 이 자각의 밀도이고, 이 밀도는 우리의 비애, 우리만의 비애를 가리켜준다. 이상한 역설 같지만 오늘날의 우리의 현대적인 시인의 긍지는 <앞섰다>는 것이 아니라 <뒤떨어졌다>는 것을 확고하고 여유 있게 의식하는 점에서 <앞섰다>. 세계의 시 시장에 출품된 우리의 현대시가 뒤떨어졌다는 낙인을 받는 것을 두려워하기 전에, 우리들에게는 우선 우리들의 현실에 정직할 수 있는 과단과 결의가 필요하다. (「모더니티의 문제」)

김수영은 시도 그렇고 번역도 그렇고 어떻게 그의 언어가 작업의 대상과 일치하는가의 문제에 집중했다. 그가 시의 형식을 등한히 하면서 형식(현실)에 투신만 하면 간단히 해결된다고 말했던 것도 바로 그와 관련된 것이었다. 그 일치가 실재에 대한 정확한 표현의 차원으로 이해될 수 있다는 점에서, 그것은 구체보다 추상에 가깝다. 그것은 그러나 대상을 정확히 재현하는 문제가 아니라, 오히려 순수언어에 대한 벤야민의 미메시스론에 다가가 있다. 이른바 '비감각적 유사성'[11] 요컨대 정신적 의미의 근사치를 실현하는 것이 그것이다. 그런데, 그 근사치가 임의로 제작되는 것이 아니라 현실에 투신함으로써 이루어진다는 것은 관념의 유희를 적절히 견제하려 한 현실주의자로서의 그의 또 다른 관심이었다. 그런 그가 보기에 우리의 문학적 현실이 지나치게 서구 추종적이어서 그 서구에 스스로를 비교하고 느끼는 열등감을 어떻게 극복하는가가 반드시 해결되어야 할 문제일 터인데, 그를 위해서는 우리 현실을 정확히 살펴보는 태도가 필요하다는 것, 그것이 위 산문의 주제이다. 이 정확한 바라봄이 번역가로서의 그에게 서구중심주의의 극복이라는 최근의 이슈로 직결되는 것인지 여부는 불분명하다. 그에게 민족문제가 본격적으로 제기되기 시작한 것은 1964년 이후의 일인데, 그 이전에도 그는 번역 작업을 지속하고 있었기 때문이다.

기존의 세계문학이 유럽중심주의에 머물고 있다고 비판받는 이유는 그 문학관에 헤겔의 역사관이 스며있다는 점에 있다. 국민국가-소설(서사)의 현실적 전개를 역사적 발전의 필연성으로 볼 때, 국가가 없는 것은 역사적 전개가 충분히 이루어지지 않은 것이고 따라서 저발전에 머물러 있는 상태를 의미한다. 여기에 충분히 자기 전개를 실현하는 서사는 존재할 수 없다. 그래서 헤겔에게는 국가를 완성한 유럽이 역사 발전의 중추가 되는 것이 당연하다.[12] 이런 헤겔의 주장을 비판하는 일은 그러나 헤겔을 배제하는 방향이 아니라 극복하는 방향으로 이루어져야 할 터이다. 비판을 빙자한 반면 모사도 주의해야 하기 때문이다. 반서구제국주의의 이념으로 지펴졌던 일제강점기 말의 배타적 동양주의

---

11. 발터 벤야민, 「유사성론」, 최성만 역, 『언어 일반과 인간의 언어에 대하여·번역자의 과제』, 길, 2010년, 203면.

12. 유럽에 대비되는 동양을 상정하고 공동체의 분화되지 않은 실체이며 광란과 황폐, 연약함과 나태를 특징으로 하는 세계라고 서술하는 헤겔의 세계사적 관점에 대해서는 G. W. F. 헤겔, 임석진 역, 『법철학』, 한길사, 2008, 587면 참조. 이 논점을 독일식 전체주의에 대한 긍정으로 오도하는 견해들에 대한 비판으로는 프란츠 그레구아, 「헤겔의 국가는 전체주의적인가?」, 『헤겔의 신화와 전설』, 도서출판 b, 2018이 있다.

같은 것이 그 반면 모사의 사례이다. 그것을 극단적 반정립이라고 할 수 있다면 그것과는 차원이 다른 삶의 긴장이 필요한 셈인데, 김수영이 그의 초기 시에서 근대의 속도로 표상되는 세계사에 직면하면서 현실 전통에 이어지는 삶의 기대와 설움을 응시하고 있었다는 사실은 그의 삶이 실현하고 있는 역사적 긴장의 표현이기도 할 것이다. 비판이 아닌 반면 모사의 또 다른 예로는 인도 학자 라나지트 구하의 『역사 없는 사람들』을 들 수 있다. 이 책에서 이루어진 구하의 헤겔 비판은 헤겔의 '국가-서사'론을 넘어서는 것이 아니라 그것을 보충한다. 국가-서사는 유럽에만 있는 것이 아니라 인도에서도 풍부한 실례를 찾을 수 있다는 논증을 통해 유럽중심주의를 비판하려 한 그의 작업이 그것이다. 그 논증은 여전히 헤겔의 유럽중심적 국가론에 이어지는 서사물과 산문 중심이며 헤겔이 진화론적 프리즘으로 동양에서 찾지 못한 것을 동양인 이 손수 찾아주는 형식이다.

그와는 달리, 유럽중심주의자로서의 헤겔에 대한 편향적 이해를 넘어 서는 길은 오히려 그 헤겔이 적극 강조했던 동양의 시를 발본적으로 주목함으로써 유럽중심적 국가-서사론을 압도하는 데서 찾아질 수 있는 것은 아닐까? 한때 세계시인선집을 준비하던 시인 김수영과 관련해서도 우리는 관점을 바꿔볼 필요가 있을 것이다. 진화론과 결합하여 발전과 저발전을 가르는 기준으로서의 '국가-역사-서사'론에서 배제되었던 내용을 복원하는 일이 그것인데, 그것은 주체 안에서 주체보다 훨씬 이전에 존재했던 타자를 의식의 표면으로 끌어올리는 행위와 같을 것이 다. 헤겔이 '국가-역사-서사'를 말하기 이전에 그 존재를 인정했던 동양 적 시의 세계가 그것이다. '시는 있어도 역사는 없는 동양'이라는 헤겔의 주장은 그의 유럽중심적 역사관을 이면에서 증명하는 것이지만, 헤겔이 그 자신 영향 받고 있던 괴테의 『서동시집』을 상당히 고평하고 있다는 점은 별도로 주목될 필요가 있다. 『서동시집』은 괴테가 페르시아의 정수를 이해할 필요성13을 절감하면서 함께 창작된 것이고 이 과정에서 '민족문학이라는 것은 쓸모가 없다'는 괴테의 명제가 등장한다. 이 괴테를 옆에 둔 헤겔이 동양의 시를 인지하고 있다는 사실은 그래서 주목할 만하다. 이 '동양의 시'가 '역사-산문' 이전의 것이고 인류예술의 총체적 보편에 해당한다는 헤겔의 진술은 그의 미학 서술 이곳저곳에서 손쉽게 찾아질 수 있는데, "시문학은 다른 어떤 산출방식보다도 예술의 보편성 자체와 더 관련"14된다거나 "기교적으로 발전된 산문보다 더 오래되어"15 총체성을 구성하는 것이라는 진술, 나아가 "어떤 민족은 다른 민족보다 더 시적인 성향을 띤다. 그래서 예를 들면 동양적인 의식의 형태는 보통 그리스를 제외하고는 서양의 의식보다 더 시적이다."16에서 진술되는 동양의 시 같은 것이 그 예이다.

이것은, 역사관에 있어서는 유럽중심주의이지만 문학예술관에 있어서는 유럽중심주의를 넘어서는 주장을 말해주는 것일까? 헤겔의 철학체계에서 '객관정신으로서의 국가를 넘어서는 절대정신으로서의 예술'17이라는 논점은 이런 점에서 상당히 중요하다. 국민국가를 넘어서는 세계시민적 문학예술과 관련하여 헤겔을 근본적이고도 급진적으로 다시 성찰하는 일이 필요한 셈인데, 당시까지의 헤겔 인식의 한계(유럽중심주의)가 있다면 그것을 지적하되, 방법론적으로는 그의 변증법의 핵심, 요컨대 대립 요소들의 상호 작용을 통한 상승이라는 원리를 세계문학 이해의 계기로 모색할 수는 없을까?

....

13. "동방이 우리에게 건너오는 방식이 아니라 우리 자신을 동방화해야 한다"는 괴테의 진술 참조. 임홍배, 『괴테가 탐사한 세계』, 창비, 2014, 404면.
14. G. W. F. 헤겔, 두행숙 역, 『헤겔미학』 III, 나남출판, 1996년, 432면.
15. 위의 책, 438면.
16. 위의 책, 444면.
17. 서정혁, 「'세계문학'에 대한 헤겔의 철학적 전망과 그 의미」, 『철학』 121, 2014, 11.

최근의 치열한 쟁점으로서, 세계문학의 가능성이 중심과 주변의 해체와 재구성이라는 해체주의적 정치학과 결합되는 방식으로 도모되는 일은 일정한 전제사항을 동반한다. 유럽중심의 국가론이 개인(의 자유)을 억압한다는 전제가 그것이다. 해체되어야 할 것은 국가이고, 부각되어야 할 것은 모든 개별적인 존재라는 인식은 국가와 개인으로 유비될 수 있는 거의 모든 영역에 적용되기도 한다. 그러나 헤겔을 그의 유럽중심적 국가론에 기대어 전체주의자라고 규정하는 일은 실제를 과장한 면이 있다. 그는 개인을 억압한 것이 아니라 개인의 자유를 실현하는 국가에 대해 말하고 있는 것인데,[18] 이런 핵심과는 달리 포퍼 등의 비판가들이 독일주의와 나치즘을 규정하는 논리로 헤겔을 변형시켜왔던 것이다. 이런 전제가 그릇된 것이라면, 포퍼식의 '헤겔-전체주의'는 실제로 해체되어야 하는 현실을 문제 삼은 것이 아니라 그릇된 전제 위에서 만들어진 가상적 대상을 비판하는 일에 지나지 않는 셈이다. 따라서 헤겔에게서 국가 아닌 개인의 영역을 다시 살펴볼 필요가 있다. '국가 이전의 시'가 가진 보편성이라는 논점이 이때 다시 제출될 수 있다. 형식의 윤리학이든 내용의 인식론이든 세계문학에서 추구되거나 구성되어야 할 보편의 문제가 가로놓여 있기 때문이다. 이와 관련해서도 헤겔은 죽은 개의 상태로부터 되살려질 필요가 있다. 그렇다면 우리는 시를 매개로 헤겔 자체를 뒤집어 '국가-서사-역사'의 자기 한계를 전도시킴으로써 '개인'이 전제되는 초국가적 세계문학의 한 양상을 상상해볼 수 있지 않을까 싶다. 미완의 기획이지만, 김수영의 '현대세계시인선집'이 그의 여러 번역시들과 함께 재논의 될 필요가 있는 셈이다.

....

18. 이에 대해서는 김수영이 번역한 J. P. 싸르트르의 「아메리카론」을 참고할 수도 있다. 국가에 개인의 관계에 대한 포퍼식의 왜곡을 바로잡으면서 헤겔을 논의하고 있는 최근의 글로는 존 스튜어트 편, 신재성 역, 『헤겔의 신화와 전설』, 도서출판 b, 2018을 참조할 수 있다.

개인이 모든 파편화된 언어들의 비유라는 점을 생각하면서, 서구문학-세계문학의 번역과 관련하여 「모더니티의 문제」를 다시 한 번 가져와보자. 부각되는 것은 우리 현실이 뒤떨어졌다는 말 자체로서 이미 자신의 개별적 지위를 담보 받고 있는 현실, 요컨대 서구와 차이가 나는 현실이다. 이때 차이는 당연히 모든 존재가 출발선으로 삼아야 할 자신의 당당한 토대이다. 그 현실을 두려워해서는 안 된다는 것이 김수영의 주장이고, 그래서 그는 그의 후기시에서 당당한 전통과 역사를 말할 수 있었던 것이다. 이때 김수영이 「거대한 뿌리」에서 주목한 하위주체가 새롭게 해석된다. 비숍여사의 오리엔탈리즘에 대한 재해석도 마찬가지일 것이다.[19] 요체는 얼마나 시인이 자신의 현실에 뿌리내리고 있는가 하는 점인데, 세계란 곧 그 모든 개별적인 현실들의 총체이다. 벤야민의 순수언어가 개별 언어들-파편화된 언어들-개별 국가의 언어들에 의해 구성되어야 하는 세계라면, 김수영은 바로 그 순수언어를 번역하기 위해 혹은 구성하기 위해 현실의 언어를 사용하여, 위의 개미들처럼, 계속 도전해야 할 운명을 직시하고 있었다고 할 수 있다.

이 도전과 관련하여 주목할 것이 김수영의 예이츠 번역이다. 『노벨상문학전집』 3(신구문화사, 1964)에 수록된 네 편의 작품[20]은 모두 예이츠의 조국 아일랜드의 신화와 전설, 아일랜드에 대한 사랑을 모티프로 한 것이다. 김수영은 이미 1962년에 데니스 도노휴의 평론 「예이츠에 보이는 인간영상」을 번역하기도 했고, 그 자신이 위 네 번역 작품에

----

19. 비숍의 '오리엔탈리즘'과 김수영의 「거대한 뿌리」의 관계에 대해서는 별도의 논의가 필요하다. 이는 김수영이 일본과 중국에서 보낸 연극시대가 갖는 특별한 역사적 의미와 함께 분석되어야 할 것이다. 이방인의 눈에 비친 기이한 조선과 그 기이함을 조선적 역사의 핵심으로 해석하는 김수영 사이에는 커다란 저수지가 있다는 것이 필자의 생각이다. 현재 드러난 바로는, 김수영은 비숍의 책을 일부만 번역해서 발표했다.
20. 시 「사라수 정원 옆에서」, 「이니스프리의 湖島」, 산문 「임금님의 지혜」, 시극 「데어드르」가 그 작품들이다.

붙이는 예이츠론을 쓰기도 했다. 예이츠의 초기 문학 시절이 아일랜드 독립운동과 밀접하게 관련되어 있고, 그가 급진적 정치 운동에도 연루되어 있음을 고려할 때 1964년이라는 시기와 아일랜드, 그리고 김수영의 역사 재발견은 쉽사리 넘길 수 있는 사항들이 아니다. 1964년은 대학생들의 한일회담 반대 시위가 본격적으로 전개된 때이다. 이에 대한 김수영의 반응이 예사로운 것이 아니었음을 알 수 있는 산문이 1964년에 발표된 「대중의 시와 국민가요」, 「히프레스 문학론」이고 시작품으로는 「거대한 뿌리」와 「시」인데, 특이하게도 이 시기에 와서 김수영의 민족의식이 각별히 드러나고 있다. 식민지와 민족이라는 단어가 거듭 사용되기도 하고, 대한민국의 역사적 미래상이 고민되기도 하며 근대 이후의 '하위주체'라 할 만한 존재들이 등장하거나 4·19 시기의 급진적 시를 환기해주는 "어제의 시"(「시」)를 쓰러 가자고 진술하기도 한다. 예이츠가 간직한 아일랜드 신화·전설과 연극을 생각하면서 김수영이 그의 평소 지론과는 달리 민요를 긍정했던 순간도 이때이다. 예이츠론의 최종 결론에서 김수영은 전통을 잇는 아일랜드의 켈틱 르네상스를 거론하면서 한국의 르네상스에 대한 희망을 피력하기도 한다. 이런 김수영의 태도, 요컨대 아일랜드와 한국의 문화현실을 대비시키는 김수영의 작업을 단지 서구적인 것에 대한 모방이라고 할 수는 없다. 그것은 오히려 앞에서 말했던 비감각적인 것의 유사성으로서의 미메시스에 가깝다. 아일랜드와 한국은 식민지의 경험을 공유하고 있지만, 시대가 상이하고 역사적 배경도 그렇다. 그 속에서 예이츠를 통해 한국의 르네상스를 꿈꾸는 시인이 김수영이었다. 이것은 요컨대 한국과 아일랜드를 결합시켜 세계를 이해하는 한 방법이었고, 문학의 언어들이 결국 도달해야 한다고 믿었을 순수언어를 지향하는 통로이기도 했다. 뒤처진 현실 속에서 그 뒤처짐을 내세울 수 있는 자세가 눈길을 끄는 이유는 그것이 단순한 민족주의가 아니기 때문이다.

헤겔의 역사종말론과 관련해서 말한다면, 실제로 유럽은 이제 전 세계가 되었다. 이런 의미에서 유럽의 역사는 종말을 고한 것이라고도 할 수 있겠다. 유럽과 비유럽은 유럽의 역사가 종말을 고한 후 그 유럽을 대체하는 비유럽이 아니라 유럽과 비유럽이 포괄되는 새 시대로 들어섰다고 할 수 있다. '바벨 이후'의 파편화된 '세계-언어'가 보편적인 순수언어를 지향해 결합되는 시대일 수도 있다. 유럽적 관점의 서사가 탈역사화되는 지구적 세계문학에 대해서 고려해야 할 필요가 있는 것이다. 이 탈역사를 고유명사들의 비역사[21]라고도 할 수 있다면, 예이츠를 통해 한국의 르네상스를 꿈꾸는 김수영의 시각이란 한국과 아일랜드의 시차(時差)를 한데 묶어서 어떤 비역사의 고유명사들을 바라보는 비의적 예견에 해당하는 것일지도 모르겠다. 역사가 아닌데 그것을 묶을 수 있다면 그것은 지구적 단위의 삶의 총체화에 해당하는 것이다. 벤야민이 말하는 '비감각적인 것의 유사성'이 그래서 중요해진다.

3. 미메시스와 번역자의 과제

비감각적인 것의 유사성을 개별적인 영역에서 실현하면서 의도들의 총체일 순수언어를 추구하는 것이 번역인 만큼, 그래서 모든 개별 언어들 사이에 차이가 개입되어 오는 만큼, 모든 언어들은 파편화된 언어일 수밖에 없다. 따라서 그 문학의식의 한복판에 번역의식이 있다는 사실은 좀 더 꼼꼼히 살펴져야 할 요인이다. 이 글 처음에 인용된 동아일보의 1967년 2월 4일자 인터뷰를 따르면 그는 자신의 시집을 묶는 것보다 세계현대시선집을 묶는 데 더 많은 관심을 보이고 있다. 이때 번역은

....
21. J. 랑시에르, 안준범 역, 『역사의 이름들』, 울력, 2011, 18면 참조.

두 층위로 의미화된다. 하나는 시 창작을 대신하는 외국시 번역이다. 시를 우리말로 번역한다는 것은 외국의 삶의 내용을 우리말로 옮겨 놓는다는 것, 달리 말해 타자를 주체화한다는 것이다. 타자의 주체화란, '외국문화의 수용'이라는 말이 대개 의미하는 주체의 타자화와는 정반대의 역학관계를 가리킨다. 타자를 주체화할 때 주체는 타자를 지배하는 존재다. 타자는 주체의 관점에서 해체되고 재조립된다. 다른 하나는 번역을 통한 리얼리티의 경험이다. 이 후자는 그의 벤야민 독서가 형성시켰을 '순수언어'론과도 밀접하게 관련을 맺고 있을 터인데, 자코메티 방문기에 그 '리얼리티'가 '순수언어'와 같은 맥락에서 논의되고 있다. 리얼리티는 도달 불가능한 것이지만, 도달하기 위한 행위를 통해 여전히 지속된다는 사실이 그 방문기에 반복적으로 서술되고 있는 것이다. 이때, 도달 불가능한 것에 도달하기 위한 개별 행위들의 반복적 실현이야 말로 리얼리티에 대한 파편적 실체화이며, 나아가 세계문학을 구성하는 개별체들의 지속적 결합과 구성이라고 할 수 있다.

해설과 번역이 텍스트에 대해 갖는 관계는 양식과 미메시스가 자연에 대해 갖는 관계와 같다고 말한 벤야민의 관점을 들뢰즈/가타리와 연결하여 좀 더 확장해서 살펴보도록 하자. 그들의 『철학이란 무엇인가』(현대미학사, 1995)에서 들뢰즈/가타리는 주체와 객체가 소멸되는 시공간 속의 예술적 지각 형식에 대해 설명하면서 자코메티를 원용한다. '시간과 공간 속에 정지된 비전으로서의 스타일'[22]이라는 말이 그것이다. 이 스타일을 통해 삶의 해방에 이르는 순간이 제기되는데, 이 해방이란 곧 기존의 관습적 의미들을 침묵시키면서 아직 언어화되지 않은 무의미의 세계로 나아가는 것을 의미한다. 김수영은 이 의미 초월의 과정에 대해 "모든 시의 미학은 무의미의 ── 크나큰 침묵의 ── 미학으로 통하는

....

22. G. 들뢰즈 · F. 가타리, 『철학이란 무엇인가』, 현대미학사, 1995, 246면.

것이다."23라고 쓴 바 있다.

들뢰즈/가타리와 김수영에게 '침묵'은 「생활현실과 시」에서 진술된 김수영의 두 가지 문학 언어론, 즉 언어 서술과 언어 작용에 대한 논의를 통해 이해될 수 있다. 시의 새로운 의미는 침묵의 언어 작용으로 형성되는 것이다. 이 침묵의 언어 작용은 곧 서술되지 않은 리얼리티를 발견하게 만드는 근본적 계기인데, 자코메티의 리얼리즘은 변모하면서 발견되는 것으로서의 리얼리티에 동의하는 들뢰즈/가타리와 김수영에게 공통의 관심사이다. 김수영이 번역한 '자코메티 방문기'에는 자코메티가 회화 모델의 참된 모습을 형상화하는 일의 어려움을 고백하는 장면이 있는데, 그릴 때마다 달라지는 리얼리티의 발견을 화가의 개별적 작업의 결과로 수렴하면서 이렇게 말하고 있다.

> 레알리떼는 비독창적인 것이 아녜요. 그것은 다만 알려지지 않고 있을 뿐예요. 무엇이고 보는 대로 충실하게 그릴 수만 있으면, 그것은 과거의 걸작들만큼 아름다운 것이 될 거예요. 그것이 참된 것이면 것일수록, 더욱더 소위 위대한 스타일이라고 하는 것에 가까워지게 되지요.24

요컨대 리얼리티는 '보편'이라는 개념과 연결된 일반적이고 몰개성적인 것이 아니다. 그것은 대상을 바라보는 사람의 시선에 따라 얼마든지 변모하면서 독창적인 것으로 나타난다. 이를 포착하기 위한 끝이 없는 작업이 화가나 조각가에게게만 해당하지는 않는다는 것, 나아가 스스로를 번역가로 인식하고, '번역 불가능성'이라는 화두를 벤야민을 통해 접했을 시인이 「번역자의 고독」에서처럼 '모르겠다'라는 의식을 갖게 되는

....
23. 같은 곳.
24. 칼톤 레이크, 김수영 역, 「자꼬메띠의 지혜」, 『세대』, 1966. 4, 316면.

것은 단순한 우연이 아니다. '모르겠음'에도 불구하고, 그 '불가능성' 때문에 번역의 가능성이 다시 제기된다는 벤야민의 역설적 주장은 김수영의 「모기와 개미」에 묘사된 불가능에 도전하는 존재들의 모습을 환기한다.

김수영이 자포자기적 번역을 의식하고 있다고 해도 그는 애초에 번역을 포기할 수 있는 사람이 아니었다. 오히려 그는 시인이기보다 번역가이기를 희망한다고 앞의 인터뷰는 밝혀놓고 있는데, 이렇다는 것은 시 창작과 시 번역이 김수영에게는 그다지 큰 차이가 없는 것이었음을 알려준다.

변모하는 리얼리티(자코메티), 혹은 '촌초의 배반자'(김수영)를 생각한다면, 중요한 것은 번역하면서 대상에 도달하거나 하지 못하는 것이 아니라 얼마나 그 대상들과 달라질 수 있는가의 문제이다. 그 문제에 대상으로부터의 해방 혹은 그 대상과의 차이를 자각하는 일이 달려 있다. 세계문학은 그 차이를 자각하면서 하나의 보편으로서의 순수언어에 도달하는 과정이라고 할 수 있다. 대상과 동일해진다는 것은 곧 그 보편을 구성하는 행위에 집중한다는 뜻이다. 대상을 극단적으로 확대함으로써 왜곡, 환영으로 이해될 수도 있는 것도 어떤 방식으로든 '사실 자체'에 연결된다. 주어진 현실을 극단적일 정도로 표현하는 이 미메시스적 표상의 세계가 김수영에게 와서 "만세! 만세! 나는 언어에 밀착했다. 언어와 나 사이에는 한 치의 틈사리도 없다."라고 진술될 때, 이 진술은 시의 리얼리티적 충만함과 그 과정에서의 표현적 발견을 동시에 드러내고 있는 경우이다.[25] 김수영이 "동일하게 되고자 하는 挺身의 용기"[26]라고 썼을 때, 혹은 시의 형식은 현실에 투신하면 간단히

....

25. 자코메티와 연결된 시 「눈」에 대해서는 박수연, 「문학의 양날──현실의 안과 밖」, 『포에지』, 2001, 가을을 참고할 것.

해결된다고 썼을 때, 그것은 달라짐으로써 유사해지고 유사해지기 위해 다른 위치를 확보하고 있는 언어들의 관계를 이해할 필요성을 제기하는 것이다.

이 관계를 김수영은 시의 영역에서 구성했다. 앞에서 말했듯이 '국가 이전의 동양의 시'라는 진술을 프리즘 삼아 헤겔을 발본적으로 읽어보는 일이 국가의 경계선을 넘는 작업과 함께 한다면, 그 경계 넘기에는 '번역'을 통해 이루어질 세계문학 구성이라는 사건이 발생할 수밖에 없다. 세계문학은 지구에 흩뿌려진 개별 단위들의 상호 연대를 통해서만 등장할 것이다. 번역으로서의 세계문학이라는 또 하나의 층위가 그래서 나타난다. 산종된 언어와 번역 주체들의 연대, 혹은 주체와 주체, 집단과 집단이 서로 번역하는 문학들의 세계를 상상해볼 수도 있을 것이다. 물론 번역이 그 자체로 세계문학을 구성하지는 않는다. 설령 번역이 세계문학의 가능성을 열어 보여준다 해도 번역 자체는 다만 세계적 문학교류의 형식적 구성물일 뿐이다. 이를테면, 번역에 대한 질적인 논의가 필요한데, 슈타이너는 그 번역의 단계를 세 단계로 구분하고 그 단계에 덧붙여 벤야민적 단계를 언급한다. 인류에게 전개된 번역의 세 단계란 로마 이후 18세기의 근대 이전까지, 18세기 이후 20세기 초까지, 20세기 이후 중반까지이다. 그 이후 벤야민적 발견의 단계가 언급되는데, 그것은 벤야민의 「번역자의 과제」(1923)에 대해 학자들이 새롭게 주목하는 1960년대 이후의 단계이다. 거칠게 말하면 번역의 단계는 근대 이전, 근대, 현대로 구분되고 거기에 벤야민의 번역론이 발견되는 단계가 추가된다.[27] 우리는, 번역불가능성을 말하면서도 보편

26. 김수영, 「시작노트 6」(1966), 앞의 책, 303면.
27. G. Steiner, *After Babel: Aspects of Language and Translation*, Oxford University Press, 1998. pp. 248~252.

세계문학, 번역, 미메시스의 시 | 박수연 ·· 85

적 '순수언어'에 대해서는 미메시스와 같은 과정을 통해 도달한다는 벤야민의 번역론을 떠올릴 수 있다. 이때 미메시스란 대상언어의 재현이 아니라 대상언어가 드러내려는 의미의 재현이다. 그것은 벤야민이 조각난 파편으로서의 역사를 말하는 데서 시사 받을 수 있듯이 파편화된 존재들이 연대한 것으로서의 문학을 상상하게 한다. 이때 파편화란 개성화의 물질적 표현일 수도 있는데, 그 세계사의 파편들 혹은 지구의 여러 지역에 존재하는 개별 문학들의 상호 인정과 인용 모방이 개성화를 통한 보편의 지평을 구성하는 다른 방식일 수 있겠다. 물론 이것은 표절과 같은 것이 아니다. 그것은 오히려 순수언어에 대한 지향을 타자의 언어에 대하여 자기의 언어로 번역하면서 이루어가는 주체들의 행위이다.

일례를 들어보자. 김수영이 「이혼 취소」[28]에서 인용하는 블레이크의 한 구절이 그것이다. 그는 블레이크의 「지옥의 격언」에서 "Sooner murder an infant in its/cradle than nurse unacted desire"를 인용해 놓고 이를 "상대방이 원수같이 보일 때 비로소 자신이 선(善)의 입구에 와 있는 줄 알아라."라고 의역한다. 의미의 차이가 크기 때문에 독자들은 김수영의 번역에서 오역 여부를 따질 필요가 없다. 찾아보아야 할 것은 두 시인이 가진 의미의 연결선이다. 이 연결선은 저 인용구절의 의미를 하나의 전체로 만들어주는 역할을 담당할 것이다.

파편화된 언어나 그 언어로 드러내는 파편화된 세계에 대해서는 여러 현실주의적 비판이 있었다. 세계체제론에 근거하여 세계문학론을 진술하는 모레티의 모더니즘론은 리얼리즘 진영에서 그다지 바람직한 것은 아닌데, 그 모레티를 비판하는 리얼리즘 중심주의 또한 파편들의 관계를 통한 연대와 공통지평 구성이라는 내용으로 보충되어야 할 것이다.

....

28. 이 시는 김수영이 자코메티를 인용하여 설명하는 시 「눈」과 열흘 간격을 두고 씌어졌다.

벤야민의 '미메시스'론 혹은 김수영의 번역 작업을 참고하여 말한다면, 세계문학은 이 지구상의 깨진 현실을 깨진 언어로서의 모더니즘이나 총체적 언어로서의 리얼리즘과 같은 다양한 방식으로 구성될 수밖에 없다. 문제는 그 차이 나는 구성에 대해 각각의 영역이, 예를 들어 동양과 서양 같은 영역이 서로 세계사의 주권을 주장하지 않는 것이다. 요컨대 세계문학을 이야기할 때 주권은 나에게 있는 것이 아니라 상호적으로 있는 것이라는 사실이 기억되어야 할 것이다. 세계문학이란 번역되지 않는 일국적 문학의 주권 증여와도 같은 것이다.

김수영의 시가 자코메티를 만난 1966년 이전에 이미 그 리얼리티의 변모에 대한 인식을 보여준다는 사실을 어떻게 설명할 수 있을까? 그것은 순수언어에 연결되어 있을 실재를 이해하는 방법이 「번역인의 사명」(『자유문학』 1960. 4)을 읽음으로서도 가능했을 것이기 때문인데, 이 순수언어란 다음과 같다.

> 언어들의 초역사적 근친성은 각각의 언어에서 전체 언어로서 그때그때 어떤 똑같은 것이, 그럼에도 그 언어들 가운데 어떤 개별 언어에서가 아니라 오로지 그 언어들이 서로 보충하는 의도의 총체성만이 도달할 수 있는 그러한 똑같은 것이 의도되어 있다는 점에 바탕을 둔다. 그것은 곧 순수언어이다.

의도된 것으로서의 총체적 사항이 곧 순수언어의 세계이다. 의도되는 방식은 언어의 방식만큼이나 개별적이라면 의도된 것은 언어 사용자들의 보완을 통해 총체적이 된다. 번역자의 과제는 그 순수언어를 해방시키는 것이다. 언어들의 상호적 보완으로 이루어지는 총체적인 의도는 곧 리얼리티의 층위로 이어질 수 있을 것이다. 이런 실재론에 따른 언어 이해의 맥락에서 살펴볼 수 있는 글들이 바로 「시작노트 6」(『한국문학』1966. 2), 「자코메티의 지혜」(『세대』 1966. 4), 「생활의 극복」(1966. 4), 「아름다운 우리 말 열 개」(『청맥』 1966. 10) 등이다.

여기에서는 「생활의 극복」 일부를 인용하도록 하자. 미국 시인 시어도어 레트커(Theodore Roethke)의 시구절 "너무 많은 실재성은 현기증이, 체증이 될 수 있다──너무 밀접한 직접성은 극도의 피로가 될 수 있다"를 인용한 후 김수영은 다음과 같이 쓴다.

여기에서 <너무 많은 실재성>과 <너무 밀접한 직접성>은, 그러니까 시를 찾아다니는 결과에서 오는 것이라고 생각하고, 다시 한 번 내 자신에게 경고를 주는 의미에서 이런 메모를 해놓게 되었던 것이다. 그리고 이런 시작상의 교훈은 곧 인생 전반의 교훈으로도 통하는 것이다. 너무 욕심을 많이 부리면 도리어 역효과가 나는 수가 많으니 제반사에 너무 밀착하지 말라는 뜻으로 해석된다.

대상에 대한 밀접한 접근을 삼가라는 말은 대상을 주관적으로 해석하지 말라는 뜻이 될 것이다. 이 문장들 뒤에서 김수영은 다시 레트커를 인용한다.

지금 나를 태우고 있는 것이 무엇인가?
욕심, 욕심, 욕심

─ 레트커의 시에서

욕심이다. 이 욕심을 없앨 때 내 시에도 진경(進境)이 있을 것이다. 딴 사람의 시같이 될 것이다. 딴사람──참 좋은 말이다. 나는 이 말에 입을 맞춘다. (⋯) 모든 사물을 외부에서 보지 말고 내부로부터 볼 때, 모든 사태는 행동이 되고, 내가 되고, 기쁨이 된다. 모든 사물과 현상을 씨(동기)로부터 본다.

딴 사람이 된다는 것은 스스로 변모의 흐름에 몸을 맡긴다는 것, 스스로 낯선 타자가 된다는 사실을 뜻할 것이다. 게다가 눈앞의 사물에 대해서도 그 사물의 외부, 즉 사물을 보는 주체의 시선에 의해서가 아니라 사물 자체의 내부, 즉 주체에게 낯선 타자의 시선으로 사물을 보는 일이 필요하다. 요컨대 자코메티가 말하듯이 주관적으로 해석하려 하지 말고 눈에 보이는 대로 그려야 하는 것이다.

이 논점에는 벤야민이 제기한 번역과 순수언어론에서, 그리고 김수영이 그의 시론과 미메시스적 작품에서 구성하는 세계이해의 방법이 들어 있다. 그것은 '번역-세계 이해'의 인식론을 함께 알려준다. 미메시스는 대상을 수용하는 것이지 대상을 주관적으로 해석하는 것이 아니다. 그것은 수동적 '재현'과도 다른 것이다. 대상을 언어로 표현하는 일은 세계가 흘려보내는 것을 포착하는 작업이다. 김수영이 자코메티와 함께 「눈」을 해석하는 태도가 바로 그 미메시스의 관점이다. 대상과 동일해지는 것은 대상을 주관화하는 것이 아니라 대상을 받아들이는 것이다. 김수영의 서정시가 특이한 것은 이 때문이다. 그의 시는 많은 경우 생활을 사실 그대로 제시하는 방법을 택하는데, 특히 4·19를 거치면서 그는 그런 시작 스타일을 본격적으로 선택하고 있었다. 번역과 미메시스의 스타일이라고 할 수 있을 그 면모들을 고려하면서 우리는 이제 벤야민의 영향을 말해도 될 것이다. 바벨 이후의 세계문학이 구성되는 것도 마찬가지이다. 사람들은 언어들로 서로 소통하지 못하지만, 침묵을 통해 구성되는 보편적인 삶과 세계의 내용을 함께 지향한다. 그것은 김수영에게는 대상에 밀착되는 일이고 현실에 투신하는 일이었다. 밀착과 투신은 곧 미메시스의 일이었으며, 그렇게 김수영은 뒤떨어진 한국 현실에 투신하고 밀착하는 방식으로 세계문학을 구성하고자 했던 셈이다.

4. 번역자 김수영의 문학

김수영은 쉬지 않고 번역에 몰두했다. 그것은 그의 문학 세계 속에서는 끝없이 세계문학을 의식하는 일이었으며 따라서 세계문학을 주체화하는 일이었다. 주체화가 번역과 관계되는 것이었기 때문에 거기에는 실재의 변형이라는 과정이 잠복해 있다. 또 거기에는 번역해야 하는 것으로서의 순수언어라는 대상이 놓여 있다. 벤야민의 언어 이념인 그 순수언어가 맥락적 개별화를 통과할 수밖에 없는 보편의 또 다른 이름이라면, 김수영이 세계문학을 추종하는 한국문학을 비판하면서 의도하고자 했던 것은 바로 보편적인 것으로서의 문학의 동등성이었을 것이다. 여기에서는 세계현대시인선집을 편역하려 했던 김수영이라는 논점을 전제하면서 서구중심주의를 넘어서는 세계문학이라는 개념을 구성하기 위해 헤겔의 '시문학론'을 발본화할 필요가 있다. 그리고 그 세계문학이 상호적 주고 받기의 그것이라면, 여기에는 서로의 언어가 서로의 언어에 도달하는 리얼리티에 대한 미메시스라는 논점을 자코메티와 함께 살펴볼 수 있다. 그리고 그것이 김수영 시편들이 구현하려고 한 리얼리티의 실존방식이 었다고 생각해볼 수 있을 것이다. 리얼리티는 언제나 변모하는 것이고 그래서 새로이 발견되어야 하는 것인데, 그것이 언제나 무의미의 지평까지 자신을 밀어 올려 주어진 경계를 넘어서야 하는 문학의 운명이라고 김수영은 생각했다. 그래서 그는 항상 사회적 격변과 문학적 무화의 순간에 희열을 경험했다. 요컨대 그에게 문학은 나를 넘어 세계로 나아가는 것이었고, 타자의 언어를 나의 언어로 바꾸는 것이었으며 따라서 세계문학이 한국문학화되는 것이었고, 한국문학이 자신의 목소리로 세계화되는 것이었다. 그 끝에 세계의 평화가 있다고 그는 믿었다. 그것이 변모하는 것으로서의 그의 시의 리얼리티였다.

김수영은 번역자로서의 삶을 동시에 살았다. 그의 말년의 인터뷰는,

비록 기자의 과장이 들어 있다고 해도, 번역자로서의 그의 삶의 의미를 부각시키기에 충분하다. 그런 그에게 번역의 의미가 보다 깊이 있게 주어진 계기는 1960년의 벤야민과의 만남이었던 듯하다. 그가 벤야민과 만나고, 그 이후 전개된 그의 문학세계가 그 만남 이전을 심화시킨 것인지 아니면 전환시킨 것인지는 보다 정밀한 분석을 통해 살펴질 일이다. 그리고 그는 1966년에 자코메티를 만난다. 이 만남이 그가 이전부터 만났던 싸르트르를 개입시켜 총괄적으로 살필 때 그의 시에 대해 그의 번역이 맺는 창작 비밀이 제대로 밝혀질 것이다. 벤야민으로부터는 순수 언어와 미메시스의 개념이, 싸르트르로부터는 개인과 국가의 이념이, 자코메티로부터는 시와 리얼리티의 관계가 논점으로 형성된다. 이때 한국의 명민한 시인에게 세계문학을 번역하는 작업이 끼친 영향도 보다 잘 살펴질 수 있을 것이다. 여기에 당대의 세계문학에 대한 한국적 담론 층위를 결합하고, 시인이 현실을 다루는 직설적 언어의 심미적 층위를 분석해 종합한다면, 김수영의 세계문학론과 미메시스론은 총괄적으로 이해될 수 있을 것이다. 이는 차후의 과제이다.

일본을 대하는 김수영의 시선

김응교

1. 세계의 그 어느 사람보다도

세계의 그 어느 사람보다도 비참한 사람이 되리라는 나의 욕망과 철학이
나에게 있었다면 그것을 만족시켜 준 것이 이 포로 생활이었다고 생각한다.
— 김수영, 「내가 겪은 포로 생활」, 『해군』(1953. 6)

『김수영 전집 2』 맨 앞의 문장은 너무도 상징적이다. 인간말종으로
살아가야 할 포로 생활 중에서도 그는 "세계의 그 어느 사람보다도"라는
시각을 갖고 있었다. 세계인의 수준에서 문학을 하고 싶어 했다는 말이다.
가장 "비참한 사람이 되리라"는 것은 그에게는 창조를 위한 역설적
자산이었다. 어둠(「수난로」)과 설움(「거미」) 따위는 그에게 "모든 설움
이 합쳐지고 모든 것이 설움으로 돌아가는"(「긍지의 날」, 1955. 2) 자양분
이었기 때문이다.

김수영이 세계를 보는 눈은 늘 열려 있었다. 종래 김수영 문학의

본질을 밝히기 위해 연구자들은 주로 서구문학(사상)과 동양사상과의 영향관계에 치중해왔다. 당연히 가까운 일본과 김수영 문학의 관계는 충분히 해명되어야 할 항목이다.

1921년 그가 태어난 일제식민지 시기는 그에게 본성적인 설움을 주었다. 일제의 조선 토지조사 사업 때문에, 토지를 많이 갖고 있던 김수영 가문의 가세가 몰락하던 시기였다. 1942년 12월 22세의 김수영은 선린상업학교를 졸업하고, 도쿄 나카노[中野]에 하숙하며, 대학입시 준비를 위해 조후쿠[城北] 고등예비학교에 들어간다. 곧 조후쿠 고등예비학교를 그만두고 쓰키지[築地] 소극장의 창립 멤버였던 미즈시나 하루키[水品春樹] 연극연구소에 들어가 연출 수업을 받는다. 1966년에도 그는 「시작노트」 등 일기나 메모를 일본어로 썼다. 김수영은 이와나미 문고에서 나온 일본어판 『하이데거 전집』을 읽는다. 1965년 한일협정 반대시위에 동참한 그는 박두진, 조지훈, 안수길, 박남수, 박경리 등과 함께 성명서에 서명한다.

1921년에 태어나 1968년 사망하기까지 김수영에게 '일본'은 하나의 괄호였다. 피할 수 없는 괄호였다. 일본 유학을 가야 했고, 일본어로 세계문학과 하이데거를 읽고 일본어로 글을 먼저 써야 했고, 자기가 걸어온 일본이라는 괄호 안에서 끊임없이 고투(苦鬪)해야 했다.

당연히 '김수영과 일본'이라는 괄호는 생각해봐야 문제다. 이 문항에 네 가지 궁금증이 생긴다. 첫째 식민지 시절과 일본 유학 시절에 어떻게 '일본'을 생각했는지, 그 전기적 연구다. 작가가 현지에서 어떻게 지냈는지 살펴보는 일은 중요하다.[1] 일본에서 김수영의 자취를 찾는 일은 2018

* 이 글은 2018년 11월 2일 프레스센터에서 열리는 '김수영 50주기 문학심포지엄'에서 발표한 논문이다. 토론자로 응해주신 와타나베 나오키 교수님(일본 무사시대학)께 감사드린다.
1.   2018년 8월 16일부터 19일까지, 김명인, 박수연 교수와 함께 중국 길림성에 가서

년 도쿄 현지에 가서 확인할 예정이다. 둘째 김수영 시와 산문에 '일본'이 어떻게 표현되고 있는가 하는 점이다. 일기, 메모 등 산문에 나타난 '일본'을 살펴보는 연구다. 특히 그가 일본어로 쓴 시작노트와 일기는 연구대상이다. 김수영이 당당하게 일본어로 산문을 발표하려 한 행위를 "당대 한국사회의 가장 강력한 금기에 정면으로 도전하고 있는 것"으로 해석한 김철의 논의[2]는 새로운 해석을 제시한다. 셋째 비교문학적 연구로 김수영이 일본어로 읽은 독서체험이나 일본 작가와의 교류 등을 살펴보는 연구다. 외국 시인과 '차이'를 분석한 몇 편의 주목되는 연구[3]가 있다. 넷째 일본에서의 김수영 번역시집은 무엇이 있는지, 연구가 어느 정도 이루어졌는지 검토하는 일이다. 현재 일본에서 나온 김수영 관계 단행본은 세 권[4]이 대표적이다. 이 글에서는 두 번째 항목에 주목하여, 그의 글에 '일본'이 어떻게 나타나고 있는지, 살펴보려 한다.

....

김수영이 신부 역할을 맡아 공연했던 '길림성 공회당'을 확인했다. 이에 관해서는 졸고, 「임화의 배역시와 김수영의 연극적 시」(2018년 제11회 임화문학 심포지엄)에서 간단히 언급했다.

2. 김철, 「"오늘의 적도 내일의 적으로 생각하면 되고"——'일제 청산'과 김수영의 저항」, 『일본비평』 10호, 2014. 2, 260면.

3. 劉惠卿, 『이시카와 다쿠보쿠(石川啄木)와 김수영의 시세계 비교 연구』, 고려대학교 대학원 박사논문, 2008. 12.
오영진, 「김수영과 월트 휘트먼 비교연구」, 『국제어문』 58권, 국제어문학회, 2013. 8.
진은경, 「김수영과 릴케의 고백시에 나타난 자연」, 『문학과환경』, 제16권 제3호, 문학과환경학회, 2017. 9.
홍순희, 「김수영과 독일 시인 게오르크 트라클의 언어 비교: 하이데거의 존재 개념을 매개로」, 『동서비교문학저널』, 제44호, 한국동서비교문학회, 2018 여름.

4. 『金洙暎詩集 : 巨大な根』, 姜舜訳, 梨花書房, 同成社, 1978. 7.
『韓国三人詩選 : 金洙暎・金春洙・高銀』, 鴻農映二, 韓龍茂訳, 彩流社 2007. 11.
『金洙暎全詩集』, 韓龍茂, 尹大辰訳, 彩流社 2009. 11.

2-1. 일본어, 포스트식민적 혼종성
— 「가까이 할 수 없는 書籍」, 「헬리콥터」, 「중용에 대하여」

1945년 25세의 김수영이 해방을 맞이했을 때 한글은 외국어였을 것이다. "내가 써온 시어는 지극히 평범한 일상어뿐이다. (…) 나의 시어는 어머니한테 배운 말과 신문에서 배운 시사어 범위 안에 제한되고 있다." (「시작노트 2」, 1961. 6. 14)라고 했듯이, 김수영은 어머니의 말과 신문의 시사어에서 모국어로 시를 썼다. 일상어로 시를 썼다고 했는데 그의 일상어에는 일본어도 있었다. "일본어로 쓰는 편이 편리하다"[5]라고까지 했다.

> 가까이 할 수 없는 書籍이 있다
> 이것은 먼 바다를 건너온
> 容易하게 찾아갈 수 없는 나라에서 온 것이다
> 주변 없는 사람이 만져서는 아니될 冊
> 만지면은 죽어버릴듯 말듯 되는 冊
> 가리포루니아라는 곳에서 온 것만은
> 確實하지만 누가 지은 것인줄도 모르는
> 第二次大戰 以後의
> 긴긴 歷史를 갖춘 것같은
> 이 嚴然한 冊이
> 지금 바람 속에 휘날리고 있다
> 어린 동생들과의 雜談도 마치고

....

5. 김수영, 「시작노트 6」(1966. 2. 20), 『김수영 전집 2』, 민음사, 2018. 554면. 이후로 인용하는 모든 김수영의 시와 산문은 2018년판 『김수영 전집』(이영준 엮음, 민음사)에서 인용하기로 한다.

오늘도 어제와 같이 괴로운 잠을

이루울 準備를 해야 할 이 時間에

괴로움도 모르고

나는 이 책을 멀리 보고 있다

그저 멀리 보고 있는 듯한 것이 妥當한 것이므로

나는 괴롭다

오오 그와 같이 이 書籍은 있다

그 冊張은 번쩍이고

연해 나는 괴로움으로 어찌할 수 없이

이를 깨물고 있네!

가까이 할 수 없는 書籍이여

가까이 할 수 없는 書籍이여.

－김수영, 「가까이 할 수 없는 書籍」(1947)

"가까이 할 수 없는 그 서적"이 무엇일까. "먼 바다를 건너온" 마치 판타지로 들어가는 역할을 하는 책은 어떤 책일까. 독자가 이 책이 무엇일지 추측할 수 있는 단서는 이 시 어디에도 적혀 있지 않다. 제목에서부터 책을 대하는 김수영의 태도를 볼 수 있다.

"가까이 할 수 없다"는 태도는 머뭇거림(hasitating)이다. 머뭇거리는 태도는 대상에 대해 판타지를 갖고 있다는 말이다. 책이란 우리에게 늘 설렘과 호기심을 자극한다. "무슨 보물처럼 소중하게 안쪽 호주머니에 넣고" 다니다, "책을 책상 위에 놓는 것도 불결한 일같이 생각이 되어서 일부러 선반 위에 외떨어진 곳에 격리시켜놓고 시간이 오기를 기다리"(「일기초 1」, 1954. 12. 30)는 김수영의 모습은 판타지 속으로 들어가려는 아이처럼 호기심에 가득하다.

가장 숭고한 태도는 "이 책에는 신밖에는 아무도 손을 대어서는 아니

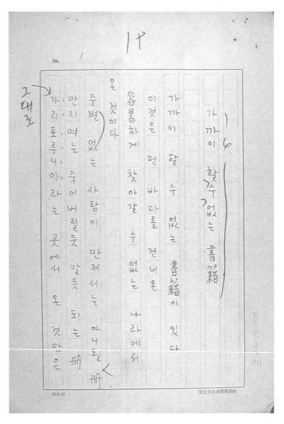

그림 1. 「가까이 할 수 없는 서적」 원본

된다"(「서책」, 1955)고 표현된다. "주변 없는 사람이 만져서는 아니될 冊"이라 한다. "주변"은 일을 주선하는 재주를 말한다. '주변이 좋다'는 자기 일을 알아서 하는 주체성이 있는 사람이다. 주체성이 없는 주변 없는 사람이 만져서는 안 될 책이라고 한다. 이후 책에 대한 단서가 조금씩 나오고 있다 "가리포루니아라는 곳에서 온"(6연) 책이다.

"가리포루니아"(カリフォルニア)는 "캘리포니아"(California)의 일본 어 발음을 우리말로 쓴 것이다. "가리포루니아"라는 표기는 그의 의식 속에는 아직도 일본어 표현이 고착되어 있다는 증표다. 원고지에 "가리포

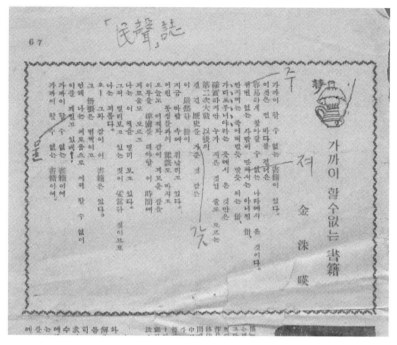

그림 2. 발표지면 『민성』(1949. 11)에도 "가리포루니아"라고 써있다.

루니아"라고 써있고(그림 1), 발표지면에서 "가리포루니아"라고 써있다
(그림 2).

2018년도 『김수영 전집』(민음사)에서 '가리포루니아'를 '캘리포니아'
로 고쳐 낸 것은 실수가 아닐까. 게다가 "冊"과 "書冊"을 한자로 쓴
것을 볼 때 김수영은 한자문화 속에 있다. '일본어＋한자＋영어' 여기에
모국어를 중심에 두고 생활하려는 김수영에게는 당연히 머뭇거리는,
가까이 할 수 없는 당혹스런 거리가 생기는 것이다. 시 「금성라디오」에서
도 일본어식 영어 표기가 나온다.

　헌 기계는 가게로 가게에 있던 기계는
　옆에 새로 난 쌀가게로 타락해가고

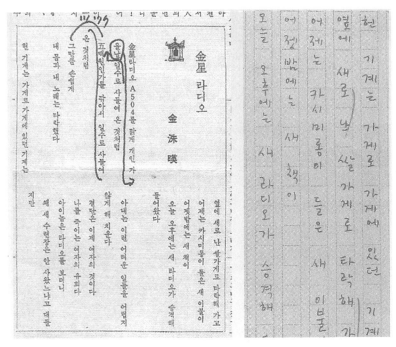

그림 3

어제는 카시미롱이 들은 새 이불이

어젯밤에는 새 책이

오늘 오후에는 새 라디오가 승격해 들어왔다

                        ― 김수영, 「금성라디오」 2연

    활달하며 이재에 밝은 부인 김현경은 이불, 책, 라디오 등을 "일수로 사들여온 것처럼" 모두 새것으로 갈아치운다. 현대 문명의 한 상징인 라디오를 사오면 기분이 좋아야 당연한데 시인은 다르다. 오히려 이런 새 물건을 좋아하면 할수록 "그만큼 내 몸과 내 노래는 타락했다"고 한다.

    물질문명이 최고로 발달한 자본주의는 청명한 하늘을 보여준다. 자본

주의 광고는 늘 유토피아적인 환상을 보여준다. 무거운 솜이불보다 신기할만치 가벼운 카시미롱(カシミロン) 이불은 당시 환상적인 이불이었다. 합성섬유 캐시밀론(Cashmilon)이 아닌 일본어 발음으로 쓴 것도 눈에 띈다. 1966년 9월 15일에 썼던 원고지에도, 같은 해 11월호『신동아』에서 분명히 "카시미롱"이라고 써있다(그림 3). "카시미롱"이라고 쓴 것은 일본식 영어가 쓰이고 있다는 당시 아직도 일본어 영향이 남아 있다는 문화혼종 현상을 보여준다. 이런 표현은 포스트식민적 '혼종성(hybridity)'을 그대로 보여주는 기표다.『김수영 전집』(2018년판)에는 "캐시밀론"이라고 써있어 아쉽다. 김수영은 한글, 일본어, 한자, 영어라는 4개국 언어 사이에서 방황한다. "일본 말보다 더 빨리 영어를 읽을 수 있게 된 / 몇 차례의 언어의 이민을 한"(「거짓말의 여운 속에서」) 김수영은 언어의 디아스포라다.

사람이란 사람이 모두 고민(苦悶)하고 있는
어두운 대지(大地)를 차고 이륙(離陸)하는 것이
이다지도 힘이 들지 않는다는 것을 처음 깨달은 것은
우매(愚昧)한 나라의 어린 시인(詩人)들이었다
헬리콥터가 풍선(風船)보다도 가벼웁게 상승(上昇)하는 것을 보고
놀랄 수 있는 사람은 설움을 아는 사람이지만
또한 이것을 보고 놀라지 않는 것도 설움을 아는 사람일 것이다
그들은 너무나 오랫동안 자기(自己)의 말을 잊고
남의 말을 하여 왔으며
그것도 간신히 떠듬는 목소리로밖에는 못해 왔기 때문이다
설움이 설움을 먹었던 시절(時節)이 있었다
이러한 젊은 시절(時節)보다도 더 젊은 것이
헬리콥터의 영원(永遠)한 생리(生理)이다

"어두운 대지를 박차고 이륙하는" 헬리콥터가 "이다지도 힘이 들지 않는다는 것을 처음 깨달은 것은/우매한 나라의 어린 시인들이었다"고 한다. 왜 어린 시인들이라고 썼을까. "그들은 너무나 오랫동안 자기의 말을 잊고/남의 말을 하여 왔으며/그것도 간신히 떠듬는 목소리로밖에는 못해 왔'(1연 8, 9행)다. "자기의 말"을 표현할 수 없는 존재는 갓난아이처럼 어린 존재들이다. 이 어린 존재들이 식민지 시절에는 일본말, 해방 후에는 서툰 영어로 모더니즘이라는 "남의 말"을 배웠던 것이다. 이 구절은 김수영 자신의 고백이기도 하다.

① 나는 한국말이 서투른 탓도 있고 신경질이 심해서 원고 한 장을 쓰려면 한글 사전을 최소한 두서너 번은 들추어보는데, 그동안에 생각을 가다듬는 이득도 있지만 생각이 새어나가는 손실도 많다. 그러나 시인은 이득보다도 손실을 사랑한다. 이것은 역설이 아니라 발악이다.

- 김수영, 「시작노트 4」(1965)

② 日本 말보다도 더 빨리 英語를 읽을 수 있게 된,
   몇 차례의 言語의 移民을 한 내가
      - 김수영, 「거짓말의 여운 속에서」, 『창작과비평』(1967. 3. 20)

해방이 20여 년이 지났는데도 두 인용문에서 김수영은 우리말이 서툴다고 고백하고 있다. 스무 살에 가깝도록 일본어를 국어로 배웠던 김수영에게 ① 한국말은 너무 서툴고 힘들었다. ②에서는 영어는 그에게 새로운 해방구였다. 국어인 일본어에서 해방되어 새로운 정보를 영어를 통해 얻었다. 짧은 시간에 그는 영어에 집중했다. 제트기(機), 카아고, 린드버어 그, 헬리콥터 같은 단어를 익혔지만, 우리말은 여전히 "간신히 떠듬는 목소리"다.

김수영에게 일본어는 "어머니에게 배운 말"이나 "신문에 나오는 시사어"가 아니었다. 그것은 설움을 깨닫게 해준 일상어였다. 그 설움으로 시를 쓸 수 있었다. 「중용에 대하여」를 보면 다르게 쓰이는 일본어의 용도도 볼 수 있다.

> 그러나 나는 오늘 아침의 때문은 혁명(革命)을 위해서
> 어차피 한마디 할 말이 있다
> 이것을 나는 나의 일기첩(日記帖)에서
> 찾을 수밖에 없었다
>
> 중용(中庸)은 여기에는 없다
> (나는 여기에서 다시한번 숙고熟考한다
> 계사鷄舍 건너 신축가옥新築家屋에서 마치질하는
> 소리가 들린다)
>
> 쏘비에트에는 있다
> (계사鷄舍 안에서 우는 알겐는
> 닭소리를 듣다가 나는 마른침을 삼키고
> 담배를 피워 물지 않으면 아니된다)
>
> 여기에 있는 것은 중용(中庸)이 아니라
> 답보(踏步)다 죽은 평화(平和)다 나태(懶惰)다 무위(無爲)다
> (단但 [중용中庸이 아니라]의 다음에 [반동反動이다]라는
> 말은 지워져 있다

끝으로 [모두 적당適當히 가면假面을 쓰고 있다]라는
한 줄도 빼어놓기로 한다)

담배를 피워물지 않으면 아니된다고 하였지만
나는 사실은 담배를 피울 겨를이 없이
여기까지 내리썼고
일기(日記)의 원문(原文)은 일본어(日本語)로 쓰여져 있다
글씨가 가다가다 몹시 떨린 한자(漢字)가 있는데
그것은 물론 현정부(現政府)가 그만큼 악독(惡毒)하고 반동적(反動的)이
고
가면(假面)을 쓰고 있기 때문이다

— 김수영, 「중용에 대하여」(1960. 9. 9) 전문

"그러나"라며 도발적인 부정으로 시는 시작한다. 이 시에는 "없다"가
2회, "아니다"가 2회, "없이"가 1회, "아니"가 1회로 어떤 대상을 강하게
부정하는 분노가 작용하고 있다. 그는 무엇을 강하게 부정했을까.

4·19 혁명에 너무 기뻐 어머니가 계신 도봉동 집에 환히 웃으며
김수영이 찾아갔다는 사실은 그의 아내와 여동생 모두 증언하는 내용이
다. 그렇게도 좋았던 혁명을 이제는 "때묻은 혁명"이라고 표현해야 하는
그의 마음은 얼마나 분통했을까.

"중용"이라는 단어와 "여기"라는 단어가 눈에 든다. "중용"이란 적당
한 절충이 아니다. 중(中)은 가운데가 아니라, 본질 혹은 과녁 혹은 '적절
함'을 뜻한다. 용(庸)에는 일상적이라는 뜻이 있다. 중용의 논리는 진리를
평범한 일상과 동떨어진 곳에서 찾지 말라 한다. 위대한 진리일수록
일상의 크고 작은 일들 속에서 구현되어야 한다는 것이다. 『중용』 1장은
중용이 어떤 것인지 명확히 설명해 준다.

中者, 不偏不倚, 無過不及之名. 庸, 平常也.(『中庸章句』)

중(中)이란 치우치지[偏, 치우칠 편] 않고 기울지[倚, 기울 의] 않으며 지나치거나 미치지 않는 상태 혹은 선택을 말한다. 김수영의 산문 「생활의 극복」에서 "슬퍼하되 상처를 입지 말고, 즐거워하되 음탕에 흐리지 말라"(哀而不傷 樂而不淫)한 것도 일상에서 중용을 행하며 살아가는 사람의 자세일 것이다.

"중용은 여기에는 없다"에서 "여기"는 4 · 19 혁명 이후 제2공화국 시대를 말한다. "현정부"는 1960년 4 · 19 혁명의 결과 수립돼 5 · 16 군사정변으로 붕괴한 제2공화국을 말한다. 혁명의 전초기지여야 할 정부가 오히려 가장 역사적인 실천을 하기는커녕, "반동"(4연)을 향해 가는 상황이었다. 4 · 19 혁명 정신을 따라 가장 역사적인 선택을 해야 할 정부가 그 중용을 택하지 않는다는 분노가 이 시의 핵심이다.

다만 "중용은 여기에는 없다"라는 문장은 왠지 어색하다. "여기에 중용은 없다"라고 써야 한글다울 거 같다. "中庸はこちらにはない"라는 일본어를 번역한 듯하다. 아닌 게 아니라 일본어 일기를 번역했다는 상황을 아래 설명한다.

그의 시에는 가끔 괄호 안에 코러스나 자막 닮은 독특한 상황이 들어간다. 대단히 연극적이다. 그는 시쓰기 전에는 연극을 먼저 했다. 일본에 유학할 때 그는 치쿠치 소극장 출신의 사람들이 만든 연구소에 연구단원으로 들어가서 연극공부를 했다. 만주에서 연극할 때는 배우로 무대에 서기도 했다. 해방이 되면서 시로 전향했지만 그의 시에는 연극대사 같은 부분이 적지 않다. 괄호 안에 "계사 안에서 우는 알 겯는 닭소리"에서 '알겯다[알견따]'는 '암탉이 알을 낳을 무렵에 골골 소리를 내다'라는 동사다. "담배를 피워 물지 않으면 아니 된다"는 말은 담배를 필 수밖에 없는 상황을 뜻한다. "쏘비에트에는 있다"라고 쓰고 나니 긴장한 것이 아닐까.

"쏘비에트에는 있다"

소비에트에서 일어난 사건이 중용이 일어난 사건이라고 본다. 1960년 9월 20일의 일기에 "정부가 지금 할 일은 사회주의의 대두의 촉진"이라고 썼다. 12월 9일의 시 「永田絃次郎」에서도 북한, 소련 등 사회주의 국가에 대한 친화감이 표현되어 있다. 다음 문장은 괄호 안에 있고 쉽게 풀기 어려운 부분이다. 이 부분은 일본어로 먼저 글을 썼다는 상황을 이해하면 조금은 풀린다.

> 일기(日記)의 원문(原文)은 일본어(日本語)로 쓰여져 있다
> 글씨가 가다가다 몹시 떨린 한자(漢字)가 있는데
> 그것은 물론 현정부(現政府)가 그만큼 악독(惡毒)하고 반동적(反動的)이고
> 가면(假面)을 쓰고 있기 때문이다

"일기의 원문은 일본어로 쓰여져 있다"는 무슨 뜻일까. 1938년 3월 3일에 조선어가 선택과목이 되면서, 급격히 조선어 사용과 교육은 위축되었다. 식민지 시대에 김수영은 한글보다는 일본어를 더 친숙하게 사용할 수밖에 없었다. 시를 일본어로 먼저 쓰고 나중에 한글로 번역하곤 했다는 사실을 그는 1965년에 고백한다. 일본어로 시를 쓸 때 오히려 자유롭게 쓰지 않았을까. 한글시대에 오히려 일본어로 쓰면 검열 받지 않고 자유롭게 비판할 수 있었을 것이다. 비판하는 문장을 한글로 번역할 때, 다 번역하지 않았다. 괄호 안에 있는 문장은, 일본어 일기문에는 "중용이 아니라 반동이다"라고 쓰여 있는데, "반동이다"라는 표현을 한글로 번역하면 너무 직설적이기에 지웠다는 뜻일 것이다. "[모두 적당히 가면을 쓰고 있다]라는 한 줄도 빼어놓기로 한다"는 말도 한글로 번역하지

않았다는 뜻일 것이다. 그러니까 일본어는 검열을 피하기 위한 장치이기도 하다. 김수영은 4 · 19 이후에 들어선 정부가 4 · 19 정신을 훼손하자 극렬한 분노를 품었다.

> 제2공화국!
> 너는 나의 적이다. 나의 완전한 휴식이다.
> 광영이여, 명성이여, 위선이여, 잘 있거라.
>
> — 1960년 6월 30일 일기

그의 눈에 비친 제2공화국은 "반동(反動)"(4연 3행)처럼 "답보(踏步)다 죽은 평화다 나태(懶惰)다, 무위(無爲)"였던 것이다. 현 정부는 이승만 독재 못지않게 "악독하고 반동적이고 가면을 쓰고 있"(5연 6, 7행)었던 것이다. 그를 더 분노하게 만든 것은 악독하고 반동적인 상황을 지적하지 않고, 아무것도 하지 않으면서 "무위"를 핑계로 대며 모른 척 "가면을 쓰고 있"(4연 5행)는 상황이다. 「중용에 대하여」는 4 · 19 혁명의 실패에 좌절한 김수영의 좌절과 분노를 담은 작품이다. 그러고 보면, 이 시의 제목과 일본어로 썼다는 표현은 검열을 통과하려는 카무플라주가 아닐까.

4 · 19가 실패로 돌아가자 김수영은 자신의 시를 비하하는 표현을 자주 썼다. 「아메리칸 타임즈」와 「공자의 생활난」에 대한 자평을 보자.

> 『새로운 도시와 시민들의 합창』에 수록된 「아메리칸 타임지」와 「공자의 생활난」은 이 사화집에 수록하기 위해서 급작스럽게 조제남조(粗製濫造)한 히야까시 같은 작품이고,
>
> — 김수영, 「연극하다가 시로 전향 나의 처녀작」(1965. 9, 226면)

"히야까시(冷やかし)"란 놀리다 희롱하다, 농락하다라는 뜻이다. 히야까시라는 일본말은 4·19 이후 그가 중요하게 생각했던 풍자성과도 통한다. 그렇다면 누구를 희롱하려고 썼을까. 그것은 당시 사이비 모더니스트들을 불신하여 그들을 희롱하는 시로 갑자기 써서 시집에 넣었다는 말이다.

한 산문에서 그는 "내 시는 '인찌끼'다"(536면)라고 고백하기도 했다. 인치키(いんちき)란 속임수, 가짜라는 뜻이다. 우리말로 '인찌끼'라 하면 낚시할 때 물고기를 속이는 방법을 말한다. 여러 개의 낚싯바늘을 떡밥경단 속에 숨겨 흩어놓아 떡밥을 고기가 삼키다가 바늘까지 함께 삼키게 하는 낚시 방법을 말한다. 4·19의 실패 이후 거의 희망을 찾지 못하는 상황에 그는 "내 시는 인찌끼다"라며 자조했다.

> 나는 여기서는 오해를 살까 보아 그런 일을 못하겠다. 여기에는 알지 못하겠는 글이 너무 많고, 그 알지 못하겠는 글이 모두 인찌끼(*부정, 사기, 속임을 뜻하는 일본 말이다)다.
> 알지 못하겠는 글이 모두 인찌끼인 사회에서는 싫어도 아는 글을 써야 한다. 아는 글만을 써야 한다. 진정한 시인은 죽은 후에 나온다? 그것도 그럴싸한 말이다. 그러나 나에게는 그만한 인내가 없다. 나는 시작(詩作)의 출발부터 시인을 포기했다. 나에게서 시인이 없어졌을 때 나는 시를 쓰기 시작했다. 그러니까 나는 출발부터가 매우 순수하지 않다. 내가 무슨 말을 하고 있는지 모르겠다.
>
> ― 김수영, 「시인의 정신은 미지(未知)」(1964. 9)

분노를 그대로 표현했다가는 잡혀가는 시대였다. 그는 진실을 풍자하거나 가짜 속에 진실을 숨겨야 했다. 말장난, 농담, 말실수, 거짓말에 진정성이 있다는 프로이트 말을 빌리지 않더라도, 말장난이나 낙서에서 시인의 심층(深層)을 만나기도 한다. 김수영은 자유롭게 일본어를 썼다.

> 그대는 기껏 내가 일본어로 쓰는 것을 비방할 것이다. 친일파라고, 저널리
> 즘의 적이라고 얼마 전에 고야마 이도코가 왔을 때도 한국의 잡지는 기피했
> 다. 여당의 잡지는 야당과 학생데모의 기억이 두려워서, 야당은 야당의
> 대의명분을 지키기 위해서. ≪동아일보≫라면 전통 때문이라고 할 것이다.
> ≪사상계≫도 사장의 명분을 위해서. 이리하여 배일(排日)은 완벽이다.
> 군소리는 집어치우자. 내가 일본어를 쓰는 것은 그러한 교훈적 명분도
> 있기는 하다. 그대의 비방을 초래하기 위해서이기도 하다. 그러나 인기
> 때문만은 아니다. 어째, 그대의 기선을 제(制)하지 않았는가. 이제 그대는
> 일본어는 못 쓸 것이다. 내 다음에 사용하는 셈이 되니까. 그러나 그대에게
> 다소의 기회를 남겨주기 위해 일부러 나는 서투른 일본어를 쓰는 정도로
> 그쳐두자. 하여튼 나는 해방 후 20년 만에 비로소 번역의 수고를 던 문장을
> 쓸 수 있었다. 독자여, 나의 휴식을 용서하라.
>
> — 김수영, 「시작노트 6」(1966. 2. 20)

여기서 "그대"는 김수영이 비판하던 사이비 작가들일 것이다. "내가
日本語로 쓰는 것"은 인용한 「시작노트」만을 의미하지 않는다. 그는
「시작노트」뿐만 아니라, 일기나 메모 등 광범위하게 일본어를 사용했
다.6 김수영은 여전히 일본어로 고투하고 있었다. 그것은 김수영만이
아니라 식민지를 경험했던 그의 동년배들이 겪는 일상이었다.7 그것은

......

6. 용인에 있는 김수영의 부인 김현경 여사의 자택에는 김수영이 일본어로 쓴 여러
   노트가 있다. 이에 대해서는 따로 면밀한 분석이 필요할 것이다.
7. 한수영, 「전후세대의 '미적 체험'과 '자기번역' 과정으로서의 시쓰기에 관한 일고찰—
   김수영의 「시작(詩作)노우트(1966)」 다시 읽기」, 『현대문학의 연구』, Vol. 60, 한국문
   학연구학회, 2016. 331면.

그들 세대가 피할 수 없는 현실8이었고, 포스트식민지적 리얼리티였다. "더 값없게 발길에 차이는 인국(隣國)의 음성 / 물론 낭랑한 일본 말들이다(…) 그때는 지금 일본 말 방송을 안 듣듯이 / 나도 모르는 사이에 아무 미련도 없이 / 회한도 없이 안 듣게 되는 날이 올 것"(「라디오 계」)을 그는 기다렸다. 억지로 일본어를 피하려 하지 않았다. 일본어는 김수영에게 비애와 슬픔과 자기비하를 일으킬 때 쓰는 용어이기도 했지만, 그가 자유롭게 쓸 수 있는 일상어이기도 했다.

2-2. 일본문학, 무라노 시로

일제에서 해방되기까지 나이 25세의 김수영이 겪은 독서체험이나 미적 체험(aesthetic experience)은 일본을 거친 것이었다. 해방 이후에도 "여편네가 일본에서 온 새 잡지 안의 / 김소운 수필을 보라고 내던져"(「파자마 바람으로」)주었다. 김수영이 영향을 받은 일본 시인이 있을까. "국내의 선배 시인한테 사숙한 일도 없고 해외 시인 중에서 특별히 영향을 받은 시인도 없다. 시집이고 일반 서적이고 읽고 나면 반드시 잊어버리는 습관이 있어서 큰 부담이 없다"9라고 했기에 영향관계를 논하기는 쉽지 않다. 다만 김수영과 가까운 시인 중에 김병욱이 있었다. "나의 머릿속에 있는 형은 누구보다도 시를 잘 알고 있는 형이오,"10라며

....

8. "나는 한 편의 시를 쓰기 위해 일본어 시를 쓰기 위해 일본어로 된 구문을 해체하고 그것을 다시 우리말로 된 구문을 해체하고 그것을 다시 우리말로 재조직해야 하는 고통을 수없이 감내하지 않으면 안 되었었습니다."(전봉건, 「나의 문학, 나의 시작법─전봉건 대담시론」, 『문학선』, 2011, 252~253면)
9. 김수영, 「시작노트 2」(1961. 6. 14), 『김수영 전집 2』, 민음사, 2018, 531면.
10. 김수영, 「연극을 하다가 시로 전향─나의 처녀작」(1966. 9), 『김수영 전집 2』, 425면.

김병욱을 높이 상찬하는 문장도 보인다. 김수영이 치질수술을 하고 방에 누워 벽지에 자신의 「아메리카 타임지」를 일본말로 써서 쳐다보고 있을 때 김병욱의 반응은 주목된다.

> 병욱이가 어느 날 찾아와서 이 시를 보고 놀라운 작품이라고 하면서 무라노 시로[村野四郞]에게 보내서 일본 시잡지에 발표하자고까지 칭찬해 주었다. (중략) 나는 그의 말을 듣고 눈물이 날 지경으로 감격했던 것 같다. (중략) 「거리」는 나의 유일한 연애시이며 나의 마지막 낭만시이며 동시에 나의 실질적인 처녀작이다. (중략) 병욱은 이 시를 읽고 이런 작품을 열 편만 쓰면 시인으로 서의 확고한 기반을 가질 수 있다고 격려해주었다.[11]

해방되고 2년이 지났건만 아직도 일본 잡지에 글을 발표할 생각을 하고 있는 두 청년이 조금 놀랍다. 일본 시잡지에 발표하자고 "까지"라는 표현이 주목된다. 일본 시잡지는 아직도 김수영과 김병욱에게 높아 보이는 대상이었다. 인용문에 등장하는 시인 무라노 시로(村野四郞, 1901~1975)는 김수영의 부인 김현경의 회고에도 등장한다.

> 김 시인과 저는 박인환의 서점 '마리서사'에 드나들면서 그곳에 모이는 일군(一群)의 젊은이들, 임호권, 김병욱 등을 만났으나 곧 싫증을 내고 그쪽으로는 발길을 잘 옮기지 않았습니다. 저는 그들이 너무나 속 빈 강정같이 실력이 없다고 느꼈습니다. 하루는 일본 시인 무라노 시로[村野四郞]의 시를 박인환 시인이 일본어로 낭송한 적이 있었는데, 그 음독(音讀)이 너무 많이 틀려 그다음부터는 그를 철저하게 무시했습니다. 며칠 동안 그와 거리를 걷고 식사를 같이하고, 어울려서 술을 같이 마시며 데이트한 것조차

....

11. 위의 글, 424~425면.

후회가 될 지경이었습니다. 그러나 김 시인은 그즈음 초현실주의 예술이나 전위 예술에 무서운 비평을 가했으며, 거기에 취해 있는 시인들을 뒤떨어진 시인이라며 그들을 경멸했습니다.12

두 가지 인용문을 보면 무라노 시로는 인정받아야 하는 목표이기도 했고, 무라노 시로의 시를 제대로 읽지 못하면 무시 받을 만한 상황이었다. 어떤 시를 썼기에 김수영은 무라노 시로에게 검토 받는 상황을 무라노 시로에게 시를 보내는 것을 "칭찬"으로 생각했을까. 김수영과 김병욱이 읽었을 가능성이 있는 무라노 시로의 두 번째 시집인 『체조시집』(アオイ書房, 1939. 그림 4)에 실려 있는 「철봉」과 「권투」를 읽어 보자.

나는 지평선에 매달린다
가까스로 손끝이 걸렸다.
나는 세계에 매달렸다.
근육만을 나는 믿는다.
나는 벌겋게 된다. 나는 수축된다.
발이 올라간다.
오오 나는 어디로 가는가.
커다랗게 세계가 한 바퀴 돌아
나는 세계 위에 있다.
높은 곳에서 내려다보는 부감(俯瞰)
아아 두 어깨에 부드러운 구름.13

....

12. 김현경, 『김수영의 연인』, 책읽는오두막, 2013, 158~159면.
13. "僕は地平線に飛びつく/僅(わずか)に指ききが引っかかった/僕は世界にぶら下った/筋肉だけが僕の頼みだ/僕は赤くなる 僕は収縮(しゅうしゅく)する/足が上ってゆく/おお 僕は何処へ行く/大きく世界が一回転(いっかいてん)して/僕が上になる/

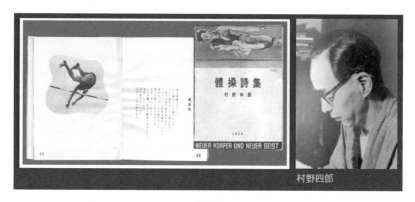

그림 4

– 무라노 시로, 「철봉」, 『체조일기』(1939, 번역은 인용자)

커다란 넓은 소매 속에서
높이 서로 엮은 두 손처럼
두 개의 육체가
밀어올려지는가 하면
느닷없이
베고니아처럼 피투성이가 된다
레퍼리는 배추흰나비다
이윽고 한 선수가 고개 숙이면
다른 선수는 고독처럼 남겨진다
폭풍 속으로 몸을 떨면서—
그러자 갑자기
세계가 부챗살 모양 닫혀온다.14

....

高くからの俯瞰(ふかん)/ああ 両肩に柔軟(じゅうなん)な雲."——村野四郎.「鉄棒」
14. "大きい広袖の中から/高く組み合わされた両手のように/二つの肉体が/耀 (せ)
り上げられ/忽ち/ベコニアのように血だらけになる/レフェリーは紋白蝶である/や

－무라노 시로, 「권투」, 『체조일기』(1939, 번역은 인용자)

　운동하는 선수를 마치 카메라로 찍듯 세세하게 움직임과 심리상태를 표현하고 있다. 『체조시집(体操詩集)』(1939)은 스포츠를 제재로 한 시집이었다. 시집이 나온 지 80년이 지났는데도 지금 읽어도 신선하다. 베를린 올림픽 사진을 시와 함께 편집하여 신선한 감각의 시로 주목받았다. 스포츠를 좋아하던 김병욱은 더욱 좋아할 만했다. 특히 권투라는 시가 있는데 김병욱이 권투를 좋아했다. "병욱은 대구에서 올라오기만 하면 나를 찾아왔고 기식하고 있는 나의 또 기식자가 되었다. 그는 현대시를 쓰려면 우선 육체의 단련부터 필요하다고 하면서 나에게 권투를 가르쳐 주려고까지 했"[15]을 정도였다고 김수영은 회고했다.

　무라노 시로는 인간을 세계를 구성하는 한 개의 사물로서 냉정히 객관화한다. 이것은 "노이에 자하리히카이트(신즉물주의)적 미학의 실험(ノイエザッハリッヒカイト的視点の美學への實驗)"이라고 그는 강조했다. 신즉물주의(Neue Sachlichkeit, 新卽物主義)는 1920년대 독일에서 일어난 미술과 사진운동으로 1차 세계대전이 끝난 뒤 독일에 널리 퍼진 체념적인 냉소주의를 작품에 반영했다. 『체조시집』이야말로 독일의 신즉물주의에 눈을 떠서 나온 시집이었다.

　무라노 시로가 독일의 신즉물주의에서 섭취한 인간에 대한 사고 방식은 무릇 인간을 단지 정신적으로만 해석하지 않고 육체적 존재라는 관점에서 한 개의 사물이나 형태로서 파악하려 하는 듯하다.[16]

....

がて一人が頸（うな）だれると/一人が孤独のように残される/嵐の中にふるえながら/すると急に/世界が扇のように閉まってくる。"—村野四郎, 「拳闘」.

15. 김수영, 「연극을 하다가 시로 전향－나의 처녀작」(1966. 9), 『김수영 전집 2』, 425면.
16. 김광림, 「무라노 시로(村野四郎)에 대하여」, 『일본현대시인론』, 국학자료원, 2001,

무라노 시로는 전통적 서정성을 배격했는데, 데뷔작 「묘정의 노래」에 나타난 전통적 서정성을 싫어했던 김수영으로서는 통하는 면이었다. 김수영도 무라노 시로처럼 인간을 하나의 사물로 조형하고 여기는 객체에 따른 즉물(卽物)하는 시를 많이 썼다.

당시 김춘수, 조병화, 김광림, 그리고 최근엔 최종천 시인 등 많은 시인들이 무라노 시로의 시론을 좋아했다. 단 김광림은 무라노 시로가 전쟁 말기에 전쟁 협력 시를 쓴 일에 대해 "지금까지 객관주의에 투철했던 시작 태도에 다소의 해이감이 생"[17]겼다고 비판한다. 김춘수는 "온건하면서도 영감과 정신적 노력의 관계를 적절히 설명해 주고 있다. 어떤 경우에도 발상의 동기가 되는 영감은 있는 법이니까, 영감 그 자체를 무시할 수는 없다. 그러나 그렇다고 영감만으로 시가 되는 것은 아니고 영감, 그것이 곧 시가 되는 것은 더더구나 아니기 때문에 반드시 시라고 하는 형식을 만들어 가는 정신적 노력, 즉 지성 및 기교가 필요해지는 것은 당연하다"[18]며 설명한다.

무라노 시로에게 대상을 향한 응시는 시론의 핵심이었다. 대상을 응시하는 것은 새로운 자기발견의 길이요, "시인에게 가장 중요한 상상력이라는 이미지의 연쇄반응의 작용도 이 대상에 대한 응시기록의 축적에서 오는 것이다."라고 했다.

김수영이 대상을 응시하고 쓴 시들이 많다. 공간을 뜨뜻하게 만드는 라지에이터를 보고 관찰하고 쓴 「수난로」, 한국전쟁 이후 비애와 슬픔으로 날아가며 자기의 모든 것을 투명하게 보여주는 「헬리콥터」, 글라디올

....
    109면.
17. 김광림, 위의 책, 111면.
18. 김춘수, 『시의 이해와 작법』, 자유지성사, 1999, 88~92면.

러스라는 꽃에서 죽음과 생성의 철학을 만들어낸 「구라중화」, 떨어지는 물에서 힘에의 의지를 그려낸 「폭포」, 후기시로 서양식탁이 집에 들어와 불편하다며 쓴 「의자가 많아 불편하다」 등 그의 시는 대부분 대상의 이미지를 응시하여 축적된 것을 기록한 시다. 발터 벤야민이 『일방통행로』를 쓰면서 대상을 관찰하고 거기서 철학을 풀어내는 '사유 이미지'(Thinking-Image)는 무라노 시로의 시론이나 김수영 시 창작방법과 비교할 만하다.

『시와 시론』 동인이기도 했던 무라노 시로의 시집으로는 『덫』, 『체조 시집』, 『서정 비행』, 『추상의 성』, 『망양기(亡羊記)』, 『예술』 등이 있다. 그의 활동은 하이쿠, 평론, 아동문학, 노래가사 창작에 이르기까지 넓게 활동했다. 무라노 시로의 글은 윤동주가 좋아했던 기타하라 하쿠슈 책에서도 볼 수 있다.

長詩 · 短唱 · 短歌 · 長歌 · 민요 · 동요 · 小曲등 詩形 문학뿐 아니라 수 필 · 기행문 등의 시적 산문에 이르기까지 그의 天性의 詩才를 넓혀 메이지 · 다이쇼 · 쇼와의 삼대에 걸쳐 王者처럼 군림하였다.[19]

폭넓은 무라노 시로의 활동은 동인지 운동에서도 보였다. 1920년대 후반부터 1930년대의 모더니즘은 일본 현대시의 토대를 만들었다. 하루야마 유키오[春山行夫, 1902~1994]가 중심으로 『시와 시론』(그림 5)을 만들며 모더니스트들이 모였다. 낡은 미학을 부정하고, 프롤레타리아 시운동에도 문제를 제기하면서 전혀 새로운 실험을 하려 했다. 이들은 앙드레 브르통이 발표한 '쉬르리얼리즘 예술운동 선언'에서 많은 영향을 받았다. 창간 동인은 하루야마 유키오(春山行夫), 기타가와 후유히코(北

....

19. 村野四郎, 『北原白秋集』, 日本近代文學大系 28, 角川書店, 1970, 8면.

川冬彦), 안자이 후유에(安西冬衛), 다키구치 다케시(瀧口武士), 우에다 도시오(上田敏雄), 곤도 아주마(近藤東), 다케나카 이쿠(竹中郁), 미요시 다쓰지(三好達治)였으며, 1929년의 제5권부터는 니시와키 준사부로(西脇順三郎), 다키구치 슈조(瀧口修造), 요시타 잇스이(吉田一穂), 호리 다쓰오(堀辰雄), 마루야마 가오루(丸山薫), 무라노 시

그림 5. 1931년(昭和6年) 『시와 시론』

로(村野四郎) 등이 참가했다. 이들은 이후 일본시단을 이끌어간 대시인들이다. 이들은 전통적인 시의 형식을 부정하며 새로운 시를 탄생시키려는 실험정신을 보여주었다. 이 운동에 앞장선 이 중 한 명이 무라노 시로였다.

김수영이 무라노 시로를 언급한 글은 1966년 9월에 쓴 「연극을 하다가 시로 전향——나의 처녀작」이었다. 그렇다면 해방공간에 김병욱이 언급했던 무라노 시로에 대한 좋은 이미지가 1950년대를 거쳐 60년대에 이르기까지 변하지 않았다고 추측할 수 있다.

그것은 누구 얼굴일까
정말 모르겠다
마치 물 속 같은
다른 세계에 밀려나 있다
아무것도 보지 않고
아무것도 듣지 않고
신의 이름과 인간의 사랑
그러한 영혼의 취향도 말하지 않는다

죽기 위한 피가

풍경을 물들이고

의미를 잃은 직박구리새 울음이 우주를 째는 날

그저 감탕나무 줄기에 얽혀

강렬하게

존재의 가을을 풍기는 것이다.[20]

　　　　　　　　　　－ 무라노 시로, 「시인의 조상」 전문(번역 인용자)

　이 시는 여덟 번째 시집 『망양기(亡羊記)』(政治公論社, 1959)의 서시다. 이 시는 2차 세계대전 이후 원자폭탄 투하의 비극이 있은 뒤에도, 핵폭탄은 확대되어 가고, 생태계가 완전히 무너지는 상황을 쓴 작품이다.

　"내가 단순히 시인으로서가 아니라 인간으로서 현대를 성실하게 살려 한다면 이러한 현대의 사회적 현실의 표상은 당연히 나의 시의 중요한 테마가 되게 마련이다. 나의 시 속에 현대의 고민이나 의혹 또는 사회적 저항 의식이 있다 하더라도 그것은 당연한 결과이며 어떤 구체적인 목적을 위해서가 아니다."

　1950년대로 넘어가면서 무라노 시로의 시는 더 현실적인 문제에 접근했다. 제2차 세계대전 때, 히로시마에 원자폭탄이 투하된 뒤에도 핵실험은 계속되었고, 그 결과 지구의 대기는 오염되고, 세계 인류를 공포 속에 몰아놓고 있었다. 존재의 가을은 인간의 역사가 가을에 접어들었다는 우울한 소식을 의미한다.

....

20. "それは誰の顔だか／まったくわからない／たとえば　水中のような／べつの世界につきだされている／なにも見ず／なにもきかず／神の名や人間の愛／そうした魂の好みもかたらない／死ぬための血が／風景をそめ／意味をなくしたヒヨドリの叫びが宇宙をひきさいてゆく日／ただ　うめもどきの蔓にからまれ／強烈に／存在の秋をにおわすのだ."
　－村野四郎, 「詩人の彫像」.

결론적으로 김수영과 김병욱이 무라노 시로를 긍정적으로 평가한 것은 첫째 그가 답답한 전통서정시를 벗어나 새로운 시를 쓰려 했다는 점이고, 둘째 사물을 대상으로 하여 사상을 만들어 내는 즉물시를 썼다는 사실에 공감할 수 있었다. 셋째 즉물시를 쓰면서도 현실적인 문제를 지적하는 태도를 김수영이 좋게 봤을 수 있다.

2-3. 역사를 보는 다른 시선
── 「永田絃次郎」, 「거대한 뿌리」

김수영은 역사를 볼 때 일본의 여러 사례를 비교하며 보곤 했다. 그가 본 일본은 쉽게 무시할 만한 존재가 아니었다. 먼저 일본을 지렛대로 민족분단 문제를 꺼내기도 한다.

모두 별안간 가만히 있었다
씹었던 불고기를 문 채로 가만히 있었다
아니 그것은 불고기가 아니라 돌이었을지도 모른다
신은 곧잘 이런 장난을 잘한다

(그리 흥겨운 밤의 일도 아니었는데)
사실은 일본에 가는 친구의 잔치에서
이토츄[伊藤忠] 상사(商事)의 신문광고 이야기가 나오고
곳쿄노 마찌* 이야기가 나오다가
이북으로 갔다는 나가타 겐지로(永田絃次郎)* 이야기가 나왔다

아니 김영길이가

이북으로 갔다는 김영길 이야기가

나왔다가 들어간 때이다

내가 나가토[長門]라는 여가수도 같이 갔느냐고

농으로 물어보려는데

누가 벌써 재빨리 말꼬리를 돌렸다……

신은 곧잘 이런 꾸지람을 잘한다.

— 김수영, 「永田絃次郎」(1960. 12. 9)

나가타 겐지로(永田絃次郎, 1933~1985. 그림 6)는 오페라 가수였던 테너 재일한국인 김영길(金永吉)을 말한다. 일본에서는 아직도 일본 군국주의를 찬양했던 음악인으로 연구 대상이다.

평안남도 강동군에서 태어난 그는 1928년 평양 제2중학교를 졸업, 1933년부터 1935년까지 동경일일신문음악콩쿠르 성악부문에서 3년 연속 입상했다. 1935년부터 1945년까지 일본의 킹레코드 전속가수로 활동하면서 많은 군국가요 애국가요의 음반을 녹음하였는데, 1935년에는 <일본행진곡(日本行進曲)> 등을 비롯하여, <아아 애국의 피는 끓는다(あ あ愛國の血は燃える)>, <소년 전차병의 노래(少年戰車兵の歌)>, <바다의 진군(海の進軍)>, <우리는 병사로 부르심을 받았다(我等は兵に召された り)>, <천황의 백성인 우리들(みたみわれ)>, 1945년에는 <카미가제 노래 (神風節)> 등을 불러 유명하다. 1941년 '그대'인 일본인과 '나'인 조선인이 손을 굳게 잡아 대동아공영권의 초석이 되어야 한다는 내용의 내선일체 (內鮮一體)와 지원병 장려 등을 목적으로 만든 국책영화 <기미토보구(君 と僕, 그대와 나)>의 주연을 맡아 출연했다. 유튜브에는 아직도 그가 부른 노래 <출정병사를 보내는 노래(出征兵士を送る歌)>, <무적황군(無

敵皇軍)〉 등이 남아 있다. 적
극적으로 천황을 찬양하고
황군(皇軍)의 진격을 노래했
던 그는 1960년 북으로 갔다.

이 시는 나가타의 북송 소
식을 듣고 쓴 작품이다. 1연
을 보면 무슨 상황인지, 설명
이 없다. 왜 "씹었던 불고기
를 문 채 가만히 있"어야 했
을까. 그 설명은 2, 3연에서
나온다. "신은 곧잘 이런 장
난을 잘한다"는 말은 식민지
시대 이후 한반도가 분단되
면서 조선인들이 너무도 어
처구니없는 운명에 처하는
상황을 말한다. 일본 군국주
의에 충성을 했던 자가 북한
의 인민사회 건설을 위해 북
송선을 타는 운명은 너무도

그림 6

어처구니없는 것이다. 이 말은 시 끝 행에 "신은 곧잘 이런 꾸지람을
잘한다"는 말로 마무리 한다. 역사란 가끔 웃기는 상황인 것이다.

2연을 보면 나가타의 북송 소식을 어떻게 알았는지 설명한다. 화자는
일행들과 함께 일본에 가는 친구의 잔치에 모였다. "그리 흥겨운 밤의
일도 아니었"(1행)다는 진술로 보아 그다지 마음에 드는 자리는 아니었다.

친구가 일본에 간다고 모였다가 "이토츄[伊藤忠] 상사(商事)의 신문광

고"를 본다. '이토추 상사'(그림 7)는 1858년에 창업하고, 1949년에 설립된 회사로 지금도 세계적인 종합 상사다. 이 회사 신문에 실린 "곳쿄노 마찌"(國境の町, 국경의 거리)라는 노래 얘기를 하다가 그 노래를 취입한 나가타 겐지로 얘기가 나왔던 것이다. 그런데 바로 그 무렵 나가타가 북송되었던 것이다.

그림 7

3연에서야 비로소 1연에서 "모두 별안간 가만히 있었"던 상황이 설명된다. 바로 북송된 나가타, 아니 김영길 얘기가 나왔기 때문이다.

4연에서 화자 김수영이 "나가토[長門]라는 여가수도 같이 갔느냐고/ 농으로 물어보"자, 친구들은 "재빨리 말꼬리를 돌"린다. 혁명이 일어났지만 통일과는 무관한 것을 말하는 것이 아닐까. 혁명이 일어났지만 아직 북한에 대해서는 입을 열어서는 안 되는 상황이다. "신은 곧잘 이런 꾸지람을 잘한다"는 마지막 행은 냉소적이고 역설적이다. 마치 "너희들은 자기네 형제인 북한 동포들 얘기도 못하니"라며 신이 꾸지람하는 모양일까. 이런 상황은 김수영의 1960년 일기를 봐도 잘 나온다.

10월 29일 「잠꼬대」는 발표할 길이 없다. 지금 같아서는 시집에 넣을 가망도 없다고 한다.

12월 9일 「나가타 겐지로」를 쓰다.

12월 11일 「나가타 겐지로」, XX신문에서 또 퇴짜를 맞다.

12월 25일 「永田絃次郎」과 「○○○○○」를 함께 월간지에 발표할 작정이다.

「○○○○○」는「김일성 만세」라는 시다.「나가타 겐지로」와「김일
성 만세」를 같은 시기에 쓰고, 발표하려고 여기저기 수소문하는 김수영의
모습은 무엇을 말할까. 그의 동생 몇 명이 북한에 가야 했던 상황으로
김수영은 어려운 처지에 놓여 있었다. 무슨 일만 있으면 북한에 간
동생들 때문에 경찰서에 가야 했다. '북한'을 말하는 것조차 위험했던
시대에, 김수영은 4·19 혁명이 분단극복 곧 통일로 이어져야 한다고
생각했던 것이다. 이 시는 김수영이 생각하는 혁명에는 남북통일이
중요하게 자리 잡고 있다는 것을 역설적으로 보여준다. 1994년 8월
5일「북송교포 32명 수용」(<경향신문>, 그림 8)이라는 기사를 보면,
정치범 수용소 수용자 명단에 김영길이 있는 것으로 나온다. 이 시에서
일본은 남북문제를 생각하는 제3의 시각으로 나온다. 김수영이 일본을
가볍게 보지 않는 시각은「거대한 뿌리」에서 나온다.

> 나는 아직도 앉는 법을 모른다
> 어쩌다 셋이서 술을 마신다 둘은 한 발을 무릎 위에 얹고
> 도사리지 않는다 나는 어느새 남쪽식으로
> 도사리고 앉았다 그럴 때는 이 둘은 반드시
> 이북 친구들이기 때문에 나는 나의 앉음새를 고친다
> 8.15후에 김병욱이란 시인은 두 발을 뒤로 꼬고
> 언제나 일본 여자처럼 앉아서 변론을 일삼았지만
> 그는 일본 대학에 다니면서 4년 동안을 제철회사에서
> 노동을 한 강자다
>
> — 김수영,「거대한 뿌리」(1963. 2. 3) 1연

이 시는 주목받지 못하다가 1974년 『거대한 뿌리』(민음사)라는 제목으

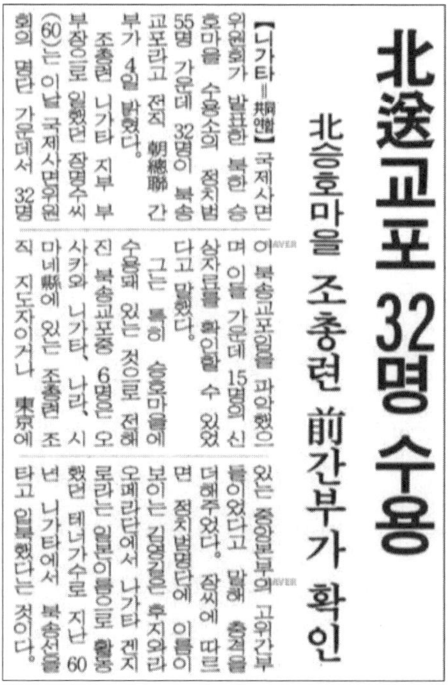

北送교포 32명 수용

北승호마을 조총련 前간부가 확인

【니가타=共同연합】 국제사면위원회가 발표한 북한 승호마을 수용소의 정치범 55명 가운데 32명이 북송교포라고 전직 朝總聯 간부가 4일 밝혔다.

조총련 니가타 지부 부부장으로 일했던 장명수씨(60)는 이날 국제사면위원회의 명단 가운데서 32명이 북송교포임을 파악했으며 이들 가운데 15명의 신상자료를 확인할 수 있었다고 말했다.

그는 특히 승호마을에 수용돼 있는 것으로 전해진 북송교포중 6명은 오사카와 니가타, 나라, 시마네縣에 있는 조총련 조직 지도자이거나 東京에 있는 중앙본부의 고위간부들이었다고 말해 충격을 더해주었다. 장씨에 따르면 정치범명단에 이름이 보이는 김영길은 후지와라 오페라단에서 니가타 겐지로라는 일본이름으로 활동했던 테너가수로 지난 60년 니가타에서 북송선을 타고 입북했다는 것이다.

그림 8

로 '민음사 시인총서' 1권으로 나오면서 주목받게 되었다.

1연에서 사람들의 앉는 방식의 다양성에 대한 이야기에서 출발한다. 이북식, 남쪽식, 일본식 등 사람마다 제각기 다른 앉음새를 가지고 있는데 이는 그들의 지방색이나 정치색, 그리고 생활 경험을 반영한다. 그래서 사람을 만날 때마다 "나의 앉음새를 고"쳐 앉는 방법을 바꾸는 혼란을 겪는다. 8・15 이후에, 앞서 인용했던 시인 김병욱의 앉는 자세 이야기가 나온다.

"8・15후에 김병욱이란 시인은 두 발을 뒤로 꼬고/언제나 일본 여자처럼 앉아서 변론을 일삼았지만/그는 일본대학에 다니면서 4년 동안을 제철회사에서/노동을 한 강자다"라고 한다. 식민지 시대의 제철소 노동자로서 일본 대학을 다닐 정도로 정신력이 강했고, 자신의 앉음새를 남의 눈치를 보지 않고 지키는 데서 볼 수 있듯이 주체성이 강했다. 김수영은 그와 같은 김병욱에 비해 확고하지 못한 자신의 세계관을 반성한 것이다."[21]

변론을 일삼는 일본 여자는 약해 보일지 모르지만, 일본이란 제철회사에서 견디기는 쉽지 않다. 견디기 어려운 제철회사에서 4년이나 노동자를 한 김병욱이 대단하다는 것이다.

일본을 보는 김수영의 인식은 단순하지 않다. "일본의 <진보적> 지식인들은 소련한테는/욕하지 않는다고 한다(…) 나는 지금 일본 시인들의 작품을 읽으면서(…) 일본의 <진보적> 지식인들이 이 말을 들으면 필시 웃을 것"(「전향기」)이라며 일본의 정치 지형을 그는 늘 의식한다. 민족분단을 반성적으로 고찰하는 제3의 시각이 가능한 곳이며, 부드러움과 강함이 존재하는 다양한 결이 존재하는 대상이었다.

2-4. 일제물건과 '식민지의 곤충'
― 「미농인찰지」, 「현대식 교량」, 「의자가 많아 불편하다」

해방을 맞이했지만 아직도 일본식 "쓰메이리 학생복을 입은 청년"(「시골선물」)들이 도시를 배회한다. 쓰메이리(詰襟, つめえり)는 깃의 높이가 4센티미터쯤 되는 깃달이 양복이다. 근세 이후 서구에서 군인이나 관료의 제복으로 쓰였었다. 결투를 할 때 목부분을 보호해줄 수 있다는 이점도 있었다. 일본에서는 메이지 초기부터 군인, 관리, 경찰관, 철도원, 교원, 교복 등에 넓게 사용되었다. 쓰메이리 학생복(詰襟學生服)은 군국주의

<hr>

21. 맹문재, 「김병욱의 시에 나타난 세계 인식 고찰」, 『한국문학이론과 비평』, 제60집 (제17권 제3호), 2013. 9.

파시즘의 억압을 상징으로 볼 수 있겠다. 김수영의 시에는 자본을 향한 욕망을 비판하면서, 그 욕망의 대상으로 함께 살아야 하는 일제(日製)가 자주 등장한다. 아직 일제는 최고의 문명이었다.

> 당신이 사준 북어와 오징어와 二等車票와
> 鏡浦臺의 선물과 도리스 위스키와 라스프베리 쨈에 대해서
> 미안하지 않소 당신의 모든 행복과 우리들의 바닷가의
> 행복의 모든 추억에 대해서 미안하지 않소
> — 김수영, 「미농인찰지」(1967. 8. 15)에서

시인은 동해안 경포대 인근에서 매부네에게 극진한 대접을 받은 듯하다. 시인은 "바다와 別莊과 용솟음치는 파도"를 보며 비싼 양주인 "죠니 워커"를 마시고 "죠오크[ジョーク, joke]" 농담도 하며, "미인과 페티 킴"에 대해서도 "호담(豪談)"하게 곧 사내다운 척하며 호탕하게 너스레를 떨었던 모양이다. 4연을 보면 "당신이 사준 북어와 오징어와 二等車票와/鏡浦臺의 선물과 도리스 위스키와 라스프베리 쨈"이라며 환대에 감사하고 있다.

일제 양주 도리스 위스키

도리스 위스키(Whisky Torys)는 일본에서 처음 만든 위스키다. 고도부키야[壽屋]는 1899년 도리이 신지로[鳥井信治郎]가 포도주 제조 판매를 목적으로 창업한 도리이상점을 1921년에 이름을 바꾼 회사다. 고도부키야에서는 창업주의 성(姓)인 '도리이'를 붙인 산토리 위스키, 도리이 위스키를 발매한다. 고도부키야는 1963년 회사 이름을 일본 위스키의 대명사가 된 산토리로

바꾼다. 도리이 위스키는 1946년에 원액 5%를 넣은 제품으로 시장에
나온다. 1960년대 일본의 젊은이들에게 많은 인기를 얻었던 도리스
위스키는 지금도 판매되고 있는 롱 셀러 브랜드다. "라스프베리 쨈"은
라즈베리 잼(raspberry jam)의 일본식 발음으로 산딸기 잼을 말한다.

> 현대식 교량을 건널 때마다 나는 갑자기 회고주의자가 된다
> 이것이 얼마나 죄가 많은 다리인 줄 모르고
> 식민지의 곤충들이 24시간을
> 자기의 다리처럼 건너다닌다
> 나이 어린 사람들은 어째서 이 다리가 부자연스러운지를 모른다
> — 김수영, 「현대식 교량」(1964. 11. 22)

  마치 판타지 세계로 들어가듯 어떤 다리를 갈 때마다 시인은 역사를
떠올린다. 그 현대식 다리를 건널 때마다 시인은 "회고주의자"(1연)가
된다. 이 다리를 짓는 세월에는 얼마나 슬픔이 있었는지 "죄"라고 표현한
다. "식민지의 곤충"이란 일본의 구식민지를 경험한 구세대일 수도 있고,
해방기 미군정을 겪은 신식민지의 신세대일 수도 있다. 곤충 같은 존재들
은 모욕의 기억을 망각하고 "자기의 다리"라고 하지만 실은 남의 다리
위를 걷고 있다. 답답하게도 "나이 어린 사람들은" 역사를 모른다. 당연히
"어째서 이 다리가 부자연스러운지"(1연 5행)도 모른다. 견딜 수 없어
이 다리를 건널 때마다 시인은 "나의 심장을 기계처럼 중지"시킨다.
나 또한 "식민지의 곤충"이라는 사실을 피할 수 없기에, 괴로운 회상을
숨을 멈추며 곱씹는 "연습"(1연 8행)을 하며 성찰한 것이다. 식민지가
남기고 간 문화적 콤플렉스는 일상생활에도 남아 있다. 김수영에게는
그 고급문화가 불편하다.

의자가 많아서 걸린다 테이블도 많으면
걸린다 테이블 밑에 가로질러 놓은
엮음대가 걸리고 테이블 위에 놓은
美製 磁器스탠드가 울린다

마루에 가도 마찬가지다 피아노 옆에 놓은
찬장이 울린다 유리문이 울리고 그 속에
넣어둔 「노리다께」 반상세트와 글라스가
울린다 이따금씩 강건너의 대포소리가

날 때도 울리지만 싱겁게 걸어갈 때
울리고 돌아서 걸어갈 때 울리고
의자와 의자 사이로 비집고 갈 때
울리고 코 풀 수건을 찾으러 갈 때

— 김수영, 「의자가 많아 불편하다」(1968. 4. 23)에서

사정이 나아지면서 부인 김현경 여사는 새로운 물건이 나오면 집에
들여놓았다. 신형 금성라디오 등 그녀가 집에 들여놓는 물건이 김수영에
게는 불편했다. 이번에는 커다란 6인용 식탁들 들여놓았다. 1968년 당시
6인용 식탁을 갖고 있는 집은 몇이나 될까. 게다가 미제 자기스탠드에,
노리다케 반상세트에, 피아노에, 신형 금성라디오 등 부족하지 않은
살림이었다.

만족해야 하는데 그는 불편했다. 새로운 물건은 그를 옥죄였다. 그에게
는 그 물건들로 인해 자신이 물질의 노예가 된다고 생각하지 않았을까.
이 사회를 유지하기 위해서는 제도나 가치가 필요하다. 때로는 그 제도와
가치가 너무 사람을 옥죄어 인간을 구속하기도 한다.

아직 부인 김현경 여사가 보관하고 있는 노리다케 반상세트.
접시 밑에 'NORITAKE'와 'JAPAN'이라는 표기가 선명하다.

이번에 김수영은 이 식탁과 의자를 소재로 시 한 편을 완성시켰다. 자유롭게 쓴 시 같지만 이 시는 한 연이 4행씩 채워져 있다. 4행은 꽉 짜인 사각형 모서리를 연상시킨다. 마치 자유로운 듯하지만 어떤 품위와 가치와 형식을 강요하는 식탁을 상징하는 듯싶다.

이 시에서 가장 많이 나오는 동사는 제목에 나오는 "걸린다" 같지만 "걸린다"는 8번 나온다. "걸린다"는 식탁 다리에 사람 다리가 걸린다는 물리적 접촉을 넘어 헤아릴 수 없이 그의 상상력을 방해하는 대상을 상징한다. 그야말로 "우리들의 전선은 눈에 보이지 않는다"(「하⋯⋯ 그림자가 없다」)는 그런 상황이다. 셀 수 없이 보이지 않는 곳에서 걸리는 처지다.

더 많이 나오는 동사 "울린다"는 여러 형태로 20번 나온다. "테이블 밑에 신경이 가고 탱크가 지나가는/연도(沿道)의 음악"은 의자 끄는 소리를 비유한 표현일 것이다. 자연의 소음이나 그를 깨우치게 하는 소음은 좋아했으나, 김수영에게 문명의 소음은 견딜 수 없는 고문이었다. 그를 괴롭게 하는 소음은 모두 문명의 소음이다. 미제 자기스탠드의 소음, 피아노 옆 찬장의 소음, 노리다케 반상세트의 소음 등이다.

미제 전기스탠드와 일제인 노리다케 반상세트는 그가 생각하는 전통이 아니다. 이것들은 미끌미끌 하지만 김수영이 전통과 긍지로 생각했던 것들은 미끌하기는커녕 투박하다. 김수영이 생각했던 가장 '조선적인 것'은 다음과 같다.

> 요강, 망건, 장죽, 종묘상, 장전, 구리개 약방, 신전,
> 피혁점, 곰보, 애꾸, 애 못 낳는 여자, 무식쟁이,
> 이 모든 무수한 반동이 좋다.
>
> — 「거대한 뿌리」(1963. 2. 3)

중요한 것은 사치스런 외제 물건이 들어오면서 "삼팔선을 돌아오듯" 걸리고 울리고 일어나도 걸리는 상황이다. 미국을 상징하는 미제 자기스탠드, 일본 자본주의를 상징하는 노리다케 반상세트가 식탁에 떡하니 자리 잡고 있는 모습은 영락없이 당시 한반도의 국제정치 풍경이다. 그는 온갖 가구들이 들어차는 집을 보며 "모서리뿐인 형식뿐인 격식뿐인 /관청을 우리집은 닮아가고 있다"고 썼다. 그는 집 안에서 관청과 철조망을 체험한다.

돌음길은 모서리를 꼭 한 번씩만 빠짐없이 지나는 길을 말한다. 모서리만 남은 "돌음길만 남은 난삽(難澁)한 집"에서 '난삽'은 글이나 말이 매끄럽지 못하면서 어렵고 까다롭다는 뜻이다. 결국 집은 번거롭게 변해 자유롭게 상상 못할 정도로 답답해졌다. 미제와 일제가 가득한 집에서 그는 더 이상 자유로운 상상을 하기 어려웠다. 마지막 행에서 "기꺼이 기꺼이 변해가고" 있는 것은 바로 스스로 구속되어 가는 시인 자신의 모습이기도 하다.

이 시에 대해 김현경 여사는 김수영의 내면을 드러내는 짧은 회고를

남겼다.

1960년 중반을 넘어서면서 내가 운영하던 '엔젤' 양장점이 소위 고위층의 입소문을 타게 되었다. 자연스레 우리 생활에도 여유가 생기기 시작했다. 당시 장관 집에서나 구경할 수 있다는 노리다께 그릇 세트같이 돈만으로는 살 수 없는 물건들도 집에 들여 놓았다. 하루는 수영의 방에 번역과 창작을 함께 할 수 있을 만한 넓은 원목 책상을 들여놓았다. 수영은 그 책상 의자에 앉아 있기를 좋아했다. 간혹 수영의 글 속에서 나는 계를 붓는 고리대금업자 이자 집을 세놓는 지주 같은 자본주의 사회의 대타자로 인식되곤 하는데, 그것은 그가 삶의 여유를 반기면서도 끊임없이 경계하려 했던 의식의 산물이 었다고 짐작된다. 어떤 의미에서 나는 수영이 세상을 보는 창이었다.

창작의 고뇌가 치열할수록 속물의 굴레에 숨 막혀하던 그였다. 가끔씩 그는 만취가 되어 야밤에 집에 돌아와서는 거지가 되고 싶다고 외쳤다. 제발 자기를 나의 속된 사슬에서 벗어나게 해달라고 애원을 하다가 울부짖기 까지 했다. 자유롭게 시만 쓰고 시만 생각하고 미소 짓고 죽게 해달라고 조르는 것이다. 자신이 누릴 수 있는 유일한 자유는 거지가 될 수 있는 것이라며. 그러고는 외친다. "이 땅에서는 거지도 마음대로 될 수가 없지. 자유, 자유, 자유 없이는 예술도 없어! 평화도 없어!" 그러면 옆에서 자던 작은 놈이 부스스 일어나서는 "아버지, 나는 거지가 싫다"고 우는 것이다.
－ 김현경, 『김수영의 연인』, 131~132면

이 증언에서 중요한 부분은 두 번째 단락이다. "창작의 고뇌가 치열할 수록 속물의 굴레에 숨 막혀하던 그"라는 부분이다. 김수영은 자본주의의 편리함을 인정하면서도 돈의 노예가 되지 않으려 노력했다. 김수영은 부인의 손아귀에서 벗어나려
"네 사슬에서 나 좀 벗어나야겠다"

투정을 부리곤 했고 "그럼 그래라!"고 부인은 답했다. 편리한 문명을 따르는 아내의 생활방식은 시대의 억압 못지않게 그를 옥죄었다. 심지어 무거운 옷도 싫어했다고 한다. 거부하고 싶었지만 "신성을 지키는 시인의 자리 위에 또 하나 넓은 자리"(「VOGUE야」)는 최고급 미국 패션 잡지가 보여주는 세계라는 것을 인정하지 않을 수 없었다. 인정하면서도 그는 그 흐름에 생각 없이 노예로 끌려가기를 거부했다. 차라리 "유일한 자유는 거지가 될 수 있는 것"이라는 증언은 "안 한다 / 안 하기로 했다 안 해도 된다"(「VOGUE야」)는 다짐과도 통한다.

3. 일본적인 것 / 조선적인 것——맺음말

이 글에서 일본을 대하는 김수영의 몇 가지 시각을 살펴보았다. 김수영은 일본어와 일제로 상징되는 '일본적인 것'과 "요강, 망건, 장죽, 종묘상, 장전, 구리개 약방, 신전" 등과 같은 "이 모든 무수한 반동"이라는 '조선적인 것' 사이에서 그때그때 자신의 입장을 선택하며 작품을 발표했다.

첫째, 언어의 디아스포라였던 김수영은 일상 언어에서 일본어 투를 벗어나지 못했다. 일기나 시작노트도 먼저 일본어로 쓰고 있는 상황을 보았다. 그것은 그의 동년배들이 겪고 있는 현실이었다. 그는 그 현실을 애써 피하지 않고 있는 그대로 인정하려 했다. 아울러 일본어는 김수영에게 비애와 슬픔과 자기비하를 일으킬 때 쓰는 용어였다.

둘째, 시인 무라노 시로를 예로 들어 김수영이 일본문학을 어떻게 생각했을지 생각해보았다. 김수영은 답답한 전통서정시에서 벗어나려 애썼고, 사물을 대상으로 즉물시를 썼던 무라노 시로를 왜 긍정적으로 평가했을까 생각해 보았다.

셋째, 역사를 보는 제3의 시각으로 일본을 예로 드는 경우를 보았다.

김수영은 역사를 볼 때 일본의 여러 사례를 비교하며 보곤 했다. 일본을 보는 김수영의 인식은 단순하지 않다. 민족분단을 반성적으로 고찰하는 제3의 시각이 가능한 곳이며, 부드러움과 강함이 존재하는 다양한 결이 존재하는 대상이었다.

넷째, 해방이 되었으나 아직도 '식민지의 곤충'으로 살아가는 자신을 성찰하는 경우를 보았다. 미제 전기스탠드와 일제인 노리다케 반상세트는 '일본적인 것'이지, 그가 생각하는 요강이나 망건 같은 '조선적인 것'이 아니었다.

일본어, 일본문학, 일본정치, 일제(日製) 물건을 대하면서, 그는 끊임없이 자신을 성찰했다. 그는 일본적인 것을 무조건 무시하지 않았고, 자신을 성찰하는 거울이나 지렛대로 이용했다. 지나치게 자기 생활 속으로 일본적인 것이 들어오면 불편해 했다.

그의 시와 산문에서 '일본'이 어떻게 나타나고 있는지 이 글은 '부분적'인 방향만 드러내 보였다. 사실 이 주제는 한 편의 논문으로 다루기에는 지나치게 큰 주제다. 다음 논문에서 좀 더 깊게 접근해 보고 싶다. 이 작은 시도를 통해 확인한 것은 '일본적인 것 / 조선적인 것'의 만남은 '김수영' 속에서 대립하고 때로는 융합하면서 김수영 문학을 풍부하게 하는 자양분이 되었다는 사실이다.

『김수영 전집』 만들기의 의미

이영준

1. 『김수영 전집』의 탄생

『김수영 전집』 3판이 2018년 2월 26일 발간되었다. 초판이 출판된 것은 시인이 작고한 1968년 6월 16일로부터 13년이 흐른 1981년 9월 30일이었으며 재판이 발행된 것은 그로부터 다시 22년 뒤, 2003년 6월 25일이었다. 전집 재판이 나온 뒤 15년 만에, 50주년을 맞아 3판이 나온 것이다. 문인 사후에 전집이 발간되고 나서 시간이 흘러 새로운 자료가 발굴되면 양적으로 더 풍부해진 판본이 만들어진다. 그리고 앞선 판본의 오류가 개정되는 경우에도 새로운 판본이 만들어진다. 금년에 발간된 『김수영 전집』 3판도 이러한 관례에서 그다지 벗어나지 않는다.

초판이 나온 이후에 새로운 작품이 대거 추가되었고 과거 판본의 오류가 여러 곳 고쳐졌다. 그리고 한자 독해에 익숙하지 않은 독자층을 위해 한자 표기를 한글로 바꾸었고 맞춤법에 맞지 않는 표기도 바꾸었다. 예술 작품은 원래의 형상을 바꾸지 않고 원형 그대로 유지하는 것이 바람직한 것이지만 문학의 경우에서는 독자들을 배려해서 표기의 외형을 바꾸는 일이 그다지 낯선 것은 아니다. 문학작품이 인쇄되어 표현되는 매체의 물질적 조건도 시대의 흐름에 따라 바뀔 수 있지만 더욱 결정적인 것은 독자의 변화다. 이번에 발간된 『김수영 전집』 3판도 이러한 관례에 충실히 따르고 있다. 대중의 독서능력에 맞추어 한자 표기를 한글로 바꾼 것은 한자 표기에 익숙지 않은 일반 독자를 위한 것이다. 하지만 전문 연구자나 애호가라면 창작 당시의 원래 표기 형태대로 보기를 원할 것이다. 창작품의 원래 발표 당시의 형태대로 제시하는 것에 물질적 제약이 많았던 과거와 달리 현재 출판계의 여건으로 판단컨대 큰 장애는 아니라고 할 수 있다. 우리 근현대 문학의 초기작들이 원본의 복제본 형태로 출판되는 예가 적지 않은 것도 이러한 시대적 요구를 충족시키는 조건이 만들어져 있음을 잘 보여준다. 김수영 전집은 이러한 출판 환경을 고려한 나름의 적절한 선택과 배제가 이루어진 결과를 보여준다.

김수영의 문필 활동 기간은 1945년부터 1968년까지의 24년 정도로서 그다지 길지 않다. 긴 기간 활동한 다른 문인들에 비하면 상대적으로 작품 수집에 따르는 집중도를 높일 수 있는 이점이 있다. 그러나 이러한 이점은 단지 상대적 이점이라고 할 수 있을 뿐, 연구자들이 마주치는 실제는 상당히 다르다. 근현대문학사의 유명 문인들의 경우, 전쟁을 거치면서 원고를 유실한 경우가 많고 원고 보존에 관한 인식이 미약했기 때문에 전집 편찬의 경우 발표지를 구하는 수밖에 없는 경우가 태반이다. 하지만 김수영 시인의 경우 유족이 원고를 기적적으로 잘 보존했기 때문에 전집 편찬에 큰 도움이 된다. 그리고 이러한 자료에 보존된 원고의 발생론적 환경에 접근할 수 있는 길이 열렸다는 점에서 김수영 전집 편찬의 의미가 남다르다. 망원경으로 관찰하는 대상과 현미경으로 관찰하는 대상의 차이라고 비유할 수 있는 현상이 여기서 발생한다. 발표지에만 의존해야 하는 전집의 경우에는 발표지를 구하면 끝이지만 김수영 텍스트의 경우에는 그가 남긴 원고와 발표지, 그리고 시집, 이 세 판본의 차이가 만들어내는 사이, 그 공간에서 한국 현대시라는 상징계가 생성되어가는 광경을 관찰할 수 있다. 이 글은 『김수영 전집』의 탄생 과정에 얽힌 배경을 간략히 살펴보고 이에 따르는 텍스트 확정 문제를 짚은 다음, 그것을 우리 현대문학의 생성과정과 관련해서 논의하고자 한다.

『김수영 전집』 초판이 발행된 것은 1981년 9월 30일, 시인이 작고한 지 13년이 지난 후다. 시인 작고 직후에 신구문화사에서 출판하기로 이야기가 되어서 부인 김현경 여사는 말 그대로 보자기에 원고 뭉치를 싸서 당시 신구문화사의 편집주간이던 신동문 시인에게 전달했다고 한다.[1] 그래서 나온 것이 『창작과비평』 1969년 여름호의 광고다(사진 참조). 그 "근간"이라던 김수영 전집은 그러나, 김현경 여사의 증언에 따르면, 신구문화사가 신구전문대학 설립 등에 전력을 다하면서 경영난을 겪는 통에 계획대로 출판되지 못했다고 한다. 그래서 돌려받은 원고 보따리를 시인의 여동생이자 『현대문학』 편집장이던 김수명에게 전했는데, 김수명 선생의 증언에 따르면 현대문학사의 조연현 선생이 신구문화사가 못한 일을 하겠다고 나섰고 자신이 편집에 착수하여 지형을 뜨는 단계에까지 작업을 했지만 정작 출판되지는 못했고 나중에 민음사에서 지형을 인수하게 되었다고 한다. 당시 현대문학사에서 편집한 작업의 흔적은 『김수영 육필시고 전집』에 남아 있는데, 원고 중에 김수영 시인의 것도 부인 김현경 여사의 것도 아닌 필적으로 작성된 원고가 몇 편 남아 있다. 가령 「공자의 생활난」 필사 원고는 당시 현대문학사

1. 김수영 시인의 미망인 김현경 여사와의 개인적인 인터뷰는 여러 차례 이루어졌으며 가장 최근의 인터뷰는 2018년 10월 3일 오후 3시-5시, 용인의 자택에서 이루어졌다.

편집부에 근무하던 편집자의 필적이라는 것이 김수명 선생의 증언이다.

김수영 시인을 아끼는 신동문 시인과 평론가 조연현의 호의로 시작되었으나 신구문화사와 현대문학사에서 출판이 좌절된 것은 당시의 출판 여건에서 『김수영 전집』이 상업적 성공을 가져다주지는 않을 것으로 예상했기 때문일 것이다. 그로부터 몇 년이 지나 1974년, 민음사에서 <오늘의 시인총서> 첫 권으로 시선집 『거대한 뿌리』가 출판되어 예상외의 성공을 거두고 이에 힘입어 1975년에는 산문선집 『시여, 침을 뱉어라』, 1976년에는 시선집 『달의 행로를 밟을지라도』, 산문선집 『퓨리턴의 초상』이 속속 출판되었다. 그리고 1981년 9월에 『김수영 전집』이 두 권으로 발행되었다. 처음 착상 단계로부터 12년 뒤에 실제로 초판이 발간되기까지의 과정에 관해서는 『김수영 육필시고 전집』의 자료와 관련자들의 증언에 의존할 수밖에 없다. 『김수영 육필시고 전집』의 원고에 여러 차례 나타나는 편집자의 레이아웃 필적은 대부분 시인의 누이이자 편집자였던 김수명의 필적이다. 그는 시인의 작고 후 거의 대부분의 김수영 시선집과 산문선집의 편집자였다. 점 하나라도 원고와 어긋남이 없는 판본을 세상에 내놓기 위해 그가 기울인 교정 노력은 같이 일해본 편집자들은 다들 알고 있다.

2. 김수영 시전집의 작품 목록

전집 3판의 출판을 준비하면서 필자는 작품 선정과 수록 순서에 관련해서 초판 편집자였던 김수명 선생과 여러 차례 의논을 했다. 그로부터 들은 가장 솔깃한 이야기는, 김수영 시인이 생전에 전집을 준비했다는 증언이었다. 초판 전집의 대체적인 순서는 이미 시인이 생전에 정해준 것이라는 전언은 선뜻 믿기 힘들었다. 그 주장의 근거는 물질적으로 남아있지 않았기 때문이었다. 그리고 초판 전집에 수록된 작품의 순서는 상당수가 수정될 필요가 있어보였기 때문에 김수영 시인이 어떤 방식으로 전집을 준비했는지 짐작할 수가 없었다. 그래서 초기작들의 수록 순서를 정할 때 발표지라는 서지적 근거를 강력하게 집행할 수 없었다. 가령, 원고가 없는 경우 발표지를 근거로 순서를 정할 수밖에 없는데, 초판 전집에서는 추정된 탈고시기를 근거로 작품 수록순서가 결정된 부분이 있다. 초판 편집자 김수명 선생에 의하면 그것이 시인 생존시에 결정된 순서라는 것이다. 그런데 지난 10월 3일 현경 여사 자택에서 시인이 작고 직전에 부인과 함께 작성한 시전집 구상 메모를 발견했다. 그 메모는 등단작인 「묘정의 노래」부터 시작해서 마지막 작품 「풀」까지 연대순으로 빼곡하게 작품명이 열거되어 있었다. 그것은 깨끗이 정서된 것이 아니라 작품 목록을 한번 적어본 것처럼 보였다. 기억에 의존한 것처럼 보이는 이 메모의 필적은 김현경 여사는 자신의 것이라고 하는데, 본인이 아니면 알 수 없어 보이는 내용으로 보아서 한자리에서 함께 작성한 것이 틀림없어 보인다. 이 자료가 이제야 공개된 것은 뒤늦은 감이 없지 않지만 소중한 자료의 발견이 아닐 수 없다.

다음 사진 자료는 이번에 발견된 시전집 구상 메모다.

六 . 二五 前

① 廟庭의 노래　　　　　1945. 芸術部港 創刊号
② 가기가이 할수없는 書籍　1947. 민낭 (民聲)
③ 도끼　　　　　　　1949 (자유신문 노동 기관지
④ 이 (虱)　　　　　　1948 민성　　민생보)

⑤ 친구의 변화 記　　　1946　藝術部樓
⑥ 아버지라·타임溝　　　1946
⑦ 웃음　　　　　　　1950. 新天地
⑧ 거리　　　　　~~1946~~ 1946 (민경·)
⑨ 손　　　　　　　1949 (민생보)

六 . 二五 后

① 남나의 작란
② 아버지의 충돌　　　┐
③ 술樓塵 鉋　　　　│　석방후 석산회
④ 등댕이　　　　　│
⑤ 누력　　　　　　┘
⑥ 너는 입고
⑧ 시는 판술
⑨ 大 張紅조 私　→ 도도바람 1954.
⑩ 細野 彼岸　→ 新天曜 1955 新곡로

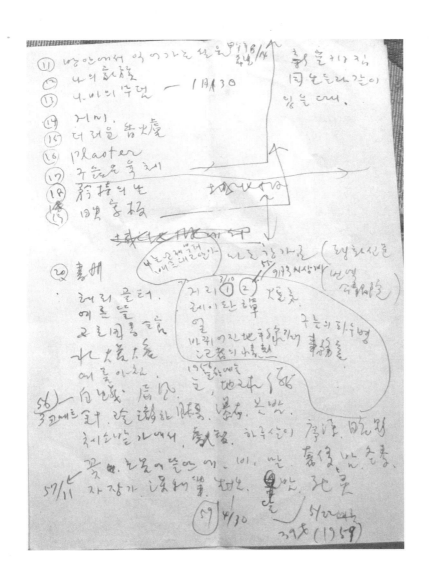

1960 4.19 전까지

① 로끄는 세상의 ...

② ...

③ 무엇,

④ ...

⑤ 라·말가에서

⑥ 사라진 꿈 ...

⑦ ...

⑧ 미스터 리에게

⑨ 잔인의 노

⑩ 꽃

⑪ 너·나와 더불어 1960. 2 月号 사상계지 게재.

1960 4.19 以
61 5.16 까지.

① 하· 그림자가 묘다 60. 4. 3

② ...선 노동의 사진을 데워서 60. 4. 26.

③ ... 6. 15

④ ... 7. 28   ⑪ ...

⑤ ... 5. 25   ⑫ ...

⑥ 가치고 나가자 8. 4   ... 10. 29

⑦ ... 에 대하여 9. 9

⑧ 나는 아니로다~ 7. 15

⑨ 하늘 소리 9. 25

⑩ ... 10. 30

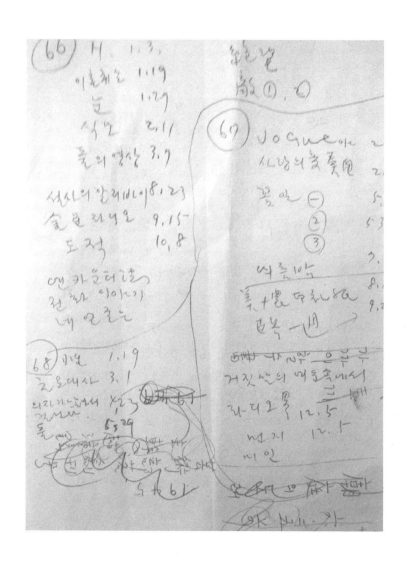

이 메모는 매우 흥미로운 정보를 제공하고 있는데, 지금까지 알려지지 않은 작품 이름이 셋이나 포함되어 있다. <6·25 전>의 작품 목록에는 모두 아홉 편의 작품이 열거되어 있는데, 맨 마지막 9번에 "손"이라는 작품은 지금까지 알려진 바가 없고 전집에도 물론 수록된 적이 없다. 그가 『달나라의 장난』을 펴내면서 언급한 바 있는, 가지고 있는 원고도 없고 게재지 『민생보』를 찾지도 못해서 꼭 넣고 싶었지만 시집에 넣지 못했다는 「꽃」이라는 작품은 이 목록에 보이지 않는다. 혹시 「꽃」을 「손」이라고 잘못 적은 것인가? 더구나 「손」의 게재지를 『민생보』라고 적어 두었으니 그런 느낌이 들지만 확실히는 알 수 없는 일이다. 『신경향』 1950년 6월호에 실린 「토끼」를 1949년 『민생보』라고 적어놓은 것으로 봐서 기억의 착오가 다소 있다고 볼 수도 있지만 작품의 제목을 잘못 적을 가능성은 거의 없다고 봐야 하지 않을까. 그리고 두 번째 페이지의 중간에 「레이판탄」과 「바뀌어진 지평선」 사이에 "얼"이라는 제목이 보이며, 56년 표시 바로 아래에는 "코메트"라고 적은 다음에 "針"이라는 제목을 적어놓고 있다. 이상의 세 편은 지금까지 알려진 바가 없는 작품이다. 김수영 연구자들이 제목을 알고 찾아야 할 작품의 수가 기존의 「꽃」, 「거리」 두 편에서 다섯으로 늘어난 셈이다.

시인은 이미 『달나라의 장난』을 통해 자신의 작품 중에서 선별작업을 한 바가 있으므로, 현재 우리가 가진 전집 목록과 『달나라의 장난』, 그리고 발견된 전집 메모, 이 셋을 목록으로 비교해보는 것은 의미가 있는 일이다.

3. 전집 3판 수록작품과 『달나라의 장난』 그리고 시인 메모 비교

작품 창작년도	2018년 전집 3판 수록	『달나라의 장난』	생존시 전집 메모
해방 후 ~전쟁 전	묘정의 노래 공자의 생활난 가까이할 수 없는 서적 아메리카 타임지 이 [虱] 웃음 토끼 아버지의 사진 **(아침의 유혹)** **(음악) 10편**	토끼 아버지의 사진 웃음	묘정의 노래 공자의 생활난 아메리카 타임지 가까이할 수 없는 서적 토끼 이 [虱] 웃음 **거리(1946, 민주경찰)** **손(1949, 민생보) 9편**
1953	달나라의 장난 (조국에 돌아오신 상병포로 동지들에게) 긍지의 날 (그것을 위하여는) 애정지둔 풍뎅이 너를 잃고 (미숙한 도적) 부탁	달나라의 장난	달나라의 장난 아버지의 사진 애정지둔 풍뎅이 부탁
1954	시골선물 방안에서 익어가는 설움 구라중화 (휴식) 거미 네이팜 탄 더러운 향로 PLASTER 여름 뜰 구슬픈 육체 사무실 (겨울의 사랑) 도취의 피안	구라중화 도취의 피안 방안에서 익어 가는 설움 긍지의 날 영사판	너를 잃고 시골선물 구라중화 도취의 피안 방안에서 익어가는 설움 나의 가족 나비의 무덤 거미 더러운 향로 PLASTER 구슬픈 육체 긍지의 날 영사판
1955	거리 1 나비의 무덤 나의 가족 국립도서관 거리 2 영롱한 목표	서책 헬리콥터 여름뜰 국립도서관 수난로 여름아침	서책 헬리콥터 여름뜰 국립도서관 수난로 여름아침

	너는 언제부터 세상과 배를 대고 서기 시작했느냐 연기 영사판 헬리콥터 서책		너는 언제부터 세상과 배를 대고 서기 시작했느냐 거리1, 2 연기
1956	병풍 바뀌어진 지평선 폭포 수난로 꽃2 조그마한 세상의 지혜 여름 아침 하루살이 자 기자의 정열 구름의 파수병 백의 예지	병풍 백의 하루살이 자 지구의	백의 병풍 영롱한 목표 폭포 봄밤 채소밭 가에서 예지 하루살이 광야 바뀌어진 지평선 구름의 파수병 기자의 정열 사무실 **얼** **침(針)** (『코메트』 수록?)
1957	눈 지구의 서시 영교일 광야 봄밤 채소밭 가에서	눈 광야 서시 채소밭 가에서 봄밤 광야	눈 지구의 서시 영교일 꽃
1958	초봄의 뜰 안에 비 반주곡 말복 사치 밤 말 동맥 자장가 모리배	초봄의 뜰 안에 비 사치 밤 말 동맥 자장가 모리배	초봄의 뜰 안에 비 말복 사치 밤 말 동맥 자장가 모리배 반주곡
1959	생활 달밤	생활 달밤	생활 달밤

	사령 가옥 찬가 싸리꽃 핀 벌판 동야(凍夜) 미스터 리에게	사령	사령 가옥 찬가 싸리꽃 핀 벌판 미스터 리에게
1960	사랑 꽃 파리와 더불어 파밭 가에서 하……그림자가 없다 우선 그놈의 사진을 떼어서 밑 씻개로 하자 기도 육법전서와 혁명 (푸른 하늘을) 만시지탄은 있지만 나는 아리조나 카보이야 (거미잡이) 가다오 나가다오 중용에 대하여 허튼소리 ("김일성만세") 피곤한 하루의 나머지 시간 그 방을 생각하며 나가타 겐지로		조그만 세상의 지혜 파밭가에서 동야 잔인의 초 꽃 파리와 더불어 하……그림자가 없다 우선 그놈의 사진을 떼어서 밑 씻개로 하자 기도 육법전서와 혁명 가다오 나가다오 중용에 대하여 허튼소리 만시지탄은 있지만 나는 아리조나 카보이야 그 방을 생각하며 나가타 겐지로 피곤한 하루의 나머지 시간
1961	눈 쌀난리 (연꽃) 황혼 '4·19'시 신귀거래 9편 먼 곳에서부터 아픈 몸이 1 시 여수(旅愁)		눈 사랑 쌀난리 황혼 '4·19'시 신귀거래 9편 먼 곳에서부터 아픈 몸이 시 여수
1962	백지에서부터 적 마케팅 절망 파자마 바람으로 만주의 여자 장시 1		적 절망 만주의 여자 백지에서부터 파자마바람으로 마케팅 장시 1

	장시 2 전향기 만용에게		장시 2 전향기 만용에게
1963	피아노 깨꽃 (너…… 세찬 에네르기) 후란넬 저고리 여자 돈 반달 (죄와 벌) 우리들의 웃음 참음은		피아노 깨꽃 후란넬 저고리 여자 돈 반달 우리들의 웃음 참음은
1964	거대한 뿌리 시 거위 소리 강가에서 X에서 Y로 이사 말 현대식 교량 65년의 새 해		거대한 뿌리 시 거위소리 강가에서 X에서 Y로 이사 말 현대식 교량 65년의 새 해
1965	제임스 띵 미역국 적 1 적 2 절망 잔인의 초 어느 날 고궁을 나오면서 이 한국문학사		제임스 띵 미역국 어느 날 고궁을 나오면서 이 한국문학사
1966	H 이혼 취소 눈 식모 풀의 영상 엔카운터지 전화 이야기 (태백산맥 설사의 알리바이		적 1, 2 절망 H 이혼 취소 눈 식모 풀의 영상 엔카운터지 전화 이야기

금성라디오 도적 네 얼굴은 (판문점의 감상)		설사의 알리바이 금성라디오 도적 네 얼굴은
1967 VOGUE야 사랑의 변주곡 거짓말의 여운 속에서 꽃잎 여름 밤 미농인찰지 세계일주 라디오 계 먼지 미인		VOGUE야 사랑의 변주곡 거짓말의 여운 속에서 꽃잎 여름 밤 미농인찰지 세계일주 라디오 계 먼지 미인
1968 성(性) 원효대사 의자가 많아서 걸린다 풀		성(性) 원효대사 의자가 많아서 걸린다 풀
181편	40편 (40/76)	166+3

이 비교표를 보면 시인이 생존시 정성을 들여 편집해서 펴냈던 시집 『달나라의 장난』이 자신이 쓴 76편 중에서 40편을 골라낸 것임을 알 수 있다. 해방 후~전쟁 전의 작품 중에서 세 편만 골라냈으며 1957년, 58년, 59년의 작품은 빠짐없이 수록했음을 알 수 있다. 해방 후 쓴 작품 중에서 왜 다른 작품을 제외하고 「토끼」, 「아버지의 사진」, 「웃음」 세 작품을 골랐는지 알 수 없는 일이다. 그리고 작고 직전의 전집 구상 메모를 보면 현재 우리가 알고 있는 작품 중에서 상당수가 누락되어 있다는 점을 알 수 있다. 빠진 작품은 「아침의 유혹」, 「음악」, 「그것을 위하여는」, 「미숙한 도적」, 「휴식」, 「겨울의 사랑」, 「조국에 돌아오신 상병포로 동지들에게」, 「푸른 하늘을」, 「거미잡이」, 「"김일성만세"」, 「연꽃」, 「너…… 세찬 에네르기」, 「죄와 벌」, 「태백산맥」, 「판문점의 감상」 등 15편의 작품이다. 이 작품들 중에서 어떤 작품은 실수로 누락되

었을 수도 있고 일부는 의도적으로 빼버렸는지도 모른다. 『달나라의 장난』에는 넣었다가 이 메모에는 「아버지의 사진」이 빠졌다는 점도 눈에 띈다. 「"김일성만세"」라든가 「연꽃」 같은 작품은 군사정권 하에서 출판이 힘든 작품이다. 그리고 「죄와 벌」 같은 작품은 발표된 적도 없고 부인의 증언에 따르면 부인에게도 보여주지 않은 작품이라고 한다. 하지만 가령 김수영 시인의 대표작 가운데 하나인 「푸른 하늘을」 같은 작품이 빠진 것은 이해하기 힘들다. 「태백산맥」이나 「판문점의 감상」 같은 작품도 무게가 만만찮은 작품인데 빠졌다. 메모는 메모답게 허술한 구석이 없는 것은 아니다. 가령 「아버지의 사진」 같은 작품은 『달나라의 장난』에서 해방 후 전쟁 전 작품으로 포함된 세 작품 중 하나로 후기에 따로 적고 있는데 이 메모에서는 전쟁 후 부산에서 쓴 것으로 분류하고 있다. 그렇다고 해서 이 메모의 중요성이 사라지는 것은 물론 아니다. 자신의 전 작품에 대한 관점의 일단을 드러낸 중요한 자료라고 할 수 있다.

4. 김수영 텍스트

1981년 9월에 발행된 초판 『김수영 전집』에서 1권 시전집은 별다른 설명 없이 작품을 연대순으로 배열했다. 어떤 시는 제작년도만 밝혀져 있고 어떤 작품은 날짜까지 밝혀져 있지만 그 근거가 상세하게 설명되어져 있지 않았다. 산문은 산문대로 연도만 밝혀져 있었다. 시는 시대로 이러한 배열을 한 것에 대한 설명이 없었던 것은 편자 특유의 겸손이 작용한 것으로 볼 수 있다. 하지만 텍스트에 관한 아무런 설명이 없이 제시되었기 때문에 그 불친절에 대한 불만이 터져나왔다. 『김수영 전집』의 1권 시편은 우리 출판·문학계의 "무작스러움"을 증거하는 텍스트라는 황현산의 지적이 대표적이다.[2] 황현산은 김수영 시인이 생존시에 직접 작품을 선별하여 순서를 정한 유일한 시집 『달나라의 장난』은 그 전집에서 흔적도 찾을 수 없다면서 개탄했다. 하지만 그 전집을 꼼꼼하게 읽어보면 편집자 김수명이 원고에서 하나라도 실수가 없도록 노력한 것을 알 수 있다. 「웃음」이나 「거미」 같은 시의 마침표를 원고 그대로 유지한 점도 눈에 띄는 점이다. 황현산의 불만은 물론 텍스트에 대한 서지적 근거 제공이 누락되었다는 점과 시집 『달나라의 장난』의 흔적이 사라졌다는 점에 집중되어 있다. 2009년에 『김수영 육필시고 전집』이 사진판으로 발간되면서 초판 전집의 서지적 근거가 공개되었다. 즉, 초판 전집은 시인과 부인이 보관한 육필 원고에 의존했다는 것이다. 여기서 몇 가지 문제의 실체가 드러났다.

우선 첫 번째로는 원고의 신뢰성에 대한 의문이다. 전집의 근거가 된 것은 육필원고인데 거의 절반 이상이 부인 필적의 정서본이며 이 정서본이 과연 신뢰할 만한 것인지 의문을 제기할 수 있게 된 것이다. 그래서 다음 전집 편집자는 원고와 발표본에 대한 철저한 고증이 요구된 상황이 도래한 것이다. 가령 「조국에 돌아오신 상병포로 동지들에게」라는 시의 경우, "꽃같은"이라고 원고에 적혀있는데 초판 시전집에는 "꼭같은"으로 표기되었다. 그리고 「묘정의 노래」에서 "고요히"는 "고오히"가 맞으며, 「사랑의 변주곡」에서 "재갈거리는"은 "재잘거리는"이 맞다는 사실이 밝혀졌다. 이 세 가지 예는 각기 전집 편찬에서 나타날 수 있는 대표적인 경우다.

두 번째로는 「묘정의 노래」의 경우와 같이, 발표지는 있으나 원고 정서본은 없는 경우다. 이런 경우 그 발표지의 인쇄 상태가 좋지 않아서 텍스트를 정확히 읽어내기 힘든 상태라면 문제가 발생한다. 김수영

....

2. 황현산, 「꽃이 열매의 상부에 피었을 때」, 『잘 표현된 불행』, 중앙북스, 2012, 678면.

전집에 포함된 초기작의 경우 인쇄 상태가 좋지 않아 판독이 어려운 게재지는 상당히 많다. 「묘정의 노래」 발표지인 『예술부락』 창간호에서 "열 사흘"은 읽혀지지 않은 공백으로 남아있다. 현재 전집의 원고로 남아있는 「묘정의 노래」 필사본은 『예술부락』을 보면서 필사했을 것으로 추정되는 필자 미상(혹은 당시 『현대문학』 편집자 김정숙)의 원고뿐이다. 인쇄 상태가 더 나은 발표지가 발견되거나 시인의 원고가 발견되면 이 문제는 해결되겠지만 현재로선 그럴 가능성은 없어 보인다. 이런 경우에 속하는 다른 작품으로 「아침의 유혹」을 들 수 있다. 발표지가 현재 남아있지만 인쇄 상태가 너무나 좋지 않아서 텍스트를 정확히 읽어내는 것이 거의 불가능에 가깝다. 「그것을 위하여는」도 마찬가지다.

김수영 육필시고 전집에서 확인되는 사항이지만 발표지가 있다고 해서 안심할 수 없는 상황은 인쇄 상태 때문만이 아니다. 시인의 원고를 그대로 인쇄하지 않고 표기를 바꾼다거나 마침표를 자의적으로 추가하는 것도 큰 문제이지만, 신문이나 잡지에서 시인의 행갈이를 무시하고 조판한 경우가 많다는 것도 전집 편찬의 큰 걸림돌이다. 김수영의 시행은 유달리 긴 경우가 많다. 『달나라의 장난』을 보면 세로쓰기 조판에서 판면 전체를 사용하는 긴 행이 더러 있다. 즉, 김수영은 시의 리듬에 관한 고려에서 산문적 접근이 많은 것이다. 그리고 시집 『달나라의 장난』에 관한 논의에서 다루겠지만 시의 인쇄에서 시각적 고려가 소리 혹은 리듬에 대한 고려보다 앞서는 측면이 있다는 사실도 중요한 고려요소다. 그런데, 발표지에서 지면 편집의 사정에 따라 자의적으로 행갈이를 한 경우로 판단된다면 사태가 심각하다. 이런 경우에는 전집 편집자 또한 임의로 결정할 수밖에 없다. 가령 「판문점의 감상」 같은 경우가 그러하다. 『김수영 육필시고 전집』에 수록된, 시인이 발표지에 가한 교정을 보면 시인이 자신의 작품이 어떻게 시각적으로 전달되는지에 관해 엄격함을 유지하고 있는 것을 확인할 수 있다. 김소월이 편집자였던 소설가 김동인에게 자신의 시에서 점 하나도 함부로 바꾸지 말라고 했다고 김소월 사후 김동인의 증언에서 밝혀졌는데, 김수영 또한 이러한 태도를 유지한 듯하다.

5. 김수영 전집 작업의 네 가지 발견

김수영 전집을 엮은 편자의 경험에서 보면, 즉 편찬과정이라는 내부에서 보면, 문학이라는 제도를 만들어가는 과정이 이번 전집에서 풍부하게 발견된다. 그 과정에서 발견된 것은 다음 네 가지로 요약할 수 있다. 1) 점의 발견 2) 행의 발견 3) 꽃의 발견 4) 시집 『달나라의 장난』 발견이 그것이다.

1) 점의 발견

2018년 가을의 한국 시는 제도의 측면에서 김수영의 후예들이라고 할 수 있다. 현재 한국에서 발표되는 대부분의 시는 문장 뒤에 마침표를 찍지 않는다. 2018년 가을호 『창작과비평』에 실린 시는 모두 문장 뒤에 마침표를 찍지 않고 있다. 이러한 관습은 우리 문학사에서 새로운 현상이다. 최남선의 「해에게서 소년에게」, 혹은 주요한의 「불놀이」 모두 마침표를 사용하고 있다. 현대시에서 마침표를 찍지 않는 것은 반드시 김수영 때문이라고 할 수는 없지만 김수영 이후, 혹은 그 세대 이후에 굳어진 관습이라고 할 수 있다. 구두점의 도입과 관련된 이 관습에 대해선 별도의 논의가 필요하겠지만, 근대의 서양 인쇄술 도입과 동시에 시작된 이 관습이 한편으로는 강력한 문화적 저항에 부딪친 장면은 흥미로운 일이다.[3] 김수영의 원고를 검토하면 김수영이 얼마나 점과의 사투를

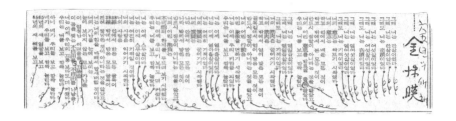

벌였는지 알 수 있다. 초기 원고 일부는 김수영도 문장 뒤에 점을 찍고
있지만 50년대 들어서는 점차 점을 제거하고 있다. 현재 남아있는 시집
『달나라의 장난』 교정지를 보면 거의 모든 문장 뒤에 들어가 있는 마침표
를 지우고 있는 교정 표시를 볼 수 있다. 다음 사진은 김수영이 벌인
점과의 사투 장면을 실감나게 보여준다. <조선일보> 1965년 1월 1일자에
게재된 이 시에서 시인은 자신이 넣지 않았던 마침표를 신문사 편집부에

. . . .

3. 김수영이 시 작품에서 점을 찍지 않는 쪽으로 선택한 것에 일본 시의 영향이 있었다고
    볼 수도 있다. 김수영도 언급한 바 있는 미요시 다쓰지(三好達治)라든가 다니카와
    슌타로(谷川俊太郎) 같은 일본 시인은 자신의 시에 마침표를 사용하지 않는 것으로
    보인다. 물론 일본 시인들이 대부분이 그렇다고 할 수는 없는 듯하다. 일본의 고등학교
    국어 교과서를 보면 거기에 게재된 일본 현대시에 마침표를 사용하고 있는 경우가
    그렇지 않은 경우보다 많은 듯하다. 참고로 적어두자면 1970년에 출판된 김지하
    시집『황토』는 모든 시에 마침표를 사용하지 않고 있지만 시의 마지막에 동그라미
    표시를 하고 있다. 이 동그라미 표시는 전근대시기에 한문 문집에 종종 사용되던
    큰 동그라미와 비슷한 것이라고 할 수도 있다. 이 역시 일본의 출판 관행에서 자주
    발견되는 것이다.

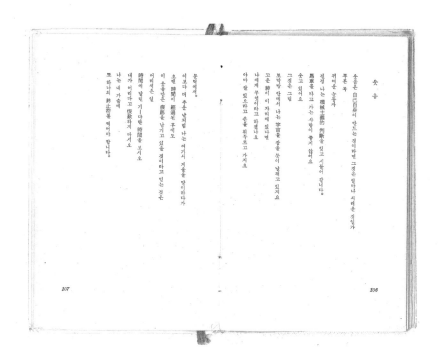

웃 음

웃음은 自己自身이 만드는 것이라면 그것은 얼마나 서러운 것일가
푸른 하늘
저어운 눈동자
진정 나는 機械主義的 判斷을 잊고 시들어 갑니다
馬車를 타고 가는 사람이 좋지 않으오
웃고 있어요
그것은 그림
보박한 宇宙에서 나는 풀을 뜯고 날리고 있지요
곤한 靈이 이 자리에 있다면
나에게 무엇이라고 하겠나
아마 잘 있으라고 손을 휘두르고 가겠오

문턱에서.
이보다 더 추운 날처럼 나는 여기서 겨울을 맞이하다가
오랜 時間이 經過한 후에도
이 웃음받은 痲痺를 날기고 있을 것이라고 믿는 것은
어리석은 일
時間에 달린 기나긴 時間을 보시오
내가 어디다고 慢歌하지 마시오
나는 내 가슴에
또 하나의 辭表를 적어야 합니다.

107   106

서 넣은 것을 하나하나 제거하고 있다.

김수영은 신문에 발표된 자신의 작품을 잘라낼 때, 아마도 신문사에서 갖다 붙였을 제목을 잘라내고 자신이 붙인 원래 제목 「65년의 새 해」를 써넣었다. (이 제목도 기존 전집에서 "새해"로 표기되어 왔다가 3판에서 "새 해"로 바로잡았다.) 점 하나 하나를 빼는 표시를 하는 시인의 동작을 상상하면 참으로 끔찍하다는 느낌이 든다. 그리고 중간중간에 원고에 없는 글자를 신문 편집자가 넣은 것을 빼고 쉼표를 하나하나 빼는 표시를 하고 있다. 시인이 자신의 작품에 대한 엄격성을 보여주는 장면이다.

김수영은 자신의 작품에서 점을 제거하는데 열심이지만 예외가 하나 있는데, 「웃음」이라는 작품이다. 이 작품에는 세 개의 점이 찍혀 있는데, 기이하게도 시집 『달나라의 장난』에 마치 실수처럼 찍혀 있는 이 세 개의 점은 아직도 미스터리다.

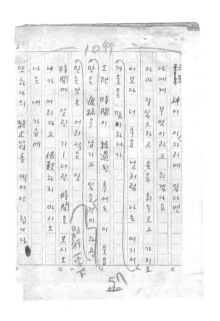

　어쩌면 이 세 개의 점은 정말로 우연의 결과, 즉 실수로 찍혀 있는 것인지도 모른다. 왜냐하면, 남아있는 여러 벌의 원고 중에서 시인 자필로 쓴 원고 하나에는 점이 없기 때문이다. 물론 최초 발표지인 『신천지』 50년 1월호에도 찍혀 있고, 시집에도 찍혀 있으며, 남아있는 세 개의 정서본 중 부인 필적의 한 판본에만 점이 없을 뿐 나머지는 모두 점 세 개를 유지하고 있다. 그렇다면 이 세 개의 점이 반드시 있어야만 하는 어떤 필연성이 있는 것인가? 이 질문에 대한 대답을 작고한 시인으로부터 설명을 들을 수는 없는 일이다.

2) 행의 발견

　우리 시의 역사에서 자유시라는 장르가 도입된 것은 20세기에 들어와서부터이다. 자유시란 무엇일까? 운문의 운율이 없는 것이라는 뜻이다.

운율이 없으면 산문이 아닌가? 산문도 운문도 아닌 어떤 것인가? 이 질문에 대한 성실한 대답을 우리는 한 적이 있는 것일까? 이런 질문들이 김수영 전집을 편찬하면서 발생한다. 이런 사실을 가장 잘 보여주는 예가 시집 『달나라의 장난』이다. 이 시집에서 김수영은 각 시가 펼친 판면의 한가운데 오도록 조정을 한다. 시가 짧으면 한가운데로 모이고 길면 판면을 가득 채운다.

「사치」라는 시를 어떻게 변모시키는지 이 교정지를 보면 잘 나타난다. 아래가 지난 2018년 10월 3일에 존재를 확인한 『달나라의 장난』 교정지 다.

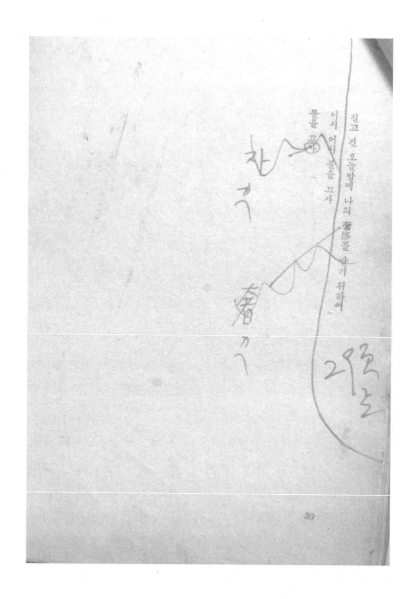

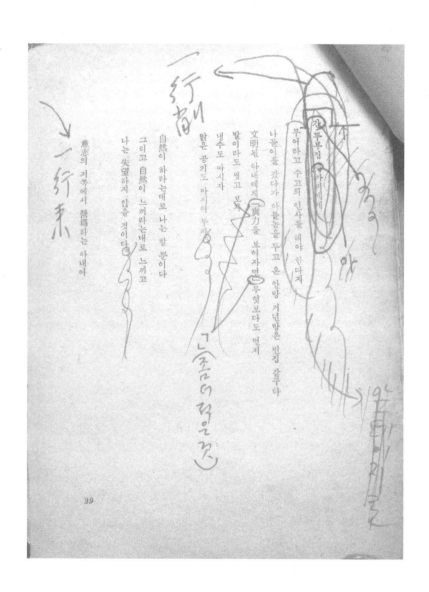

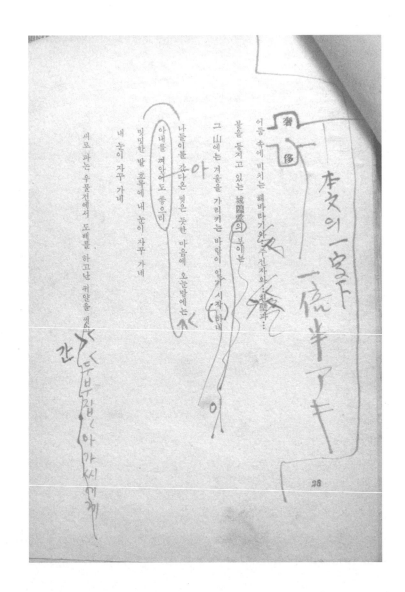

이 교정지는 많은 것을 말해주고 있다. 원고에 없던 마침표를 넣은 것을 제거하는 것은 물론이고 원고에서 조판된 판면을 가지고 다시 작품을 고치고 있다는 것을 우리는 확인할 수 있다. 즉, 시집으로 드러나는 최종 형태를 확인하면서 행을 고치면서 판면 구조를 바꾸고 있다. 이러한 과정을 거쳐 최종적으로 출판된 모양은 다음과 같다.

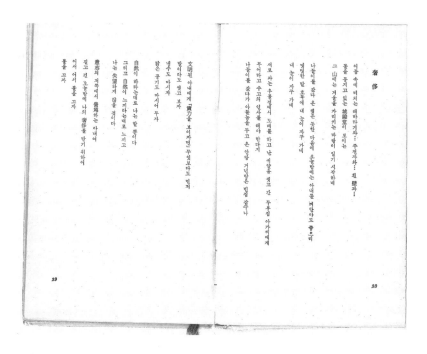

김수영 특유의 긴 행이 눈에 들어온다. 이렇게 긴 행을 리듬감 있게 읽기란 불가능하다. 이 시집이 출판된 1950년대 후반에 이르게 되면 띄어쓰기의 관습은 어느 정도 정착되었다고 할 수 있다. 1930년대의 잡지에 발표된 소설을 보면 낭독을 염두에 두고 띄어쓰기를 하는 관습이 남아있는 것을 확인할 수 있는데, 김수영의 이러한 편집에 이르게 되면 낭독의 가능성이 매우 낮아지게 된다고 할 수 있다. 운율 감각에 의존하는 시가 아니라 시각적 제시가 우세한 예라고 할 수 있다.

다음은 「말」이라는 시다. 이 시도 세 쪽에 펼쳐진 시를 두 쪽으로 줄이고 있다.

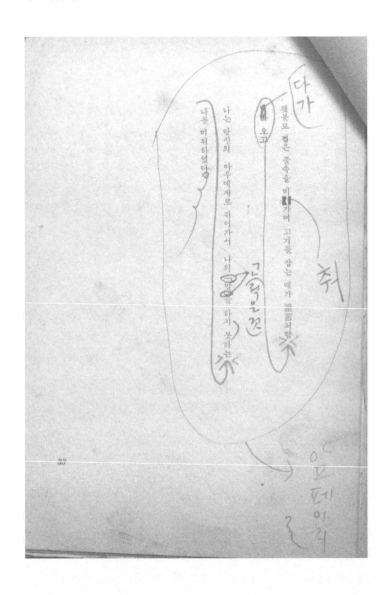

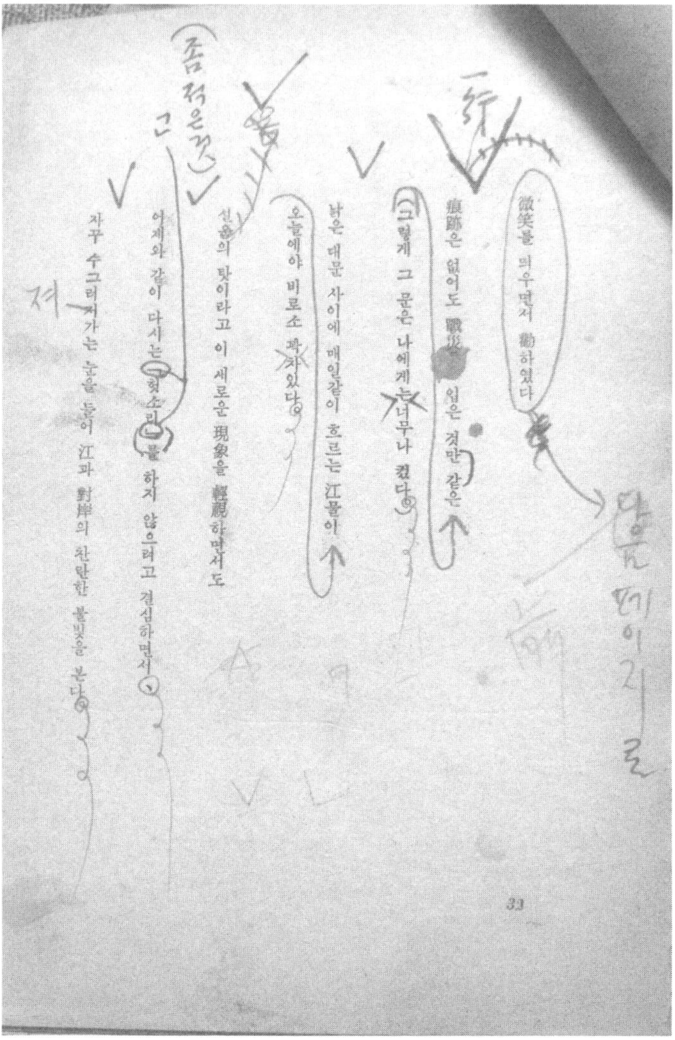
微笑를 띄우면서 勸하였다
痕跡은 없어도
입은 것만 같은
그렇게 그 문은 나에게는 너무나 컸다
낡은 대문 사이에 매일같이 흐르는 江물이
오늘에야 비로소 꽉 차있다
설움의 탓이라고 이 새로운 現象을 輕視하면서도
어제와 같이 다시는 헛소리를 하지 않으려고 결심하면서
자꾸 수그러져가는 눈을 들어 江과 對岸의 찬란한 불빛을 본다
33

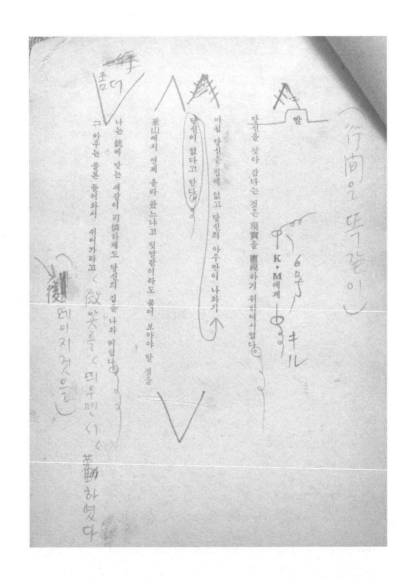

이런 방식으로 시행을 재조정하게 되면 상당히 긴 행이 나타나게 될 수도 있다. 시집『달나라의 장난』은 세로쓰기로 조판되어서 한 행의 길이가 매우 길어도 하나의 행으로 처리될 수가 있다. 그래서 이 시집 전체에서 하나의 행이 하나의 행으로 처리되지 못하고 넘어가는 경우는 거의 없다. 전집 초판부터 시작해서 3판까지 모두 가로쓰기 조판을 하고 있는데,『달나라의 장난』에서 하나의 행으로 인쇄되었던 것이 넘쳐서 두 행으로 인쇄된 경우가 매우 많다. 김수영 시인이 생존했더라면 이런 사태를 그대로 방치했을지 아니면 다시 행의 길이를 조정했을지 알 수 없는 일이다.

산문과 운문의 차이가 리듬이 아니고 인쇄된 행의 모양에서 결정된 듯이 받아들여지는 사태는 매우 우려할 만한 결과를 불러온다. 김수영 시가 새로이 발굴된 것으로 보고된 두 가지 경우가 그것이다.『청춘』 55년 4월호에 게재된 작품으로 보고된「보신각」,『여상』65년 8월호에 게재된 작품으로 보고된「한강변에서」는 얼핏 보기에 시로 받아들일 만하다. 하지만 잡지 원본을 자세히 살펴보면 "글 김수영"이라고 인쇄된 것을 알 수 있다. 즉 "시 김수영"이 아니라는 것이다. 1950년대와 1960년대 의 많은 잡지들이 동아시아의 문인화 전통을 따라 그림에다 시문을 붙여 제시하는 형식의 화보를 구성하면서 그림 혹은 사진과 함께 그 대상에 대한 짧은 제사(題辭)를 붙이는 경우가 많은데 다음 쪽의 두 개의 글도 그런 경우다.

물론, 이 글들이 시로 받아들여질 수도 있다. 전통적으로 그림에 붙이는 제사가 반드시 운문일 필요는 없다. 한국의 1950년대와 1960년대 잡지에 서 그림에 붙이는 제사가 산문인 경우도 많다. 김수영의 경우, 그것이 시라고 표기되지 않고 '글'이라고 표기된 것이 시사하는 바는, 현재 그 원고가 남아있지 않지만, 잡지사에서 원고를 청탁할 때 글의 용도를 이미 지정했을 가능성이 높고 원고를 잡지사에 전할 때도 '시'라고

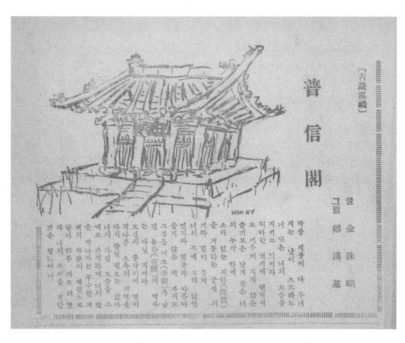

표기하지 않았을 가능성이 높다. 현재 남아있는 김수영의 시 원고 대부분이 제목 상단에 '시'라고 표 나게 적혀 있는 것이 이러한 사회문화적 습속을 간접적으로 반영하고 있다고 봐야 할 것이다.

3) 꽃의 발견

김수영의 한글 표기가 맞춤법에 맞지 않는 경우가 많은 것은 원고가 공개되면서 드러났는데 1921년생인 김수영 세대에겐 하등 이상한 것이 아니다. 그들이 받은 정규교육이 모두 일본어로 이루어졌고 한글 표기에 관한 교육을 따로 받을 수 없었다는 점에서 상당기간 김수영은 사전을 보며 시를 쓸 수밖에 없었고 그의 원고는 상당한 정도로 편집자의 교정이 필요했다. 포로수용소에서 돌아온 지 얼마 되지 않은 시기에 쓴 「조국에 돌아오신 상병포로 동지들에게」는 맞춤법의 혼란이 상당히 발견되는 원고다. 시인의 원고를 그대로 신뢰하지 못하고 의문스런 표기는 시인의 실수로 '해석'할 가능성이 높은 경우다. 초판 전집을 펴내면서 자신이 『현대문학』 편집장이었던 김수명은 원고의 "꽃같이"를 "꼭같이"로 고쳐서 출판했고 2003년 재판이 발행되기까지 "꽃"은 주목 받지 못했다고 할 수 있다.

육필 원고는 인쇄된 작품이 전해줄 수 없는 시인의 육체적 흔적을 간직하고 있다. 시인이 살았던 시공간은 이제 화학적 변화를 겪어 누렇게 변색한 원고지처럼 원래의 상태로 되돌릴 수 없지만 시인이 남긴 필적은 시인이 시로 살았던 시공간을 간직하고 있다. 시인이 지워버린 글자는 인쇄된 작품에선 흔적을 찾을 수 없지만 원고에는 어지러운 펜의 움직임과 함께 남아있고 어떤 글자는 복원해서 읽을 수 있기도 하다. 추상화를 거부하는 필적의 물질적 육체는 시를 읽는 것을 넘어 독자들로 하여금 시를 직접 느끼도록 해준다.

김수영 시인이 당대의 정치 현실과 정신적 허위에 대항해 싸운 것은 잘 알려져 있지만 그가 한국어 서기법을 두고 고투를 벌인 과정은 자세한 검토의 대상이 되지 않았다. 문학작품이 입말로 전달되던 구어적 소통을 넘어서서 인쇄된 문자의 시각적 형태로 탄생한 것이 20세기 한국 문학의 가장 큰 특징 중의 하나라는 점을 염두에 둔다면 김수영 시원고는 보다 새로운 차원에서 주목받아야 할 것이다.

김수영 초기시의 난해성은 시인의 의식 내부의 문제이기도 하지만 그가 남긴 그 시기의 원고를 보면 표현 형식을 확정하기 힘든 외부적 언어 상황과 관련이 있음을 알 수 있다. 시의 물리적 표현으로서의 문자표기의 혼란은 시적 형식의 수립 과정과 직접적으로 연관되어 병행하고 있었다는 사실을 초고와 원고를 통해 확인할 수 있다. 그리고 한국 현대 문학의 형성과정에서 겪어온 물리적 형태의 생성과 변화 즉, 육필 초고에서 인쇄된 시에 이르기까지의 과정이 이 책에 수록된 원고에 기록되어 있다. 한글 표기법의 변화, 원고지 사용법의 혼란, 한자 사용 방식, 그리고 세로쓰기에서 가로 쓰기로 바뀌기 전의 시적 형식의 시각화 모색 과정 등, 한국어가 예술 형식으로서의 시를 문화적 제도로 정착시키는 과정에 대한 다큐멘터리가 『김수영 육필시고 전집』에 담겨 있다.

김수영 시인의 시 원고에서 분명히 드러나는 것은 식민지 시기에 성장기를 보내면서 교육을 받고 1945년 해방 후에 문학 활동을 시작한 세대의 역사적 조건과 흔적이다. "몇 차례의 언어의 이민을 한" 그는 일본말보다 영어를 더 빨리 읽을 수 있게 되었다고 「거짓말의 여운 속에서」라는 시에서 말하면서 반어적으로 "우리말을 너무 잘해서 곤란하게" 되었다고 쓰고 있다. 김수영의 원고는 일본어와 영어와 한국어가 서로 간섭하는 관계에 있다. 그런 조건에서 두드러지게 나타나는 것은 시를 시각적으로 확정 짓는 문제에 관한 자의식이다. 한자와 한글 표기 문제는 물론이고 맞춤법에 관한 혼란과 선택이 자주 나타난다. 거기에다 행갈이를 어떻게 할 것인가를 두고 고민한 흔적이 원고에 자주 나타나며 문장이 끝나도 마침표를 찍지 않는 김수영의 고집이 당시의 편집자와 갈등을 일으키는 장면도 나타난다. 한국의 현대시가 한국어로 시쓰기를 시작한 지 백년이 지났지만 아직도 소리로 전달되는 측면과 시각적인 기호로 전달되는 측면 사이에서 아직도 정리되지 않은 혼란을 겪고 있다고 할 수 있다. 그런 측면에서 보자면 김수영의 시원고는 한국 문학이 인쇄된 형태로 정착되는 과정에 관한 철저한 자의식을 보여주며 시의 시각적 표현 형태에 관한 역사적 이행과정을 역력히 기록한 증거라고 할 수 있다. 『김수영 전집』은 그러한 어문 환경의 산물이다.

4) 『달나라의 작란』으로부터 『달나라의 장난』으로, 원고에서 책으로

김수영의 많은 시는 투명한 텍스트의 작품성으로만 남아 있는 것이 아니라는 점을 드러내준다. 초고와 정서된 원고가 최종 형태로 확정 짓기 어려운 경우가 많고 신문, 잡지 등에 발표된 경우에도 시인의 의도와 다른 형태로 발표된 것을 그의 원고에서 확인할 수 있다. 시인이 원고에서 사용하지 않은 마침표를 신문이나 잡지 편집자들이 추가한다든가 행갈이가 다른 경우에 시인은 발표 지면을 오려내어 거기다 수정 표시를 해둔 것이 이 사실을 알려준다. 그리고 초기의 맞춤법 혼란과 원고지 사용법 미숙이 후기로 갈수록 개선되고 그와 동시에 한자 사용 빈도가 현저히 줄어드는 것도 단기간에 일어난 의미 있는 역사적 변화를 보여준다. 하나의 시작품이 신문과 잡지에 중복되어 출판되기도 하고 동일한 작품의 제목이 바뀌는 현상도 드러난다. 그리고 「꽃잎」이나 「신귀거래」 시편과 같이 최초 발표시 한 편의 시로 취급되었으나 시인의 정서본은 각각의 독립된 시로 나누어 놓았다는 사실을 원고를 통해 알 수 있다. 특히 최근에 필자가 입수한 『달나라의 장난』 교정지는 그동안 알려지지 않은 사실을 드러내준다. 시인 생존시 유일한 시집인 『달나라의 장난』에 관련해서 현재 확인된 원고와 자료는 모두 다섯 가지이다.

1) 1958년 출판 준비 원고. 「도취의 피안」으로부터 시작해서 「토끼」까지 43편의 시 수록 계획이었으나 미발간. 제목은 『달나라의 작란』.
2) 1958년 출판을 위해 시집의 기본 디자인을 구상하여 가제본 형태로 그린 책.
3) 1959년 실제 출판 원고. 이 원고는 1981년 전집의 원고로 재사용됨. 페이지 숫자가 매겨져 있음.
4) 1959년 실제 출판본의 가인쇄 교정본. 행갈이를 바꾸고 표기를 바꾸는 등 시집으로 모양을 갖춰가는 과정을 확인할 수 있는 자료.

원래「달나라의 작란」으로 표기했으나 교정지 단계에서「달나라의 장난」으로 최종 확정된 것을 확인할 수 있음.

5) 출판본『달나라의 장난』

김수영 생존시 출간한 유일 시집으로 알려진『달나라의 장난』은 1959년 11월 30일에 춘조사에서 발행했지만 부인이 공개한 원고를 보면 1958년 봄에『달나라의 작란』이란 제목으로 시집 출간을 준비한 것으로 드러난다. 춘조사판『달나라의 장난』출간에 사용된 원고는 전집 발간시 다시 사용되어『김수영 육필시고 전집』제1부에 수록되었는데, 출판이 성사되지 않은『달나라의 작란』원고는 전혀 다른 판본으로서 시인 자신의 상세한 시집 구상을 보여주는 형태로 보존되어 있다. 이 원고는 김수영 시인이 시집의 제목 페이지부터 판권까지 책 전체의 배치는 물론이고 시각적 디자인까지도 고려하고 있었다는 사실을 보여준다. 1958년 봄에 준비했던 시집과 1959년 실제 출간되었던 시집에 포함된 시의 목록은 매우 다르게 나타난다. 실제 출간된『달나라의 장난』은 해방직후부터 1959년 중반까지의 작품 중에서 40편이 수록되었는데 1958년에 준비한 시집에서 포함되었던 총 43편의 작품들 중에서 14편을 제외했고 거기에다 1958년과 1959년에 쓴 11편을 추가한 사실이 확인된다. 그리고 1959년 발간된『달나라의 장난』은 수록순서가 발표 역순으로 되어있는데, 1958년에 출간 준비를 했던 시집은 창작 순서와 상관없이 4부로 분류되어 있다. 그리고 시집 출간에 친구인 유정이 관련했던 것이 후기에 드러난다.

출판되지 않은『달나라의 작란』과 출판된『달나라의 장난』의 차이를 좀 더 상세히 살피자면 다음과 같다. 우선 수록 작품의 양에 있어 춘조사 판은 40편이지만 미발간본의 목차는 43편을 적어 놓고 있다. 그리고 춘조사 판은 따로 부를 나누지 않고 있으나 여기서는 I II III IV부로 나누고 I부에서는 14편, II부 6편, III부 10편, IV부 13편을 배정했다. 이 목차에서 수록한 작품이 춘조사 판 시집에서 누락된 경우는 「너는 언제부터 세상과 배를 대고 서기 시작했느냐」, 「네이팜 탄」, 「사무실」, 「이」, 「애정지둔」, 「꽃(3)」, 「부탁」, 「풍뎅이」, 「조고마한 세상의 지혜」, 「영교일」, 「구름의 파수병」, 「나비의 무덤」, 「휴식」, 「나의 가족」 등 모두 14편이다. 이 목차에는 포함되지 않았다가 춘조사 판에서 새로이 들어간 작품은 1958년에 쓴 「초봄의 뜰안에」, 「비」, 「말」, 「사치」, 「밤」, 「동맥」 여섯 편과 1959년에 쓴 「자장가」, 「모리배」, 「생활」, 「달밤」, 「사령」 다섯 편이 발표역순으로 배열되어 있다. 그래서 1954년작인 「도취의 피안」이 첫 작품으로 배열된 이 원고와 달리 춘조사 판 시집 『달나라의 장난』은 시집 출판 당시의 최근작인 「사령」이 책의 맨 앞에 수록되었고 마지막에 「토끼」가 실려 있다. 이 원고에서 「토끼」가 마지막에 수록된 것은 동일하지만 발표순서와 상관없이 배열되고 있다. 김수영이 자신의 첫 시집을 준비하는 과정을 알 수 있다는 점에서 매우 중요한 자료가 아닐 수 없다. 1958년 미발간본에서 「도취의 피안」이 첫 작품으로 선정된 것은 시인이 그 작품을 매우 애호한 증거일 수 있다. 그리고 시집 발간이 좌절되고 난 이후 1958년과 1959년에 쓴 모든 작품이 다 『달나라의 장난』에 포함된 것도 매우 흥미로운 현상이라고 할 수 있다. 즉, 초기시에 대해서는 점수가 박하고 최근에 올수록 신뢰도가 높아졌다고 볼 수 있기 때문이다.

이러한 과정을 거쳐 출판된 『달나라의 장난』은 황현산이 애석해한 것에 값하는 귀중한 정보를 많이 간직하고 있다. 특히, 앞에서 행갈이 문제에 대해 언급했듯이, 김수영은 시의 시각적 제시에 매우 비중을 두고 편집에 임했다는 것이 원고와 교정지에 모두 드러난다. 김수영의 시에서 한 행의 길이가 유독 긴 경우가 많은데, 시에서 이렇게까지 한 행의 길이가 길어지게 되면 운문적 특성, 즉 독자가 소리 내어 읽는

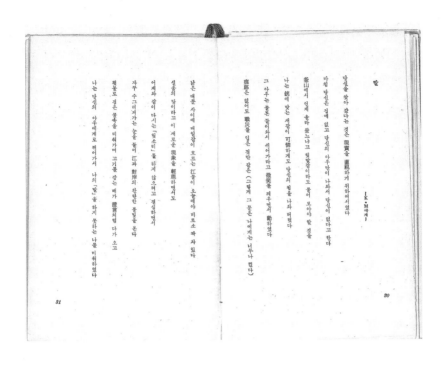

측면은 약화될 수밖에 없다. 이렇게 행이 길어지는 이유 중의 하나가 시 한편을 한정된 페이지에 온전히 제시하려는 노력의 결과라면 시를 소리의 예술로 보기보다는 시각예술로 보는 측면을 고려한 셈이다. 실제로 『달나라의 장난』은 한 판면에서 시가 차지하는 공간적 위치가 각각 다르다고 할 수 있다. 짧은 시는 판면의 한가운데로 모이고 긴 시는 판면 전체에 퍼져서 인쇄된 것이다. 『달나라의 장난』30면과 31면에 걸쳐 인쇄된 시 「말」은 각 행이 모두 긴데, 그 각 행들이 모두 한 행씩 건너서 인쇄되어 있다. 우리가 시를 행과 연으로 갈라서 부른다면 이 시의 경우에는 연이라는 단위는 아무런 쓸모가 없다고 할 수 있다. 『달나라의 장난』에서 발견되는 김수영의 이러한 인쇄공간에 대한 의식은 나중에는 조금 더 실험적인 의식으로 발전되는데, 가령 계간 『한국문학』1966년 여름호에 발표된 「눈」에서 "한 줄 건너 두 줄 건너 또 내릴까"

라고 쓸 때, 그 "한 줄" "두 줄"은 세로로 인쇄된 시행을 가리키는 것이다. 이 시는 현재 전집이든 시선집이든 모두 가로로 인쇄되고 있는데, 그나마 인쇄된 형태로 보여진다면 독자에게 시행이 시각적으로 보이므로 이해의 단서가 주어진다고 할 수 있다. 하지만 만일 이 시가 인쇄된 판면이 없는 채로 대중 앞에서 낭독된다고 가정한다면 "한 줄 건너 두 줄 건너"라는 표현은 전혀 의미가 없게 된다고 할 수 있다. 같은 해『문학』지에 잘못 인쇄되어 실린「설사의 알리바이」같은 작품도 우리 문학사에선 희귀한 작품이다. 그는 이 작품의 각 행이 한 줄씩 띄어서 인쇄되도록 하되 연 구분은 하는 수 없이 두 줄을 띄우도록 지시하고 있다. 이번에 3판을 내면서 이러한 지시를 지켜서 인쇄했는데, 최초 발표지로부터 전집 재판까지도 김수영이 원한 대로 인쇄되지 못했는데 그의 사후

나중에 떨어져 내린 작은 꽃잎 같고

2

꽃을 주세요 우리의 고뇌를 위해서
꽃을 주세요 뜻밖의 일을 위해서
꽃을 주세요 아까와는 다른 시간을 위해서

노란 꽃을 주세요 금이 간 꽃을
노란 꽃을 주세요 하얘져 가는 꽃을
노란 꽃을 주세요 넓어져 가는 소란을

노란 꽃을 받으세요 원수를 지우기 위해서
노란 꽃을 받으세요 우리가 아닌 것을 위해서
노란 꽃을 받으세요 거룩한 우연을 위해서

꽃을 찾기 전의 것을 잊어버리세요
　꽃의 글자가 비뚤어지지 않게
꽃을 찾기 전의 것을 잊어버리세요
　꽃의 소음이 바로 들어오게

꽃을 찾기 전의 것을 잊어버리세요
　꽃의 글자가 다시 비뚤어지게

내 말을 믿으세요 노란 꽃을
못 보는 글자를 믿으세요 노란 꽃을
떨리는 글자를 믿으세요 노란 꽃을
영원히 떨리면서 빼먹은 모든 꽃잎을 믿으세요
보기 싫은 노란 꽃을

3

순자야 너는 꽃과 더워져 가는 화원의
초록빛과 초록빛의 너무나 빠른 변화에
놀라 잠시 찾아오기를 그친 별과 나비의
소식을 완성하고

우주의 완성을 건 한 자(字)의 생명의
귀추를 지연시키고
소녀가 무엇인지를
소녀는 나이를 초월한 것임을

아아 고향 766킬로 상공에서 보는 고향
내 고향을 도둑질하는 놈이 나요 이 우주
정류장의 미치광이버섯 같은 소파 위에서
나는 나를 체포하오
고향이 움직이지 않고 호박벌이 움직이지 않고
공간이 움직이지 않고 내 육십이 움직이지 않
을 때—이때요 이때가 시간이요

이 시간을 위해서 시간의 연습을 합시다
태백산맥이 태백산맥이 아니 될 때를 위해서
태백산맥의 노래의 연습을 합시다
4분지 4박자 고도 800미터의 유치한 계명
의 노래, 이 더러운 노래

설사의 알리바이

설파제를 먹어도 설사가 막히지 않는다

하룻동안 겨우 막히다가 다시 뒤가 들먹들먹한다

꾸루룩거리는 배에는 푸른색도 흰색도 적(赤)이다

배가 모조리 설사를 하는 것은 머리가 설사를

시작하기 위해서다 성(性)도 윤리도 악이

되지 않는 머리가 불을 토한다

여름이 끝난 벽 저쪽에 서 있는 낯선 얼굴

가을이 설사를 하려고 약을 먹는다

성과 윤리의 약을 먹는다 꽃을 거두어들인다

만주의 여자

무식한 사랑이 여기 있구나
무식한 여자가 여기 있구나
평안도 기생이 여기 있구나
만주에서 해방을 겪고
평양에 배로 왔다가 인천에 와서
6·25 때에 남편을 잃고 큰아이는 죽고
남은 계집애 둘을 데리고
재전락한 여자가 여기 있구나
시대의 여자가 여기 있구나
  한잔 더 주게 한잔 더 주게
  그런데 여자는 술을 안 따른다
  건너편 친구가 내 외상술이니까

나는 이 우중충한 막걸리 탁상 위에서
경험과 역사를 너한테 배운다
무식한 것이 그것들이니까
너에게서 취하는 전신의 영양
끊었던 술을 다시 마시면서 사랑의 복습을 하는 셈인가
둥둥해진 몸집하고 푸르스름해진 눈자위가 아무리 보아도 설어 보
인다
18년 만에 만난 만주의 여자

잊어버렸던 여자가 여기 있구나
  한잔 더 주게 한잔 더 주게
  그런데 여자는 술을 안 따른다
  건너편 친구가 오줌을 누러 갔으니까

끊었던 술을 다시 마시는데 유행가처럼
아무리 마셔도 안 취하는 술
피안도* 사투리를 마시고 있나
아무리 마셔도 취하지 않으니
같이 온 친구를 보기도 미안만 한데
열상에 앉은 술친구들이 경사나 난 듯이
고향을 친다
상제보다 복재기가 더 섧다나
  한잔 더 주게 한잔 더 주게
  그런데 여자는 술을 안 따른다
  건너편 친구가 같이 자러 가자고 주정만 하니까

아냐 아냐 오해야 내가 이 여자의 연인이 아니라네
나는 이 사람이 만주 술집에서 고생할 때에
연애편지를 대필해 준 일이 있을 뿐이지
허고 더러 싱거운 충고도 한 일이 있는—

50년 만에 처음으로 그가 원한 대로 인쇄된 경우다. 우리 문학사에서 이러한 실험이 아직까지도 적극적으로 수용되어 이해되거나 발전된 것으로 여겨지진 않는다. 어쩌면 이 『김수영 전집』은 우리로 하여금 새로운 단계의 김수영 문학 세계의 이해를 촉구하고 있다고 할 수 있다.

6. 결론

『김수영 전집』의 편찬 과정은 한국 근현대 문학연구에서 간과되어온 문학 제도의 생성과 유지라는 측면을 살펴볼 수 있는 소중한 기회를 제공했다. 『김수영 전집』의 편찬에 동원된 자료들은 우리 문학사에 희귀하게 보존된 다량의 원고와 교정지, 그리고 직접 수정한 발표지 등이다. 이들 자료로부터 우리는 김수영의 작품과, 문학 작품이 생성되는 전 과정의 상당 부분을 추적할 수 있게 되었다. 작품집이 그 문인의 작품을 단순히 모아놓은 것이라는 범주를 벗어나 문학이 창작되고 발표되고 공유되는 사회문화적 제도로서 어떤 관습을 만들어 가는지 알 수 있는 기회를 제공한다는 점에서 『김수영 전집』은 매우 유용하다.

20세기에 근대시의 시대가 시작된 이래, 한국시가 물어야 할 많은 질문을 김수영은 그가 남긴 원고와 교정지, 시집을 통해 보여주고 있다. 가령, 한국의 현대 시인들은 왜 마침표를 사용하지 않는가, 그리고 한국현대시는 운율을 어떻게 사용하는가, 같은 질문에 대해 김수영은 나름대로 깊이 고민한 흔적을 보여주고 있다. 그리고 많은 경우 그는 운율을 포기하고 인쇄된 지면의 시각적 효과를 고려하는 모습을 보여준다. 그리고 그러한 시각적인 고려를 통해 표현의 가능성을 넓히려는 노력을 보여주었다. 이러한 김수영의 유산은 상당부분 한국 문학에 남아있다고 할 수 있으나 계승되고 발전하고 있는지는 자세하지 않다.

여기서 적절하게 다루지 못한 것은 산문전집에서 허구와 실제의 경계를 넘나드는 작품을 어떻게 처리할 것인가의 문제이다. 가령 「해운대에 핀 해바라기」 같은 산문은 그것이 사실에 기반한 에세이인지 아니면 창작된 허구인지 확인하기가 힘들다. 당시의 일기를 참조하면 김수영이 소설창작에 관한 강력한 관심과 의지를 엿볼 수 있고, 포로수용소 체험 이후 정신적 방황을 겪고 있어서 그에 따른 복합성을 보여준다고 할 수도 있다. 하지만 전집 편집자로서 그것이 허구인지 실제에 기반한 수필인지 분류해야 하는 것은 간단하지 않은 과제로서 이미 출판되었지만 차후의 과제로 남았다. 그 외에, 전집에 포함되지 않은 번역을 어떻게 처리할 것인지도 차후의 과제로 남았다.

김수영 시집의 양상과 흐름

유성호

1. 김수영이 전유되어온 역사

시인 김수영은 한국 현대시문학사에서 독자적 신화를 구축하고 있는 드문 예에 속한다. 그는 이상, 백석, 서정주와 더불어 후대 시인에게 가장 광범위한 영향을 끼친 시인으로 평가받고 있고, 문학사의 일대 전환기마다 당대적 의미로 끊임없이 소환되어 재해석되는 등 스스로의 권역을 풍요롭게 구현한 시인이다. 그러나 이러한 신화화는 그 나름으로 두터운 이미지를 형성하면서 시인의 실체를 온당하게 재구성하는 것을 부분적으로 방해하기도 하였다. 김수영이 우리에게 여러 의미에서 철저한 부정 정신의 화신으로 각인되어 있는 것이나, 현대성과 풍자 정신의 결합, 비판성에 토대를 둔 날카로운 지성, 정직성, 자유와 혁명을 향한 역동성 같은 그의 시를 지칭하는 비평적 수사들이 하나같이 어떤 완결성을 띠고 있는 것은 시인의 이미지를 고착시키면서 그에 대한 새로운 해석을 일정하게 제약해왔다. 따라서 우리가 김수영을 그 화려한 신화로부터 오늘의 시점으로 되부르는 것은 비단 그의 시를 정확하게 이해하려는 해석적 측면 외에도 그의 시적 지향이 가지는 현재적 갱신 가능성에 대한 추인을 포함하는 것이다. 어쨌든 김수영은 "김수영만 한 길이의 삶과 정신의 크기를 가진 시인치고 생전에 그처럼 비평가의 글을 덜 받은 시인은 별로 없을 것"[1]이라는 말처럼 당대에는 외면당했던 시인이 후대의 독자 및 비평가들에 의해 그 의미가 증폭된 뚜렷한 사례에 속할 것이다.

물론 그의 시는 '꿈으로서의 지적 조직체'로 시를 읽는 사람들과 사르트르의 '잠재적 독자'를 강조하는 사람들의 독법의 차이에 따라 달리 수용되어왔다. 그러한 해석 편차는, 두루 알다시피, 우리 시단의 양대 조류(潮流)의 근원을 형성하면서 현재 지형에 이르기까지 그 길항과 변증의 토대를 이루고 있다 할 것이다. 그만큼 우리 평단이나 학계에서 김수영은 여전히 현재적이고 또 그러한 현재형을 가능케 한 원류를 이루고 있다. 그 점에서 김수영의 시는 다른 시인들과 마찬가지로 상호텍스트적으로 더 적극적으로 읽히고 해명되어야 한다. 몇몇 대표 시편을 중심으로 얼개를 짜는 것보다는 통전적 시 읽기가 수반되어야 한다는 뜻이다. 그것이야말로 김수영의 신화가 유형무형으로 강요해온 독법에서 벗어나 작품 자체의 심미적, 내용적 성취를 가늠하는 관건이 될 것이기 때문이다.

따라서 우리는 그동안 우리가 김수영을 읽고 이해해온 물리적 토대라고 할 수 있는 김수영의 텍스트들을 돌아볼 필요를 느끼게 된다. 그의 시를 해석하려 할 때 인용했거나 참조해온 텍스트들 말이다. 시인 스스로 묶은 시집과 편자가 따로 있어 펴낸 사후(死後)의 시집들은 당연히 의미론

....

1. 황동규, 「良心과 自由, 그리고 사랑」, 황동규 편, 『김수영의 문학』, 민음사, 1984, 10면.

적 낙차(落差)가 있을 수밖에 없을 것이다. 특별히 편자의 의도에 따라 구성이나 선정 과정에서 차이를 빛을 수밖에 없는 선집이나 전집은 그 자체로 김수영에 대한 해석의 결과일 것이며, 그것의 양상과 흐름을 통해 우리는 김수영이 전유되고 해석되어온 역사를 추론해볼 수 있을 것이기 때문이다.

2. 『달나라의 장난』과 사후에 나온 선집들

김수영은 생전에 딱 한 권의 시집을 냈다. 잘 알려진 『달나라의 장난』(춘조사, 1959)이다. 춘조사는 장만영이 운영한 출판사다. 말할 것도 없이 이 유일한 시집은 김수영 스스로 선정과 배열과 마무리까지 다했다고 보아야 할 것이다. 김수영은 이 시집이 묶이기까지 제대로 된 독서물에 자신의 시를 실은 적이 드물다. 1949년 신시론 2집인 『새로운 都市와 市民들의 合唱』과 1957년 김춘수, 김규동 등과 함께한 앤솔러지 『平和에의 證言』에 몇 편 실었을 뿐이다. 1957년 그는 제1회 한국시인협회상을 수상하였는데 그 후속 수상자인 김춘수, 전봉건 등과 함께 춘조사의 '오늘의 시인총서' 기획에 참여하여 『달나라의 장난』이 나온 것이다. 이 기획의 편찬위원에는 장만영, 박남수, 김광균이 참여하였다. "서구적 지성미와 동양적 고삽취의 조화"를 이루었다는 시협상 심사평은 김수영의 시에서 모더니즘적 요소를 긍정적으로 평가한 결과이다. 이때 주목해야 할 점은 이러한 평가를 하고 김수영이 상을 받을 수 있게 지지했던 심사위원이 조지훈과 박목월이라는 점이다. 「묘정의 노래」를 『예술부락』에 실어주었던 조지훈이 이번에도 김수영의 손을 들어주었던 것이다. 김춘수의 시집은 『부다페스트에서의 소녀의 죽음』이고, 전봉건의 시집은 『사랑을 위한 되풀이』였다. 말하자면 김수영, 김춘수, 전봉건은 각기 한국시인협회상 1, 2, 3회 수상자이며 이들 시집에 김윤성의 시집을 포함하여 '오늘의 시인총서' 시리즈가 1959년 11월 30일에 발간된 것이다. 이때 김수영은 『달나라의 작란』이라는 표제로 시집을 준비했지만 결국 시집은 『달나라의 장난』이라는 제목으로 출간되었다. 다음은 『달나라의 장난』 후기이다.

> 이 詩集은 一九四八年부터 一九五九年에 이르기까지의 여러 雜誌와 新聞 등속에 발표되었던 것을 추려 모아놓은 것이다.
> 그러나 「토끼」, 「아버지의 寫眞」, 「웃음」의 세 作品을 제외하고는 모두가 六·二五 후에 쓴 것이며, 그 중에서도 最近 三·四년간에 쓴 것이 比較的 많이 들어 있다.
> 낡은 作品일수록 愛着이 더해지는 것이지만, 解放 後의 작품은 거의 消失된 것이 많고, 현재 手中에 남아 있는 것 중에서 간신히 뽑아낸 것이 以上의 세 作品이다.
> 특히 「民警」誌에 실린 「거리」와 「民生報」에 실린 「꽃」은 꼭 이 안에 묶어 두고 싶었지만 지금은 兩誌가 다 구할 길이 없다.
> 目次는 대체로 製作 逆順으로 되어 있다.
>
> 一九五九年 十一月 十日
> 金洙暎2

시집 발간 당시까지 10여 년간의 시 작업이 귀납되어 있는 이 시집은, 6·25전쟁 이전에 씌어진 세 작품과 전쟁 후에 씌어진 나머지 작품들을 실었다. 근작들이 비교적 많이 수록된 셈이다. 대체로 1960년 전후를 김수영 시의 큰 전환점으로 볼 때, 이 유일한 시집은 단연 김수영 초기시의

----

2. 김수영, 『달나라의 장난』, 춘조사, 1959, 116~117면.

총화라고 할 수 있을 것이다. 민음사판 『김수영 전집』에서는 이때 배제된 모든 작품을 시기 순으로 배열해 놓음으로써, 『달나라의 장난』이라는 시집 편제가 가지는 독자성과 고유성을 상당 부분 희석한 바 있다. 시인 스스로 밝힌 '제작 역순'의 의미도 덜어졌지만, 무엇보다 한 권의 독자적 시집으로서의 완결성과 고유성이 전집에서 사라진 것이다. 우리 는 『달나라의 장난』을, 마치 백석의 『사슴』을 백석 전집에 그대로 재현해 야 하듯이, 전집에 그대로 재현했어야 한다고 생각한다. 그런데 김수영의 어느 선집이나 전집도 『달나라의 장난』을 체재(體裁)와 물리적 형식을 그대로 지킨 채 옮겨놓은 경우는 없다. 다음 기회가 주어진다면 반드시 그리해야 할 것으로 생각한다. 어쨌든 이 시집에 대한 당대의 한 반응을 보자.

> 金洙暎 자신은 1959년에 나온 첫 詩集 『달나라의 장난』에서 이미 모더니 즘적 실험의 유산과 자신의 서정적 자질을 하나의 독자적 스타일로 발전시키 는 데 성공하고 있다. 表題詩 「달나라의 장난」을 비롯하여 「奢侈」, 「밤」, 「자장가」, 「달밤」 등은 모두 소월과 영랑을 포함한 韓國 抒情詩의 전통에 서서 부끄러울 것이 없는 주옥편들이다. (⋯)
> 『달나라의 장난』에 실린 서정시들에는 확실히 문제점이 있다. 우선 그 언어가, 다른 서정시인들의 그것에 비하면 日常語에 가깝고 知的 複雜性을 포용하는 힘이 크기는 하지만, 아직도 너무 곱고 너무 약하다.
> 金洙暎의 시적 변모는 대체로 4·19를 계기로 일어난다고 볼 수 있다.

백낙청은 『달나라의 장난』이 일상적 소재와 언어를 초점화한 시집이 며, 김수영 시의 폭발적 전개의 예비적 전사(前史)가 되었다고 평가하고 있다. 하지만 지금 돌아보면 이 시집은 단지 김수영 시의 전사로서만 기능하는 것이 아니라, 김수영의 가장 중요한 시적 지향과 무의식을 전폭적으로 담고 있는 완결성 있는 구성물이라고 말해야 할 것이다. 그것을 우리는 김수영이 생활인으로서 가지게 된 소시민성의 내면화 과정과 그것에 일일이 균열을 가하는 리버럴리즘의 총화라고 진단해볼 수 있을 것이다. 시집 표제작 「달나라의 장난」은 『자유세계』 1953년 4월호에 발표된 작품이다.

> 손님으로 온 나는 이집 주인과의 이야기도 잊어버리고
> 또 한 번 팽이를 돌려주었으면 하고 원하는 것이다
> 都會 안에서 쫓겨 다니는 듯이 사는
> 나의 일이며
> 어느 小說보다도 신기로운 나의 生活이며
> 모두 다 내던지고
> 점잖이 앉은 나의 나이와 나이가 준 나의 무게를 생각하면서
> 정말 속임 없는 눈으로
> 지금 팽이가 도는 것을 본다
> 그러면 팽이가 까맣게 변하여 서서 있는 것이다
> 누구 집을 가보아도 나 사는 곳보다는 餘裕가 있고
> 바쁘지도 않으니
> 마치 別世界같이 보인다

  "都會 안에서 쫓겨 다니는 듯이 사는/나의 일"이나 "어느 小說보다도 신기로운 나의 生活"을 다 던지고 "점잖이 앉은 나의 나이와 나이가 준 나의 무게를 생각"하는 품이 김수영의 모습을 선명하게 보여주는, 적재적소의 한자 구사와 함께 초기 김수영의 정점을 이루는 작품이다.
  그다음으로 김수영 사후에 출간된 시집들이다. 가장 먼저 출간된 시선집은 『거대한 뿌리』(민음사, 1974)다. 이 책은 첫 시선집으로서

매우 커다란 의미를 지닌다. 김수영 스스로가 아니라 다른 편자에 의해 작품들이 선정되고 배열된 최초의 시도이기 때문이다. 이 시선집의 실질적 편자였던 김현은, 자료의 여러 제약에도 불구하고 비교적 완미한 구성을 보이는 선집을 완성하였다. 『거대한 뿌리』는 민음사 '오늘의 시인총서'로 나왔다. 춘조사가 수행했던 미완의 기획을 고스란히 물려받은 것이었다. 이 선집에는 모두 65편을 실었다. 그리고 두 번째 시선집인 『달의 행로를 밟을지라도』(민음사, 1976)에는 모두 63편이 실렸는데, 두 시집이 공유한 작품은 없다. 연작 「신귀거래」 9편이 『거대한 뿌리』에 1, 3, 5, 7이 『달의 행로를 밟을지라도』에 2, 4, 6, 8, 9가 실린 것은 두 선집이 얼마나 정교하게 상호 협업을 했는가를 알게 해준다.

1958년 김수영이 출간하려고 계획하고 상당 부분 진척했던 『달나라의 작란』이라는 시집은, 세상에 얼굴을 드러낸 『달나라의 장난』과는 다른 체재와 구성을 욕망한 결과일 것이다. 말하자면 시인 자신이 꽤 깊은 개입을 하려 했던 시집이라고 할 수 있을 것이다. 그러나 결과적으로 『달나라의 장난』은 부분적으로 이러한 개입 의지가 반영되면서 나온 유일한 김수영의 시집이라고 해야 할 것이다. 반면 『거대한 뿌리』나 『달의 행로를 밟을지라도』에서는 그 욕망이 배제될 수밖에 없게 된다. 자연스럽게 『김수영 전집』(민음사, 1981)에 이르러서는 김수영 시가 편자들의 안목과 판단에 의해 질서를 부여받게 되었다.

여기서 『달나라의 장난』과 『거대한 뿌리』의 관계를 살펴볼 필요가 있다. 두 시집은 특성상 여러모로 차이를 보인다. 전자는 시인의 자선 시집이자 초기시가 중심에 놓이며, 후자는 사후에 편자가 엮은 시집이자 후기시가 중심에 놓인다. 1959년과 1974년에 각각 출간되었지만, 수록작을 볼 때 두 시집 간 영향관계가 전혀 없지 않다는 것을 파악할 수 있다. 즉 김수영을 전유하는 데 이전 평가를 계승하기보다는 독자 노선을 구성하고자 하는 김현의 의도가 강하게 개입되었다고 할 수 있다. 『거대한 뿌리』는 김수영의 대표작이 후기작으로 구성되게끔 한 초석이 되었으며, 이는 『달의 행로를 밟을지라도』에도 그대로 이어진다. 이 시선집의 실질적 편자인 황동규는 『거대한 뿌리』를 먼저 읽고 이 선집을 읽기를 권면하고 있다. 김수영의 시는 이미 『거대한 뿌리』에 에센스가 들어 있고 『달의 행로를 밟을지라도』는 『거대한 뿌리』의 결여 부분을 메우는 일종의 보완재임을 명시한 것이다. 그래서 김현이 강조한 '자유'에 대해서는 언급을 삼가면서 전개의 각 부분마다 빛을 주는 시편들을 실었음을 말하고 있다. 결국 황동규의 언급은 이 선집이 김현이 꾸민 선집의 연장선에 있음을 숨기지 않았다는 점에서 『거대한 뿌리』와 『달의 행로를 밟을지라도』는 하나의 텍스트로 보아도 무방할 듯싶다.

여기서 우리는 김현-황동규의 선정 작업이 김수영 시 해석의 물리적 토대를 만든 동시에, '자유-정직'으로 이어지는 김수영 이미지 확산에 결정적 역할을 했다는 사실을 인지하게 된다. 자연스럽게 김수영의 여러 속성 가운데 '문학과지성' 쪽의 창간 이념이랄까 지향이랄까 하는 것이 침윤되면서, 김수영 시의 다른 키워드인 혁명, 사랑, 언론 자유 같은 의미망이 후면으로 물러서게 된 것이다. 이는 선집 마련의 과정에서 편자들의 전유 욕망이 전면에 나선 사례라 할 수 있을 것이다.

3. 1980년대의 선집들

이어 김수영 시선집 『김수영』(지식산업사, 1981)이 출간되었다. 이 선집은 따로 제목을 붙이지 않았고 최하림이 기획한 '지식산업사' 선집의 시리즈물로 볼 수 있다. 수록 시편은 모두 122편이다. 편자인 정과리는 「현실과 전망의 긴장이 끝간 데 — 김수영論」이라는 해설에서 김수영 시의 미학적 속성을 꼼꼼하게 분석하고 있지만, 선집의 구성 원리에 대해서는 밝히지 않았다. 앞서 출간된 두 선집에 비해 두드러지는 특징 없이 단순히 김수영 시를 한곳에 모아둔 것이다. 그만큼 『김수영』은 앞서 나온 두 선집의 작품들을 모두 수록한 것이 아닌 선택과 배제를 통해 새롭게 구성된 책이다. 1980년대 초의 분위기에서 김수영을 '저항' 의 키워드로 수렴하려 했다는 점에서 매우 기억할 만한 책이다.

다소 늦은 1988년에 출간된 『사랑의 변주곡』(창비, 1988)은, 이전 선집들이 전집 발행 이전 김수영에 대한 논의가 본격화할 때 나온 데 비해, 매우 사후적으로 출간된 느낌을 준다. 이는 당대 문학 지형을 양분한 『창작과비평』과 『문학과지성』의 담론 대결 구도가 김수영을 중심으로 완결되는 모양새를 띠게 된다. 말하자면 『거대한 뿌리』의 김현, 『달의 행로를 밟을지라도』의 황동규, 『김수영』의 정과리가 모두 이른바 문지 소속이라면, 『사랑의 변주곡』은 창비의 핵심인 백낙청이 편자로 나선 특징이 있기 때문이다. 그리고 선집 제목 역시 매우 중요한 시사점을 준다. 말하자면 『거대한 뿌리』와 『사랑의 변주곡』은 각각 표제작을 달리하고 있다. 이 제목 선정에서 양 진영의 김수영 해석에 대한 편차가 생겨나는 것이다.

두루 알다시피 「거대한 뿌리」는 김수영의 시적 전회(轉回)를 상징적이고 명시적으로 보여주는 작품이다. 이 작품의 허두는 사람들마다 달리 가지고 있는 '앉음새'의 다양성이 전통과 역사에 대한 재발견의 계기로 작용하고 있다는 데 놓여진다. 친구들 사이에 통일되어 있지 않은 '앉음새'의 혼란이 우리의 삶의 뿌리라 할 수 있는 전통과 역사에 대한 강한 긍정을 가져오는 모티프로 작용한다. 이러한 시적 발상은 물론 그 둘('앉음새의 다양성'과 '전통과 역사에 대한 인식')을 이어줄 수 있는 합리적 매개가 빈약하다는 데서 일종의 비약이라고 할 수 있다. 시적 주체의 점진적이고 과정적인 자각이 결여된 채 갑작스레 '傳統은 더러운 傳統이라도 좋다' '歷史는 아무리 더러운 歷史라도 좋다'고 외치는 시적 돈오(頓

悟)는 읽는 이에게 명료한 주제의식을 강요하며 호소한다. 그러나 이 시는, 화자의 강렬한 의지적 호흡이 비약에 의해 생겨나는 공소성을 충분히 상쇄하고 있는 특이한 호소력을 가진 작품이다. 그런데 이 시에서 김수영이 말하는 "이 모든 무수한 反動이 좋다"는 말은 무슨 뜻인가. 우리 사회를 추동하는 힘이었던 근대성의 이념 중 가장 핵심적인 것 중의 하나가 '진보에 대한 믿음' 곧 종합적이고 비판적인 이성에 토대한 낙관적 변화에의 신념인데, 시인은 왜 이러한 근대정신의 대척점에 대한 강한 긍정을 말하는가. 그것은 우리를 포함한 비서구 타자들을 왜곡시키고 뿌리를 흔든 근대에 대한 비판의식이 김수영으로 하여금 실재(實在)에 토대하지 않은 모든 추상적인 근대적 담론의 거부로 나타나게 한 것이다. "근대화해가는 자본주의의 고도한 위협의 복잡하고 거대하고 민첩하고 조용한 파괴 작업"(「지식인의 사회참여」)을 적극적으로 인지하고 있던 김수영에게 따라가고 추수해야 할 외적 전범으로서의 근대는 없는 것이었고 스스로 창출해내야 하는 근대만이 남아있었던 것이다. 그는 이어서 뿌리를 상실한 채 이루어지는, 근대가 강요한 이른바 '타자 쫓아가기'를 부정하고, "놋주발보다도 더 쨍쨍 울리는 追憶"을 통해 인간과 자기에 대해 눈뜬다. 그 눈뜸은 '사랑'의 중요성에 대한 자각으로 이어진다. 결국 맹목적 타자 추종의 거부를 통한 자기반추의 긍정, 그리고 그것을 가능케 하는 힘이 '追憶을 매개로 하는 사랑'이라는 깨달음이 이 시의 요체인 셈이다. 시를 통한 자기성찰 또는 자기검색에 누구보다도 충실했던 김수영이 전통과 역사 곧 우리 뿌리에 대한 긍정을 "거대한 뿌리"로 형상화한 이 작품은 중층적으로 '닫힌 세계'였던 당시의 한국 현실에 대한 적극적 풍자라는 시적 효과와 결합하여 독자적인 장처(長處)를 자아내고 있다. 물론 더러운 전통과 더러운 역사를 이해할 수 있는 것, 그리고 우울한 시대를 파라다이스로 인식하고 괴로움을 황송함으로 느낄 수 있는 것도 바로 이 '사랑'이 있기 때문이다. "요강,

망건, 장죽, 種苗商, 장전, 구리개 약방, 신전,/피혁점, 곰보, 애꾸, 애 못 낳는 여자, 無識쟁이,/이 모든 無數한 反動"은 이때 시인이 옹호하는, 소외되어 있고 소멸되어가는 전통적 가치의 환유적 상관물이다. 또 그것은 '進步'나 '社會主義' 또는 '學究'나 '深奧' 같은 고상한 관념보다는 역사적 실재에 토대하는 것이 가치 있다는 것을 웅변하는 소재들이기도 하다. 실재에 바탕을 둔 근원의 인식, 그것이 곧 '내'가 '내 땅'에 박는 "거대한 뿌리"인 것이다. 김현은 바로 이 작품이 김수영의 대표작이라고 해석한 것이며, 이 과정에는 샤머니즘을 부정하고 새로운 현대성을 개진하려 했던 문지 쪽 욕망이 투사되었다고 할 수 있다.

반면 「사랑의 변주곡」은 "욕망이여 입을 열어라 그 속에서 사랑을 발견하겠다"는 웅장하고도 근대의 폐부를 꿰뚫은 아포리즘으로 시작되는 명편이다. 이 시는 일상과 혁명, 주체와 타자, 적과 형제를 잇고 통합하는 힘이 '사랑'임을 가장 명징하고도 형상적으로 적시해주는 작품이다. 이 시를 간단하게 구조화할 경우, 우리는 '間斷/흐름', '소음/속삭임', '움직임/멈춤', '격랑/節度', '봄베이, 뉴욕, 서울/복사씨, 살구씨, 곶감씨', '단단한 고요함/미쳐 날뜀' 등의 대립구도를 어렵지 않게 추출할 수 있다. 그것들을 가르고 있는 것은 근대적인 합리적 이성이다. 그러나 그것을 뛰어넘는 '사랑'의 힘 곧 "敵을 兄弟로 만드는 實證"이 '아들'로 상징되는 세상에서 실현되기를 기대하는 열망이 '도시=욕망=아버지'의 항목을 부정하고, '산=사랑=아들'의 항목을 지향하게끔 만들고 있다. 아니 정확하게 말해 전자는 후자에 의해 배제되는 것이 아니라 통합되고 있다. 그것이 바로 김수영 시가 노래하는 '혁명'의 내질이다. 부정적 현실에 대한 탄핵 정신과 관용적 사랑이라는 긴장된 두 극의 힘을 변증적으로 통일하고 있는 김수영의 이 시는 "자유와 사랑의 동의어로서의 '혼란'의 향수가 문화의 세계에서 싹트고 있다는 것은, 그것이 아무리 미미한 징조에 불과한 것이라 하더라도 지극히 중대한 일"(「詩여,

침을 뱉어라」)이라는 시인의 깨달음을 폭발적인 송가(頌歌)로, 예언자적 목소리로 노래한 작품이다. 이러한 성격이 이 시에 "낭만적 과잉의식"3이라는 함의를 부여할 수도 있겠지만, 그 낭만적 자기도취가 바로 이 시의 핵심 곧 '욕망'에서 '사랑'이 가능하다는 근대적 인식을 가능케 하는 정서적 기제 역할을 하고 있음 또한 분명한 사실이다. 시작(詩作)을 하나의 혁명으로 이해4하고 있었던 김수영은 '사랑'의 본질을 그리되 여러 우회로를 거부하고, 사랑의 역동성과 "아름다운 단단함"이 인간이 지향해야 할 최고 이성의 단계이며 운명임을 폭발적으로 노래하고 있다. 그러한 미학적 거점을 둔 이 작품을 표제작으로 삼은 백낙청은 '김수영'을 통해 김현의 구상에 대척점을 구축한 것이다. 말하자면 창비와 문지는 각각 김수영을 '사랑의 변주곡'과 '거대한 뿌리' 곧 혁명적 사랑과 새로운 현대성에 초점을 둔 채 해석하고 전유한 셈이다.

4. 정전으로서의 전집을 위하여

최근 김수영에 대한 논의가 폭증하고 있다. 이는 그의 시편들이 탁월한 내구성을 지닌 시사적 유산이기 때문이기도 하지만, 그의 시가 우리 문학 담론의 지형에 시사하는 몫이 매우 크기 때문이기도 할 것이다. 주지하듯 그의 시는 우리 문학이 구축해왔던 담론적 대립 쌍들 이를테면 '참여/순수', '진보/보수', '리얼리즘/모더니즘', '근대/탈근대', '소시민/민중' 등의 구도에 대한 근본적인 재해석의 코드를 끊임없이 제공해주는 원천이 되어왔다. 특별히 1990년대 들어 근대 이후의 전망이

....

3. 김명인, 「김수영의 '현대성' 인식에 관한 연구」, 인하대 석사학위논문, 1994, 163면.
4. 김수영, 「일기초 2」, 『김수영 전집 2』, 민음사, 1984, 332면.

불투명해지면서, 우리는 그에 대한 심화된 각론들을 통해 근대성의 성취와 극복이라는 이중적 과제에 대한 유력한 시사를 받고자 하였다. 그가 자본주의적 일상의 구체성을 투시하면서도 그 속에 은폐되어 있는 자기소외와 자기혁명의 가능성을 동시에 사유했다는 점, 그리고 근대를 긍정하면서도 근대 이후의 비전에도 남다른 열정을 쏟은 점을 감안해볼 때, 우리는 김수영이 근대가 내장하고 있는 억압과 해방의 양극성에 대한 주체적 지양을 추구했다고 할 수 있을 것이다. 또한 그동안 우리 민족문학이 추구해왔던 이른바 '해방의 근대성'의 실천적 진경을 그가 보여주었다고 말할 수 있을 것이다. 김수영에 대한 이러한 해석 가능성은 그의 문학이 우리에게 선사해준 놀라운 고백의 에너지와 현실적 투시력에서 오는 것이다. 그만큼 김수영의 시나 산문은 일차적으로는 김수영의 내면을 충실하게 드러내는 고백의 자료가 되고, 그다음으로는 1950~60년대 우리 현대시사에서 발현된 극점의 담론적 원천이 될 것이다. 그 점에서 그의 작품들은 새로이 발굴될 때마다 일정하게 화제를 불러왔고, 그다지 새로운 충격을 주기에는 턱없이 모자란 평범한 자료일 경우도 있었지만, 새롭게 그를 부조하는 데 매우 유용한 사실을 제공하는 자료일 경우도 적지 않았다.

1981년 민음사판 전집의 출간은 이러한 김수영 시의 집성(集成)으로 너무도 큰 역할을 하였다. 우리 세대는 모두 이 전집을 유일한 텍스트로 떠받들고 인용하며 또 애지중지하였다. 그러다가 단일한 전집의 위상은 『김수영 육필시고 전집』의 출간으로 새로운 국면을 맞이하게 된다. 이는 시인이 써내려간 육필이 기간(旣刊) 전집과 비교할 수 있는 자료를 충실히 제공해주었기 때문이다. 물론 『김수영 전집』(민음사, 1981)은 김수영 작품을 한곳에 모음으로써 그동안의 선집 『거대한 뿌리』(1974), 『달의 행로를 밟을지라도』(1976), 『김수영』(1981)에서 부족한 부분을 충실하게 채워주었다. 이후 김수영 연구는 예외적인 경우를 제외하고는 거의 이 전집을 인용하면서 이루어졌던 것이다.

하지만 앞에서도 강조하였듯이, 그렇게 정본 역할을 해왔던 『김수영 전집』은 『달나라의 장난』의 존재를 지워버리는 역할을 하였다. 이때 육필 전집은 김수영 전집을 비판적으로 수용하게 함으로써 그동안 전집이 누리던 정본으로서의 위상을 되살피게끔 해준 것이다. 가령 육필 원고는 상당수를 김현경이 정서하였는데 그 과정에서 잘못 옮겨지는 경우도 있었다. 물론 김현경은 본인이 정서한 것을 김수영이 감수하였기 때문에 그것이 시인의 수고와 다르지 않다고 하였다. 이런 점들은 두고두고 면밀하게 살펴져야 할 것이다. 이제 『김수영 육필시고 전집』이 출간된 지도 10년 가까이 흘렀다. 기존 원고의 필적이 김수영, 김수명, 김현경 등으로 다양하게 나타나면서 창작 일자를 확정할 수 없다는 점이 두루 제기되었고, 김수영 자필의 일자 기록이 거의 존재하지 않는다는 사실도 대부분 파악되었다. 『김수영 전집』의 근간인 『김수영 육필시고 전집』조차 창작 일자가 모호해진 것이다. 앞에서도 말했듯이 『달나라의 장난』은 전집에서 그 체재의 고유성이 소실되게 되었는데, 작품들은 전집에 띄엄띄엄 실려서 김수영이 구상했던 배열 원리를 상실한 것이다.

결국 김수영의 시는 여러 판본이 있으며 이를 대조하는 작업은 매우 중요하다 할 것이다. 기존에 나온 『김수영 사전』[5]은 이 점을 다루고 있어서 정본 확정 작업의 또 하나의 시사점을 마련해주었다. 어쨌든 우리가 살펴야 할 판본은 김수영의 육필원고를 비롯하여 최초 발표 지면, 시집 『달나라의 장난』, 유고 선집 『거대한 뿌리』, 『달의 행로를 밟을지라도』, 『김수영』, 『사랑의 변주곡』 등, 『김수영 전집』 초판, 2판, 3판으로서 이들을 비교하여 그 차이점과 정전(正典)으로의 속성을 밝혀가야 한다. 그리고 가장 최근에 나온 전집 3판에 대한 점검으로 나아가야

....

5. 고려대학교 현대시연구회, 『김수영 사전』, 서정시학, 2012.

한다. 이 점 추후 정치한 논의를 기약해본다.

말할 것도 없이, 한국 현대시를 연구하는 데 필수적으로 요청되는 것은, 거시적 시각에서 문학사를 구축해내는 역사적 감각으로부터, 한 편의 시를 붙들고 온당한 해석을 기하는 미시적인 작품론적 시각에까지 두루 걸쳐 있을 것이다. 특별히 한 사람의 작가나 시인의 행적과 시력을 온전히 재구하고 해석하는 일은 연구의 첫걸음이자 궁극적 지표가 된다. 김수영은 그동안 민음사에서 펴낸 전집이 유일한 대표 역할을 해왔으나 최근 활발한 자료 발굴을 통해 새로운 해석의 지평을 열고 있는 대표 경우일 것이다. 물론 어떤 자료가 그에 대한 해석을 전면적으로 바꾸는 일은 없겠지만, 미세한 행적 보완과 문학적 지향의 원천을 사유케 할 가능성을 충분히 있다. 다시 한 번 우리는 거장일수록 기존 자료 외에도 새로운 자료의 파악과 독법의 확충이 중요함을 실감하게 된다. 이러한 면을 크게 보완한 『김수영 전집』(민음사, 2018)에 대한 분석과 보완은 그 점에서 두고두고 김수영 연구자들에게 주어지는 실존적 책무가 될 것이다.

문학교육을 통한 김수영의 정전화와 장르 이데올로기

오연경

1. 김수영 정전화의 의미

정전이란 연속적인 여러 세대와 시대에 걸쳐 생산되고 보급되면서 제도나 기관을 통해 전승되는 역사적 구성물이다.[1] 물론 근본주의자들은 정전을 정전으로 만들어주는 것이 텍스트 자체의 내재적 속성, 즉 텍스트가 체현하고 있는 보편불변의 절대적인 가치라고 주장한다. 예를 들어 '고전'이라는 개념은 텍스트에 내재해 있는 확고한 '정전성(正典性, canonicity)'에 대한 믿음을 전제한다. 그러나 텍스트에 대한 해석과 평가

---

1. 존 길로리는 정전 그 자체가 역사적 사건이며, 특히 학교의 역사에 속해 있다고 말한다. (존 길로리, 박찬부 역, 「정전」, 프랭크 랜트리키아 외 공편, 『문학연구를 위한 비평용어』, 한신문화사, 1994, 303면.) 하루오 시라네는 정전이 학교 교육뿐 아니라 여러 기관이나 제도, 다수의 사회적 장치 및 단체들의 복잡한 실천 활동을 통해 형성되는 것이라고 보았다. 이후 논의에서 전개되는 정전에 대한 근본주의자와 반근본주의자의 구분은 하루오 시라네의 논의를 정리한 것이다. (하루오 시라네·스즈키 토미 엮음, 왕숙영 옮김, 『창조된 고전』, 소명출판, 2002, 18~22면.)

그리고 해석을 전달하는 장치에 대한 근본적인 문제 제기는 정전을 문화적 헤게모니 투쟁의 결과로 간주한다. 이러한 반(反)근본주의자들의 관점에 따르면 정전은 학교나 문학 제도와 같은 유력한 장치에 의해 지속적으로 관리 · 전승되어온 것, 즉 '정전화(正典化, canonization)'된 것이라 할 수 있다. 특히 한국 문학의 정전 논의는 중등학교 문학교육을 중심으로 이루어졌는데, 이는 정전 형성의 한국적 특성과 관련된다. 다양한 사회적 장치 및 문학 제도의 기반이 미약한 상태에서 문학교육이 '민족'과 '국가'를 절대화하는 이데올로기 도구로 부상하면서, 해방 이후 관(官) 주도의 중등교육과정을 중심으로 문학 정전이 형성되어왔기 때문이다.

물론 교육과정 및 교과서의 작품 선정과 배치를 통해 형성되는 문학 정전에는 제도 교육의 이념이나 교육학적 사조 이외에 학계의 연구 결과 및 비평 담론이 적극적으로 개입한다. 특히 김수영의 정전 형성과정은 시대적 · 사회문화적 가치 및 문단 권력의 헤게모니 투쟁 등 다양한 요인들이 한국 현대시의 정체성 구축에 참여해온 과정과 일정한 상관관계를 형성하며 진행되었다. 이는 외형상으로는 20년 남짓의 창작 기간 동안 펼쳐 보인 김수영 시의 스펙트럼이 상당히 다채롭다는 데서 기인하지만, 궁극적으로는 그것이 단순한 다채로움에 머물지 않고 한국 현대시의 다양한 이분법적 경계들을 무화시킨다는 데 있다. 다시 말해 김수영의 시는 그동안 한국 시문학사가 구축해온 현대성의 담론 및 현대시의 계보에 근본적인 물음을 제기하는 참조점으로 기능해왔다. 따라서 '김수영'이라는 정전은 단순히 김수영이 창작한 개별 작품들의 병렬적 집합체가 아니라, 그가 펼쳐 보인 시 세계의 가변성과 특수성을 한국 현대시라는 보편성 안으로 포섭해 가는 긴장과 갈등의 결과물이라고 할 수 있다. 이러한 정전화 과정은 한국 현대시에 대한 이론적 · 실천적 담론 구축의 욕망이 작동해온 지형도를 선명하게 보여준다. 이 논문은 비평 담론과 문학교육의 장에서 '김수영'이라는 상상적 총체로서의 정전이 형성되어 온 과정을 살피고, 문학교육을 통해 김수영 정전화에 작동한 해석의 권력과 한국 현대시의 장르 이데올로기를 분석한다.

2. 비평 담론과 해석의 투쟁

김수영의 가장 독특한 점은 그가 생전에 창작이나 비평 활동을 통해 행사한 영향력에 비해 그의 사후 비평계와 학계의 평가 및 자리매김을 통해 생산된 영향력이 훨씬 크다는 데 있다. 이는 김수영의 활동 시기에 쓰인 그에 대한 비평이 단 두 편에 그친다는 사실과 그의 갑작스런 죽음 이후 그에 대한 비평 및 연구가 본격적으로 생산되기 시작했다는 사실을 고려하더라도 확연하게 드러나는 현상이다. 김윤식은 1970년대 문학 공간에서 지속적으로 메아리친 김수영 신화의 이면에 그의 돌연한 죽음이 후광처럼 깔려 있다고 지적한 바 있다.[2] 그러나 죽음이라는 우연한 사건은 1970년대 민주주의에 대한 시대적 요청 및 문학의 역사적 대응에 대한 성찰과 함께 현대성의 완성이라는 필연적 과제와 만나면서 김수영에 대한 비평적 관심으로 이어진 것이었다. 여기에 김수영이 남긴 산문과 시론이 그의 신화의 결여 부분을 채워줄 풍부한 자원으로 활용되면서 김수영 연구에 가속도가 붙었다고 볼 수 있다.

특히 김수영 사후 의미화 작업은 단순히 작고 시인에 대한 본격적인 연구와 평가라는 학문적 성격을 넘어 당대의 문단 권력 재편 및 비평적 헤게모니 싸움의 전략적 거점으로 김수영을 전유하는 정치적 성격을 띤 것이었다.[3] 그리하여 김수영의 대표 작품 목록을 선정하는 작업,

....

2. 김윤식, 「김수영 변증법의 표정」, 『세계의문학』, 1982년 겨울.

김수영이라는 시인의 시사적 위치를 확정하고 가치화하는 작업, 김수영의 특정 작품에 대해 정합적 해석을 마련하는 작업은 '김수영'이라는 표상의 배치와 코드화를 통해 한국시의 현대성을 규명함으로써 현재적 효과를 창출해내려는 욕망과 밀접하게 연관되어 있었다. 김수영은 문학사의 고비마다 "착란-모순된 문화(현대성)를 초극하거나 내파하는 방법", "역사적 대상으로 퇴조되지 않는, 현재하는 참조의 언어"로 호출되었던 것이다.[4] 김수영의 정전화가 서정-지성, 서정-현실, 순수-참여, 전통-현대성, 모더니즘-리얼리즘, 시민문학-민족문학-민중문학 등 한국 현대시의 첨예한 긴장의 전선에서 이루어져왔다는 것은 '김수영 만들기'가 과거의 정산보다는 현재화하는 힘의 창출에 관련되어왔다는 것을 보여준다.

이 장에서는 1983년 『김수영 전집』의 별권으로 발행된 『김수영의 문학』[5]에 수록된 비평글을 분석 대상으로 삼아 '김수영 만들기'의 초기 양상을 살펴보고자 한다. 황동규가 엮은 『김수영의 문학』에는 모두 28편의 글이 수록되어 있는데, 김수영의 활동 시기에 쓰인 유종호와 김현승의 평문을 제외하면 모두 김수영 사후인 1968년 이후부터 1980년대 초반 사이에 쓰인 글들이다. 이 책은 김수영 사후 이어진 시선집

....

3. 일찍이 박수연이 김수영 해석의 역사와 거기에 내재된 근대성 논의의 성격을 다룬 이래(「김수영 해석의 역사」, 『작가세계』, 2004년 가을), 최근 들어 1970년대 문단 헤게모니의 재편과정에서 '김수영 만들기' 작업이 각 진영의 논리에 따라 전개된 과정을 면밀히 검토한 연구들이 제출되고 있다. 최현식, 「다중적 평등의 자유 혹은 개성적 차이의 자유──유신기 시 비평의 두 경향」, 『민족문화연구』 58, 고려대학교 민족문화연구원, 2013. 2; 박연희, 「1970년대 『창작과비평』의 민중시 담론」, 『상허학보』 41, 상허학회, 2014. 6; 임지연, 「『창작과비평』과 김수영」, 『겨레어문학』 55, 겨레어문학회, 2015. 12; 강동호, 「민족문학론의 인식 구조──1960~70년대 백낙청의 김수영론에 대한 비판적 독해」, 『인문학연구』 51, 조선대학교 인문학연구소, 2016.
4. 최현식, 위의 글, 42면.
5. 황동규 편, 『김수영의 문학』, 민음사, 1983.

및 전집의 출간과 함께 김수영 만들기의 토대를 다진 "15년의 김수영 비평사"[6]를 망라한 기획이라 할 수 있다. 여기에 모인 글들은 '김수영'이라는 표상의 불안정한 유동성을 잘 보여준다. 그러나 김수영 당대에 쓰인 두 편밖에 안 되는 짧은 평문은 이후 김수영 만들기에서 반복될 핵심 쟁점을 이미 내장하고 있었다.

이론과 실제의 양수겸장을 부르고 나선 김기림을 기수로 하여 출발했던 이 나라의 모더니즘 운동의 계보에서 해방 전과 해방 후를 크게 구별 짓고 있는 차이점은 강렬한 사회의식과 현실감각이다. (…) 민요에서 우리가 민중의 소박한 저항정신을 볼 수 있다면 저항과 참여의 시는 무엇보다 먼저 상징적이고 암시적인 수법으로보다도 민중의 직정언어로 쓰여져야 할 것이다. 수영의 「하…… 그림자가 없다」는 시는 이러한 시의 방향을 암시하는 수작일 것이다.[7]

그가 발표하는 어떤 시는 예술파에 속하는 양 보이고, 다른 어떤 시는 참여파에 속하는 것처럼 보이고, 그러면서 그의 시론은 분명히 참여파를 옹호하고 있다고. (…) 이 작품(「꽃잎」)의 밑바닥에는 오늘의 우리 사회에 필요한 확고한 순수의 사상이 '꽃잎'을 통하여 상징되고 있다. 그러면서도 그는 여타의 참여파 시인들이 범하기 쉬운 직접적인 호소의 수단을 취하지 않고 있다. (…) 모더니스트 시절의 김수영과 그 후 15, 6년 동안의 김수영을 비교하면 이만큼 달라지고 성장하여 왔다.[8]

우선 유종호의 글은 해방 전 모더니즘과 해방 후 모더니즘을 차별화하

6. 황동규, 「양심과 자유, 그리고 사랑 — 머리말을 대신하여」, 위의 책, 8면.
7. 유종호, 「현실참여의 시 — 수영·봉건·동문의 시」, 『세대』, 1963. 1~2.
8. 김현승, 「김수영의 시적 위치」, 『현대문학』, 1967. 8.

는 논리와 상징적·암시적 수법 대 민중의 직정언어라는 이분법적 구분을 담고 있다. 전자는 김수영에 대하여 해방 후 모더니즘의 현실감각의 갱신이라는 내용적 긍정의 자리를, 후자는 표현의 난해성과 민중적 언어의 결여라는 방법론적 부정의 자리를 배치한다. 이는 후일 1970년대 문학장에서 김수영에 대한 평가가 첨예하게 충돌하는 기본 좌표가 된다. 한편 김현승의 글은 김수영이 처한 위치를 1930년대 예술파와 사상파라는 대립의 변주 속에서 바라보면서 사회적 사상과 예술적 형식의 동시적 성취라는 성장의 스토리를 만들어낸다. 이는 김수영에 대하여 참여와 예술, 리얼리즘과 모더니즘의 변증법적 통합이라는 현대성의 상상적 완성 단계를 부여하는 기원이 된다. 그런데 두 논자 모두 특정 작품을 언급하며 김수영에 대한 평가와 기대의 비평적 근거로 의미화하고 있다. 『김수영의 문학』에 실린 다른 글들 역시 이러한 방식을 따르고 있는데, 이처럼 권위 있는 논자들에 의해 이루어진 작품의 선택과 배제, 배치와 의미화, 해석과 평가는 그 자체로 정전화 작업의 일환이라 할 수 있다. 따라서『김수영의 문학』에서 높이 평가된 작품 목록을 살펴보는 것은 정전화의 윤곽을 가늠하는 일이 될 것이다.

이렇게 작품의 단순 목록을 통해 의미를 추출해내는 작업이 피상적일 수밖에 없다는 한계에도 불구하고 [표1]에서 발견되는 주목할 만한 점은 김수영에 대한 논자들의 평가 및 입장이 매우 다른 것과 달리 그의 대표적 작품으로 꼽은 목록은 대략적으로 일치한다는 것이다. [표1]에서 세 차례 이상 언급된 작품은 「눈」, 「풀」, 「꽃잎 1, 2」, 「사랑의 변주곡」 네 편으로 추려진다. 그러나 이러한 목록이 곧 김수영의 특정 작품에 내재된 보편적이고 절대적인 가치를 증명하는 것은 아니다. 왜냐하면 김수영을 전유하여 현재적 효과를 창출해내려는 욕망의 벡터가 각기 다름에도 불구하고 대표작의 목록이 어느 정도 일치한다는 것은 동일 작품에 대한 해석과 의미화 작업이 그만큼 치열하게 이루어졌

유종호	「하…… 그림자가 없다」, 「눈」, 「사랑의 변주곡」, 「풀」
김현승	「꽃잎 1, 2」, 「눈」, 「현대식 교량」
백낙청	「폭포」, 「푸른 하늘을」, 「풀」
임중빈	「사랑의 변주곡」
김종철	「풀」
황동규	「눈」, 「꽃잎 1, 2」, 「풀」
염무웅	「도취의 피안」, 「기도」, 「푸른 하늘을」, 「풀」
서우석	「먼 곳에서부터」, 「눈」, 「꽃잎 1, 2」, 「풀」, 「헬리콥터」
김우창	「거대한 뿌리」
김 현	「풀」
김인환	「사랑의 변주곡」
정현종	「어느 날 고궁을 나오면서」, 「설사의 알리바이」, 「거대한 뿌리」
김주연	「설사의 알리바이」

[표1] 1968~1980년대 초반 비평에서 대표작으로 언급된 작품 목록[9]

다는 것을 의미하기 때문이다. 다시 말해 김수영의 정전화 과정은 역사적·문학사적 맥락 속에서 작품에 대한 해석과 재해석이 끊임없이 경합을 벌여온 비평적 투쟁의 장이었다고 말할 수 있다.

김수영의 시가 문학사적 결절점에 응하여 그때마다 새로운 의미로 되살아났다는 것은 곧 내재적인 운동으로서의 그의 시가 사회적이고 역사적인

....

9. 인상비평이나 추억담을 다룬 글을 제외한 본격 비평문 중에 김수영의 시 세계를 의미화하는 가치 평가 속에서 높은 성취와 대표성을 지닌 것으로 거론된 작품의 목록을 논자별로 나열한 것이다. 두 편 이상의 글이 수록된 논자의 경우 각 글에서 언급된 작품 목록을 합쳐서 제시하였다.

요구로서의 언어들에 의해 시 외부의 장소로 불려 나왔다는 사실을 뜻한다. 다시 말해 그의 시는 사회적·역사적 요청으로 특이한 정세 속에서 반복적으로 재의미화되어 왔던 셈이다. … 결국 김수영의 시를 읽는 것은 한 시대가 만들고 열어놓은 의미화의 장 속에서 그의 시의 내재성과 인식 주관이 관계 맺는다는 것을 의미한다. 이 관계 맺음 속에서 김수영의 시는 특이한 생존을 반복하였다.10

김수영의 "특이한 생존"은 그의 정전화 과정이 '김수영'이라는 개인적 신화 만들기를 넘어 한국 현대시의 완성이라는 문학사적 신화 만들기에 관련되어 있다는 것을 보여준다. [표1]의 작품들에 대한 각 논자들의 해석과 평가에는 해방 이후 전개되어온 한국 현대시의 성취에 대한 진단, 그리고 미래적 가능성에 대한 기대와 요청이 복잡하게 얽혀 있다. 김수영은 한국시의 현대성에 대한 비평 담론 속에서 당대의 성취와 한계를 측정하는 가장 믿음직하고 가장 불안정한 지표로서 진동해왔다. 오늘날까지도 김수영은 비평 담론이나 문학사적 쟁점의 고비마다 현대성의 지표이자 참조점으로 호명되고 있다.11 이런 의미에서 김수영은 문학사적 평가가 완료된 하나의 총체로서의 정전이라기보다는 여전히 '다시 읽기'라는 해석의 투쟁 속에 놓여 있는 유동적 텍스트라 할 수 있다. 그러나 문학교육의 장에서 구성된 교육 정전으로서의 김수영은 비평 담론에서와는 다른 양상으로 존재한다.

10. 박수연, 앞의 글, 132~133면.
11. 2000년대 이후 최근까지 문단 및 연구 현장에서 김수영이 중요한 참조점으로 전유되는 현상에 대한 소략한 정리는 졸고를 참고할 수 있다(오연경, 「김수영, 신화인가 현재인가」, 『모든시』, 2018년 가을).

3. 교육 정전과 '하나의 김수영'

정전화 과정에서 개별 작품들의 선택과 배제는 작품 자체의 속성에 대한 가치 판단 이전에 합의된 문학 개념의 전승, 강화, 재생산 여부에 대한 판단으로 이루어진다. 다시 말해 선택과 배제를 통해 구성된 현대시 정전은 특정한 시의 가치와 속성을 보편적인 것으로 정당화함으로써 '시란 이런 것이어야 한다'는 개념과 규범을 유포한다. 이러한 정전화의 기능을 가장 효율적으로 수행하는 것이 제도 교육이다. 근대 이후 학교 교육이 전 국민을 대상으로 한 국민 교육으로 정착되면서, 정전 문제는 공동체 구성원 전체에 대해 정당성을 갖고 권위를 행사해야 하는 정치적 차원을 갖게 되었다.[12] 이에 따라 '교육 정전'이라는 개념이 생겨났는데, 이는 학교 교육에서 교육 목적에 합당하게 정리된 텍스트와 텍스트의 목록, 그리고 해석 텍스트를 말한다.[13] 비평 담론에서 큰 폭으로 진동하던 김수영은 교육 정전화의 과정을 통과하면서 일관된 '하나의 김수영'으로 고정된다. 김수영이 교과서에 처음 등장한 제5차 교육과정 이후 2015개정 교육과정에 이르기까지 교과서에 수록된 김수영의 작품 목록을 살펴보면 비평 담론을 통해 구성된 목록과의 유의미한 차이를 발견할 수 있다.

우선 눈에 띄는 것은 2007개정 교육과정 중학교 3학년 국어 교과서에 「풀」이 수록된 것을 제외하면, 김수영의 시는 주로 고등학교 1학년 <국어>와 2학년 <문학> 과목에서 다루어진다는 점이다.[14] 이는 김수영

---

12. 송무, 「영문학 교육의 정당성과 정전의 문제」, 고려대 박사논문, 1995, 299면.
13. 윤여탁, 「한국의 문학교육과 정전: 그 역사와 의미」, 『문학교육학』 27, 한국문학교육학회, 2008, 138면.
14. 고등학교 1학년 공통 과목인 <국어>는 읽기/쓰기/듣기/말하기/문법/문학의 영역으로 이루어져 있으며, 따라서 국어 교과서에 수록될 수 있는 문학 작품은 양적으로

교과서	수록 작품	5차 (1987~)	6차 (1992~)	7차 (1997~)	2007 개정	2009 (2011) 개정15	2015 개정
국어	폭포	고(상)			고(3종)		
	풀				중3(4종) 고(4종)	고(3종)	
	어느 날 고궁을 나오면서				고(1종)		
	눈						고(2종)
	사랑				고(1종)		
	파밭 가에서				고(1종)		
문학	폭포				2종		2019년 보급 예정
	풀	4종	8종	9종	5종		
	어느 날 고궁을 나오면서					2종	
	눈			6종	4종	3종	
	사랑						
	파밭 가에서					1종	
	푸른 하늘을			3종			

[표2] 제5차 교육과정~2015개정 교육과정 시기 국어 및 문학 교과서에 수록된 작품 목록

시의 난이도에 대한 판단 및 학년별 교육과정에 제시된 성취기준에 따른 선정과 배치로 볼 수 있다. 또 한 가지 주목할 점은 정전의 권위가

적을 수밖에 없다. 이와 달리 고등학교 2학년 교육과정에 해당하는 〈문학〉은 한국문학과 세계문학을 다루지만 주로 한국문학을 중심으로 구성된다는 점에서 〈국어〉보다 훨씬 더 다양한 한국 문학 작품과 본격적인 문학 이론을 수용할 수 있다. 더구나 5차 교육과정 때 처음 신설된 〈문학〉은 그때부터 지금까지 검정 교과서로 발행되고 있어, 다양한 종수의 교과서를 통해 더욱 폭넓은 작품을 수록해 왔다.

15. 2009개정 교육과정은 발표 당시 총론만 먼저 공시되고 2011개정 교육과정에서 각 과목별 교과과정 각론이 공시되었다. 이에 따라 국어과 교과서는 2009개정 교육과정의 총론하에 2011개정 교육과정의 각론에 따라 개발되었기 때문에 사실상 2009/2011을 하나의 교육과정으로 간주해도 무방하다.

높은 국정 교과서에 김수영의 시가 수록된 것은 제5차 교육과정의 「폭포」
가 유일하다는 것이다.16 이 지점에서 품게 되는 의문은 김수영 사후
비평 담론을 통해 김수영 만들기가 한창 전개되던 제3차, 4차 교육과정
시기에 김수영의 작품이 교과서에 수용되지 않았다는 사실과 관련된다.
이러한 의문은 당대에 활동 중이었던 김춘수의 시 「부다페스트에서의
소녀의 죽음」이 제3차 교육과정의 교과서에 수록되었다는 사실과 비교
할 때 더욱 두드러진다. 여기에는 현실 참여적 문학이 가져올 위험성을
경계하는 냉전 이데올로기가 작용하였다고 볼 수 있지만, 그러한 정치적
억압 못지않게 남한 단독정부수립 이후 현대시의 정체성 구축 및 정전
형성의 주도권을 잡아온 순수시론의 뿌리 깊은 검열이 작동했다는 것을
간과할 수 없다.

　단독정부수립 이후 문단의 이원적 대립 구도가 무너지면서 문단의
헤게모니를 장악한 것은 김광섭, 박종화, 정인보, 서정주, 박두진, 박목월
등 청년문학가협회를 중심으로 한 젊은 문인들이었다. 이들은 당시
문단의 재편과정에서 실질적인 권력을 쥐게 되었을 뿐 아니라,17 이념의
제거라는 정치 논리를 문학의 순수성이라는 미학적 논리로 전유한 순수
시론을 적극적으로 구축하였다. 그리하여 객관적 시론을 표방한 순수시
론은 '목적 문학'의 반대편에서 우익의 논리를 뒷받침하는 문학 내적
담론으로서 기득권과 정당성을 획득하였다. 이러한 문협 정통파의 영향

....

16. 국어 교과서는 7차 교육과정까지 국정으로 발행되다가 2007개정 교육과정 이후부터
　　검정으로 바뀌었다. 검정 교과서로 전환 이후 교과서 종의 다양화와 지면의 확보로
　　인해 김수영의 다양한 작품이 국어 교과서에 수록되었지만, 국정 국어 교과서에 수록된
　　김수영의 작품은 제5차 교육과정 시기의 「폭포」가 유일하다.
17. 이들은 해방 이후 중앙문화협회, 조선문필가협회, 조선청년문학가협회, 전국문화단체
　　총연합회의 결성 과정에서 주류를 형성해왔으며, 1949년 남한 문단의 모든 문인들을
　　포괄하는 유일 조직으로 출범한 한국문학가협회가 결성되었을 때에는 회장에 박종화,
　　시분과위원장에 서정주, 외국문학분과위원장에 김광섭, 사무국장에 박목월이 임명되
　　었다. 정재찬, 『문학교육의 사회학을 위하여』, 역락, 2003, 54면 참조.

력은 교과서를 통한 정전 형성에 적극적으로 개입하였으며, 그 결과 전통적 서정성을 확고한 주축으로 삼은 현대시 정전화의 논리가 완성된다. 이러한 논리에 따라 서정주는 1960년대 참여시가 1920년대 사회주의 경향파 문학에서부터 시작된 것으로 보고, 문학주의와 예술주의를 거부하는 사회참여문학의 번잡과 무가치와 해독을 경고하면서 순수문학 옹호론을 펼쳤다.18 특히 그는 이러한 참여문학으로의 '탈선' 원인을 서구 사조에 대한 소화 부족 및 전통과의 단절에서 찾고 있는데, 이는 순수시 중심의 정전화 관습이 모더니즘시와 경향시를 배제해온 논리에 다름 아니다. 따라서 제4차 교육과정기까지 참여시가 배제된 데에는 현실에 대한 비판을 통제해온 국가 이데올로기뿐 아니라, 순수와 참여에 대한 이분법적 가치 판단을 통해 참여시를 예술성과 문학성의 결여로 매도해온 순수시론의 미학적 검열이 작용했다고 볼 수 있다.

김수영의 시는 제5차 교육과정의 국정 교과서에 처음 수록된 이후 문학 교과서를 통해 정전화의 가능성이 타진되었고, 국어 교과서가 검정 체제로 편찬되기 시작한 2007개정 교육과정 이후에야 확고한 교육 정전으로 굳어졌다. 문학교육을 통한 김수영의 정전화에 적용된 선택과 배제의 논리는 역대 교과서의 목록([표2])을 비평 담론의 목록([표1])과 비교함으로써 추론해 볼 수 있다. 요약하면 여러 비평가에 의해 상찬된 「꽃잎 1, 2」, 「사랑의 변주곡」, 「거대한 뿌리」, 「설사의 알리바이」는 배제되었고 「폭포」, 「풀」, 「어느 날 고궁을 나오면서」, 「눈」, 「푸른 하늘을」은 수용되었다. 이 간극에는 학계와 비평 권력의 영향력뿐 아니라 다양한 문학교육의 이데올로기 및 시 장르에 대한 합의된 관습이 복합적으로 작용하고 있다. 이를 분석하기 위해서는 먼저 제5차 교육과정 시기에 김수영의 시가 처음 문학교육에 수용된 배경을 살펴볼 필요가

....

18. 서정주, 「사회참여와 순수개념」, 『세대』, 1963. 10.

있다. 5차 교육과정은 문학교육에 있어서 중요한 분기점을 이루는 교육과
정이다. 이 시기에 <문학> 과목이 신설되었을 뿐 아니라, 1988년 납·월
북 작가의 작품에 대한 해금 조치에 따른 개방적 분위기를 타고 문학
정전에 여러 가지 개혁적인 변화가 일어났기 때문이다. 5차 교육과정에
와서 국어 교과서에 처음 등장한 시인들의 면모를 보더라도 이러한
사실을 파악할 수 있다. 전쟁 이후 이력이 문제되어 배제되었다가 해금
조치와 함께 복권된 정지용 이외에 1960년대 대표적인 참여 시인으로
불리는 김수영과 신동엽, 그리고 1970~80년대 민중의 삶에 대한 애정을
보여준 신경림과 고은의 작품이 처음으로 교과서에 수록되었다. 신비평
적 관점에서 선정된 순수문학 일변도였던 이전까지의 교육 정전에 역사
주의적 전환의 계기가 도입된 것으로 볼 수 있다.

그러나 김수영의 작품 중에서도 「폭포」가 선정된 배경과 이 작품이
교과서에 배치된 양상을 주목해 보아야 한다. 백낙청은 일찌감치 「폭포」
의 우수성을 인정하면서 "단순한 서정을 넘어서 하나의 견고한 지적
스테이트먼트"[19]를 이루고 있다 평하였다. 나아가 이 작품에는 이미
4·19 이후 김수영이 보여줄 현실감각으로의 시적 변모가 예견되어
있었다고 말한다. 여기서 김수영에 대한 평가는 서정-지성-현실감각의
세 축 사이에서 진동하고 있다. 그러나 이러한 문학사적 평가는 문학교육
의 장으로 진입하면서 또 다른 기준에 의한 굴절을 겪게 된다. 「폭포」는
고등학교 국어(상) 교과서의 '6. 시의 세계'라는 대단원에 배치되어 있다.
이 단원은 「시와 언어」(김종길)라는 비평글과 함께 다섯 편의 현대시
작품, 「길」(김소월), 「찬송」(한용운), 「폭포」(김수영), 「오동꽃」(이병기)
으로 구성되어 있다. 이러한 배치와 구성에는 김소월-한용운-김수영으
로 이어지는 현대시의 계보가 전제되어 있다. 한용운과 김수영을 중심으

19. 백낙청, 「김수영의 시 세계」, 『현대문학』, 1968. 8.

로 시민문학의 정체성을 구축하려는 것은 백낙청을 위시한 창비 진영의 초기 담론이었지만, 이러한 진영 논리가 교과서에 그대로 반영된 것은 아니다. 오히려 이때까지도 교과서를 지배하고 있던 정전화의 논리는 문협 정통파로부터 이어져온 강고한 순수주의라 할 수 있다. 이는 선정된 시들이 대부분 고도의 비유와 상징을 사용한 작품으로, 작가나 창작 배경에 대한 정보가 없으면 현실적인 의미가 표면적으로 드러나지 않는 다는 데서도 알 수 있다.[20]

이처럼 현실주의 경향의 작품을 선정하고 배치하는 데 있어서 교과서 는 언어의 운용이나 미적·형식적 특성을 부각시킴으로써 현실 참여적 시를 순수와 서정의 범주 안으로 포섭해낸다. 교과서에 제시된 「폭포」에 대한 해제와 학습 활동을 보면, 이러한 양상을 구체적으로 확인할 수 있다.[21]

이 시는 제목 그대로 폭포를 노래한 것이다. 아찔하게 높은 벼랑에서 순식간에 굴러떨어지는 물줄기의 에너지와 그 굉음(轟音)을 여실히 묘사하 고 있다. 그런데 이 시가 여느 서정시와 사뭇 다른 인상을 주는 까닭은, 폭포라는 아름답고 놀라운 광경에 접해서도 주관적 영탄에 맴돌기를 거부하 고, 물줄기의 낙하(落下)라는 무의미한 자연 현상에서 무엇인가 정신적

....

20. 이러한 작품 선정의 보수성은 신동엽, 고은, 신경림의 교과서 수록작에서도 엿볼 수 있다. 제5차 교육과정의 교과서에 수록된 작품은 신동엽의 「산에 언덕에」, 고은의 「열매 몇 개」, 신경림의 「가난한 사랑 노래」이다. 이 작품들은 현실 인식의 직접적 표명보다는 서정적인 정서와 관조적 성찰이 주된 분위기를 이루고 있는 것들이다. 또한 「산에 언덕에」는 '시와 표현' 단원에, 「열매 몇 개」는 '시의 구성' 단원에, 「가난한 사랑 노래」는 '시의 언어' 단원에 배치되어 있는 것을 보더라도 교과서가 시의 현실 참여적 역할보다는 형식 미학적 특성에 초점을 맞추고 있다는 것을 알 수 있다.
21. 5차 고등학교 국어 교과서에 수록된 김수영 시에 대한 해제 및 학습 활동에 대한 분석은 필자의 박사학위논문에서 일부 가져왔음을 밝힌다. 졸고, 「현대시 정전 형성의 이론화 양상 연구」, 고려대 박사학위논문, 2016.

의미를 찾아내려 고심하고 있기 때문이다. 그것은 개인적 수양을 위한 덕목(德目)이나 보편적 진리·교훈 같은 것은 아니다. 사회 현실에 대한 자각이나, 그런 현실에 대응해서 사람들이 취해야 할 행동 양식 같은 것이다. 그런 면에서 이 시는 감성(感性)보다는 지성이 두드러진 시라 하겠다.[22]

이 글은 김수영의 「폭포」를 해제하면서 "여느 서정시와 사뭇 다른 인상"에 초점을 맞추고 있다. '폭포'라는 소재에 대해 "주관적 영탄"이 아닌 "정신의 의미"를 찾아내려 한다는 점, 그 정신적 의미란 "사회 현실에 대한 자각"이나 현실에 대응하는 "행동 양식"이라는 점을 강조한 후 이 작품을 "감성보다 지성이 두드러진 시"라고 소개한다. 이러한 해제에 따르면 김수영의 「폭포」는 전통에 대한 혁신, 모더니즘적 지성, 현실 참여적 의식을 동시에 감당하는 자리에 배치되어 있다. 그러나 이 시에 대한 학습 활동을 살펴보면 해제에서 말했던 정신적 의미나 사회 현실에 대한 자각보다는 언어의 조직과 표현을 부각시키고 있다.

1. 세찬 물줄기의 낙하 운동을 표현한 곳을 찾아보고, 그것이 폭포의 어떤 면에 관계되는지 말해보자.
2. 폭포를 바라보는 시인의 현기증이나 도취감이 잘 드러난 곳을 찾아보자.
3. 시의 연은 산문의 단락에 해당한다. 이 시의 연에서 시상은 어떻게 전개되었는가?
4. 셋째, 넷째 연에 나오는 '곧은'은 첫째 연의 '곧은'과는 의미상으로 어떤 차이가 있는가?
5. "곧은 소리는 곧은 소리를 부른다"에서, 폭포는 어떤 유형의 인물에 비유되고 있는가?

....
22. 〈작품 해제〉, 『고등국어(상)』(5차), 한국교육개발원, 1990, 141면.

6. 이 시는 평범한 일상어의 산문적 진술에 의존하고 있다. 그런데도 시 특유의 긴장감을 강렬하게 드러내고 있는 까닭은 무엇일까?

이 학습 활동은 폭포에 대한 묘사, 시상의 전개, 반복되는 시어의 의미, 산문적 진술의 특성 등 주로 언어의 조직과 표현 쪽으로 학습 방향을 잡고 있다. "시인의 현기증이나 도취감이 잘 드러난 곳"을 찾아보라는 2번 활동은 폭포에 대한 정서적 몰입을 강조하고 있어, 오히려 이 시의 지적인 태도와는 어긋난다고 볼 수 있다. 그럼에도 불구하고 이러한 활동을 제시한 것은 시의 정서와 그것의 표현 방식을 강조하는 시 교육의 관습에 따른 것이다. 시어의 상징성을 통해 드러나는 현실에 대한 자각이나 비판적 태도를 묻는 것은 5번 활동이 유일하다. 이렇게 볼 때 학습활동은 철저히 텍스트 자체에 충실한 분석과 이해를 강조하는 신비평적 관습을 따르고 있다. 이를 거꾸로 해석하면 「폭포」가 선정된 것은 이 작품이 상징과 비유 등 문학교육에서 시 장르의 특성으로 교육해 온 관습적 특성을 지니고 있기 때문이기도 하다. 이처럼 김수영의 「폭포」는 날카로운 현실 인식보다는 시어의 반복과 상징, 논리적 시상 전개, 이미지의 조직 등 기존 서정시의 어법을 혁신하는 미학적 가능성으로 인해 선정되었다고 볼 수 있다.

그러나 언어적 특수성이라는 선정 근거는 [표1]과 [표2] 사이에 존재하는 간극을 설명해주지 못한다. 전통 서정시와는 다른 김수영 시의 독특한 언어적 특성은 교과서에서 배제된 「꽃잎 1, 2」, 「사랑의 변주곡」, 「거대한 뿌리」, 「설사의 알리바이」 등에도 선명하게 드러나 있기 때문이다. 여기서 해방 이후 국가 교육과정을 통해 문학교육의 주도권을 잡아온 것이 전통 서정파였다는 점을 상기할 필요가 있다. 전통 서정파는 언어의 산문성과 통속성을 경계하며 시의 순수한 본질로서의 서정성을 강조한다. 다시 말해 순수-자연-전통-민족의 가치 체계를 '한국적 서정'으로 구축하는 과정에서 서정성은 한국 현대시의 정체성을 고수하는 내적 원리로 작용해왔다. 그렇다면 「꽃잎 1, 2」, 「사랑의 변주곡」, 「거대한 뿌리」, 「설사의 알리바이」가 교과서에서 배제된 연유는 서정성의 결여에서 찾아볼 수 있다. 더불어 해석의 난해성이 교육 제재로서의 선정을 주저하게 만든 요인이 되기도 하였다. 반면 [표2]의 작품들은 순수-자연-전통-민족의 가치 체계를 만족시키면서 최종적으로 서정의 심급을 통과한 것이다. 또한 교육 제재로 다루어질 수 있도록 정합적 해석이 마련되었기 때문이기도 하다. 해석은 정전화의 원리에 부합할 수 있도록 작품의 가변적이고 예외적인 요소를 효율적으로 관리하고 가공하는 방편이라는 점에서 해석 행위 자체가 정전화의 과정이기도 하다. 따라서 김수영 정전화 과정의 내밀한 속내를 들여다보기 위해서는 문학교육을 통해 특정 작품에 대한 해석이 고착되어 권력을 행사하는 양상을 살펴보아야 한다.

4. 해석의 권력과 장르 이데올로기

문학교육이 학문적 차원에서 본격적으로 논의되기 시작한 이후 오랫동안 문학교육의 실질적 내용을 이루어온 것은 작품 해석 교육에 관한 것이었다.[23] 특히 신비평 이론이 분석주의적 비평 태도를 일컫는 대명사로 수용되면서 우리의 문학교육, 그중에서도 특히 시 교육에 미친 영향은 막대한 것이었다. 신비평의 '자세히 읽기'는 텍스트의 유기적 완결성이라는 가정하에 텍스트의 언어 그 자체에 공적이고 객관적 의미가 새겨져

---

23. 최미숙, 「기호・해석・독자의 문제와 문학교육학」, 『문학교육학』 38, 한국문학교육학회, 2012, 126면.

있다고 전제한다. 이처럼 객관적 의미를 인정하는 신비평적 관점은 텍스트에 대한 학습자의 능동적 참여를 강조하는 문학교육의 변화 속에서도 여전히 해석 교육의 헤게모니를 쥐고 있다. 이에 따라 작품을 읽고 해석하는 방식의 단일화, 즉 하나의 작품에 하나의 정전적 해석이 고정되어 유통되는 구조가 양산되어왔다. 특히 김수영의 정전화 과정에서 어떤 작품을 가르칠 것인가의 문제는 해당 작품을 어떻게 해석할 것인가의 문제와 밀접하게 연관되어왔다. 이는 김수영의 시가 주제와 형식, 목소리와 스타일에 있어서 하나의 경향성으로 수렴되지 않는 세계를 펼쳐 보였기 때문이기도 하고, 고도의 상징성과 난해성으로 인해 시에 대한 해석의 논란이 많았기 때문이기도 하다. 어떤 작품을 선택하느냐뿐 아니라 특정 작품을 어떻게 해석하느냐에 따라 작품들의 집합체와 해석의 의미화로 구성되는 '김수영'이라는 상상적 총체의 변폭이 클 수밖에 없다. 따라서 김수영의 정전화 과정에서는 작품에 대한 해석의 단일성과 정합성의 확보가 작품 선정에 우선할 정도로 해석의 문제가 중점적이었다.

그런데 교육 정전에서 작품의 선정과 해석에 관여하는 또 하나의 고려 요소가 교육과정의 성취기준에 따른 단원 구성 및 배치이다. 작품을 어떻게 배치하고 구성하느냐는 작품의 위상과 성격을 규정할 뿐 아니라 작품에 대한 학습자의 접근 태도를 결정한다는 점에서 중요한 정전화의 기제로 볼 수 있다. 따라서 교과서의 단원 체제 및 구성에 따라 김수영의 시가 선정·조직되는 방식과 변화를 살펴보는 것은 정전화의 토대를 탐구하는 방법이 될 수 있다. 우선 김수영의 시가 폭발적으로 다양하게 수록되기 시작한 제7차 교육과정 시기의 문학 교과서를 살펴보자.

[표3]을 보면 여러 편의 시가 여러 종류의 교과서에 다양하게 수록된 것을 볼 수 있다. 그만큼 교육과정 내용 체계에 따라 구성된 단원에 김수영의 시를 배치하는 방식도 다양하게 이루어졌다. 「눈」이나 「폭포」

수록 작품	교과서	대단원	중단원-소단원
눈	교학사(김)	시 문학과 노래하기	시의 수용과 창작
	교학사(구)	문학의 수용과 창작	문학 작품의 재구성
	블랙박스	문학의 구조와 수용 원리	문학의 미적 구조와 문학성
	문원각	시의 수용과 창작	시의 서정과 시적 자아
	상문연구사	문학과 삶	역사 속의 삶과 문학-현실 극복 의지
어느 날 고궁을 나오면서	지학사(박)	서정 문학의 수용과 창작	주제와 내용
풀	민중서림	한국 문학의 특질과 흐름	광복~1960년대의 문학
	지학사(권)	한국 문학의 특질과 흐름	광복 이후의 문학
	케이스	문화의 흐름과 문학의 양상	가치관의 변화와 문학의 다원화
	중앙교육	문학의 수용	문학 수용의 방법
폭포	디딤돌	문학 작품의 수용과 창작	해방 이후의 문학
	중앙교육	시의 창작	실제로 써 보기
푸른 하늘을	민중서림	문학 활동의 가치와 태도	문학과 공동체의 발전

[표3] 제7차 교육과정 문학 교과서의 바탕글로 선정된 작품과 단원 배치

를 학습자의 경험적·창의적 활동이 중심이 되는 <문학 작품의 재구성과 창작> 관련 단원에 배치한 것은 제7차 교육과정의 개방적 변화를 보여주는 것이기도 하다. 그러나 김수영의 대표작인 「눈」과 「풀」이 배치된 방식에서 일정한 구조화와 그것을 뒷받침하는 관습적인 해석의 논리를 짐작할 수 있다. 「눈」은 주로 <문학의 수용과 창작> 단원에, 「풀」은 주로 <한국 문학의 흐름> 단원에 배치되어 있는 경향성을 발견할 수 있다. <문학의 수용과 창작>은 각 장르의 성격과 특징에 따라 작품을 수용하는 방법을 학습하는 단원이다. 이에 따라 「눈」은 상징, 비유, 이미지, 미적 구조, 시적 화자의 정서 등 서정 장르의 특성을 학습하기 위한 제재로 선정되었다는 것을 알 수 있다. 반면 「풀」은 <한국 문학의

흐름> 단원에 배치됨으로써 해방 이후 1960년대 참여시를 대표하는 시사적 지위를 부여받게 된다. 이러한 시사적 자리매김을 위해서 교과서는 '풀'을 민중의 상징으로 간주하는 우의적 해석을 채택하였고 그것을 「풀」에 대한 단일한 해석의 방편으로 간주해왔다. 그러나 「풀」은 이미 김수영의 죽음 직후부터 다양한 해석 논쟁이 촉발되어 지금까지도 새로운 관점에서의 연구가 제시될 만큼 함의가 풍부한 작품이다.[24] 그럼에도 불구하고 교과서는 지금까지도 '풀=민중'이라는 우의적 상징에 기댄 해석만을 단일하게 고수하고 있다. 「풀」에 대하여 어떤 현실적·정치적 함의 없이도 읽어낼 수 있는 다양한 해석이 존재하지만, 교과서는 여전히 「풀」을 김수영 참여시의 대표작으로 전승할 수 있는 해석만을 승인하고 있는 것이다.

그런데 [표2]를 보면 김수영 작품 정전의 중심이 「풀」에서 「눈」으로 이동하고 있는 경향을 발견할 수 있다. 제5차 교육과정부터 2007개정 교육과정에 이르기까지 선정 횟수와 수록 종수로 볼 때 김수영의 수록 작품 중 「풀」이 가장 높은 비중을 차지하고 있다. 그러나 2011개정 교육과정 이후 「풀」의 수록 빈도가 줄어든 것과 달리, 제7차 교육과정 때 문학 교과서에 처음 수록된 「눈」은 2011개정 교육과정에 이르기까지 꾸준히 높은 빈도로 선정되고 있다.[25] 그렇다면 「눈」의 단원 배치에 어떤 변화가 있는지 살펴볼 필요가 있다. 가장 최근의 교과서인 2011개정 교육과정에 따른 문학 교과서의 구성을 보자.

....

24. 「풀」에 대한 해석과 연구의 풍부함을 증명하기 위해서는 김수영의 「풀」 한 편에 대한 연구사를 다룬 단행본이 출간되어 있다는 사실만으로도 충분할 것이다. 강웅식, 『해석의 갈등──김수영의 풀 다시 읽기』, 청동거울, 2004.
25. 「눈」은 2015개정 교육과정에 따른 국어 교과서에 유일하게 수록된 작품이라는 데서도 이러한 경향성을 발견할 수 있다. 2015개정 교육과정에 따른 문학 교과서는 2019년 보급 예정으로 검정을 통과한 모든 종류의 교과서 목록 및 수록 작품 파악이 아직 어려운 상태이다.

수록 작품	교과서	대단원	중단원-소단원
눈	지학사(권)	한국 문학의 갈래와 흐름	근현대 문학-광복 이후의 문학
	창비	한국 문학의 역사	해방 이후의 문학
	상문연구사	한국 문학의 역사	현대 문학
어느 날 고궁을 나오면서	신사고	한국 문학의 범위와 역사	한국 문학의 흐름과 사회
	천재(정)	문학과 삶	문학과 공동체-문학과 삶의 다양성
파밭 가에서	비상(우)	문학의 수용과 생산	문학 작품의 구성 원리

[표4] 2011개정 교육과정 문학 교과서의 바탕글로 선정된 작품과 단원 배치

[표4]를 보면 문학 교과서가 한 권으로 통합되어 수록 제재의 양이 축소됨에 따라 [표3]과 비교하여 김수영의 수록 작품도 확연히 줄어든 것을 볼 수 있다. 이와 함께 김수영의 시는 선정된 작품이 무엇이든 주로 <한국 문학의 역사> 단원에 고정적으로 배치되는 것을 볼 수 있다. 이에 따라 제7차 교육과정의 교과서에서 강조했던 상징이나 이미지와 같은 「눈」의 표현 기법은 참여 시인이라는 김수영의 문학사적 위상을 뒷받침하기 위한 역사주의적 해석의 도구로 사용된다. "'눈'과 '가래'의 대립 구도→부정한 현실에 대한 비판과 저항→순수하고 가치 있는 삶에 대한 소망"이라는 교과서식 해석은 김수영을 참여 시인으로, 「눈」을 현실 참여적인 시로 자리매김하기 위한 완강한 틀로 작용해왔다. 그러나 교과서가 전승해온 이러한 해석에 대해 지금까지 여러 차례의 지적과 비판이 있었다.[26] 특히 "죽음을 잊어버린 영혼과 육체"에 대한 교과서의 해석이 심각한 오류를 안고 있는 것으로 밝혀졌음에도 불구하고[27] 이러한 해석은 교사용 지도서나 시중의 참고서, 인터넷 자료 등을 통해

26. 이남호, 『(교과서에 실린) 문학 작품을 어떻게 가르칠 것인가』, 현대문학, 2001.
27. 박수연, 「강요된 개성과 미완의 보편──김수영의 「눈」과 「사랑」에 대한 교육에서 제기되는 문제를 중심으로」, 『한국문학논총』 78, 한국문학회, 2018. 4.

여전히 유통되고 있다.

이상에서 보듯 김수영의 정전화 과정에는 특정한 해석과 평가의 틀이 정전화의 기제로 작용하고 있다. 한편에서는 1960년대 참여시라는 평가를 위해 외재적 정보를 끌어들인 역사주의적 해석이 적용되고, 다른 한편에서는 장르의 형식 문법을 강조하는 시 교육의 오랜 관습에 따라 신비평적 분석이 적용된다. 특히 김수영의 텍스트에서 리듬이나 반복과 같은 종합적 특성보다 상징, 비유, 이미지, 구조와 같은 분석적 특성이 더 주목을 받은 것 역시 신비평적 해석의 관습이 개입한 것이다. 이러한 해석과 평가, 특정 속성의 선택과 가공은 문학교육의 목적, 의도, 교수학습 방법, 그리고 무엇보다 문학교육이 전제한 문학관에 의해 구성된 것이다. 이러한 목적론적 구성은 때로 작품의 이해를 왜곡하거나 심지어 해석의 오류를 묵인하는 방식으로 유지되기도 한다. 그뿐만 아니라 교과서가 작품 선정과 배치를 통해 구성해낸 김수영은 외적 정보나 문학사적 지식, 그리고 전문적 분석 능력 없이는 이해할 수 없는 대상이다. 이러한 교과서의 배치와 해석은 그 자체로 학습자를 학문적 권위와 시학의 전통에 복종시키는 권력으로 기능하게 된다.

정리하면 '김수영=참여 시인', '「눈」, 「풀」=참여시'라는 명제를 참인 것으로 전승하면서, 그것을 뒷받침할 근거를 신비평적 분석 방식에서 가져와 교과서적 해석의 관습을 유포해온 것이 김수영 정전화의 원리라 할 수 있다. 이 지점에서 다시 한 번 비평 담론의 목록([표1])과 교과서 목록([표2]) 사이에 존재하는 간극을 상기해 볼 필요가 있다. 「눈」(1957), 「폭포」(1957), 「푸른 하늘을」(1960), 「어느 날 고궁을 나오면서」(1965), 「풀」(1968)이 김수영의 대표작으로 지금까지도 교과서에 선정되는 이유는 앞서 말한 정전화의 원리에 따른 것이다. 즉 시에 나타난 상징적 시어를 역사주의적 관점으로 해석하여 김수영의 대표작들을 현실 참여적인 시로 자리매김해온 것이다. 그런데 대표작들의 창작 연도를 보면

4 · 19 혁명 이전에 쓰인 것이 더 많다. 대부분의 교과서는 김수영에 대해 '초기의 모더니스트에서 4 · 19 혁명 이후 참여 시인으로 변모했다' 라고 소개한다. 이러한 성장의 서사는 1956년부터 1968년 사이에 창작된 김수영의 시를 모두 참여시라고 규정하는 교과서의 논리와 맞지 않는다. 실제로 4 · 19 혁명 이전의 시에 나타나는 설움이나 소시민성과 같은 김수영의 현실 인식은 참여 의식과는 다른 것이었다. 그렇다면 교과서는 현실 참여적 함의를 가질 수 있는 상징성이 강한 작품을 선정, 거기에 역사주의적인 해석을 입혀 '참여 시인 김수영'이라는 상상적 총체를 구성해낸 것이라 볼 수 있다.

　여기에 김수영 정전화의 두 번째 원리가 있다. 이는 「꽃잎 1, 2」, 「사랑의 변주곡」, 「거대한 뿌리」, 「설사의 알리바이」가 교과서의 정전이 되지 못한 이유에서 찾아볼 수 있다. 교과서에 수록된 대표작과 비교해 볼 때 이 작품들은 산문적이고, 표준적인 단시 형태에서 벗어나 있으며, 언어의 범속화를 실천하거나, 전통을 외면하고 외래적인 것으로 실험을 하거나, 현실을 직접적 · 통속적으로 다루고 있다. 다시 말하면 모더니즘 적 특성이 강하다고 볼 수 있다. 앞 장에서 살펴보았듯이 교육과정 초기부터 문학교육을 통해 전통적 순수시를 주류로 재편해온 문협 정통 파는 언어의 산문성과 통속성을 억압하고 시의 순수한 본질로서의 서정 성을 강조해왔다. 그리하여 순수-자연-전통-민족의 가치 체계에 부합 하는 '한국적 서정'은 한국 현대시의 정체성으로 내면화되었다. 전통 서정파는 1950년대 모더니즘 논의에서 제기된 지성에 대한 요청을 서정 의 고도화로 번역하고자 하였다. 교과서에 수록된 1950년대 모더니즘시 의 면모를 살펴보면 현실에 대한 부정 정신이나 산문적 실험 정신은 배제되고 이미지의 감각적 · 지적 구성 방법만이 시의 미적 형식으로 수용되었다는 것을 알 수 있다. 따라서 교과서에 선정된 김수영의 대표작 역시 이러한 전통적 시학의 관점과 미적 보수성에 의해 걸러진 것이며,

교과서의 서정 중심적 체계에 편입될 수 있도록 해석의 가공을 거친 것이다. 이것이 현대시 교육을 통해 구성되고 재생산되어 온 장르 이데올로기라 할 수 있다.

5. '김수영'이라는 거울

리얼리즘과 모더니즘의 이분법을 넘어 한국시의 현대성을 모색하고자 했던 김수영은 문단의 각기 다른 진영에서 동시에 환영받았으며, 특정 텍스트와 해석에 근거하여 '각자의 김수영'으로 거듭났다. 모더니스트 김수영과 참여 시인 김수영 사이에서 진동하면서, 김수영이라는 텍스트는 다시 읽히고 달리 읽히고 새롭게 읽혀 왔다. 이러한 김수영 현상을 일찍이 황동규는 '거울'에 빗대어 말한 바 있다.

> 크든 작든, 의미 있는 문화현상은 그 자체가 하나의 발광체이며 동시에 거울이다. 발광체로서 그것은 한 시대의 정신의 진로 수정과 확대에 참여하며 창조행위에 직접간접으로 영향력을 행사한다. 그리고 거울로서 그것은 자신을 들여다보는 정신들의 모습을 되비추어 주는 역할을 하는 것이다. 다시 말해서 김수영에 대해 쓰어진 글들은 김수영 이해에 도움을 줄 뿐만 아니라 쓴 사람들의 정신의 모습을 강력히 반사해주는 것이다. 물론 모든 글이 저자의 정신 상태를 반영한다고 말할 수 있겠지만, 김수영의 경우는 그것이 더욱 선명하고 도가 강하다. 예를 들어 김소월이나 서정주에 대한 글은 자신을 드러내지 않고도 가능하지만, 김수영의 경우는 힘든 것이다. 그는 잘 닦여진 거울이다.[28]

....

28. 황동규, 앞의 글, 7~8면.

황동규의 말처럼 김수영은 "잘 닦여진 거울"이다. 김수영에 대한 비평과 해석은 김수영에 대한 이해를 넘어 담론 생산자의 욕망과 이데올로기에 대한 이해를 가능케 한다. 따라서 김수영의 교육 정전화 과정을 분석하는 것은, 현대시 교육이 승인해온 한국시의 정체성 및 그것을 구성해온 내적 원리를 선명하게 들여다보는 일이 된다. 조남현은 「우상의 그늘」이라는 평문에서 "김수영의 시는 시의 관습을 충족시키는 부분이 없는 시의 위험 수위"를 보여준다고 말하였다.29 이 말은 김수영의 시를 비판하기 위한 것이었지만, 거꾸로 해석해 보면 김수영의 시가 시 장르의 관습과 경계를 의심하고 실험하는 현대성의 모험으로서 전통적 시 장르의 이데올로기를 위협한다는 의미이기도 하다. 김수영이 한국시의 현대성을 가늠하는 척도로 서 있는 지점이 바로 여기이다. 김수영의 시는 전통적인 시의 관습을 거부하며, '시적인 것'의 실체를 의심하는 힘으로 그것의 본령을 재구축해왔다. 이러한 김수영의 시는 시 장르의 관습을 유지하고 시의 전통적 개념을 재생산하는 교육 정전화의 논리와 충돌할 수밖에 없다. 따라서 문학교육을 통한 김수영의 정전화 과정은 그의 다변적인 작품 세계를 전통적인 시 장르의 이데올로기에 의해 선별·배치·해석·가공해온 과정이라고 할 수 있다.

이렇게 볼 때 김수영의 어떤 시가 교과서에 선정되고, 그렇게 선정된 시가 어떻게 해석·배치·평가되었는가를 살펴보는 것은 우리 시의 어떤 속성이 시적인 것으로 선택되고 어떤 속성이 비(非)시적인 것으로 배제되었으며 어떤 속성이 어떻게 관리·가공되었는지를 알게 되는 일이다. 김수영의 시가 수용되고 해석될 때 견뎌야 하는 전통 시학의

....

29. 조남현, 「우상의 그늘」, 『심상』, 1978. 10.

온도와 압력은 여전히 작동하고 있는 시 장르의 이데올로기이며, 바로 이 지점이 한국 현대시가 도달해 있고 넘어서려 하는 갱신의 지점이라고 할 수 있다. 김수영의 정전화 과정은 시에 대한 통념을 갱신하고 시의 가치와 미학적 가능성을 개척해온 한국시의 전개 과정과 맞물려 있다. 그런 의미에서 최근 교과서에 새롭게 수록되기 시작한 「파밭 가에서」와 「사랑」은 '참여시'라는 규범적 해석에서 벗어날 가능성과 학습자의 경험적 해석에 열려 있을 가능성 면에서 김수영 정전의 변화를 가늠하게 해준다. 특히 김수영의 「사랑」은 특유의 애매성과 역설적 사유로 인해 정합적 해석이 주어지기 어렵다는 난점이 있다.30 그럼에도 불구하고 이 시가 관습적 해석의 검열과 장르 이데올로기의 억압을 뚫고 김수영이라는 상상적 총체에 균열을 가한다면 김수영은 한국 현대시사에서 더욱 풍요로운 정전이 될 것이다.

....

30. 김수영의 「사랑」은 2007개정 교육과정에 따른 국어 교과서에 처음 등장했고, 이번 2015개정 교육과정에 따라 개발되어 2019년 사용 예정인 문학 교과서(창비)에 바탕글로 수록되었다. 「사랑」의 문학교육적 함의와 교수학습 방법을 다룬 연구로 박수연의 논문(위의 글, 2018)과 조은영의 논문(「'삶의 이해와 성찰'을 위한 문학교육 제재로서의 김수영의 시 「사랑」 분석」, 『고려대학교 한국어문교육연구소 학술발표논문집』, 2018)이 있다.

2부 시와 삶의 이념

김수영 문학에서 '시인'과 '시쓰기'의 의미
― 문학적 견유주의를 위한 시론1

고봉준

니체에 따르면 예술가 혹은 철학자는 문명의 의사이다.

― 질 들뢰즈, 『대담』

1.

질 들뢰즈(Gilles Deleuze)는 니체적 징후학을 계승해 예술가(와 철학자)를 '문명의 의사'라고 평가했다. 예술가는 정신분석학에서 이야기하는 '환자'일 때조차 '의사'라는 이 당혹스러운 주장2은 '예술'은 물론 '예술가'에 대한 담론으로 이해되어야 한다. 왜 들뢰즈는 예술가를 의사라고, 그것도 한 개인의 질병이 아니라 '문명'의 질병을 치유하는 의사라고 주장했을까? 자흐 마조흐를 가리켜 '징후학자'라고 표현한 것에서 드러나듯이, 들뢰즈는 '문학(예술)'을 정신착란의 일종으로 간주한다.

....

1. 견유주의 특징에 대해서는 전혜리, 「미셸 푸코의 철학적 삶으로서의 파레시아」, 이화여대 석사학위논문, 2015 참고.
2. "작가는 환자가 아닐 뿐만 아니라 오히려 의사, 아니 자기 자신과 세계를 치료하는 의사인 것이다. 세계는 병이 인간과 뒤섞이는 증상들의 총체이다." 질 들뢰즈, 『비평과 진단』, 김현수 옮김, 인간사랑, 2000, 20면.

그것은 지배적인 질서와 상식, 지배적인 표현 형식으로 표상되는 권력에 복종하지 않는다는 점에서 '병'으로 간주될 수 있지만, 지배적인 것, 상식적인 것을 당연하고 정상적인 것으로 받아들이는 감각 자체에 문제가 있음을, 한 사회가 '질병'에 대한 감각을 상실함으로써 병적 상태를 정상 상태로 받아들이고 있다는 사실을 폭로한다는 점에서 '의사'라고 말할 수도 있다. "모두가 병들었는데 아무도 아프지 않았다"(「그날」)라는 이성복의 진술과 "나는 타락해 있는 것이 아닌가. 나는 마비되어 있는 것이 아닌가. (…중략…) 마비되어 있지 않다는 자신에 마비되어 있는 것이 아닌가"(「삼동 유감」)라는 김수영의 진술은 질병을 앓는 주체는 차이가 있지만, '질병' 상태에 대한 자의식을 강조한다는 점에서는 일맥 상통한다. 상식을 벗어나는 방식을 통해 아무도 '병'을 감각하지 못하는 상태에 대해 문제를 제기하는 것, 그 '건강'으로서의 예술, 이 인류의 '파수꾼=의사'의 형상이야말로 들뢰즈가 "문학은 정신착란이다"라는 진술을 통해 주장하려던 것이다.3

김수영에게 있어서 '문학', 특히 '시'와 '시인'의 위상도 이와 유사했다. 물론 김수영에게 '문학'이 '상식'에 저항하는 정신착란이었다고 단정하기는 어렵다. 하지만 그가 '시'와 '언어'에 부여된 동시대의 질서와 상식에

··············

3. "문학은 정신착란이다. 이런 이유로 해서 문학은 정신착란의 두 극(極) 사이를 움직인다. 정신착란은 병이다. 특히 정신착란은 이른바 순수하고 우세한 종족을 세울 때마다 일어나는 병이라 할 수 있다. 그래도 정신착란은 건강이 척도이다. 이때 정신착란은 지배에 의해 끊임없이 흔들거리고, 억누르고 가두는 모든 것에 대해 쉴 새 없이 저항하고 과정으로서의 문학 속 움푹한 곳에 끊임없이 모습을 드러내는 억압받는 잡종의 종족을 내세운다. 거기에서도 병적 상태는 과정 혹은 생성을 방해할 가능성이 항상 있다. 그런데 건강과 운동경기에 대한 것과 동일한 애매모호함을, 순종의 정신착란이 잡종의 정신착란과 뒤섞여서 문학을 일종의 잠재적 파시즘 쪽으로 이끌어갈지 모른다는 항구적인 위험을, 병에 대한 진단과 투쟁을 무릅쓰고 문학이 맞서 싸우는 병을 볼 수 있다. 문학의 궁극 목적은 정신착란으로부터 이러한 건강 창조나 민족의 창출, 다시 말해서 삶의 가능성을 이끌어내는 것이다." 질 들뢰즈, 같은 책, 19~20면.

복종하기를 거부했음은, 그 저항을 통해 언어의 자유, 자유의 언어를 갈구한 것은 분명한 사실이다. 이때의 저항을 어떤 것에 맞선다는 의미에서 '부정적인 것'이라고 말할 수도 있겠으나, 상황을 변화시키고 재창조시킨다는 점에서 '창조적인 것'이라고 말할 수 있을 것이다. 김수영은 '시'를 통해서 이러한 저항을 직접 행하기도 했지만, 특히 산문에서 자세하고 분명한 논의를 전개했다. 이 글은 김수영이 산문에서 '시'와 '시인'을 어떻게 규정했고, 그것이 김수영의 '문학'과 '삶'에서 어떤 의미를 갖는 것이었는가를 살펴볼 것이다.

왜 '시'에 국한되지 않고 '시인'을 포함하는지, 왜 '문학'이 아니라 '문학과 삶'인지 의문이 제기될 수도 있다. 그것은 김수영에게 '문학'은 단순히 문자 행위만이 아니라 '언어'의 자유를 쟁취하기 위해, '문화'의 후진성을 극복하기 위해, 그리고 일체의 이데올로기적 속박에서 벗어나기 위해 싸우는 일체의 행위를 포괄하는 것이었기 때문이다. 미국의 철학자 리처드 슈스터만은 예술을 하나의 '경험'으로 파악하는 프래그머티즘의 전통 속에서 '포이에시스(제작)로서의 예술'을 주장한 아리스토텔레스주의 전통을 비판하면서 '프락시스(실천적 행위)로서의 예술'을 주장했다. 다케다 히로나리(武田宙也)는 슈스터만의 주장을 이렇게 요약한다. "포이에시스란 제작의 행위나 행위 주체로부터 분리된 외적인 대상의 제작을 목적으로 하는 것이며, 거기서 행위 주체는 자신의 제작물로부터 영향을 기본적으로는 받지 않는다. 그에 반해 프락시스는 행위 주체의 내적 속성에서 유래하며, 또한 거꾸로 그 형성을 돕는 것이다. 이런 의미에서 프락시스로서의 예술이란 행위 주체와 그가 산출하는 것이 불가분한 생산과정이다."[4]

미셸 푸코는 1970년대에 접어들어 이전 시기와 달리 '미학'의 실존적

....
4. 다케다 히로나리, 『푸코의 미학』, 김상운 옮김, 현실문화, 2018, 24면.

사용을 강조하기 시작했다. 여기에서 말하는 '미학'은 포이에시스(제작)와 아이스테시스(감각)를 자기 형성의 능동적 과정으로 간주하는 것으로, 흔히 '실존의 미학'이나 '미학적 실존'이라고 규정할 수 있다. 예술과 참된 삶의 순환적 구조, "자신의 삶을 하나의 예술작품으로 한다."라고 요약할 수 있는 이 주장5의 핵심은 '미학'이라는 개념의 그리스적 용법을 전유하는 것에서 시작되고, 이러한 기획은 '자기 배려'라는 후기 푸코의 관심과 일맥상통한다. 하지만 예술을 외부적인 대상을 제작하는 기능적 문제가 아니라 삶의 문제로, 그리하여 자신의 삶을 가꾸고 변화시키는 것을 예술적 실천으로 간주하는 태도는 근대 이후 미학사에서 분명한 흐름을 형성해왔다. 19세기 이후 이것은 '예술가의 삶'이라는 문제의식으로 집약되었으니, 보들레르의 '댄디즘'이 그 출발점에 위치하고 있다. "예술가와 예술의 이 동일성은 서구에서 '예술로서의 삶'에 해당하는 최초의 개념으로 드러난다. (…) 예술로서의 삶이란, 삶이 예술에 바쳐지는 것이 아니다. 예술이 삶에 적용되는 것이다."6 보들레르의 댄디즘이 '예술가의 삶'에 대한 최초의 근대적 모델이었다면, 예술을 "삶의 위대한 자극제"7로 간주한 니체의 미학적 건축술에서부터 1950~60년대 실존주의자 예술가들의 사유까지도 동일한 계보로 해석할 수 있다.

  '미학'이라는 문제를 둘러싸고 생겨난 이러한 계보학적 투쟁은 철학,

. . . .

5. "내가 강조하는 것은, 우리 사회에서, 예술이 대상들에만 연관되고 개인이나 삶에 연관되지 않는 어떤 것이 되었다는 사실이다. 그런 예술은 예술가인 전문가들을 통해 특수화되거나 시행된 어떤 것이다. 그런데 모든 사람의 삶이 하나의 예술작품일 수는 없을까? 등잔이나 집은 예술의 대상이 되는데, 왜 우리의 삶은 예술의 대상이 되면 안 되는가?" 재커리 심슨, 『예술로서의 삶』, 김동규 옮김, 갈무리, 2016, 450면에서 재인용.
6. 재커리 심슨, 『예술로서의 삶』, 김동규 옮김, 갈무리, 2016, 45면.
7. "예술이란 삶에 대한 커다란 자극제이다. 그것이 어떻게 무목적, 무목표로서, 어떻게 예술을 위한 예술로서 생각될 수 있을까?" 니체, 『우상의 황혼/반그리스도』, 송무 옮김, 청하, 1995, 86면.

역사, 문학 등에서 흔히 목격되는 개념의 해석적 전유과정과 닮았다. 가령 장-뤽 낭시는 『철학의 망각』에서 '기호의미(시니피까시옹)'와 '의미(상스)'의 차이에 초점을 두고 두 가지 관점에서 철학을 구분했다. "기호의미를 만드는 욕망이나 의지"로서의 철학이 그 하나이고, "기호의미를 초과하는 의미에 요구에 따라서 결정된" 철학이 다른 하나이다. 미셸 푸코 역시 '파레시아'에 관한 글에서 철학을 두 가지로 구분했다. 객관적인 태도로 진리를 탐색하는 방식으로서의 철학이 그 하나이고, 진리 자체를 실행하는, 삶과 지식이 분리되지 않는 진리를 살아내는 방식으로서의 철학이 다른 하나이다. 그에 따르면 이 후자의 기원은 견유주의이다. "예술가의 삶이라는 주제는 결국 두 가지 원칙에 의거한다. 예술은 실존에 대하여 다른 모든 형식과 대립하는 하나의 형식, 즉 진실한 삶의 형식을 부여할 수 있다는 것이 첫 번째 원칙이고, 예술가의 삶의 방식은 그 삶에 뿌리내린 모든 작품이 예술의 영역에 귀속되도록 보증한다는 두 번째 원칙이다."8 푸코는 이러한 시각에서 보들레르, 플로베르, 마네 등의 예술에서 실존의 폭로로서의 예술이라는 의미를 읽어낸다.

2.

'시'를 '자유'를 위한 싸움으로 간주했던 김수영 역시 '예술가의 삶'의 계보에 속한다. 그에게 문학은 미학이 아니라 삶의 문제였다. 많은 선행연구들이 지적하고 있듯이, 김수영 문학의 핵심은 '자유'와 '사랑'이라고 말할 수 있다. '식민지-해방-한국전쟁'으로 이어지는 긴 역사적 질곡을

....
8. 전혜리, 앞의 논문, 73면.

지나오면서 김수영은 한국사회의 문화적 후진성과 속물근성, 자본주의와 반공 이데올로기 등에 절망했고, 특히 한국전쟁부터 사망할 때까지 우리 사회의 강력한 초자아 역할을 수행한 반공 이데올로기, 그것에서 비롯되는 언론 및 사상의 '자유'의 부재에 맞서 싸웠다. 그는 자신의 문학은 물론, 시인의 존재 이유와 영예가 이러한 사회적·정치적 억압에 도전하고, 그것을 돌파하여 '자유'를 실행하는 것에 있다고 주장했고, 이러한 자유에의 투쟁과 실행의 흔적이 없는 시(인)는 무가치한 것이라고 판단했다.

　김수영을 읽을 때 우리가 주의해야 할 점은 그가 '시'를 단순한 언어행위로 제한하지 않았다는 사실이다. "행동을 위한 밑받침. 행동까지의 운산(運算)이며 상승. 7할의 고민과 3할의 시의 총화가 행동이다. 한 편의 시가 완성될 때, 그때는 3할의 비약이 기적적으로 이루어질 때인 동시에 회의의 구름이 가시고 태양처럼 해답이 나오고 행동이 나온다. 시는 미지의 정확성이며 후퇴 없는 영광이다"(「시작노트 2」)라는 주장처럼 그에게 '시'는 '행동'과의 연속성 하에서 이해된다. 그에게 '시'와 '언어'는 우리가 '예술' 혹은 '문학'이라는 말로 이해하는 제한적인 범위와 일치하지 않는다. 그것은 언어를 통한 '자유'의 실천이고, 나아가 삶을 통한 '행동'으로서의 자유의 실행이다. 이 때문에 그에게는 '시'도 문제이지만 '시인'이라는 존재, 즉 '예술가의 삶'의 문제가 중요한 관심사가 된다.

　(1) 지금 이쪽의 젊은 학생들은 바로 시를 실천하고 있기 때문이오. (「저 하늘 열릴 때」)

　(2) 그것(학생들의 외침: 인용자)은 대부분의 정치인들이 상식적으로 피상적으로 받아들이고 있는 자유의 죽은 관념이 아니라는 것을 알아야 한다. 그들은 시를 이행하고 있는 것이고 진정한 시는 자기를 죽이고 타자가

되는 사랑의 작업이며 자세인 것이다. (「로터리 꽃의 노이로제」)

(3) 시를 行할 수 있는 사람이 있으면 4월 19일이 아직도 공휴일이 안 된 채로, 달력 위에서 까만 활자대로 아직도 우리를 흘겨보고 있을 리가 없다. (…) 가장 진지한 시는 가장 큰 침묵으로 승화되는 시다. 시를 行할 수 있는 사람의 경우를 생각해 보더라도 지금의 가장 진지한 시의 행위는 형무소에 갇혀 있는 수인(囚人)의 행동이 극치가 될 것이다. 아니면 폐인(廢人)이나 광인(狂人). 아니면 바보. (「제 정신을 갖고 사는 사람은 없는가」)

(1)은 5 · 16 군사쿠데타가 발발하기 직전에 <민족일보>에 발표한 산문으로, 이 글에서 김수영은 월북 문학인 김병욱에게 보내는 편지 형식을 빌려 4 · 19 이후 학생들의 투쟁을 격찬하고 있다. 4 · 26 사태, 즉 이승만의 하야 이후 서울대 정치학과를 중심으로 통일운동이 제안될 때 등장한 구호가 '가자 북으로, 오라 남으로, 만나자 판문점에서'였음을 고려하면, 이 시기에 김수영이 월북 문학인에게 보내는 편지를 통해 남한의 현실과 통일 이후의 세상에 대한 전망을 토로하는 것이 지극히 당연해 보인다. 김수영은 학생들의 정치적 활동을 '시'의 '실천'이라고 쓰고 있다. 한편 1967년 7월에 쓴 (2)는 "6 · 8 파동", 흔히 3 · 15 부정선거 (1960) 이후 최대의 부정선거라고 평가되는 제7대 국회의원 선거가 배경이다. 당시 집권세력인 공화당은 박정희의 장기집권을 위해 3선 개헌을 준비하기 위해 광범위한 선거부정을 저질렀고, 그것은 결국 엄청난 국민적 저항을 불러왔다. 이에 정부는 동백림 사건을 비롯한 간첩조작사건을 터뜨려 국면전환을 시도했는데, 이 산문에서 김수영은 "학생과 정부와의 끈질긴 대결이 곤봉과 돌팔매질로 서로 겨루고 있"음에도 불구하고 "시의 임무를 다하지 못한 죄, 자유를 이행하지 못하고 있는 죄, 6 · 8 사태에 성명서 하나 못 내놓고 있는 죄, 그리고 이 죄를 남(이를테면 대중가요)에게 전가하려고 하는 죄"에 대해 자기비판을

수행하고 있다. 그러면서 김수영은 학생들의 행동을 "시를 이행하고 있는 것"이라고 평가하는데, 여기서의 '이행'이 (1)에서의 '실천'과 다른 것이 아님은 충분히 짐작할 수 있다.

(3)에서는 "제정신을 갖고 사는 사람은 없는가"라는 물음을 "시를 행할 수 있는 사람은 없는가"로 바꿔서 생각해보자고 제안한다. 1966년 5월에 발표된 이 글에서 김수영은 시인, 특히 "시인다운 시인"을 "정의와 자유와 평화를 사랑하고 인류의 운명에 적극 관심을 가진, 이 시대의 지성을 갖춘 시정신의 새로운 육성을 발성할 수 있는 사람"이라고 규정하고 있다. 왜 김수영은 '제정신'을 찾는 것일까? 그것은 1966년의 현실적 상황, 그러니까 4·19는 아직 '공휴일'로 지정되지 못했고, 통행금지는 해제되지 않았으며, 1966년 2월 13일 거행된 순정황후 윤비(한일합방 당시 친일파에 저항한 것으로 유명함)의 국장은 정치적 쇼로 전락했고, "신문은 감히 월남 파병을 반대하지 못하고, 노동조합은 질식 상태에 있고, 언론 자유는 이불 속에서도 활개"를 못 치고 있는 현실을 환기한다. 정치적 현실에도 불구하고 지식인들의 술자리에서는 '언론 자유' 이야기를 꺼내는 것이 눈총을 받아야 하는 일이 되고, 심지어 작가들 중에 "돈놀이를 하는 사람"이 등장한 현실 때문이다. 김수영에게 '시'는 이런 부정적 현실의 반대편에서 울려 퍼지는 '자유'를 향해 외침이니, 눈앞의 질서와 현실을 수락하지 않는 행위, 즉 "시의 행위"는 수인(囚人), 폐인(廢人), 광인(狂人)에게서 극치에 이를 것이라는 주장이다. 사정이 이러하므로 김수영에게 '시'란, '시를 쓰는 일'이란 백지 위에 글자를 쓰는 문자 행위로 환원되지 않는다. "<시>의 이행은 시인, 소설가, 화가, 비평가를 비롯해서 모든 일반 사람들의 삶의 형식에서 두루 찾아질 수 있는 삶의 <윤리>인 것"[9]이다. "우리는 문학을 해본 일이 없고, 우리나라에는 과거

....

9. 오문석, 『시는 혁명이다』, 깊은샘, 2005, 66면.

십수 년 동안 문학 작품이 없었다고 나는 감히 말하고 싶다"(「창작자유의 조건」), "자유가 없는 곳에 무슨 시가 있는가!"(「자유의 회복」)라는 주장, 공개적인 지면에서 중견 시인의 작품에 대해 "이 글의 어디에 시가 담겨 있는지 알 수가 없다"(「불성실한 시」)라고, 박희진의 「즉흥적 각서초」에 대해 "이것은 결코 시가 아니다. 새로운 언어의 작용을 통해서 자유를 행사한 흔적이 없다"[10]라는 비판에 등장하는 '시'와 '문학'은 이런 관점에서 이해해야 한다.

(1) 언어에 있어서 더 큰 주는 시다. 언어는 원래가 최고의 상상력이지만 언어가 이 주권을 잃을 때는 시가 나서서 그 시대의 언어의 주권을 회수해 주어야 한다. 그런 의미에서 모든 시간의 언어는 언어가 아니다. 그것은 잠정적인 과오다. 수정될 과오. 이 수정의 작업을 시인이 해야 하는 것이다. 그래서 최고의 상상인 언어가 일시적인 언어가 되어서 만족할 수 있게 해야 한다. 아름다운 낱말들, 오오 침묵이여, 침묵이여.[11]

(2) 오늘날의 시가 골몰해야 할 가장 큰 문제는 인간의 회복이다. 오늘날 우리들은 인간의 상실이라는 가장 큰 비극으로 통일되어 있고, 이 비참의 통일을 영광의 통일로 이끌고 나가야 하는 것이 시인의 임무다. 그는 언어를 통해서 자유를 옳고, 또 자유를 산다. 여기에 시의 새로움이 있고, 또 그 새로움이 문제되어야 한다. 시의 언어의 서술이나 시의 언어의 작용은 이 새로움이라는 면에서 같은 감동의 차원을 차지하게 된다. 따라서 우리의 생활현실이 담겨 있느냐 아니냐의 기준도, 진정한 난해시냐 가짜 난해시냐의 기준도 이 새로움이 있느냐 없느냐에서 결정되는 것이다. 새로움은 자유다,

10. 김수영, 「생활현실과 시」, 『김수영 전집 2』, 민음사, 2018, 356면.
11. 「가장 아름다운 우리말 열 개」, 『김수영 전집 2』, 472면.

자유는 새로움이다.[12]

김수영에게 '시'는 '언어'와 '자유'라는 두 개의 키워드와 이웃관계를 형성한다. 그는 문화의 핵심은 '시'이고, 시의 중심에는 '언어'가 있다고 보았으며, 이 "언어의 주권"을 회복시키고 수호하는 일이야말로 시와 시인에게 부여된 과업이라고 주장했다. 그렇지만 여기서의 '언어'는 "진정한 시의 테두리 속에서 살아 있는 낱말"이지 "순수한 우리 고유의 낱말" 같은 언어 민족주의를 가리키는 것이 아니다. 앞에서 지적한 것처럼 그가 박희진의 시를 가리켜 '시'가 아니라고 비판한 근거 역시 "새로운 언어의 작용을 통해서 자유를 행사한 흔적이 없"다는 것이었으니, 김수영에게 '언어'와 '자유'는 '시'와 '시 아닌 것'을 판별하는 잣대라고 말할 수 있다. 그가 타인의 '언어'만 비판한 것은 아니었다. 그는 '자유'와 거리가 먼 '번역' 등의 자신의 '언어'를 가리켜 늘 '매문'이나 '속물'이라고 자책했다. 그는 "시의 어머니는 어디까지나 언어"(「시작노트 2」)[13]라고 썼다. 하지만 김수영에게 시의 '언어'는 그 자체로 유의미한 것이 아니다. 그는 「새로운 포멀리스트들」에서 한국의 포멀리스트들이 "현대시에 있어서의 언어의 순수성이 현대 사회에 있어서의 시인의 절대 고독과 동의어의 관계에 있다"는 사실에 무지하다고 비판한다. '언어'의 자유가 '언론'의 자유와 무관하지 않은 것처럼, "언어의 순수성"에 대한 유럽 시론의 주장 역시 "사회적 윤리와 인간적 윤리" 문제와 무관하지 않다는 것, 따라서 "언어의 순수성"을 '언어의 유희'로만 이해하는 것이 포멀리스트들의 한계라는 주장이다. 이런 까닭에 '언어' 문제는 결코 "인간의 회복"이나 "언론의 자유" 같은 사회적·정치적 이슈와

....

12. 「생활현실과 시」, 『김수영 전집 2』, 355면.
13. 「시작노트 2」, 『김수영 전집 2』, 530면.

동떨어진 것이 아니다. 이러한 복합성의 논리는 "정치적 자유를 인정하지 않는 사회에서는 개인의 자유도 인정하지 않는다. '내용'을 인정하지 않는 사회에서는 '형식'도 인정하지 않는 것이다"(「시여, 침을 뱉어라」)[14]라는 말로 '내용'과 '형식' 가운데 하나를 중심으로 문학을 이해하는 태도를 비판하는 장면에서도 동일하게 반복된다. 요컨대 김수영에게 '시'는 이미-항상 "최고의 상상"이라고 평가할 수 있는 '언어'의 문제이지만, 그것은 언론의 자유——"창작의 자유는 백 퍼센트의 언론 자유가 없이는 도저히 되지 않는다"(「창작 자유의 조건」)——가 보장되기 전에는 불가능하다. 김수영에게 '시'는 이 불가능에 도전하는, 그것을 관통하려는 필사의 몸부림 같은 것이다.

3.

김수영에게 '시'와 '시인'의 관계는 연속적이다. 그는 이 연속성을 "시나 소설을 쓴다는 것은 그것이 곧 그것을 쓰는 사람의 사는 방식이 되는 것이다. 따라서 시나 소설 그 자체의 형식은 그것을 쓰는 사람의 생활의 방식과 직결되는 것이고, 후자는 전자의 부연이 되고 전자는 후자의 부연이 되는 법이다"(「문단추천제 폐지론」)라고 요약한다. 이 주장은 '시인'의 자세에 대한 일반적 윤리처럼 읽을 수도 있지만, 문학의 '형식'과 생활의 '방식'의 상호-포함적 관계를 의미한다는 점에서 상식 이상의 주장이다. '시인'이라는 존재에 대한 김수영의 생각들은 이 연속성에 기초하고 있다. 그에 따르면 "문학 작품이 없는 곳"(「창작 자유의 조건」)에는 문학자가 있을 수 없고, "자유가 없는 곳에 무슨 시가 있는

---

14. 「시여, 침을 뱉어라」, 『김수영 전집 2』, 501면.

가!"(「자유의 회복」)처럼 자유가 없는 곳에 시가 있지 않다. 이런 이유로 그는 "시나 소설을 쓰는 사람들이 문단에 등장을 하는 방식" 또한 기성의 질서와 달라야 한다고 주장하는데, 이때의 '방식'이란 '자유'와 연결된다.

(1) 시를 쓰는 사람, 문학을 하는 사람의 처지로서는 '이만하면'이란 말은 있을 수 없다. 적어도 언론 자유에 있어서는 '이만하면'이란 중간사는 도저히 있을 수 없다. 그들에게는 언론 자유가 있느냐 없느냐의 둘 중의 하나가 있을 뿐 '이만하면 언론 자유가 있다'고 본다는 것은, 쉽게 말하면 그 자신이 시인도 문학자도 아니라는 말밖에는 아니 된다.15

(2) 시인은 자기의 시에 대해서 장님이다. 도대체가 시인은 자기의 시를 규정하고 정리할 필요가 없다. 그것이 그에게 눈곱자기만 한 플러스도 되지 않기 때문이다. 그는 언제나 시의 현 시점을 이탈하고 사는 사람이고 또 이탈하려고 애를 쓰는 사람이다. 어제의 시나 오늘의 시는 그에게는 문제가 안 된다. 그의 모든 관심은 내일의 시에 있다. 그런데 이 내일의 시는 미지(未知)다. 그런 의미에서 시인의 정신은 언제나 미지다. 고기가 물에 들어가야지만 살 수 있듯이 시인의 미지는 시인의 바다다. 그가 속세에서 우인시(愚人視)되는 이유가 거기 있다. 기정사실은 그의 적이다. 기정사실의 정리도 그의 적이다.16

김수영의 산문에서 '자유'를 배경으로 '시인' 존재론이 전개되는 방식은 대략 두 가지이다. 그 하나가 바로 위의 인용에서 확인되듯이 시인을 절대적인 '자유', 그 '불가능'을 사랑하는 존재로 주체화하는 것이다.

....

15. 「창작 자유의 조건」, 『김수영 전집 2』, 241면.
16. 「시인의 정신은 미지(未知)」, 『김수영 전집 2』, 344면.

그는 1960년 6월 17일 일기에서 이 '불가능'에 대해 "혁명은 상대적 완전을, 그러나 시는 절대적 완전을 수행하는 게 아닌가"[17]라고 쓰고 있는데, 이것은 『문학이란 무엇인가』에서 사르트르가 주장한 바이기도 하다. 김수영은 시종 일관 '시인'을 지성인, 지식인으로 간주했고, "시인의 지성"(「지성의 가능성」)이나 "비평적 지성을 사생아로 만드는 냉전"(「생활의 극복」)처럼 '시'를 지성의 산물로 이해했다. 그리고 그런 맥락에서 지식인이란 "인류의 문제를 자기의 문제처럼 생각하고, 인류의 고민을 자기의 고민처럼 고민하는 사람"(「모기와 개미」), 물질만능주의가 지배하는 세상에서 '정신의 구원'을 쟁취하기 위해 "눈에 뜨이지 않게 또 눈에 뜨이지 않는 성과를 위해, 그러나 마지막까지 아름다운 정신을 위해서 싸워야겠고, 그러한 무장이 항시 되어 있어야'(「자유란 생명과 더불어」) 하는 존재라고 주장했다. 또한 시인은 "민족이나 인류의 이념을 앞장서서 지향하는 것이 문학인"(「독자의 불신임」)이고, "시인으로서의 자유의 신앙을 갖고 있는 사람"(「자유의 회복」)이며, 그러므로 "정의와 자유와 평화를 사랑하고 인류의 운명에 적극 관심을 가진, 이 시대의 지성을 갖춘 시정신의 새로운 육성을 발할 수 있는 사람"(「제정신을 갖고 사는 사람은 없는가」)만이 '시인다운 시인'이라고 생각했다. 이런 조건을 충족할 때에만 "문학의 권위와 문학자의 존엄"(「시의 뉴 프런티어」)을 긍정할 수 있다. 이러한 시인의 존재론을 가장 압축적으로 드러내고 있는 것이 "그는 언제나 시의 현 시점을 이탈하고 사는 사람이고 또 이탈하려고 애를 쓰는 사람이다"라는 진술이다. 미지(未知)라는 특유의 시간태와 연결되는 이 논리에 따르면 시인은 "영원한 배반자다. 촌초(寸秒)의 배반자다"라고 말할 수 있다. 여기에서 '미지(未知)'와 '배반'은 현 시점, 그러니까 현재에서 이탈-벗어남을 생리로 갖는다는

....

17. 「일기초 2」, 『김수영 전집 2』, 714면.

것을 강조하기 위해 쓴 말이다.

그렇다면 현재, 즉 지금-이곳이란 구체적으로 무엇을 가리키는가? 그것은 현재의 질서, 상식, 규칙, 법, 현실, 가치 등 우리가 흔히 '상징적 질서'라고 부르는 일체의 것을 의미한다. 시인은 자신의 모든 것을 걸고 이 질서에 맞서 싸우는 존재이니, 그것은 때로 "시인으로서의 양심과 세속인으로서의 상식과의 싸움"(「성격 있는 신문을 바란다」)이라는 성격을 띠기 마련이다. 하지만 그 역시 "오늘날과 같은 우리들의 환경에서 어느 쪽이 이길 것인가" 짐작하고 있다. 그럼에도 불구하고 이 싸움에서 물러서지 않을 때, 시인은 다음의 처지에 직면하게 된다. "시인이란 무구보다도 고독하고 구차하고 동떨어진 것이다. 적어도 그 시대와는 멀리 동떨어져 있는 것 같이 보인다. 그 시인이 진정한 시인인 경우에 그러한 시대적 박해는 더한층 심각해지는 것은 숨길 수 없는 사실이다."[18]

(1) 요즈음의 세상은 문학하는 젊은 청년들까지도 점점 약게만 만들어 가고 있는 것이 사실입니다. 혁명 후의 우리 사회의 문학하는 젊은 사람들을 보면, 예전에 비해서 술을 훨씬 안 먹습니다. 술을 안 마시는 것으로 그 이상의, 혹은 그와 동등한 좋은 일을 한다면 별일 아니지만, 그렇지 않고 술을 안 마신다면 큰일입니다. (…중략…) 누가 무어라고 해도, 또 혁명의 시대일수록 나는 문학하는 젊은이들이 술을 더 마시기를 권장합니다. 뒷골목의 구질구레한 목롯집에서 값싼 술을 마시면서 문학과 세상을 논하는 젊은이들의 아름다운 풍경이 보이지 않는 나라는 결코 건전한 나라라고 볼 수 없습니다.[19]

....

18. 「초현실과 무현실」, 『김수영 전집 2』, 313면.
19. 「요즈음 느끼는 일」, 『김수영 전집 2』, 109면.

(2) 지난 1년간을 돌이켜 볼 때 한국의 시인들은 들어앉아서 공부도 안하고 나와서 술도 마시지 않았다는 것이다. 그리고 그 틈에 조용한 그늘 속에서 편안하게 번성한 것은 만성이 되어버린 사기와 협잡의 구악(舊惡)뿐이다.20

문단추천제 폐지를 주장하면서 "예술가는 (…) 되도록 굵고 억세고 날카롭고 모진 가시 면류관을 쓰고 나와야 한다"(「문단추천제 폐지론」)라고 말할 때, 김수영이 문제 삼은 것은 기성 질서의 권위에 저항해야 한다는 것, 그리고 "문인들의 사회에서까지 신용할 수 없는 제품을 무작정 대량 생산하는 제도"를 해체하는 것이었다. 김수영은 '권위'에 대한 이런 지독한 저항감을 종종 '술'을 마시는 행위와 연결시켰다. (1)과 (2)에서 공통적으로 지적하고 있듯이 김수영은 젊은 세대는 물론 시인들이 술을 잘 마시지 않는 것을 징후적 현상으로 해석한다. '술' 마실 것을 권하는 김수영의 주장은 단순한 치기나 낭만주의적 에피소드가 아니라 "독특한 시를 쓰려면 독특한 생활 방식이 선행되어야" 한다는 사고에서 비롯된 것이다. 어떤 시인들은 스스로 '비트족'을 자처하고 있지만 그것은 "문학동인지의 매니페스토"에만 존재할 뿐이고, 실상은 "찻잔을 깨뜨리기는커녕 무수한 영웅들이 다방 안에서는 절간에 간 색시 모양으로 마담의 눈초리만 살피고 있는 것이 서울의 생태"(「시의 뉴 프런티어」)라는 지적은 '문학'과 '삶'의 관계가 어떠해야 하는가를 웅변하고 있다. '획일주의'에 맞서고, '언론의 자유'를 위해 싸우는 것, 나아가 일상에서도 기성의 '권위'와 '질서'를 그대로 수락하지 않는 태도, 김수영에게 시인은 그런 존재였다. 사정이 이러했으므로 그가 "자유는 방종이 아니다"(「요즈음 느끼는 일」)라는 말을 퍼뜨리는 저널리

20. 「세대교체의 연수표」, 『김수영 전집 2』, 341~342면.

즘을 비웃고, "질서"(「실험적인 문학과 정치적 자유」)라는 단어를 비(非)가시적인 검열자로 간주하는 것은 당연하다.

하지만 이러한 '이념'과 '당위'가 언제나 일상에서 실천 가능한 것은 아니며, 또 세상과의 싸움이 늘 승리로 끝나는 것도 아니다. 문제는 바로 여기에 있는데, 김수영 문학의 절반은 정확히 이 실패와 패배의 기록이라고 말할 수 있다. 김수영의 산문에 빈번하게 등장하는 '매문'과 '속물'에 대한 자의식, 그리고 '타락'과 '마비'에 대한 자기 검열이 바로 이러한 실패와 패배에 관계된다. 가령 그는 현재의 정신 상태를 "정신의 구공탄 중독"이라고 지적하고 그것에서 벗어나야 한다고 다짐한다. "어떻게 해서든지 이 나도 모르는 나의 정신의 구공탄 중독에서 벗어나야 할 것 같다. 무서운 것은 구공탄 중독보다도 나의 정신 속에 얼마만큼 구공탄 가스가 스며 있는지를 모르고 있다는 것이 더 무섭다. 그것은 웬만큼 정신을 차리고 경계를 해도 더욱 알 수 없을 것 같으니 더욱 무섭다."[21] 또한 그는 "아아, 나는 작가의 ── 만약에 내가 작가라면 ── 사명을 잊고 있는 것이 아닌가. 나는 타락해 있는 것이 아닌가. 나는 마비되어 있는 것이 아닌가. 이 극장에, 이 거리에, 저 자동차에, 저 텔레비전에, 이 내 아내에, 이 내 아들놈에, 이 안락에, 이 무사에, 이 타협에, 이 체념에 마비되어 있는 것이 아닌가. 마비되어 있지 않다는 자신에 마비되어 있는 것이 아닌가"[22]처럼 자신의 지성이 '마비'된 것은 아닌지 염려한다. 이것만이 아니다. 자신의 번역 일체를 '매문' 행위라고 비난하는 장면을 비롯하여 "이제 나도 진짜 속물이 되어가나 보다"(「이 거룩한 속물들」), "나는 시인으로서 하지 못할 일을 한 폭이 된다"(「시작노트 8」) 등처럼 자신의 속물화를 비판하고 경계하는 목소리는 산문의 도처에

....

21. 「이 일 저 일」, 『김수영 전집 2』, 145면.
22. 「삼동 유감」, 『김수영 전집 2』, 218면.

서 발견된다. 「로터리의 꽃의 노이로제」에 등장하는 "시의 임무를 다하지 못한 죄, 자유를 이행하지 못하고 있는 죄, 6·8 사태에 성명서 하나 못 내놓고 있는 죄, 그리고 이 죄를 남(이를테면 대중가요)에게 전가하려고 하는 죄"라는 진술은 이런 자기비판의 정점이라고 말할 수 있을 것이다.

4.

김수영은 말처럼 "시인의 정신"이 언제나 미지(未知)이다. 촌초(寸秒)를 배반하고 언제나 "현 시점을 이탈하고 사는" 존재인 시인에게 확정적인 것, 즉 "기정사실"은 '적'일 수밖에 없다. 한국문학사의 장면들을 살펴보면 이런 부정의 혁명 정신을 밀고 나간 시인이 전혀 없지는 않다. 다만 김수영을 제외한 대다수의 시인들에게 '혁명'은 '언어'와 '형식'에 한정된 것일 뿐, '자유'와 '혁명'의 이행을 삶의 문제로 끌어들여 사유한 경우는 드물다. 이 글의 첫머리에 지적했듯이 '문학'을 미학의 문제가 아니라 '삶'과 '세계'의 변화를 위한 수단으로, 그리하여 '삶'조차 예술의 대상으로 받아들이는 사유를 문학적 견유주의라고 말하는 것은 지나친 것일까. 아니, 파레시아로서의 문학이라고 명명할 수는 없을까.

'파레시아'는 "기원전 5세기 말부터 고대 그리스 문헌에서 발견되고, 기원후 4세기 말에서 5세기경 그리스도교 교부들의 텍스트에서도 발견"[23]되는 그리스어로, 흔히 '진실을 말하는 자'라는 뜻으로 이해된다. 푸코의 후기 연구에서 분명하게 드러나듯이 어떤 발언과 발언자가 파레시아인지 아닌지는 (1) 화자가 발화의 주체인 동시에 발화된 내용의

....

23. 미셸 푸코, 『담론과 진실』, 오트르망 심세광·전혜리 옮김, 동녘, 2017, 91면.

주체인 진술성, (2) 신념과 진실의 일치, (3) 그것을 행함으로써 감당해야
하는 위험의 수반, 즉 용기, (4) 상대에 비해 열등한 위치에서 행하는
비판적 행위 등의 조건에 따라 결정된다. 한마디로 파레시아는 위험을
무릅쓰고 진실을 말하는 용기의 발언이라고 말할 수 있는데, 푸코는
이것에서 '비판적 태도'의 기원을 찾고자 한다. 하지만 푸코는 말년의
주체론에서 "진리와 삶의 깊은 연결에 주목하고, 예술을 이 연결의
표현이라고, 혹은 경첩이라고"[24] 주장하기도 했는데, 그것은 파레시아가
'진리=말'이라는 언어행위에서 출발하여 '진리'의 문제와 '삶'의 문제를
연결시키기 때문이었다. 1970년대에 접어들어 푸코가 모더니즘, 누보로
망 등에 대한 관심에서 벗어나 '예술가의 삶'에 주목하면서 "사회에
대한 이의를 제기하기 위해 쓴다는 행위만으로 충분한 시대는 이미
지나갔고, 이제는 진정으로 '혁명적'인 행동으로 옮겨가야 할 때가 온
게 아닌가?"[25]라고 주장한 이유도 여기에 있을 것이다.

　서구 미학사에서 현대에 가까워질수록 '예술'은 '삶'이나 '현실'과
분리되어 존재하는 미학적 또는 관조적 대상으로 간주되는 경향을 보인
다. 하지만 18세기 말부터 19세기에 걸쳐 등장한 '예술가의 삶'이라는
새로운 미학적 경향과 계보는 예술가 개인을, 개인의 삶 전체를 '작품'으
로 만드는 실존의 미학을 전면에 등장시켰다. 이러한 예술의 현대성에
따르면 현대적 인간은 자기 스스로를 새롭게 창조하는 인간이다. 이
새로운 창조의 주체론이 예술을 통한 삶의 변화 가능성이라는 문제와
결합되는 지점에서 '삶의 포이에시스'라는 새로운 이념이 등장한다.
그것은 이미 주어졌거나 외부에서 강제되는 일체의 규율-질서에 저항하
고 스스로를 주체화하는 자유의 예술적 전략이라고 말할 수 있으니,

．．．．．．．．．．．．．．．

24. 다케다 히로나리, 앞의 책, 205면.
25. 위의 책, 91면에서 재인용.

여기에서 강조되는 '예술'과 '예술가의 삶'이라는 개념은 1960년대 김수영이 '자유'를 중심으로 '언어(시)'와 '삶(시인)'의 연속성을 사유한 방식과 흡사해 보인다. 푸코가 견유주의의 핵심이 '개인(주의)'에 있다는 기존 해석에 반(反)하여 '진실이 스캔들을 일으키며 출현하는 장으로서의 삶의 양식'이라는 주제를 부각시켰듯이, 김수영은 '문학'이 단순한 글쓰기 행위로 이해되어선 안 된다는 사실을 예술과 삶의 연속성을 통해 증명했다. 바로 이러한 시선을 획득할 때에만 모든 근대적 혁명이 정치적 기획인 동시에 대안적인 삶의 형식을 창조하려던 기획이었다는 사실을, 또한 모든 새로운 예술 운동의 궁극적인 목표 역시 '삶'과 '세계'를 바꾸는 것이었음을 올바로 이해할 수 있다. 김수영의 말처럼 "다다이즘이나 비트"의 정신은 "앙드레 브르통이나 트리스탄 차라"의 정신과 동일하다. 그것은 '자유'를 향한 '예술의 혁명'이었고, 나아가 '삶'의 방식과 '세계'의 질서를 송두리째 바꾸려는 '혁명의 예술'이었다.

김수영과 여편네, 뮤즈와 타자

노혜경

1. 여편네 문제

"여편네"가 문제다. 많은 연구자들이 김수영의 시에 자주 등장하는 여편네를 여성비하적 언어로 규정한다. 최근 여성혐오라는 개념이 등장한 뒤로는 여편네라는 어휘를 여성혐오의 증거로 보는 관점도 있다. 이러한 판단에 맞서 김수영을 반여성주의로 보는 것에 대한 반박을 시도하는 논문들도 있다. 이렇게 논란이 많은 이유는 김수영의 시인으로서의 위상이 높다는 것 말고도, 그가 여편네에 대해 많은 시를 썼기 때문이다. 과문해서겠지만, 한국 시문학사상 이렇게 자주 여편네를 거론한 시인이 김수영 말고 또 있을까 싶다.

그렇다면 그는 왜 여편네를 시에 자주 등장시켰을까.

우선은, 여편네가 그의 삶에 가장 가까이 있는 존재였기 때문이다. 김수영은 어떤 산문에서 자신에게는 "태도의 자유조차도 있을 수가 없었다. (…) 감정의 자유 역시 그렇다. 이를테면 같은 시인끼리도 나와 같은 처지에 놓인 사람들은 상대방에 대해서 불쾌한 일이 있더라도 그런 감정을 먹어서는 아니 되고 그런 태도를 극력 보여서는 아니 되었다. 이러한 환경 속에서 (…) 저주가 아니면 비명이 아니면 죽음의 시가 고작이 아니었던가"1라고 말한 적이 있는데, 이런 상황에서 그가 확보한 자유의 공간은 내면세계 아니면 그가 '삶을 함께하는' 가족의 영역을 벗어나기 어려웠던 것이라고 본다.

실제로 그의 삶은 책상머리에 앉아 글을 쓰고 번역을 하거나 양계를 하거나 어쩌다 문단 모임에 나가고 출판사에 들르고 하는 것으로 이루어진 매우 협소한 삶이었다. 직장생활은 한 적도 있었으나 길지 않았다. 공적인 삶의 영역에서 상당히 멀리 떨어져서, 가족과 동네라는 비(非)공적인 영역에서 일상을 이어간 것이다. 김수영같이 내성적인 시인에게 생활의 동반자이고 가장 자주 접하는 타인인 아내가 시적 인식의 공간을 점유해 들어가는 것은 자연스러운 일로 보인다. 자연스러울 뿐 아니라 일종의 시적 인식과 탐구의 대상, 다른 말로 하면 수영의 시인으로서의 정체성을 형성해가는 타자로서 등장하는 것이 당연해 보인다.2 물론 이런 가설은 실제 시의 분석을 통해서 뒷받침되어야 할 것이지만.

다음으로 생각해볼 것은, 근대적 의미의 성별분업 체계가 갖추어져가던 시기를 아웃사이더로서 살았던 김수영에게3 아내는 남성으로서의

....

1. 「책형대에 걸린 시」, 『김수영 전집 2』, 민음사, 2018, 230면(이하 『전집 2』). 4·19에서 5·16에 이르는 짧은 기간 동안 수영은 자신을 옥죄던 이념적 압력이 느슨해졌다고 여기고 자유를 누릴 수 있다고 생각했지만, 이런 산문을 쓰고 자유의 호흡을 했던 것도 아주 잠깐이었다.

2. 타자를 넘어 '적'으로 등장한 경우도 적지 않다. "성인은 처를 적으로 삼았다 (…) 가장 피로할 때 가장 귀한/것을 버린다", 「적 2」, 『김수영 전집 1』, 민음사, 2018(이하 『전집 1』).

3. 전쟁 이후의 한국사회에서 남성들은 불완전한 경제주체로 존재하는 경우가 많았고 수영도 예외는 아니었다. 과거로부터 물려받은 성역할의 요구와 어엿한 가장이 되지 못하는 현실 사이의 불화는 종종 폭력으로 은폐되었다. 5~60년대 한국 남성들의

자기정체성을 확보하게 하는 중요한 타자였다는 점이다. 아내와의 대결과 갈등을 통해 김수영은 근대적 개인으로서의 자기 자신을 구축해갈 수 있었다.

다음으로는 그가 견지하는 시관의 영향이 있다. 김수영은 장차 '온몸시학'으로 명명된 시적 주장을 펼친 「시여, 침을 뱉어라」에서 자신은 "소설을 쓰는 마음으로 시를 쓰고" 있으며, 이때 소설, 즉 산문이란 현실성에 기반한 것, 곧 참여하는 것이며, '새로움'을 발견하기 위한 "끊임없는 모험" 앞에 "거울이 아닌 자기의 육안으로 (…) 자기의 전신을 바라볼 수 없는" 일종의 눈먼 자처럼 서 있어야 한다고 주장했다.4 "온몸에 의한 온몸의 이행"을 가능하게 해주는 그의 세계, 은폐된 채로 던져진 대지에서 '참여'란 내면의 치열한 투쟁일 수도 있지만, 동시에 형식을 만들어내는 외부와의 투쟁이어야 한다. 인간의 모습으로 나타나는 외부가 그의 아내가 아니었을까.

그의 여편네는 그래서 시 속에서 여러 가지 형태로 등장한다. 그냥 여자일 때도 있고 처라고 불리기도 하고 아내라고 불릴 때도 있으며, 굳이 여편네가 되어 나타나기도 한다. 아내를 낮춰본 것일 수도 있고 농경사회를 갓 탈출한 시대의 겸양일 수도 있으며, 미움과 질시일 수도 있고 심지어 허구적 등장인물일 수도 있지만, 여편네라는 등장인물을 통해 수영이 추구하고자 한 '무언가'가 김수영 문학의 매우 중요한 요체라는 가정은 타당성이 있다. 그의 '여편네'는 아내라는 기표 및 여자라는 기표의 특수한 특성을 넘어 일종의 시적 '장치'5로서 김수영이

....
우월적 지위는 국가제도가 유지해 주었다고 본다. 그러나 조국 근대화의 그늘에서 의용군 출신의 비판적 지식인인 수영의 처지는 남성 사회에서도 소외를 경험하기 쉬운 위치였음을 들여다보아야 한다.
4. 「시여, 침을 뱉어라」, 『전집 2』 참조.
5. 아감벤은 미셸 푸코가 특별한 정의 없이 중요하게 사용했던 '장치dispositif'를 푸코의

자신의 시인됨을 구축해나가는 여정을 함께했다. 이는 현실에서 그의 아내와 그가 맺은 관계를 일정 부분 반영하기도 하지만, 김수영이라는 텍스트를 구축하기 위한 세계의 울타리가 김수영에게는 아내라는 여자, 여편네라는 여자였을 것이라고 보는 것이 나의 관점이다. 과연 김수영은 「벽」이라는 산문에서 "사람을 알려면 별로 많은 사람을 사귈 필요가 없다. 나의 경우에는 여편네 하나로 족한 것 같은 생각조차 든다"6라고 말한 적도 있다.

시인들에게 이러한 존재를 통념적으로 뮤즈라고 부른다. 그런데 김수영에게 아내/여편네는 뮤즈였을까? 나는 김수영의 문학세계에서 아내/여편네는 '금 간 얼굴을 지닌 뮤즈'라고 명명한 바 있다.7 이 글에서는 그 생각을 조금 보완하여, 아내/여편네가 김수영의 자기중심성을 해체하고 "딴 사람"이8 되게 해주는 중요한 시적 장치인 타자로 보기로 했다. 그렇게 보면 여편네가 그토록 자주 등장한 이유가 분명해진다. 그러므로 나는 이 글에서 '여편네'를 중심에 두면서 다양한 타자들을

....

논의에 따라 다음과 같이 세 가지로 요약했다. (1) (장치는) 그 이름이 언어적이든 비언어적이든 잠재적으로 무엇이든지 (담론, 제도, 건축물, 법, 경찰조치, 철학적 명제 등) 포함하는 이질적 집합이다. 장치 자체는 이런 요소들 사이의 네트워크이다. (2) 구체적 장치는 늘 구체적인 전략적 기능을 갖고 있으며, 늘 권력관계 속에 기입된다. (3) 장치 그 자체는 권력관계와 지식관계의 교차로부터 생겨난다.
아감벤은 이 정의에 기초하여 '장치'를 존재와 프락시스를 분할하면서 동시에 접합하는 어떤 단절로 이해했으며, 이 '장치'는 "존재 안에 어떤 토대도 두지 않는 순수 통치활동이 그것으로, 그것에 의해 실현되는 것을 명명"하며, "때문에 장치들은 그 주체를 생산해야 한다"고 설명하고 있다. 아감벤, 『장치란 무엇인가? 장치학을 위한 서론』, 난장, 2010, 15~28면 참조; 나의 논문 「북한에서 국가와 시인의 관계」, 각주 64에서 재인용. 이런 관점에서 "여편네"는 실존인물 김현경을 가리킨다기보다는 김수영이 세계를 개진하고자 이끌어 들이는 시적 장치로 기능한다.

6. 「벽」, 『전집 2』, 180면. 물론 이 말은 액면 그대로라기보다 아내에 대한 이야기를 하기 위한 도입이지만, 그렇더라도 김수영이 아내를 숙고했다는 근거는 된다.
7. 『푸른사상』, 2018년 여름호.
8. 「생활의 극복」, 『전집 2』, 159면.

통해 김수영의 문학을 살펴보겠다.

2. 금 간 얼굴의 뮤즈

시인이 뮤즈의 이끌림으로 시를 창작한다는 생각은 이미 소크라테스 시대부터 있던 것이다. 서정시가 공동체적인 정서에 기반하고 송가로부터 시작되었다는 그 기원에서 이미 시는 시인의 개성보다는 일종의 신탁에 가까운 것이라는 생각이 형성되었다고 생각된다. 시가 추구하는 아름다움을 그 자체 완결성을 지닌 것, 즉 신으로부터 오는 것으로 생각하는 사유의 전통이 뮤즈의 이름으로 발현된다 할 수 있다.

> 뮤즈의 경우도 마찬가지야. 이 여신은 먼저 스스로 어떤 사람들을 신지피게 하고, 이 신지핀 사람들을 통해 다른 사람들이 또 신지피게 되며 그래서 일련의 고리가 형성돼. 모든 훌륭한 서사시인들은 그 뛰어남을 기술로서 가져오는 게 아니라 신지피고 영감 받아서 이 모든 훌륭한 시들을 토해내고 서정시인들도 마찬가지야. (⋯) 그는 그가 영감 받아서 제정신이 아니게 되고 더 이상 분별력이 자신 안에 남아 있지 않게 되기 전에는 시를 짓지 못하지.9

'신지핌', 한마디로 신의 점지를 받아 창작하는 시인은 플라톤에 이르면 질서를 파괴한다는 혐의로 추방해야 하는 존재가 되기까지 하지만, 시적 영감이 일반적인 인간적 정념이 아닌 인간을 넘어서는 특별한

....

9.   소크라테스, 「이온」, 533d~534b, 『미학대계 제1권: 미학의 역사』, 서울대학교출판부, 2007에서 재인용.

것이라는 믿음은 유구한 것이었다. 특히 서정시는 찾아오는 것이고 어딘가로부터 주어지는 음악이며 시인은 받아쓰기만 할 뿐이라는 생각은 지금도 시인들이 자주 피력하는 것이다. 초기의 시작 태도를 볼 때, 김수영도 이런 전통적 서정시의 관점을 지니고 있었다고 생각된다. 물론 뮤즈 여신은 시인에게 반드시 고양된 감정만을 주는 것은 아니다. 비애와 절망의 감정 또한 못지않은 강도로 끌어낸다. 자아의 경계를 허물어뜨릴 정도의 강렬한 감정, 인식의 지평을 넓히는 강렬한 개안(開眼) 등을 '신지핌'의 내용으로 볼 수 있다. 이런 관점에서 김수영의 「너를 잃고」를 뮤즈에 대한 시로 읽어본다.10

> 늬가 없어도 나는 산단다 / 억만 번 늬가 없어 설워한 끝에 / 억만 걸음 떨어져 있는 / 너는 억만 개의 모욕이다 // 나쁘지도 않고 좋지도 않은 꽃들 / 그리고 별과도 등지고 앉아서 / 모래알 사이에 너의 얼굴을 찾고 있는 나는 인제 / 늬가 없어도 나는 산단다 // 늬가 없이 사는 삶이 보람 있기 위하여 나는 돈을 벌지 않고 / 늬가 주는 모욕의 억만 배의 모욕을 사기를 좋아하고 / 억만 인의 여자를 보지 않고 산다 // 나의 생활의 원주 위에 어느 날이고 / 늬가 서기를 바라고 / 나의 애정의 원주가 진정으로 위대하여지기 바라고 // 그리하여 이 공허한 원주가 가장 찬란하여지는 무렵 / 나는 또 하나 다른 유성을 향하여 달아날 것을 알고 / 이 영원한 숨바꼭질 속에서 / 나는 또한 영원히 늬가 없어도 살 수 있는 날을 기다려야 하겠다 / 나는 억만무려(億萬無慮)의 모욕인 까닭에
>
> — 「너를 잃고」(1953) 전문

....

10. 김수영의 시에서 뮤즈와 시인의 관계를 규명하고자 하면 아내/여편네 못지않게 '너'를 분석할 필요가 있다. 그러나 아내/여편네/그리고 여자라는 기표가 특별하게 지닌 의미를 먼저 규명하는 것이 순서에 맞다고 생각된다.

이 시에서 핵심적 문장은 "늬가 없어도 나는 산단다"이다. 신적인 질서의 세계와 세속의 시인을 이어주며 동시에 격동시키는 뮤즈답게, 이 시의 "늬"는 분노와 격정을 불러일으킨다. "늬"의 상실은 "나"에게는 다른 별로 추방된 것에 버금가는 고통이다. "나"는 "늬"가 없는 삶이 생활과 동떨어진 것임을 절실하게 알고 있다. 더구나 "억만무려의 모욕"을 주는 "늬"는 나를 생활로부터 떼어내는 존재다. 그런 한편 이 시에서 "늬"는 김수영으로 하여금 살아 있게 만드는 힘이며, 그 "늬"를 생각하며 김수영은 세상을 인식하고 정돈하고자 한다. 시 「도취의 피안」(1954)에서 말하듯, "아무것에도 취하여 살기를 싫어하기 때문"에, 분노도 모욕도 넘어서서 "늬가 없이 사는 삶"의 "생활의 원주"를 자신의 힘으로 위대하게 만들고자 하는 의지를 지니고서 말이다. 이렇게 "늬" 즉 너를 불러 관념 속에 있는 시를 생활의 원주로 이끌어내고자 하는 의지가 "늬를 잃음"을 통해 드러났다고 볼 수 있다.[11] 세계의 상실이 오히려 존재의 개진을 불러왔다. 이 순간 잃어버림으로써 시를 주는 존재인 너는 매우 역설적 의미의 뮤즈다.

김수영의 시와 산문을 통틀어 '뮤즈'라는 어휘가 등장한 것은 시로는 「백의」(1956), 「바뀌어진 지평선」(1958)[12] 두 편이고 산문으로는 「신비주의와 민족주의의 시인 예이츠」(1964), 「시작노트 8 — 판문점의 감상」(1967) 두 편 합쳐서 모두 네 편뿐이다. 그것도 「백의」와 「시작노트」에서

....

11. 전기적 사실로서 이 시는 김수영이 이종구와 살림을 차린 아내 김현경을 찾아갔다가 거절당하고 돌아오며 쓴 시로 알려져 있다. 이는 반드시 사랑의 상실이라기보다는 한 인간으로서는 어찌할 수 없는 전쟁의 참화가 낳은 비극이지만, 생사의 고비를 넘나들고 가정마저 파탄이 난 경험이 김수영에게 남긴 것들을 독자로서 유념해야 할 것이다.

12. 연표에 의하면 이 시를 탈고한 날은 1956년 3월 27일이고, 발표한 것은 1958년 6월로 되어 있다. 이 전후로 쓴 시들이 대체로 그때그때 발표된 것을 감안하면 발표가 늦어진 것은 수영의 의지로 보인다.

는 딱 한 번씩, 의미심장하게라기보다 시 또는 시인의 동의어로서 인습적으로 사용되었다고 보인다. 그에 비해 「바뀌어진 지평선」에서 '뮤즈'는 결정적인 증언과 함께 등장한다. 이 시는 일상의 너절하고도 복잡한 양상과 뮤즈에게 말을 거는 시인의 내면이 서로 교차하면서 서정시인으로서의 자신의 시관이 바뀌었음을 선언하는 시다. "뮤즈여 / 너는 어제까지의 나의 세력 / 오늘은 나의 지평선이 바뀌어졌다"라는 선언에 이어지는 대목은 다음과 같다.

> (…) 솔직한 고백을 싫어하는 / 뮤즈여 / 투기와 경쟁과 살인과 간음과 사기에 대하여서는 / 너에게 이야기하지 않으리라 / 적당한 음모는 세상의 것이다 / 이 어지러운 세상을 살아가기 위하여 / 나에게는 약간의 경박성이 필요하다 / 물 위를 날아가는 돌팔매질 —— / 아슬아슬하게 / 세상에 배를 대고 날아가는 정신이여 / 너무나 가벼워서 내 자신이 / 스스로 무서워지는 놀라운 육체여 / 배반이여 모험이여 간악이여 / 간지러운 육체여 / 표면에 살아라 / 뮤즈여 / 너의 복부를랑 하늘을 바라보게 하고 —— // 그러면 / 아름다움은 어제부터 출발하고 / 너의 육체는 / 오늘부터 출발하게 되는 것이다 // (…) // 뮤즈여 / 시인이 시의 뒤를 따라가기에는 싫증이 났단다 / 고갱, 녹턴 그리고 / 물새 // 모두 다 같이 나가는 지평선의 대열 / 뮤즈는 조금쯤 걸음을 멈추고 / 서정시인은 조금만 더 속보로 가라 / 그러면 대열은 일자가 된다 // 사과와 수첩과 담배와 같이 / 인간들이 걸어간다 / 뮤즈여 / 앞장을 서지 마라 / 그리고 너의 노래의 음계를 조금만 / 낮추어라 / 오늘의 우울을 위하여 / 오늘의 경박을 위하여
>
> —「바뀌어진 지평선」(1956) 부분

시(뮤즈의 영역)와 생활(서정시인의 영역)을 일자로 맞추어야 한다는, 뮤즈가 앞장서면 안 된다는 주장이다. 정신은 세상에 배를 대고 뮤즈의

배는 하늘로 향하라는 요구는, 앞으로 자신이 쓰는 시가 생활로부터 우러나와야 한다는 선언이다. 이때 뮤즈는 시를 매개하는 대상이나 존재라기보다는 시적 원리 또는 시 그 자체가 구현된 하나의 육체, 달리 말하면 김수영이라는 서정시인이 자신의 시를 통해 구축하고자 하는 새로운 인격을 가리키는 말로 쓰였다고 봄이 타당하다. 시는 따로 존재하는 시적인 것의 구현이 아닌 인간들의 걸어감으로부터 쓰여야 한다는 선언이다.

산문인 「신비주의와 민족주의의 시인 예이츠」에서도 뮤즈는 이와 비슷한 의미로 사용된다.

> 그가 젊었을 때 그는 자기의 뮤즈가 늙었나 보다고 종종 술회한 적이 있었다. 그러나 그는 늙은 다음에는, 자기의 뮤즈는 젊은 것이라고 말하게 된 사실이다. (…) 그는 쉽게 젊지도, 쉽게 노쇠하지도 않는 뮤즈를 지닌 유일한 시인이었던 것이다.13

이 뮤즈가 소크라테스식 의미에서 예이츠를 사로잡은 시의 여신이 아닌 것은 분명하다. 그보다는 시인 자신의 정신세계와 시작 태도를 가리키는 말에 가깝다. 즉 시인이 시 속에서 평생을 두고 구현해내는 시인적 정체성 또는 시인의 얼굴의 표상인 셈이다.

이렇게 볼 때 김수영은 뮤즈를 "도취의 피안"에 존재하는 신비나 아름다움 그 자체로 보지 않고 기존의, 자신이 통념으로 지니고 있던 시의 의미를 적극적으로 해체하고 새로운 시로 나아가는 도정에서 구축되는 새로운 자아의 형식으로 보았다고 생각된다. 다음 시는, 새로운 뮤즈와의 익숙하지 않은 동행의 불안을 드러내는 시로 다시 읽어도

---

13. 『전집 2』, 385면.

무방하지 않을까.

> 어둠 속에서도 불빛 속에서도 변치 않는 / 사랑을 배웠다 너로 해서 // 그러
> 나 너의 얼굴은 / 어둠에서 불빛으로 넘어가는 / 그 찰나에 꺼졌다 살아났다
> / 너의 얼굴은 그만큼 불안하다 // 번개처럼 / 번개처럼 / 금이 간 너의 얼굴
> 은

ㅡ「사랑」(1960. 1) 전문

3. 여편네, 반반에서 타자로

김수영은 시에서 아내를 빈번히 불러내었다. 그러다가 "여편네"가
처음으로 등장한 시가 「생활」(1959)이다. 「바뀌어진 지평선」에서 뮤즈
에게 이제부터는 생활과 뮤즈를 나란히 가게 하겠다고 선언한 김수영이
지만, 「생활」을 제목으로 내걸고 쓴 시는 이것이 처음이다.

> 시장거리의 먼지 나는 길옆의 / 좌판 위에 쌓인 호콩 마마콩 멍석의 / 호콩
> 마마콩이 어쩌면 저렇게 많은지 / 나는 저절로 웃음이 터져나왔다 // 모든
> 것을 제압하는 생활 속의 / 애정처럼 / 솟아오른 놈 // (유년의 기적을 잃어
> 버리고 / 얼마나 많은 세월이 흘러갔나) // 여편네와 아들놈을 데리고 / 낙오
> 자처럼 걸어가면서 / 나는 자꾸 허허…… 웃는다 // 무위와 생활의 극점을
> 돌아서 / 나는 또 하나의 생활의 좁은 골목 속으로 / 들어서면서 / 이 골목이
> 라고 생각하고 무릎을 친다 // 생활은 고절(孤絶)이며 / 비애이었다 / 그처
> 럼 나는 조용히 미쳐간다 / 조용히 조용히……

ㅡ「생활」(1959) 전문

이 시에 사용된 언어와 어조의 미묘한 변화가 중요하게 여겨진다. 그는 이미 「반주곡」(1958)에서 "나의 여자들의 더러운 발은 생활의 숙제"라는 진술로 생활의 중심에 여자(아내)를 축으로 돌아가는 가족이 있다는 것을 암시했지만, 이 시에서는 가족과 나의 거리가 좀 더 가깝다. "여편네"가 생활의 시와 밀접하다는 근거로 이 시를 들어도 좋겠다. "여편네와 아들놈"의 짝은 여편네가 등장하는 그의 여러 시에서도 반복해서 나타난다. 이때 "여편네"는 자기 아내를 낮춰 이르는 말이지만, 의지로서 일부러 비하했다기보다 '나에게 속한 사람'을 타인에게 이야기할 때의 전통적인 겸양어법으로 볼 여지도 있다. 황현산이 "그(김수영)에게서 처음으로 시적인 말과 일반적인 말의 차별이 완전히 사라졌다"고[14] 말한 것처럼 이 "여편네와 아들놈"이야말로 일반적인 말의 세계를 시 속으로 끌어들이면서 생활을 시로 만들어내는 순간을 보여주고 있다.

그는 지금 "무위와 생활의 극점을 돌아서 / 나는 또 하나의 생활의 좁은 골목 속으로" 들어가고 있다. 그가 지금까지 걸어왔던 길은 좁고, 고절하고, 비애에 절어 있다. 그는 스스로 낙오자라 생각하며 여편네와 아들놈을 데리고 그 길을 걷고 있었다. 그러나 그 길에서 호콩 마마콩 무더기를 보고, 그 조그만 것들의 그 많은 수가 갑자기 우스워진다. "모든 것을 제압하는 생활 속의 애정"이 갑자기 유년의 기억을 불러왔던 건지도 모른다. 유년과 현재 사이의 아득한 시간을 느끼며, 그는 새로운 생활의 길로 접어드는 중이다. "이 골목이라고 생각하고 무릎을 친다." 그 길은 그가 이전까지 걸어왔던 길과는 다르다. 여편네와 아들놈이 있기에 무언가를 해야 하는 길, 더 이상 무위로 살 수 없는 길. "애정"으로 가는 길.

이로부터 그의 시적 여정에서 "여편네"의 출현이 빈번해졌다. 김수영

....
14. 황현산, 「김수영의 현대성 또는 현재성」, 『창작과비평』, 2008년 여름호, 189면.

은 산문에서 "여편네는 남도 아니고 나도 아닌 그 중간물"이라고[15] 고백한 적이 있다. 아내가 마당에 심은 개나리의 짙어가는 노란색을 바라보며 뜬금없이 한 말이다. 전에 살던 사람이 장미를 심었다가 뽑아가 버린 자리에 아내가 심은 개나리는 "남이 심은 꽃"을 보는 것과 다른 기분을 주지만 그렇다고 내 것 같지도 않다. 그처럼 "여편네"는 나에게 속해 있지도 않으면서 완전한 타자(남)도 아닌 중간물이다. 그러나 그 "여편네"는 중간물의 위치를 자주 이탈한다. 생활의 어려움이 전면에 드러나는 시, 주로 돈과 관련된 시에 단골로 출연하면서다. 「만용에게」 같은 시가 보여주는 그와 "여편네"의 대결양상을 보면 "여편네"는 완연 히 바깥에 있다.

> 이렇게 주기적인 수입소동이 날 때만은/네가 부리는 독살에도 나는 지지 않는다//무능한 내가 지지 않는 것은 이때만이다/너의 독기가 예에 없이 걸레쪽같이 보이고/너와 내가 반반——/"어디 마음대로 화를 부려보려무 나!"
>
> — 「만용에게」(1962) 부분

김수영과 그의 아내는 당시 차츰 골격을 갖추어가고 있던 근대화 시대의 핵가족 형태와는 다른 삶을 살았다. 그들은 함께 닭을 치거나 돼지를 길렀고, 아내는 옷을 짓고 남편은 번역을 하면서 생활의 자잘한 경험을 공유하며 살아간 부부였고 경제적 주도권은 아내가 쥐었을 때가 많았다. 달리 말해, 이 부부는 근대화를 향해 달려가던 한국사회의 성별분 업적 공사구분 생활방식에 들어맞지 않는 삶을 살았다. 이렇게 된 데에는 의용군 출신에 반공포로 출신이라는 김수영의 정치적 한계와 비판적

---

15. 「마당과 동대문」, 『전집 2』, 171면.

지식인으로서의 그의 사상적 한계가 다 작용을 했을 것이지만, 삶 자체가 이런 구성으로 되어 있었다는 사실을 도외시하고 김수영의 "여편네"라는 기표를 해석하게 되면 가부장적 사회의 통념을 도식적으로 적용할 수도 있다. 예컨대 많은 연구자들이 이 '여편네'가 김수영의 남성우월주의적 인식을 드러내는 언어사용이며 그가 자신의 아내를 돈을 밝히는 속물로 묘사하고 경멸과 모욕을 가한다고 주장한다. 그러나 「만용에게」에서 보듯 둘은 똑같다. 아니 "반반"이다. 팽팽하게 대립하는 관계다.

그런가 하면 김수영의 아내에 대한 공격이 사실은 위악이고 자기 자신을 향한 역설이라는 견해 또한 만만치 않다. 이러한 견해들이 공통적으로 놓치고 있는 것은, 지식인으로서의 김수영과 생활인으로서의 김수영과 시인으로서의 김수영이 분리되기 어렵다는 점이다. 김수영의 시가 재현이나 반영이라서가 아니라, 오히려 생활에 대한 김수영의 첨예한 인식이 그의 시론과 시를 구축해 나가기 때문에, 언제나 "남편은 어제의 남편이 아니라니까"라고[16] 말하는 것과 동시에 아내도 어제의 아내가 아니게 된다. 변화하는 관계 속에서 김수영의 아내에 대한 생각도 변화한다. 이런 변화를 극명하게 드러낸 시가 「이혼 취소」다.

(…) 이것을 지금 완성했다 아내여 우리는 이겼다 / 우리는 블레이크의 시를 완성했다 우리는 / 이제 차디찬 사람들을 경멸할 수 있다 / 어제 국회의 장 공관의 칵테일파티에 참석한 / 천사 같은 여류작가의 냉철한 지성적인 / 눈동자는 거짓말이다 / 그 눈동자는 피를 흘리고 있지 않다 / 선이 아닌 모든 것은 악이다 신의 지대에는 / 중립이 없다 / 아내여 화해하자 그대가 흘리는 피에 나도 / 참가하게 해다오 그러기 위해서만 / 이혼을 취소하자
　　　　　　　　　　　　　　　　　　　　　　　—「이혼 취소」(1966) 부분

....
16. 「거미」, 『전집 1』.

「이혼 취소」는 아내가 등장하는 시 중 가장 긍정적으로 쓰인 시라고 생각된다. "자본주의보다도 처와 출판업자가 더욱 싫다"고까지 말한 김수영이지만,[17] 사실은 자본주의에 대한 거부감을 지닌 채로 자본주의에 순응하는 소시민의 삶을 영위하는 모순을 여편네와의 갈등을 통해 표현하고 있는 셈이다. 그런 그가 이 시에 와서 아내에게 화해를 청한다. 살기 위해 돈을 벌고자 아내가 감당하는 수고는 '피 흘리는 일'로 비유되며, 그 '흘리는 피'에 동참하고자 하는 인식 변화가 이루어진다. '피 흘리지 않는 문학' 즉 참여 없는 문학에 대한 비판과 반성을 포함하는 시이기도 하지만, 아내를 탓하거나 대결하기보다 있는 그대로의 아내를 받아들이는 자세를 보여준다는 점에서도 주목을 요한다. 중간물이었던 아내가 '우리'라는 말이 가리키는 공동체가 되었다. 이러한 인식은 "인간이 없는 정치, 사랑이 없는 정치, 시가 없는 사회는 중심이 없는 원이다. 이런 식의 근대화는 그 완성이 즉 자멸이다"라는 인식과도 통하며, "진정한 시는 자기를 죽이고 타자가 되는 사랑의 작업이며 자세"라는 주장의 조그만 실천이기도 하다.[18]

4. 다시 여편네 문제

그렇다면, 「이혼 취소」보다 훨씬 이전에 쓰여진 시이기는 하지만, 여편네를 "때려눕"히고도 "살인"이 아니어서 아쉽다는 시는 어떻게 이해해야 할까.

17. 「시작노트 6」, 『전집 2』, 552면.
18. 「로터리의 꽃의 노이로제」, 『전집 2』, 280면.

남에게 희생을 당할 만한 / 충분한 각오를 가진 사람만이 / 살인을 한다 //
그러나 우산대로 / 여편네를 때려눕혔을 때 / 우리들의 옆에서는 / 어린놈이
울었고 / 비 오는 거리에는 / 40명가량의 취객들이 / 모여들었고 / 집에 돌
아와서 / 제일 마음에 꺼리는 것이 / 아는 사람이 / 이 캄캄한 범행의 현장을
/ 보았는가 하는 일이었다 /── 아니 그보다도 먼저 / 아까운 것이 / 지우산
을 현장에 버리고 온 일이었다

─「죄와 벌」(1963. 10) 전문

『죄와 벌』이라는 도스토옙스키의 동명소설에서 모티브와 제목을 가
져와서 쓴 이 시가 2018년 현재 김수영의 문학적 평가 전체를 위태롭게
만드는 중이다. 이 시에 대한 가장 강렬한 변명은 부인인 김현경 본인에게
서 나왔다. 일방적으로 얻어맞은 적은 없다고 한다.[19] 그러나 중요한
것은 실제의 싸움이 어떤 양상이었는가가 아니라 김수영이 이것을 시로
썼다는 사실이다.

김수영은 여편네에 대한 욕을 시에 쓰는 것은 일종의 허구지만, 졸렬한
일이기도 하다고 썼다. "여편네를 욕하는 것은 좋으나, 여편네를 욕함으
로써 자기만 잘난 체하고 생색을 내려는 것은 치기다. 시에서 욕을
하는 것이 정말 욕이 되는 것은 아니지만, 하여간 문학의 악의 언턱거리로
여편네를 이용한다는 것은 좀 졸렬한 것 같은 감이 없지 않다."[20]

그러나 아내를 우산대로 때리고 그것을 남들이 본 일만이 마음에
걸리며 심지어 지우산을 버리고 온 일이 더 아깝다고 하는 진술은 졸렬을
넘어선다. '현장'이라는 말이 암시하는 것은 '범행'이다. 시인은 자신이

19. 김수영연구회와의 대화에서.
20. 「시작노트 4」, 『전집 2』, 54면.

저지른 일이 살인에 버금가는 범행이라는 것을 말하고 싶어 하는 것이다. 그 때문에, "남에게 희생을 당할 만한/충분한 각오를 가진 사람만이/살인을 한다"라는 진술이 먼저 가능했다. 이 진술은 도스토옙스키의 『죄와 벌』을 간결하게 요약하고 있다. 라스콜리니코프는 스스로 타인을 단죄할 수 있는 초인이라고 생각하고 살인을 저지르지만, 김수영은 그 초인됨을 "남에게 희생을 당할 만한 충분한 각오"로 번역한다. 가장 단순하게 읽으면 이 말은 살인은 제 목숨을 걸고 하는 일이라는 뜻이지만, 희생이라는 종교적 어휘를 굳이 사용한 이유는 '죄와 벌'의 드라마에 내재한 죽음과 부활의 의미를 환기하고 싶기 때문이다.

'그러나'로 시작하는 두 번째 연에서 김수영은 자신의 범행이 희생에도 살인에도 미치지 못하는 것, 고작 어린놈을 울리고 남들의 구경거리가 되는 일에 불과한 어리숙한 것임을 분노한 어조로 고백하고 있다. 라스콜리니코프가 '양심'의 가책으로 괴로워하는 상황의 완전한 전복이다. 그는 여기서 머물지 않고 한 걸음 더 나아가 아까운 것이 지우산을 버리고 온 일이라는 치졸한 고백을 한다. 폭력의 이유에 대한 어떤 변명도 없기 때문에 그의 폭력과 졸렬함은 더 강조된다.

이 시에서의 '죄'라는 어휘는 죽음과 이어진다. 그래서 살인이라는 말이 등장한다. 증인도 증거도 없는 라스콜리니코프에게는 양심만이 오로지 죄를 증거한다. 그러나 수영은 여편네의 목숨과 자기 목숨을 맞바꿀 수 없다. 그 불완전성으로 말미암아 남에게 희생을 당할 만한 충분한 각오가 되지 않은 자신이 드러나고, 증인과 증거물이 남는다. 스스로를 초인이라 상상한 라스콜리니코프와 정반대로 속인에 불과한 자기 자신이 보인다. 죄는 살인에까지 이르는 자기동일성의 확장이나 초월이 아니라 졸렬하기 짝이 없는 아내구타고, 그래서 벌은 희생을 통한 속죄와 구원의 도정으로 그를 이끌지 못한다. 죄는 여편네를 우산대로 패면서도 끊임없이 세상의 시선을 신경 쓰는 자아, 그 불완전함이고,

벌은 회개가 아니라 속됨으로 남아 있는 사실 그 자체다. 곧 자기 자신의 죽음과 버금가는 속됨이다.

이 시가 지금 현재 문제가 되는 것은, 김수영의 시가 여성혐오적이고 가부장적 폭력성을 드러낸다는 주장에 이 시가 부합하는 것으로 보인다는 사실 때문이다. 명백한 가정폭력이고, 폭력남편이다. 천하의 김수영도 자기 시대의 문화적 한계를 못 벗어났다는 고백일까? 그렇게만 읽으면 이 시의 비밀이 잘 풀리지 않는다. 자기 자신과 반반인 아내를 향한 폭력은 곧 자기가 자기를 제대로 된 구원으로 이끌지 못함을 알고 있다는 고백에 가깝다. '죄'에 이르지 못하는 폭력은 '벌'에 이르지도 못하는 너절한 것이다.[21] 폭력과 폭력에 대한 성찰을 나란히 놓음으로써 죄와 벌의 변증법을 이야기하는 시다.

이 시는 김수영의 시적 도정에서 매우 중요한 위상을 차지한다. 현실과 혁명이라는 언어의 연합체로 구성된 수영의 세계에 죄와 벌의 인과가 등장한 것이다. 이를 좀 더 살펴보기 위해 「죄와 벌」과 비슷한 시기에 창작된 시 「여자」를 본다.

여자란 집중된 동물이다/그 이마의 힘줄같이 나에게 설움을 가르쳐준다/전란도 서러웠지만/포로수용소 안은 더 서러웠고/그 안의 여자들은 더 서러웠다/고난이 나를 집중시켰고/이런 집중이 여자의 선천적인 집중도와/기적적으로 마주치게 한 것이 전쟁이라고 생각했다/그런 의미에서 나는 전쟁에 축복을 드렸다//내가 지금 6학년 아이들의 과외공부집에서 만난/학부형회의 어떤 어머니에게 느끼는 여자의 감각/그 이마의 힘줄/그 힘줄의 집중도/이것은 죄에서 우러나오는 것이다/여자의 본성은 에고

21. 김수영연구회 편의 김수영 시 해설집에 수록될 예정인 글을 약간의 수정을 거쳐 재수록함.

이스트/뱀과 같은 에고이스트/그러니까 뱀은 선천적인 포로인지도 모른
다/그런 의미에서 나는 속죄에 축복을 드렸다

— 「여자」(1963) 전문

'여자'라는 제목을 본격 달고 나온 시여서 이 시는 김수영의 여성에
대한 인식을 탐구하는 데 빠지지 않고 등장한다. 여편네는 "나도 아니고
남도 아닌 중간자"지만, 여자는 남, 타자다. 명백한 생물학적, 사회적
차이를 지닌 타자다. 타자에의 탐구라고 이름 붙여도 좋음 직한 시다.

"여자란 집중된 동물이다"라는 선언은, '남자인 나는 집중되지 못한
동물이다'라는 인식의 다른 표현이다. '집중되지 못했음'으로부터 '집중
됨'으로 옮겨가는 두 가지 경로에 대한 탐구가 이 시의 주제다.

이 시에서 가장 어려운 말은 집중'된'이라는 말인데, 이는 여자의
바깥에서 작용하는 힘이 있고, 그 힘이 여자로 하여금 선천적인 집중도를
지니게 했음을 드러낸다. 그런 여자를 보는 일은, 달리 말해 자신은
알 수 없는 집중됨의 증거인 힘줄을 보는 일은 김수영의 중요한 시적
주제인 설움을 배우는 일이다. 시인이 이 설움에 다가선 것은 포로수용소
와 전쟁의 고난을 통해서였다. 고난이 자신을 집중'되'게 만들었다.
고난과 전쟁이 설움을 통해 '여자를 집중하게 만드는 힘'에 자신도
다가설 수 있게 했다. 고난이 여자와 자신 간에 동일성의 고리를 만들었다.

그렇다면 여자는 무엇에 집중되었나. 전쟁이 없었어도 여자는 집중되
어 있을 것이다. 남자인 자신은 전쟁 같은 고난을 통해 겨우 다가간
그것에 여자는 선천적으로 집중되어 있다. 전쟁과 고난은 폭력만을
체험하게 한 것이 아니라 강력한 생에의 애착 또한 경험하게 했을 터이다.
여자의 영역은 원래 전쟁 같은 생활 그 자체이고, 고난 그 자체이며
한편 생명 그 자체며 관념이 아니라 육체, 이마에 솟아오르는 힘줄이다.
그 사실을 깨닫게 해준 것이 전쟁이다.

집중되게 만든 힘 또는 주체는 "죄에서 우러나오는 것"으로 암시된다. 기독교의 창세기에서 가져온 상징임이 분명한 죄와 뱀의 등장으로 이 시는 기독교적 구원론의 색채를 살짝 띤다. 집중은 결국 죄(죽음)에로 집중하는 힘이고, 선천적인 집중의 능력을 지닌 에고이스트인 여자는 뱀을 사로잡아(선천적인 포로) 남자를 유혹하고 죄(원죄)를 짓게 한 존재다. 이 여자의 힘은 창세기의 이브만이 아니라 학부형회 어떤 어머니에게서도 드러나는 감각이다. 수영은 여성을 통해, 뱀보다 먼저 있는 여자, 즉 에고이스트, 조금 과잉해석하면 신 앞에 선 단독자를 통해서 그 설움의 본질인 집중을 배울 수 있음을 축복한다.

이 시에서 시인이 축복을 드리는 두 대상, 전쟁과 속죄는 죽음과 생명이라는 동전의 양면을 지니고 있다. 기독교적 상징에서 속죄란 원죄 곧 죽음의 선천적인 포로가 되지 않게 해주는 일이다. 여자는 선천적 에고이스트, 즉 독립한 개인이고, 나는 고난을 겪고 속죄함으로써 그 단독자에 도달할 것이다. 여자를 좀 더 자연(신)에 속한 존재로 본다는 점에서 도식적인 감은 있지만, 김수영이 여자의 본성을 신과 맞설 수 있는 뱀과 같은 에고이스트로 본다는 것은 여자의 완전성과 자기 자신의 불완전성에 대한 대비로 보인다. 그런 의미에서 전쟁과 속죄는 같은 개념이며, 희생이 필요하다는 뜻이다. 이 희생이라는 말이 「죄와 벌」로 이어진다고 볼 수 있다.

두 편의 시에서 확연히 드러나듯 김수영은 완벽한 타자로 나타난 '여자' 앞에서 자신의 에고가 붕괴하는 경험을 한다. 나의 에고에 속하지 않은 존재, 내가 모르는 완전에 도달한 존재 앞에서 내가 드러낼 수 있는 것은 폭력성이다. 전쟁을 겪은 상이용사이고 사회의 주류적 흐름에서 조금은 비켜서 있는 비겁이 옹졸한 반항을 하게 하는 일.[22] 자괴감을

....

22. 「어느 날 고궁을 나오면서」, 『전집 1』.

느끼는 남성이 쉽게 행사하는 것이 폭력. 그는 여편네와 아들놈을 수시로 두들겨 팬 경력도 있는 무능한 가장이다. 그러나 그 폭력의 현장을 시로 쓴다는 것에는 다른 해석이 필요하다. 「여자」를 거쳐 「죄와 벌」에서 김수영의 "여편네"는 존재의 변이를 이룬다. "나도 남도 아닌 중간"이고 "반반"으로 맞서던 존재에서, 나의 에고가 장악할 수 없고 받아들일 수밖에 없는 타자, 사랑의 존재가 되어가는 것이다. 이 뮤즈는 '신지핌'을 주는 뮤즈가 아니라 고난을 함께하며 "일자로 가는" 뮤즈, 언젠가 번개의 번쩍임 속에서 미리 보았던 금이 간 너의 얼굴이 될 수밖에 없다. 영감을 주는 뮤즈가 아니라 각성을 주는 뮤즈.

　　김수영은 시에 여편네만이 많이 나오고 진짜 여자가 나오지 않는다는 친구의 불평[23]에 무식한 소리라고 하면서 "현대시를 쓰려면 돈이 있어야 한다"라고 쓴 일이 있다. "지혜"이거나 또는 "완전한 속화"이기도 한 깨달음이다. 돈을 벌기 위해 온갖 추태를 서슴지 않는 그의 여편네는 돈이 있어야만 자유를 얻을 수 있는 자본주의 사회에서 자유를 누리려는 김수영의 고투에 유일한 동반자다. 「너를 잃고」의 '나를 버린 뮤즈'에서 「이혼 취소」에서 선포했듯 '계급적 동지'가 되기까지의 여정을 따라오며 온갖 욕을 들어먹은 "여편네"는 김수영의 가장 강력한 타자이다. 그렇다면 자신을 가두어두는 좁은 세계에서 대지가 은폐한 것들을 온몸으로 열고 나간 김수영의 진짜 뮤즈는, 내내 자기 자신을 밀어붙이고 타협하지 않는 언어의 전투를 벌인 자기 자신이 아닐까. 글을 닫으면서 비로소 생각해본다.

....

23. 「미인」, 『전집 2』 참조.

비참의식과 역경주의(逆境/力耕主義)[1]
── 김수영과 니체

임동확

1. 6·25 한국전쟁과 '그리스적 명랑성'[2]

김수영은 6·25 한국전쟁과 그로 인한 포로생활을 회고하는 자리에서 "세계의 그 어느 사람보다도 비참한 사람이 되리라는 나의 욕망의 철학이 나에게 있었다면 그것을 만족시켜준 것이 이 포로 생활이었다"[3]고 말한

....

1. '역경주의(逆境/力耕主義)'는 김수영의 산문 「토끼」에서 착안한 것으로 수지타산에 상관없이 어떤 일에서든 '얼마나 힘이 드느냐'를 먼저 생각'했던 그의 삶의 태도와 문학적 자세를 잘 나타내는 용어 중의 하나라고 할 수 있을 것이다. 「토끼」, 이영준 엮음, 『김수영 전집 2 산문』, 민음사, 2018, 141면 참조. 이하 모든 산문과 시의 인용은 이영준 엮음의 2018년판 『김수영 전집 1·2』에 따름을 밝혀둔다.
2. 니체는 삶의 비극과 고통에 직면해 천박한 미래에 다가올 것이나 지나간 과거에 집착하는 낙천주의나 염세주의로 도피하기보다는 그것들을 넉넉히 이겨내는 현재중심적인 삶의 극단적인 긍정과 강인함을 추구하는 그리스인의 삶을 태도를 '그리스적 명랑성'으로 명명한 바 있다. 니체, 이진우 옮김, 「비극의 탄생」, 『니체전집 2』, 책세상, 2016, 92~93면 및 133~134면 참조. 이하 니체전집의 경우 책세상판을 따름을 밝혀둔다.
3. 「내가 겪은 포로생활」, 33면.

다. 특히 그는 "6·25사변은 나뿐만 아니라 모든 우리 민족에게 지각과 긍지를 넣어준 하늘이 준 기회"[4]라고 말하고 있다. 개인적으로 "내일을 기약할 수 없는 포로의 신세"로서 "생명이 없는 것"[5]이나 마찬가지였던 상황 속에서 그는 6·25 한국전쟁을 비로소 민족의식을 각성하고 재인식 하는 계기로 받아들이고 있다.

하지만 6·25 전쟁이 무려 약 450만 명에 달하는 인명살상과 막대한 재산 피해를 가져왔다는 점에서 그가 당대의 개인적 고난과 역경을 긍정적으로 받아들이고 있는 모습은 매우 이례적이다. 대개 각 개인과 집단의 상처와 아픔에 주목하는 당대의 문학인들과 달리, 미국과 소련을 중심으로 수많은 병력과 최신무기를 동원한 이른바 '저주받은 전쟁'에서 평소 지녀온 신념을 확인하고 공동체적 운명을 자각하는 생의 전환점으로 삼고 있다는 사실이 그저 놀랍기만 하다. 전쟁으로 인한 공포나 "불안"을 "수동적으로" "받아들이기보다는" 그 속에 직접 "뛰어들어" "운명을 같이하는 것이 괴로움이 적은 일이요 떳떳한 일같이 생각"[6]했다는 그의 고백을 쉽게 납득하기 어렵다.

예컨대 그는 "아무것도 의지할 곳이 없다는 느낌"과 더불어 "뼈를 어이는 설움"[7] 속에서도 그걸 원망하기보다 어떤 불행에도 견뎌낼 수 있는 문학적 창조의 원동력으로 삼고자 했다. 특히 그는 전쟁포로라는 최악의 인간적 한계상황과 신분 조건 속에서도 한 개인으로서 구체적 실존에 대한 치열한 탐색과 더불어 불가피하게 주어진 시대의 불행을 책임지려는 자세를 보여주고 있다. 생사를 넘나드는 실존적인 '불안'과 그로 인한 비참한 삶의 곤경 속에서 스스로의 존재 의의를 물으면서

....

4. 「생명의 향수를 찾아서」, 228면.
5. 「내가 겪은 포로생활」, 33면.
6. 위의 글, 35면.
7. 위의 글, 37면.

더욱 자신의 자유의지와 세계인식을 확장시키고자 했던 시인이 바로 김수영이었던 셈이다.

포로수용소 체험에 대한 그의 고백이 담겨 있는 시 「조국에 돌아오신 상병포로 동지들에게」가 그 한 증거다.

> 그것은 자유를 찾기 위해서의 여정이었다
> 가족과 애인과 그리고 또 하나 부실한 처를 버리고
> 포로수용소로 오려고 집을 버리고 나온 것이 아니라
> 포로수용소보다 더 어두운 곳이라 할지라도
> 자유가 살고 있는 영원한 길을 찾아
> 나와 나의 벗이 안심하고 살 수 있는
> 현대의 천당을 찾아 나온 것이다.
> (…)
> 나는 그들이 어떻게 용감하게 싸웠느냐 것에 대한 대변인이 아니다
> 또한 나의 죄악을 가리기 위하여 독자의 눈을 가리고 입을 봉하기 위한
> 연명을 위한 아유(阿諛)도 아니다
> 그리고 이러한 변명이 지루하다고 꾸짖는 독자에 대하여는
> 한마디 드려야 할 정당한 이유의 말이 있다
> "포로의 반공전선을 위하여는
> 이것보다 더 장황한 전제가 필요하였습니다
> 나는 그들의 용감성과 또 그들의 어마어마한 전과(戰果)에 대하여 말하는
> 것이 아니라
> 그들의 싸워온 독특한 위치와 세계사적 가치를 말하는 것입니다"
> ─「조국에 돌아오신 상병포로 동지들에게」(1953) 부분, (고딕 필자 강조)

여기서 "나"는 물론 자의로 "가족과 애인과 그리고 또 하나 부실한

처"까지 "버리고" "포로수용소"에 오게 된 것은 아니다. 하지만 "나"에게 "포로수용소" 생활은 단지 구속이나 억압의 삶이 아니다. 이전부터 "나" 는 "포로수용소보다 더 어두운 곳이라 할지라도/자유가 살고 있는 영원한 길을 찾아"왔을 것이기 때문이다. 따라서 온갖 부자유와 강제의 공간일 거라는 일반적인 생각들과는 달리, "나"에게 포로수용소 생활은 "자유를 찾기 위한 여정"의 하나다. 놀랍게도 "나와 나의 벗"들이 "안심하고 살 수 있는/현대의 천당"이다.

그래서 "나"는 일종의 전향서에 해당하는 위시 속에서 이른바 반공포로들이 적색포로들과 "어떻게 용감하게 싸웠느냔 것에 대한 대변"을 하려 하지 않는다. 당시 의용군에 끌려간 것을 불온시하는 풍토 속에서 "나"는 굳이 자신의 "죄악"을 "가리"거나 "독자의 눈을 가리고 입을 봉하"면서 자신의 "연명"을 꾀하기 위한 "아유(阿諛)"나 변명하려 들지 않는다. 이른바 "반공"포로들의 "용감성"과 "그들의 어마어마한 전과(戰果)"에 대한 언급은, 그러기에 "나"에겐 지극히 부차적인 문제다. 어디까지나 "나"의 관심은 "그들이" "자유"를 위해 "싸워온 독특한 위치와 세계사적 가치"에 있다.

왜 그런가. 그에 따르면, 6·25 한국전쟁은 우선 자신의 불행과 상관없이 "나의 전진은 세계사의 전진과 보조를 같이한다"[8]는 그의 평소 신념을 구체적으로 확인하고 확신하는 사태의 하나다. 특히 한 시인으로서 그것은 자신과 민족 전체의 삶에 활력을 부여하고 정화하는 일종의 힘이자 폭넓은 세계인식을 획득하는 중요한 전환점이 된 역사적 사건이다. 후일 그가 6·25 "전쟁"에 대한 "속죄"와 더불어 기꺼이 "축복을 드"(「여자」, 1963)릴 수 있었던 것은, 따라서 우연의 결과가 아니다. 바로 생의 비참과 시대적 고통을 적극적이고 능동적으로 수용하면서,

....

8. 「시작노트 2」, 532면.

그걸 스스로의 존재가치를 입증하는 계기이자 새로운 세계인식의 기반으로 삼고자 했던 결과였다고 할 수 있다.[9]

하지만 전쟁이 몰고 온 일체의 비극과 포로수용소 생활에 대한 그의 독특한 삶의 수용 자세와 인식 세계태도는 그저 우발적이거나 우연적인 산물만이 아니다. 이러한 그의 작가적 도전과 응전의 모습은 당면한 비극적인 삶과 시대의 고통이나 슬픔을 가장 생기 넘치는 유쾌함으로 상승시키고자 '니체'의 '그리스적 명랑성'과 매우 닮아 있다. 특히 그것들은 연이은 증오와 불행, 아픔과 죽음 앞에서 생을 포기하기보다 견딜 수 없는 생의 고통이나 불행조차 자기 극복 여하에 따라 한 개인을 한층 성숙하고 고귀하게 만든다는 니체적 인간관과 깊게 연관되어 있다.[10] 그는 니체처럼 세계의 본질을 고통으로 보되 애써 그걸 건강하고 생명력 있는 삶의 의지로 승화하려 했던 일종의 '역경인(力耕人, 일명 超人, Übermensch)'[11]적 시인의 한 명이 김수영이었던 셈이다.

....

9. 하지만 이른바 그의 '비참의식'은 단지 6 · 25 한국전쟁과 같은 역사적이고 시대적인 산물만은 아니다. "일찍이" 그는 한 집안의 장남으로서 "돌아가신" 그의 "아버지"가 "또 하나 나의 팔이 될 수 없는" 데서, 마주한 "현실"을 "떳떳이 내다볼 수 없는" 상황에서 비롯되는 "비참"(「아버지의 사진」, 1949)의식을 느낀 바 있다. 그의 평전을 펴낸 바 있는 최하림 역시 이 점에 대해 지적하고 있다. 거기서 최하림은 김수영의 '비참의식'이 6 · 25 전쟁 기간보다 그가 징집을 피해 일본에서 돌아온 후 어머니를 따라 만주로 간 이후 새삼 망국민 의식과 일본제국주의에 대한 새로운 인식이 생겨났다고 보고 있다. 하지만 그의 '비참의식'을 개인적이고 역사적인 차원에서만 볼 수 없다. 그의 산문 「내가 겪은 포로생활」이 잘 보여주고 있듯이, 그의 '비참의식'은 일찍이 세계의 본질이 고통이나 비참임을 자각했던 것에서 비롯되었다고 할 수 있다. 최하림, 『김수영 평전』, 실천문학사, 2001, 68~69면 참조.

10. 니체, 김정현 옮김, 「선악의 저편」, 『니체전집 14』, 295면.

11. 철학적인 의미로 '초인'은 기존의 도덕을 무시하고 인간적 가능성을 극한까지 실현한 이상적 인간형을 말한다. 하지만 니체가 말하는 '초인'은 보통 사람보다 훨씬 뛰어난 능력을 가진 이른바 슈퍼맨과 거리가 멀다. 특히 니체적 '초인'은 초월적이고 가치와 내세적인 근본을 강조하는 종교적 창시자나 도인을 의미하지 않는다. 물론 니체의 '초인' 개념엔 새로운 가치를 창조하는 입법자이자 명령자의 의미가 들어 있다. 하지만 세계의 본질을 이루고 있는 '권력의지'를 실현해나가는 인간으로 니체적 초인은 어디까

2. '불안에의 신앙'과 '스스로 도는 힘'

김수영이 의용군에 끌려갔다가 우여곡절 끝에 서울로 돌아와 그의
어머니를 만나기 바로 직전 그는 무심코 "불안에의 신앙"12을 토로한다.
그의 어머니 집에서 얼마 떨어지지 않는 지점에서 체포 직전 "살고
싶다는 욕망과 인제는 살 가망이 드디어 없어졌다는 새로운 절망의
인식"이 "직감적으로" 그의 "가슴을 찌르고 지나"13가는 것을 느꼈다고
고백한 바 있다. 하지만 그는 "눈물이 나올 여유조차 없는" 극도의 "절
망"14적인 상황 속에서도 쉽게 좌절하거나 포기하는 모습을 보여주지
않는다. 생사를 좌우하는 극심한 생의 공포와 불안 속에서도 자신의
어머니와 만나고자 하는 강렬한 의지를 드러낸다. 의용군 경력 때문에
자신이 뻔히 체포될 거라는 예상을 했음에도 그는 그걸 위험을 무릅쓰고
어머니 집으로 향한다. 그는 이를 통해 극심한 존재론적인 '불안'과
실존론적인 공포를 그저 회피하기보다는 그것들과 정면으로 대면하거나
책임을 지려는 모습을 보여주고 있다.15

....

지나 삶의 대지에 몸담고 있는 현세중심의 인간을 가리킨다. 좋든 싫든 주어진 삶의
역경(逆境)을 힘들게 견디면서 그걸 극복해가는 인간상의 하나가 '초인'이다. 따라서
필자는 현세부정의 초월적인 의미가 강한 '초인'보다 대지적이고 현세중심적인 존재라
는 점에서 니체적인 '초인'을 '역경인(力耕人)'으로 대신 번역해 '역경인'으로 부르고자
한다.
12. 「나는 이렇게 석방되었다」, 41면.
13. 위의 글, 40면.
14. 위의 글, 41면.
15. 김수영과 실존주의 사상과의 영향 관계는 지금까지 명확하게 드러난 바 없다. 하지만
실존주의 사상가들이 인간의 실존의 실상에 다가갈 수 있는 통로로 합리적 성찰
(reflection)이 아니라 '불안' 등 변덕스런 정서나 기분(mood)이라는 점에 주목하고
있다는 점에서 그의 '불안에의 신앙'을 가벼이 취급할 수 없다. 한 개인의 고통과
불안, 죽음과 절망 등 복잡하고 상반된 감정과 본능으로 이루어지는 인간의 실질적인
삶의 양식에 접근함으로써 사유와 감각 및 행동 간의 괴리를 극복하려는 사상적

마치 어쩌면 한 해 뒤에 다가온 6·25 한국전쟁을 그대로 예감한 듯한 그의 시 「토끼」가 한 증거다. 여기서 그는 비참하고 부조리한 삶의 상황이나 조건에도 굴하지 않는 실존주의적 인간상을 잘 보여주고 있다.

1

토끼는 입으로 새끼를 뱉으다

토끼는 태어날 때부터
뛰는 훈련을 받는 그러한 운명에 있었다
그는 어미의 입에서 탄생과 동시에 추락을 선고받는 것이다

2

생후의 토끼가 살기 위하여서는
전쟁이나 혹은 나의 진실성 모양으로 서서 있어야 하였다
누가 서 있는 게 아니라
토끼가 서서 있어야 하였다
그러나 그는 캥거루의 일족은 아니다

....

움직임 중의 하나가 실존주의 사상이라는 점에서 김수영과 실존주의 사상 간의 관계에 대한 마땅한 조명이 뒤따라야 할 것으로 보인다. Gerneral Editor Edward Craig, *Routledge Encyclopedia of Philosophy*, London and New York, 1998, 498. 참고로 비록 그의 작품에 한해서이지만, 그가 후일 자신의 시 「잔인의 초」와 「만용에게」를 설명하는 과정에서 '불안의 책임'을 거론하고 있다는 점에서 지속적으로 그의 문학과 삶에 끼쳤을 것으로 보이는 실존주의 사상의 흔적을 짐작해 볼 수 있다고 하겠다. 「시작노트 5」, 546~547면 참조.

수우(水牛)나 생어(生魚)같이
음정을 맞추어 우는 법도
습득하지 못하였다
그는 고개를 들고 서서 있어야 하였다

　　　　　　　　　－「토끼」(1949) 부분, (고딕 필자 강조)

　기이하게도 여기서 "토끼"는 자궁이 아니라 "입으로 새끼를 뱉"는 출산방식을 갖고 있다. 그뿐만 아니라 그 "토끼는 태어날 때부터 / 뛰는 훈련을 받"아야 하는 가혹하고 잔인한 "운명"에 처해 있다. 특히 그 "토끼는 어미의 입에서 탄생과 동시에 추락을 선고받는" 불행한 "동물"에 속한다. 태어난 방식 자체부터 비정상적이며 부조리한 최악의 삶의 조건 속에 놓여 있는 것이 '토끼'다.

　하지만 정상적인 경우, "생후의 토끼"는 탄생의 순간부터 달리는 훈련을 해야 하는 동물이 아니다. 일정 기간 동안 어미의 젖에 의지해야만 하는 초식동물에 불과하다. 그럼에도 불구하고 왜, 무엇 때문에 채 눈도 뜨지 못한 "토끼"가 탄생하는 순간 "살기 위하여" 딱히 "서서 있어야" 하는가? 우선 그것은 토끼가 직립(直立)하며 뛰어다니는 "캥거루의 일족이 아니"라는 점이다. 또한 선천적으로 "수우나 생어같이" 일정하게 "음정을 맞추어 우는 법도 / 습득하지 못"한 연약한 동물에 지니지 않는다. 캥거루나 물소 등의 동물과 달리 태생적으로 신체조건이나 생존능력 면에서 열등하며, 특히 '바로 서거나 뛰는'데 물리적 한계나 장애를 가진 동물에 불과하다.

　그런데도 왜 어린 "토끼"는 "전쟁이나 혹은 나의 진실성 모양" 곧바로 "서서 있어야" 하는가. 바로 그것은 생후의 토끼의 생존 여부가 전적으로 똑바로 설 수 있느냐, 없느냐에 따라 결정되기 때문이다. 달리 말해, "전쟁"과 같은 불확실하고 불안한 최악의 삶의 조건 속에서 그 극복

주체는 결코 "누가" 대신해 줄 수 없는 것이다. 마치 태어나자마자 어쩔 수 없이 "고개를 들고 서서 있어야"만 하는 토끼처럼 각자는 각기 다른 실존적 극한 상황에 어떻게든 적응하며 새로운 삶을 모색해야 할 운명이다. 일정한 체계나 개념으로 설명해내기엔 너무나도 불합리하고 유동적인 인간 실존의 실상을 대변하고 있는 토끼인 셈이다.

이러한 '토끼'의 연장선상에 놓여 있는 것이 '팽이'다. 어떤 식으로든 '서 있을 때' 그 존재성이 확보된다는 점에서 '토끼'와 '팽이'는 공통적이다.

도회 안에서 쫓겨 다니는 듯이 사는
나의 일이며
어느 소설(小說)보다도 신기로운 나의 생활이며
모두 다 내던지고
점잖이 앉은 나의 나이와 나이가 준 나의 무게를 생각하면서
정말 속임 없는 눈으로
지금 팽이가 도는 것을 본다
그러면 팽이가 까맣게 변하여 서서 있는 것이다
누구 집을 가보아도 나 사는 곳보다는 여유가 있고
바쁘지도 않으니
마치 별세계같이 보인다
팽이가 돈다
팽이가 돈다
팽이 밑바닥에 끈을 돌려 매이니 이상하고
손가락 사이에 끈을 한끝 잡고 방바닥에 내어던지니
소리 없이 회색빛으로 도는 것이
오래 보지 못한 달나라의 장난 같다

팽이가 돈다

팽이가 돌면서 나를 울린다

제트기 벽화 밑의 나보다 더 뚱뚱한 주인 앞에서

나는 결코 울어야 할 사람은 아니며

영원히 나 자신을 고쳐가야 할 운명과 사명에 놓여 있는 이 밤에

나는 한사코 방심조차 하여서는 아니 될 터인데

팽이는 나를 비웃는 듯이 돌고 있다

비행기 프로펠러보다는 팽이가 기억(記憶)이 멀고

강한 것보다는 약한 것이 더 많은 나의 착한 마음이기에

팽이는 지금 수천 년 전의 성인과 같이

내 앞에서 돈다

생각하면 서러운 것인데

너도 나도 스스로 도는 힘을 위하여

공통된 그 무엇을 위하여 울어서는 아니 된다는 듯이

서서 돌고 있는 것인가

팽이가 돈다

팽이가 돈다

— 「달나라의 장난」(1953) 부분, (고딕 필자 강조)

　여기서 "나"는 어느 날 손님으로 방문한 어느 집에서 팽이가 도는 것을 보게 된다. 그리고 한 아이가 팽이를 돌리는 것을 보면서, 잠시 남의 집을 방문한 목적도 망각한 채 잠시 그 팽이의 회전이 주는 황홀감에 도취한다. 그러면서 "나"는 "까맣게 변하여 서서 있"거나 "소리 없이 회색빛으로 도는" 팽이의 모습이 마치 "별세계"에 와있거나 "오래 보지 못한 달나라 장난"을 보는 듯한 착각에 빠진다. 팽이가 도는 모습에 마치 "도회 안에서 쫓겨 다니는 듯이 사는" "나의 일"을 잠시 잊는

망아(忘我)의 경험을 한다.

하지만 갑자기 그 팽이가 처음 구경꾼에 불과했던 "나를 울"리는 것을 느낀다. 그러면서 문득 "나"는 그 어떤 상황에서도 "결코 울어"서는 안 될 "사람"이며, "영원히 나 자신을 고쳐가야 할 운명과 사명"을 가진 자로서 "한사코 방심조차 하여서는 아니" 된 운명의 소유자라는 것을 깨닫는다. 어느 순간 "나"는 그 팽이의 운명과의 동일시 또는 감정이입을 통해 뭔가 불안하고 유동적인 "나"의 삶의 실상과 책임감을 자각한다.

그래서 일시적으로 마치 "수천 년 전의 성인과 같이" "신기함"과 황홀감을 선사했던 "팽이"는 이제 한낱 구경꾼이었던 '나'에게 그저 호기심이나 경탄을 유발하는 하나의 사물이 아니다. 마치 "나를 비웃는 듯이 돌고 있"는 그 팽이는, 무엇보다는 스스로를 가혹하게 채찍질함으로써만 존립할 수 있는 "나"의 운명을 암시한다. 그걸 깊이 "생각하면" 할수록 "서러운" 감정에 젖을 수밖에 없지만, 그 팽이처럼 가혹한 생의 조건 속에서도 그 운명을 흔쾌히 짊어져할 형편에 놓여 있다는 것을 각성한다.

문제는 주로 어린아이들이 누가 더 오랫동안 돌아가느냐를 겨루기도 하는 팽이는, 자력(自力)에 의해 돌 수 없다. 거의 예외 없이 모든 팽이는 채로 치거나 노끈과 같은 타력(他力)에 의해 그 회전력을 얻어야만 바로 설 수 있다. 그걸 돌리는 자의 힘과 의지에 따라 그 운명이 결정되는 놀이기구 중의 하나가 팽이다. 즉 팽이는 단순한 놀이기구의 하나가 아니다. 사르트르가 말한 대로 처음부터 어떤 본질적인 가치도 갖지 않은 채 완전한 무(無) 속에 놓여 있는 인간의 실존적 상황을 나타낸다. 모든 인간의 불안하고 유동적인 삶 자체의 현존을 적나라하게 보여주는 사물 중의 하나가 '팽이'다.

하지만 여전히 "나"의 앞에서 "서서 돌고" 있는 그 팽이는 궁극적으로 "너도 나도 스스로 도는 힘", 즉 그 어떤 실존적 극한 상황 속에서도 굴하지 않은 강인한 삶의 의지와 정신적 주체성을 지시한다. 비록 자발적이고 능동적인 의지나 선택에 의해 도는 것은 아니지만, 그럼에도 불구하고 "공통된 그 무엇을 위하여 울어서는 아니 된다는 듯이 / 서서 돌"아야 하는 "나"와 모든 인간의 운명을 지시한다. 그야말로 불합리하고 부조리한 세계에 내던져 있지만, 그 속에서도 스스로의 의지와 행동을 관철하고 선택할 것을 모든 인간에게 명령하고 지시하는 것이 팽이라고 할 수 있다.

3. 설움의 긍정과 긍지

김수영은 영국 낭만주의 시인의 한 명인 예이츠의 시 세계를 평가하는 글에서 문득 "인생이 비극이라고 느끼는 순간 우리는 삶을 시작하는 것"16이라는 그의 글귀를 인용하고 있다. 그러면서 예이츠를 생의 비극이나 비참을 적극적으로 인정하고 사랑하는 낙천주의적인 시인으로 평가하고 있다. 김수영은 보다 높은 최선의 인간을 지향하기 위해서는 최악이 필요하다는 니체의 역설처럼 예이츠를 자신의 예술행위를 통해 삶의 고뇌와 비극을 슬기롭게 극복한 시인으로 보고 있다. 그는 예이츠의 시 세계를 통해, 반복되는 고통과 생의 비극 속에서도 어떤 불행도 넉넉히 견뎌내며 일어서는 자신의 '역경인'적 모습을 찾아보고자 했던 것이라고 여겨진다.

김수영이 설령 "광야에 드러누워도 / 시대에 뒤떨어지지 않"거나 "공동의 운명을 들을 수 있"다는 그의 시인적 긍지는 이와 맞물려 있다. 그의 긍지는 스스로의 재능과 능력으로 남을 앞서 시대를 선도해간다는

....

16. 「신비주의자와 민족주의의 시인 예이츠」, 387면 참조.

믿음에서 오지 않는다. "너무나도 악착스런 몽상가"이자 "간디의 모방자"를 자처하지만, 현대문명의 후진국 시인으로서 그는 자신이 "시대에 뒤떨어"져 있다는 것에 대한 솔직하게 인정한다. 무엇보다도 "어떻게 뒤떨어지느냐가" 더 "무서"(「광야」)울 뿐이다. 달리 말해, 모더니스트 시인으로 시적 현대성을 지향하는 그의 시적 긍지는 서구의 현재적 시인들보다 '앞섰다'는 것이 아니라 '뒤떨어졌다'는 것을 정확하고 냉철하게 인식하는 데서 발생한다.17 또한 그것은 뒤처진 문명을 원망하고 비판하기보다 자신이 처한 시대적 상황과 문학적 현실을 직시하는 데서 시작된다.

예컨대 김수영은 "너무나 자주 설움과 입을 맞추었기 때문에 가을바람에 늙어가는 거미처럼 몸이 까맣게 타버"린 시인의 한 명이다. 그래서 그는 "으스러진 설움의 풍경마저 싫어"(「거미」)하는 시인이다. 하지만 그는 비록 "우둔한 일인 줄 알면서"도 그 설움을 역류(逆流)하는 야릇한 것만을 구태여 찾아서 헤매면서도, 그걸 기꺼이 자신의 "생활이며 정신"으로 삼는다. 특히 더할 수 없이 슬프고 끔찍한 비참 속에서도 "초연히 이것을 시간 위에 얹고／어려운 몇 고비를 넘어가는" 삶의 "기술을 알고 있"(「방안에서 익어가는 설움」)다. 무엇보다도 그는 "늬가 없이 사는 삶이 보람 있기 위하여" "늬가 주는 모욕의 억만 배의 모욕을 사기를 좋아"(「너를 잃고」)한다.

하지만 그의 생의 비참이나 서러움, 절망과 공포는 그 자체로 끝나지 않는다. 오히려 그는 비극적인 감정들을 통해 "힘찬 미소와 더불어 관용과 자비"(「구라중화」)를 구한다. 자신을 괴롭히는 온갖 생의 우울함과 무거움을 한낱 덧없고 무의미한 것으로 보기보다 그 속에서 생의 발랄과 유쾌함을 발견하고자 한다. 좋든 싫든, 그 어떠한 고통이나 비참도

----

17. 「모더니티의 문제」, 576면 참조.

이겨내려는 명랑함과 웃음 속에서 발생하는 게 그의 시적 궁지라고
할 수 있다.

　　돈을 버는 거리의 부인이여
　　잠시 눈살을 펴고
　　눈에서는 독기를 빼고
　　자유로운 자세를 취하여 보아라

　　여기는 서울 안에서도 가장 번잡한 거리의 한 모퉁이
　　나는 오늘 세상에 처음 나온 사람모양으로 쾌활하다
　　피곤을 잊어버리게 하는 밝은 태양 밑에는
　　모든 사람에게 불가능한 일이 없는 듯하다
　　나폴레옹만한 호기(豪氣)는 없어도
　　나는 거리의 운명을 보고
　　달큼한 마음에 싸여서
　　어디로 가야 할지 모르는 마음 —
　　무한히 망설이는 이 마음은 어둠과 절망의 어제를 위하여
　　사는 것이 아니고
　　너무나 기쁜 이 마음은 무슨 까닭인지 알 수는 없지만
　　확실히 어리석음에서 나오는 것은 아닐 텐데
　　—— 극장이여
　　나도 지나간 날에는 배우를 꿈꾸고 살던 때가 있었단다

　　무수한 웃음과 벅찬 감격이여 소생하여라
　　거리에 굴러다니는 보잘것없는 설움이여
　　진시왕만큼은 강하지 않아도

나는 모든 사람의 고민을 아는 것 같다

어두운 도서관 깊은 방에서 육중한 백과사전을 농락하는 학자처럼

나는 그네들의 고민에 대하여만은 투철한 자신이 있다

도회의 흑점 ―

오늘은 그것을 운운할 날이 아니다

나는 오늘 세상에 처음 나온 사람모양으로 쾌활하다

―― 코에서 나오는 쇠 냄새가 그리웁다

내가 잠겨 있는 정신의 초점은 감상과 향수가 아닐 것이다

정적(靜寂)이 나의 가슴에 있고

부드러움이 바로 내가 따라가는 것인 이상

나의 긍지는 애드벌룬보다는 좀 더 무거울 것이며

예지는 어느 연통(煙筒)보다도 훨씬 뾰죽하고 날카로울 것이다

암흑과 맞닿는 나의 생명이여

거리의 생명이여

거만과 오만을 잊어버리고

밝은 대낮에라도 겸손하게 지내는 묘리(妙理)를 배우자

여기는 좁은 서울에서도 가장 번거로운 거리의 한 모퉁이

우울 대신에 수많은 기폭을 흔드는 쾌활

잊어버린 수많은 시편(詩篇)을 밟고 가는 길가에

영광의 집들이여 점포여 역사여

바람은 면도날처럼 날카로웁건만

어디까지 명랑한 나의 마음이냐

―「거리 2」(1955) 부분, (고딕 필자 강조)

여기서 "나"는 "서울 안에서도 가장 번잡한 거리의 한 모퉁이"에서 지나가는 시민들을 지켜보는 자로서 "나"의 눈길은 특별히 그 "거리"에서 "돈을 버는" "부인"에게 집중된다. 하지만 "나"는 비참한 생활을 하고 있는 그녀들에 대해 연민하거나 동정 대신 "나"는 바로 그들을 향해 "잠시 눈살을 펴" "눈"의 "독기를 빼고 / 자유로운 자세를 취하여 보아라"고 권유한다. 그러면서 모처럼 "피곤을 잊어버리게 하는 밝은 태양 밑에서" "나"는, "오늘 세상에 처음 나온 사람 모양으로" 애써 "쾌활"한 마음으로 그녀들의 비참한 모습을 지켜보고자 한다.

그렇다고 애써 "달큼"하거나 "너무나 기쁜" "나"의 "마음"은, 실상 생계노동에 내몰린 부인처럼 "거리에 굴러다니는 보잘것없는 설움"을 외면한 데서 나온 감정이 아니다. 오히려 무수한 "절망과 어둠", "어리석음"과 방황들을 묵과하지 않은 채 그걸 적극적으로 수용하려는 삶의 자세에서 온다. 특히 "무수한 웃음과 벅찬 감격"의 "소생"에 대한 "나"의 염원과 의지는, "어두운 도서관 깊은 방에서 육중한 백과사전을 농락하는 학자처럼" "모든 사람의 고민"을 알거나 "그네들의 고민에 대해서만은 투철"할 "자신이 있"는 데서 온다.

즉 "나"의 "쾌활"한 마음은 화려한 "도회"의 거리의 어두운 그늘이라고 할 수 있는, 가난한 여인과 같은 현대적 도시의 "흑점"을 외면하는 데서 오지 않는다. 특히 "나"의 "정신적 초점"은 부박한 도시에 가려진 가난하고 소외된 자들에 대한 값싼 "감상(感傷)"이나 그들과 얽힌 "향수"가 아니다. 오히려 그걸 충분히 뒤덮을 만큼 강력한 삶에의 의지 또는 마음의 충일감에 있다. 비록 "나"와 "거리의 생명"들이 "암흑과 맞닿"아 있지만, 자본주의적 도시의 소음과 날카로움을 대신하는 "정적"과 "부드러움"을 추구하는 데서 시인으로서 "나의 긍지"가 발생한다. 때로 그 과정에서 발생하는 "거만과 오만을 잊어버리고 / 밝은 대낮에라도 겸손하게 지내는", 도가 넘지 않는 중용적 삶의 "묘리"에서 시작되는 것이 "나"의 "긍지"다.

　다시 말해, "우울 대신에 수많은 기폭을 흔드는" "나"의 "쾌활"이나 "명랑한 나의 마음"은, 당면한 삶의 전율이나 공포를 배제시킨 것이 아니다. 날로 번창해가는 "영광의 집들"과 "점포"와 "역사"가 "면도칼처럼 날카롭게" "나"를 찌르는 가운데서 발생한다. "구두"와 "양복", "노점상"과 "인쇄소", "부채(負債)"와 "여인"들이 엮어내는 현대 문명의 풍속도와 직결되어 있다. 번잡하고 화려한 도심의 거리에서 "돈을 버는 부인들"처럼 일체의 동정이나 속박으로부터 벗어나 강인한 의지로 자유롭게 삶의 의미를 찾고 자신의 가치를 드높이는 데서 시작되는 게 "나의 긍지"이자 당면한 문제를 실천적으로 해결하는 능력인 "예지"다.

　그의 시 「긍지의 날」이 대표적이다. 여기서 그는 그의 긍지가 현대사회의 온갖 비애와 삶의 고통을 감수하고 극복하는 강인함에서 발생한다는 것을 여실히 보여준다.

　너무나 잘 아는
　순환의 원리를 위하여
　나는 피로하였고
　또 나는
　영원히 피로할 것이기에
　구태여 옛날을 돌아보지 않아도
　설움과 아름다움을 대신하여 있는 나의 긍지
　오늘은 필경 긍지의 날인가 보다

　내가 살기 위하여
　몇 개의 번개 같은 환상이 필요하다 하더라도

꿈은 교훈

청춘 물 구름

피로들이 몇 배의 아름다움을 가하여 있을 때도

나의 원천과 더불어

나의 최종점은 궁지

파도처럼 요동하여

소리가 없고

비처럼 퍼부어

젖지 않는 것

그리하여

피로도 내가 만드는 것

궁지도 내가 만드는 것

그러할 때면 나의 몸은 항상

한 치를 더 자라는 꽃이 아니더냐

오늘은 필경 여러 가지를 합한 궁지의 날인가 보다

암만 불러도 싫지 않은 궁지의 날인가 보다

모든 설움이 합쳐지고 모든 것이 설움으로 돌아가는

궁지의 날인가 보다

이것이 나의 날

내가 자라는 날인가 보다

― 「긍지의 날」(1955) 전문, (고딕 필자 강조)

먼저 "내가" "너무나 잘" 알고 있다는 전제하는 "순환의 원리"는,
단순히 사계절의 순환과 같은 자연의 이법을 의미하지 않는다. 다분히
그것은 서로 다른 삶이 무한히 반복됨을 뜻하는 것이 아니라 삶의 매

순간과 모든 순간이 조금도 바뀌지 않은 채 무한히 되풀이된다는 니체적 의미의 '무한회귀(der ewige Wiederkehr des Gleichen)'에 가깝다. 그 어떠한 새로운 것의 출현 없이 모든 고통과 쾌락, 모든 사상과 한숨 등이 이 지상에 무한히 반복적으로 회귀할 것이라는 니체의 사상과 깊게 연관되어 있다. 여기서 그가 말하는 '순환의 원리'는 괴롭고 견디기 힘든 현실이 끝없이 반복되는 것을 의미하는 니체적인 '무한회귀'에 해당한다.

예컨대, "나는 피로하였고 / 또 나는 / 영원히 피로할 것"이라는 진술이 그 직접적인 증거다. 즉 '나'는 자신의 삶이 과거에도 지치고 피로한 상태였지만, 앞으로도 여전히 그 삶의 상태가 지속되리라는 것을 익히 알고 있다.[18] 중요한 것은, 하지만 "나"는 이러한 비극적인 삶의 반복에서 오는 뼈저린 "설움"이나 혹은 비극적인 "아름다움"에 함몰되지 않는다. 오히려 그것들 속에서 주어진 삶과 시대를 받아들이며 후회 없이 살아가야 할 필요성을 절실하게 느낀다. "몇 개의 번개 같은 환상이 필요하다"고 할 만큼 힘들고 충격적인 현실 속에서 "내가 살기 위"한 방편의 하나로 "교훈"과 "청춘", "물"과 "구름"으로 상징되는 "꿈"을 추구한다. 무한히 반복되는 '피로'와 고통을 미화하거나 혹은 스스로를 괴롭히기보다 바람

....

18. 참고로 니체적인 의미에서 '피로'는 인간 저편 또는 배후 세계에 대한 망상에 관계되는 것으로서 단 한 번의 도약, 죽음의 도약으로 끝을 내려는 자들에게 발생하며, 더 이상 의욕하거나 평가하지 않으며 창조하지 않으려는 일종의 무기력과 연결되어 있다. 「차라투스트라는 이렇게 말했다」, 『니체전집 13』, 48면 및 143면 참조. 특히 니체는 당시 유럽 곳곳에서 퍼져가는 불교를 모든 지상의 고통과 고뇌가 소멸되는 완전한 무욕망의 상태인 '니르바나'를 지향함으로써 문명의 종말과 피로를 위한 종교로 규정하고 있다. 니체가 볼 때, 기독교가 지쳐 있지만 내적으로 야만화된 자들을 위한 종교라면, 불교는 인간의 고통에 지나치게 호의적인 노년의 인간을 위한 종교로서 '피로'에 지친 현대인들이 자신의 고통으로부터 벗어나기 위해 동양적 무(無)로 대표되는 불교에 의지하거나 은둔하고 있다고 비판하고 있다. 니체, 백승영 옮김, 「안티크리스트」, 『니체전집 15』, 239~230면 참조.

직한 삶의 이상으로 되돌려놓고자 한다.

즉 "나의 원천"이자 "최종점"인 "긍지"와 "피로"는 상호 배치되는 것이 아니다. 역설적으로 "몇 배의 아름다움을 가하"는 온갖 고난과 "피로들이" 참을성 있게 견디는 가운데서 발생한다. "파도처럼 요동하여"도 "소리가 없고 / 비처럼 퍼부어"도 "젖지 않"을 만큼 확고부동한 "나의 긍지"는, 싫든 좋든 자신의 삶을 몇 번이라도 진지하게 살아가겠다는 불굴의 '삶에의 의지'와 깊게 연결되어 있다. 특히 그런 의미에서 '나'는 넘치는 생명력을 바탕으로 "피로도 내가 만"들고 "긍지" 또한 "내가 만드는" 자다. 삶의 악순환을 의미하는 '무한회귀'가 오히려 "나의 몸"이 "한 치를 더 자라"게 한다고 믿는 자가 바로 '나'다.

다시 말해, "나"에게 "긍지"와 생의 "모든 설움"은 별개가 아니다. "암만 불러도 싫지 않은" "나"의 긍지"는, "모든 설움이 합쳐지"면서도 동시에 "모든 것이 설움으로 돌아"가는 무한'순환'의 결과다. '무한회귀' 의 악몽이 순간적으로나마 해체되는 동시에 다시 현실적 비참으로 회귀하는 순간이 바로 적확한 의미의 "긍지의 날"이자 "내가" 더 "자라는" "나"만의 "날"이다. 무한히 반복되는 세계의 비참과 인간적인 고통 속에서 발생하는 '피로'가 가장 유쾌하고 생기 넘치는 "나의 긍지"를 지탱하는 근본이라고 할 수 있다.

4. 비극정신의 구현으로서 '역경인'과 불굴의 의지

니체에 따르면, 고통스런 삶의 반복으로서 '무한회귀'를 받아들일 수 있는 사람이야말로 '역경인'이다. 그리고 이른바 '삶에의 의지'로 무장한 '역경인'은, 세계의 고뇌를 벗어나기 위해 스스로의 의지를 억누르는 인간이 아니다. 그보다는 제한 없이 자신에게 내재한 '삶에의 의지'

를 관철해나가는 인간이다. 하지만 그걸 맹목적으로 관철해나가는 사람이 아니라 세계 속에 내던져진 삶 자체를 있는 그대로 긍정하면서 그 삶의 가치를 강화하려는 불굴의 의지를 가진 자가 올바른 의미의 '역경인'이다.

구체적으로 김수영이 생각하는 '역경인'은 "모든 관념의 말단에 서서 생활"하되, 비참한 생활에 매몰되지 않은 채 그걸 이겨내는 "사람"이다. "가장 심각한" "우둔 속에서"도 "죽음보다도 엄숙"하고 "종소리보다 더 영롱"한 "새로운" 삶의 "목표"롤 가진 자이자 "벽"을 쳐다"보고 있는" "지리교사"나 "낮잠" "자"는 "노쇠한 선교사"와 달리 모든 현실적인 고통을 "견딜 만한 강인성을 가지고 있"(「영롱한 목표」)는 자다. 외부세계와 단절되고 고립된 단독자가 아니라 "누구에게든 얽매여 살아야" 하는 운명 속에서 "진개(塵芥)와 분뇨를 꽃으로 마구 바꿀 수 있는" 자이다. 무엇보다는 "심연보다도 더 무서운 자기 상실" 속에서 "꽃을 피우"며 "영영 저물어 사라져버린 미소"를 되찾는 것을 자신의 "숙제"(「꽃」)로 삼는 자이다.

어디 그뿐인가. 김수영에게 '역경인'은 "무더운 자연"의 "여름" 속에서 / 검은 손과 발에 마구 상처를 입고 와서 / 병든 사자처럼 / 벌거벗고 지내"지만 그나마의 "집과 문명"조차 "새삼스럽게 / 즐거워하고 또 비판"하면서 바로 "여기"에 "폭풍의 목가"가 "있다고 외"(「가옥 찬가」)칠 만큼 굳센 삶의 의지를 가진 자다. 아무것도 새로울 것 없는 "묵은 사랑"과 그로 인해 "뉘우치는 마음의 한복판"에서 "붉은 파밭의 푸른 새싹을 보"(「파밭 가에서」)는 자이다. 그토록 열광해 마지않았던 "혁명"의 좌절로 "방"과 "낙서", "기대"와 "노래", 그리고 "가벼움마저 잃"은 상태임에도 불구하고 왠지 "무엇인지 모르게 기쁘고" "이유 없이 풍성"(「그 방을 생각하며」)한 가슴을 소유한 자가 바로 '역경인'이다.

대표적으로 이러한 '역경인'적 인간상을 잘 보여주고 있는 것이 그의 시 「강가에서」다.

저이는 나보다 여유가 있다
저이는 나보다도 가난하게 보이는데
저이는 우리 집을 찾아와서 산보를 청한다
강가에 가서 돌아갈 차비만 남겨놓고 술을 사준다
아니 돌아갈 차비까지 다 마셨나 보다
식구가 나보다도 일곱 식구나 더 많다는데
일요일이면 빼지 않고 강으로 투망을 하러 나온다고 한다
그리고 반드시 4킬로가량을 걷는다고 한다

죽은 고기처럼 혈색 없는 나를 보고
얼마 전에는 애 업은 여자하고 오입을 했다고 한다
초저녁에 두 번 새벽에 한 번
그러니 아직도 늙지 않지 않았느냐고 한다
그래도 추탕을 먹으면서 나보다도 더 땀을 흘리더라만
신문지로 얼굴을 씻으면서 나보고도
산보를 하라고 자꾸 권한다

그는 나보다도 가난해 보이는데
남방셔츠 밑에는 바지에 혁대도 매지 않았는데
그는 나보다도 가난해 보이고
그는 나보다도 짐이 무거워 보이는데
그는 나보다도 훨씬 늙었는데
그는 나보다도 눈이 들어갔는데
그는 나보다도 여유가 있고

그는 나에게 공포를 준다

이런 사람을 보면 세상 사람들이 다 그처럼 살고 있는 것 같다
나같이 사는 것은 나밖에 없는 것 같다
나는 이렇게도 가련한 놈 어느 사이에
자꾸자꾸 소심해져만 간다
동요도 없이 반성도 없이
자꾸자꾸 소인이 돼간다
속돼간다 속돼간다
끝없이 끝없이 동요도 없이

— 「강가에서」(1964) 전문

보통 '여유'는 경제적이고 시간적으로 넉넉하여 넘쳐나는 상태를 가리킨다. 하지만 "우리 집"에 찾아와서 "산보를 청"하는 "그이"는 그런 의미의 "여유"를 확보한 자가 아니다. 그러기는커녕 "그이"는 "나보다도" 부양해야할 식솔이 "일곱"이나 "더 많"아 생활고에 찌들어 있을 게 뻔한 "가난"한 자다. 그럼에도 불구하고 "그이"는 "나"와 "강가"로 가 "돌아갈 차비"마저 아랑곳없이 "술을 사"주는 호기를 부린다. 또 "일요일이면 빼지 않고 강으로 투망을 하러 나"오거나 "반드시 4킬로가량을 걷는" 여유를 부린다. "자꾸자꾸 소심해져" 가는 "나"와 달리, 가난한 자신의 처지나 상황에 굴하지 않은 채 자신 앞에 주어진 삶을 가능한 즐기거나 만족해하는 모습을 보여주고 있다.

짐작컨대, 특히 "그이"는 또한 "추탕을 먹으면서" "더 땀을 흘리"는 것으로 보아 "나보다도" 허약한 체질이다. 하지만 "그이"는 "죽은 고기처럼 혈색 없는 나를 보"며 "얼마 전에는 애 업은 여자하고 오입을 했다"고 솔직하게 털어놓는다. 놀랍게도 그것도 "초저녁에 두 번 새벽에 한

번"했다며 "아직 늙지 않았"다고 강변한다. 품격 없이(?) 손수건이나 수건 대신 "신문지로 얼굴을 씻"으며 되레 "나"를 향해 건강을 위해 "산보를 하라고 자꾸 권"하는 허세를 부리는 자가 "그이"다.

하지만 "그"는 "남방셔츠 밑"의 "바지에 혁대도 매지 않"은 것으로 보아 결코 "여유"로운 자가 아니다. 실제적으로 "그"는 "나보다도" 한 가정의 가장으로서 떠맡아야 할 "짐이 무거"운 "가난"한 자에 불과하다. 외견상으로도 "그"는 "나보다도 훨씬 늙"어 보이거나 "나보다도" 더 마른 몸피로 "눈이" 더 "들어"가 초췌한 몰골을 하고 있는 게 분명하다. 무엇보다도 윤리도덕적인 면에서 볼 때 "그"는 부도덕한 속물이나 망나니에 지나지 않는 인물이다.

그런데도 "나"는 "그"의 말과 행동거지를 지켜보면서 "세상사람들이 다 그처럼 살고 있는 것 같다"는 자괴감에 빠져든다. 여러 가지 면에서 "그"보다 형편이 나은 처지임에도 "나같이 사는" 사람은 "나밖에 없는 것 같다"는 자책감에 시달린다. "어느 사이에" "그"보다 더 "가련"하거나 "자꾸"만 "소심해져" 가고 있다는 것을 느낀다. 특히 그에 대한 일말의 "반성"이나 "동요도 없이" "자꾸자꾸 소인이 돼"가거나 "끝없이" "속돼" 가는 자신을 깨닫는다. "나보다도 여유"만만한 삶의 태도를 보이는 "그" 의 일련의 행위들을 지켜보면서 어떤 "공포"를 느끼기까지 한다.

그렇다면 왜 "나"는 술자리를 위해 "돌아갈 차비"마저 기꺼이 탕진해 버리거나 "애 업는 여자와" 거듭 "오입"하고도 일단의 죄의식이나 부끄럼을 느끼지 않는 "그이"에게 괜히 주눅 들거나 심지어 "공포"를 느끼는 가? 단적으로 그것은 그가 단순히 파렴치범이나 생활 무능력자이기 때문이 아니다. 그에 비해 일견 선량하고 성실한 인간을 표방하지만, 실제로는 내가 자기 퇴화 또는 자기기만 속에 머물러 있는 생기 잃은 자라는 자각에서 온다. 오히려 어떤 면에서 최소한의 염치나 윤리 따위조차 무시하며 모든 속박이나 도덕률로부터 자유롭게 살고자 하는 그가 이른바 '역경인'에 가깝다는 생각에서 온다.

달리 말해, '나'는 신문지로 아무렇지 않게 얼굴을 닦는 그의 모습에서 기존의 상식이나 선악의 피안에서 벗어나 새로운 가치나 윤리를 창조해가는 '역경인'의 모습을 본다. 어떤 경우에도 스스로의 의지와 욕망을 거리낌 없이 관철해가는 "그"의 '역경인'적인 생활태도가 소시민적인 생활에 안주하고 있는 "나"에게 "공포"감을 심어주고 있는 것이다. 그러니까 "자꾸자꾸" "동요도 없이 반성도 없이" "소심"한 "소인이 돼간다"는 진술은, 따라서 단지 "나"의 삶의 '소시민'화에 대한 자책감만을 반영하고 있다고 볼 수 없다. 오히려 외견상 불안정하고 가난한 상황에도 불구하고 놀라운 적응력과 "여유"로운 "그"의 삶의 태도를 보며, '나' 자신이 니체적 의미의 '역경인'이 아니라 '말종 인간'이 아니냐는 자기반성과 맞물려 있다.19 분명 "나보다도" "가난"하고 무거운 삶의 "짐"을 짊어지고 있는 자임에도 불구하고, 도리어 원초적인 자기 욕망에 충실하게 사는 "그"가 일종의 '망나니'가 아니라 참된 '역경인'이 아닌가 하는 자기성찰과 연결되어 있다고 할 수 있다.

하지만 니체가 말하는 '역경인'은 단지 자신의 욕망에 충실하거나 반대로 자신의 삶의 모든 부분을 무겁고 진지하게 받아들이는 자만이 아니다. 때로 "나태와 안정을 뒤집어놓은 듯이 / 높이도 폭도 없이" 즐겁게 우연 속으로 "떨어"지는 "물방울"들을 가장 필연적인 영혼 또는 "정신"(「폭포」)으로 편입시킬 줄 아는 자다. 또한 때때로 진정한 "성장" 또는 "생기"의 생성적 사건 속으로 진입하기 위해 일시적으로 "정지"된

....

19. 니체가 말하는 '말종 인간(Der letzte Mensch)'은 윤리도덕이나 생활태도 면에서 부도덕하거나 무질서한 사람을 의미하기보다 '춤추는 별 하나를 탄생시키기 위해' 자신 안에 '혼돈'을 지니기보다 소일거리에 만족하거나 현실에 안주하는 인간군상을 가리킨다. 니체, 정동호 옮김, 「차라투스트라는 이렇게 말했다」, 『니체전집 13』, 24~26면 참조.

영혼과 더불어 "명령의 과잉을 요구"(「서시」)를 할 줄 아는 모순된 존재이
다. "인류의 종언의 날"까지 참다운 "사랑을 발견"하기 위해 기꺼이
더러운 "욕망"의 "입"(「사랑의 변주곡」) 속으로 들어가려는 모험을 감행
하려는 자가 바로 진정한 '역경인'의 모습인 셈이다.

　니체가 말하는 '역경인'은 그런 점에서 결코 윤리도덕이나 삶의 태도
면에서 완벽을 추구하는 존재가 아니다. 되레 '선'과 '악' 같은 서로
모순되거나 상반된 것들을 즐거이 포용하는 미덕을 지닌 자다. 기존의
안일한 인간상과 종래의 '성'과 '속'의 경계를 기꺼이 뛰어넘는 인간상이
니체적인 의미의 '역경인'이다.

　　성속(聖俗)이 같다는 원효대사가
　　텔레비전에 텔레비전에 들어오고 말았다
　　배우이름은 모르지만 대사는
　　대사보다도 배우에 가까웠다

　　그 배우는 식모까지도 싫어하고
　　신이 나서 보는 것은 나 하나뿐이고
　　원효대사가 나오는 날이면
　　익살맞은 어린놈은 활극이 되나 하고

　　조바심을 하고 식모아가씨나 가게
　　아가씨는 연애가 되나 하고
　　애타고 원효의 염불소리까지도
　　잊고 ── 죄를 짓고 싶다

　　돌부리를 차듯 서투른 원효로

분장한 놈이 돌부리를 차고 풀을
뽑듯 죄를 짓고 싶어 죄를
짓고 얼굴을 붉히고

죄를 짓고 얼굴을 붉히고 ──
성속이 같다는 원효대사가
텔레비전에 나온 것을 뉘우치지 않고
춘원(春園) 대신의 원작자가 된다

우주시대의 마이크로웨이브에 탄
원효대사의 민활성 바늘 끝에
묻은 죄와 먼지 그리고 모방
술에 취해서 쓰는 시여

텔레비전 속의 텔레비전에 취한
아아 원효여 이제 그대는 낡지
않았다 타동적으로 자동적으로
낡지 않았고

원효 대신 원효 대신 마이크로가
간다 「제니의 꿈」의 허깨비가
간다 연기가 가고 연기가 나타나고
마술의 원효가 이리 번쩍

저리 번쩍 <제니>와 대사(大師)가
왔다갔다 앞뒤로 좌우로

왔다갔다 웃고 울고 왔다갔다
파우스트처럼 모든 상징이

상징이 된다 성속이 같다는 원효
대사가 이런 기계의 영광을 누릴
줄이야 <제니>의 덕택을 입을
줄이야 <제니>를 <제니>를 사랑할 줄이야

긴 것을 긴 것을 사랑할 줄이야
긴 것 중에 숨어 있는 것을 사랑할 줄이야
저절로 이루어지는 것이 긴 것 가운데
있을 줄이야

그것을 찾아보지 않을 줄이야 찾아보지
않아도 있을 줄이야 긴 것 중에는
있을 줄이야 어련히 어련히 있을
줄이야 나도 모르게 있을 줄이야
　　　　　　　－「원효대사 —— 텔레비전을 보면서」(1968) 전문

　TV 사극을 보면서 쓴 위 시 속에서 "원효대사"는 무엇보다도 "성속이
같다"는 게 가장 특징이다. 종교인으로 성스러운 세계와 생활인으로
일상적인 세계 사이의 모든 대립과 갈등을 묶어내는 자가 '원효대사'라는
인물이다. 특히 성(聖)과 속(俗)의 세계를 자유로이 넘나든다는 점에서
"원효대사"는 새로운 가치와 도덕을 창조하는 일종의 '역경인'에 속한다.
물론 "텔레비전" 속의 "배우"가 성속의 경계를 넘나드는 "원효대사"는
아니다. 그 "배우'는 역사 속의 원효대사를 흉내 낸 자에 불과하다.

하지만 "원효"라는 인물이 지닌 의미를 알고 있는 "나"에게 드라마 속의 '원효'는 단지 과거 시대의 인물만이 아니다. 비록 한 연극배우를 통해서이지만, 당시 최첨단 문명을 상징하는 "텔레비전에 들어"온 "원효대사"는 시공을 자유로이 뛰어넘어 선악의 피안에서 가치를 창조해내는 자다. 그러한 원효대사의 의미를 간과한 채 "식모아가씨나 가게/아가씨는 연애" 장면이나 기대하고, "익살맞은 어린놈"은 행여 "활극" 장면이 나오는가 하고 조바심하지만, 어디까지나 "나"에게 "원효대사"는 성속의 경계를 넘나들며 스스로의 의지와 욕망을 제한 없이 관철해가는 자유인의 표상이다.

그래서 그 드라마를 보면서 "신이" 난 "나"는 문득 "원효의 염불소리가 지도/잊고" "죄를 짓고 싶다"는 욕망에 사로잡힌다. "원효로/분장한" 배우가 자신의 죄나 잡념을 물리치기 위해 "돌부리를 차"거나 "풀을 뽑"는 연기를 보면서, 실제로 "나"는 TV 속의 원효처럼 "죄를 짓고 싶어"한다. 특히 마치 "죄"를 지은 양 "얼굴을 붉히"기를 반복하며 그 드라마에 완전히 몰입한다. 더 나아가, 이제 "텔레비전에 나온 것을 뉘우치지 않"은 채 원효대사가 기꺼이 시공을 뛰어넘어 "춘원" 이광수 대신의 "원작자"가 되는 것은 아닌가 하는 착각에 빠진다.

하지만 원효대사와 연극배우 또는 원효대사와 나와의 동일시는 결코 실제 현실에서 일어날 수 없다. 마치 눈앞에서 활동하는 듯한 "원효대사의 민활성"과 그로 인한 "죄"의식과 "먼지", 그리고 그에 대한 "모방"은 "술에 취해서 쓰는 시"와 유사하다. 이른바 "우주시대의 마이크로웨이브"의 도움으로 인한 일시적인 현상이다. 텔레비전 속의 '원효대사'에 대한 감정이입으로 일어난 일련의 사태는 라디오나 TV 중계에 이용되는 극초단파의 도움으로 인한 일시적인 환상일 뿐이다.

그럼에도 불구하고 "텔레비전 속의 텔레비전에 취한" "나"는 어느덧 "원효"로 둔갑해 "이제 그대"는 "타동적으로 자동적으로/낡지 않았"다고 자위(自慰)한다. TV 속의 원효대사가 "나"를 수동적으로 움직이게 하거나, 아니면 내가 직접 원효대사가 되어 자유로이 활동하고 있다고 믿는다. 특히 당시 인기리 방영되었던 드라마 「제니의 꿈」에 나오는 페르시아 요술처녀 제니로 환생하고 있다고 생각한다. 무엇보다도 어느 순간 마치 "제니와 대사"가 서로 구분됨이 없이 "이리 번쩍 // 저리 번쩍" "앞뒤", "좌우"로 "왔다갔다"하며 마침내 "웃고 울고" 하는 것으로 느낀다. 비록 현대 "기계"문명의 대명사의 하나인 TV "영광" 때문이긴 하지만, 시공을 초월하여 "제니와 대사"는 "나"에게 마치 악마에게 영혼을 판 "파우스트처럼" '마이크로웨이브' 시대를 "상징"하는 대표적인 인물로 다가온다.

중요한 것은, 내가 그 이유야 무엇이든 "성속"의 경계를 자유로이 넘나드는 "원효"와 "제니"를 TV 드라마 "덕택"으로 "사랑"하게 되었다는 점이다. 특히 그 덕분에 "긴 것 중에 숨어 있는 것"과 "저절로 이루어지는 것"을 사랑하게 되었다는 점이다. 문제는 여기서 굳이 "찾아보지 않"거나 "찾아보지 않아도 있"는 그 "긴 것"[20]인데, 단적으로 그것은 '원효'와 '제니'를 통해 영원히 다르게 될 수 없는 현세의 삶에 대한 "사랑"이다. 비록 '마이크로웨이브'나 현대문명 '기계'의 덕분이지만, 그럼에도 불구하고 그는 일시적이나마 그 '무한회귀'의 경험 속에서 현세의 삶을 그대로 인정하고 사랑하는 의미의 '운명애(Amor Fati)'를 발견할 수 있었던 것이다.

....

20. 문제는 11연에서 앞뒤 문맥과 단절된 채 돌출한 구절인 "긴 것을 사랑할 줄이야"에서 '긴 것'이 의미하는 바인데, 우선 그것은 니체적인 의미의 '무한회귀'의 사상과 맞닿아 있는 것으로 보인다. 즉 이 '긴 것'은 우선 뒤로 가든 앞으로 가든 서로 다른 '영원' 또는 무한과 닿아 있는 '긴 오솔길'을 의미하며, 모든 것이 가지만 다시 되돌아온다는, 영원히 굴러가는 '존재의 수레바퀴'를 의미한다고 할 수 있다. 니체, 정동호 옮김, 「차라투스트라는 이렇게 말했다」, 『니체전집 13』, 261~263면 참조.

5. 비참의 통일과 인간성 회복

일반적으로 대다수 인간들은 그가 누구든, 어떤 일에 종사하든 더할
수 없이 슬프고 끔찍한 생의 비참이나 비극을 좋아하지 않는다. 될
수 있는 한 크고 작은 고통과 슬픔 대신 달콤한 쾌락과 기쁨을 누리고자
하는 게 인지상정이다. 하지만 김수영의 경우 매우 예외적으로 생의
"비참"과 고통의 "고갈"을 아쉬워한다. 그러면서 화려한 자본주의 생활
을 대변하는 "값비"싼 "기름진 피아노가 / 덩덩 덩덩덩 울리"는 소리를
"돈이 울"리는 것이자 "나의 고갈한 비참을 달랜다"(「피아노」)고 말하고
있다. 앞에서 살펴본 대로 '비참의식'을 그의 세계인식과 시적 자양으로
삼은 그에게 '비참'의 고갈 내지 '탕진'은, 그야말로 그의 세계인식의
근원과 시적 생명성을 위협당한다는 것을 의미하는 까닭이다.

그러나 "오늘날의 시가 골몰해야 할 가장 큰 문제"로 "인간(성)의
회복"을 내세우고 있는 그의 궁극적 관심사는 단지 이른바 '비참의식'
그 자체가 아니다. 그는 "오늘날"의 세계는 "인간의 상실이라는 가장
큰 비극으로 통일되어 있"다는 인식하에 "이 비참의 통일을 영광의
통일로 이끌고 나가야 하는 것"을 "시인의 임무"[21]로 설정하고 있다.
달리 말해, 그는 '비참의식'을 극복하기 위해 종교적 구원이나 이데아의
세계로 환원하기를 거부한다. 오히려 그는 생의 허무나 절망을 극복하기
위해 자신에게 닥쳐오는 운명을 사랑하고 즐기기를 권유한다. 좋고
나쁨, 선하고 악함의 구분 없이 주어진 삶의 조건 속에서 노예가 아니라
주인이 되어 대처하는 것이 그가 궁극적인 목표로 삼는 올바른 의미의
'비참의 통일'이자 '인간성 회복'이라고 할 수 있다.

대체로 누군가의 삶에서 벌어지는 모든 사건이나 상황을 그대로 받아

......

21. 「생활현실과 시」, 355면.

들인다는 의미의 '운명애(amor fati)'가 반영되어 있는 그의 시 「먼지」가
대표적이다.22 여기서 그는 자신의 운명은 거부하는 것이 아니라, 거기에
적응하고 능동적으로 대처해나가는 '역경인'적 인간상을 제시하고 있다.

네 머리는 네 팔은 네 현재는
먼지에 싸여 있다 구름에 싸여 있고
그늘에 싸여 있고 산에 싸여 있고
구멍에 싸여 있고

돌에 쇠에 구리에 넝마에 삭아
삭은 그늘에 또 삭아 부스러져
거미줄이 쳐지고 망각이 들어앉고
들어앉다 튀어나오고

불이 튕기고 별이 튕기고 영원의
행동이 튕기고 자고 깨고

．．．．．．．．．．．．．．

22. 참고로 그의 시 「먼지」는 '무한회귀'의 교사를 자처하는 니체 사상과 연관된 작품으로
"그러나 이번에 너를 창조한 바로 그 원인, 그 불가항력적인 강제력은 다시 되돌아올
것이며, 너를 창조하지 않을 수 없게 될 것이다. 다시 먼지 가운데 보잘것없는 먼지인
너 자신이 모든 사물의 영원한 회귀를 일으키는 원인에 속해 있는 것이다"라는 구절과
연관되어 있는 것으로 보인다. 니체, 정동호 옮김, 「유고(1884초～가을)」, 『니체전집
17』, 11면. 또한 그의 시 「먼지」는 "네가 지금 살고 있고, 살아왔던 이 삶을 너는
다시 한 번 살아야만 하고, 또 무수히 반복해서 살아야만 할 것이다; 거기에 새로운
것이란 없으며, 모든 고통, 모든 쾌락, 모든 사상과 탄식, 네 삶에서 이루 말할 수
없이 크고 작은 것들이 네게 다시 찾아올 것이다. 모든 것이 같은 차례와 순서로—나무
들 사이의 이 거미와 달빛, 그리고 이 순간과 바로 나 자신도, 현존재의 영원한 모래시계
가 거듭해서 뒤집혀 세워지고—티끌 중의 티끌인 너도 모래시계와 더불어 그렇게
될 것이다!"라고 했던 니체의 말을 연상시킨다. 니체, 안성찬 · 홍사현 옮김, 「즐거운
학문」, 『니체전집 12』, 315면.

죽고 하지만 모두가 갱(坑) 안에서
참호 안에서 일어나는 일

사람의 얼굴도 무섭지 않고
그의 목소리가 방해가 안 되고
어제의 행동과 내일의 복수가 상쇄되고
참호의 입구의 ㄱ자가 문제되고

내일의 행동이 먼지를 쓰고 있다
위태로운 일이라고 낙반(落盤)의 신호를
올릴 수도 없고 찻잔에 부딪치는
찻숟가락만 한 쇳소리도 안 들리고

타면(惰眠)의 축적으로 우리 몸은 자라고
그래도 행동이 마지막 의미를 갖고
네가 씹는 음식에 내가 증오하지 않음이
내가 겨우 살아 있는 표시라

하나의 행동이 열의 행동을 부르고
미리 막을 줄 알고 미리 막아져 있고
미리 칠 줄 알고 미리 쳐들어가 있고
조우(遭遇)의 마지막 윤리를 넘어서

어제와 오늘이 하늘과 땅처럼
달라지고 침묵과 발악이 오늘과
내일처럼 달라지고 달라지지 않는

이 갱 안의 잉크 수건의 칼자국

증오가 가고 이슬이 번쩍이고
음악이 오고 변화의 시작이 오고
변화의 끝이 가고 땅 위를 걷고 있는
발자국 소리가 가슴을 펴고 웃고

희화(戱畫)의 계시가 돈이 되고
돈이 되고 사랑이 되고 갱의 단층의 길이가
얇아지고 돈이 돈이 되고 돈이
길어지고 짧아지고

돈의 꿈이 길어지고 짧아지고 타락의
길이도 표준이 없어지고 먼지가 다시 생기고
갱이 생기고 그늘이 생기고 돌이 쇠가
구리가 먼지가 생기고

죽은 행동이 계속된다 너와 내가 계속되고
전화가 울리고 놀라고 놀래고
끝이 없어지고 끝이 생기고 겨우
망각을 실현한 나를 발견한다

—「먼지」(1967) 전문, (고딕 필자 강조)

여기서 '나'는 '현재' 먼지와 구름, 그늘과 구름, 그리고 산과 구멍에 쌓여 있는 상태다. 온갖 부정적인 외부의 힘과 무반성적인 생활에 의해 차단되고 고립되어 있는 게 '나'의 '현재'의 모습이다. 하지만 이러한

'나'의 '현재'의 곤란함과 무기력함은 돌과 쇠, 구리와 넝마들로 인해 더욱 악화되고 강화된다. 그나마 지탱하던 '나'의 '현재'는 거듭 부식(腐蝕)하는 주변의 여건들로 인해 거미줄이 쳐지고 모든 기억을 지우는 '망각'이 들어앉거나 튀어나가기를 반복한다. 불과 별, 영원의 행동과 더불어 생사의 윤회가 서로 부딪치거나 튀어나오는 반동(反動)을 되풀이한다.

하지만 이 모든 사태는 새삼스러운 것이 아니다. 이 모든 비극적인 반복의 사태들은 '나'의 '현재'를 구속하는 "갱"이나 "참호" 안에서 다반사로 일어났던 일들이다. 그래서 '나'는 새삼 거기서 만난 사람의 얼굴이 무섭지 않다. 또한 그 사람의 목소리도 방해가 된다고 생각하지 않는다. 오직 문제가 된다면 어제와 행동과 내일의 복수가 상쇄되는, 겨우 "참호의 입구의 ㄱ자"나 "문제" 삼는 왜소하고 무의미한 생의 시간들이 문제일 뿐이다. 특히 현재의 '나'는 한 인간으로서 최소한의 생명유지에 급급할 뿐, 최소한의 저항이나 탈출의 의지를 내보이지 못한 채 "먼지를 쓰고 있"는 "내일의 행동"에 전혀 힘을 쓸 수 없는 상태다. 더욱이 위험신호조차 말할 수 없는 난감한 비극의 시간 속에 놓여 있는 것이 '나'의 현재다.

놀라운 것은, 그럼에도 불구하고 아무런 반성이나 이의를 제기할 수 없는, 그저 무감각하고 무기력한 "타면"의 시간 속에서도 육체적인 성장은 멈추지 않는다는 점이다. 특히 오로지 살기 위해 "씹는 음식"을 "증오하지 않음"이 "겨우 살아 있는 표시"가 되며, 바로 그러한 최소한의 생명유지의 "행동"이 "마지막 의미"를 갖는다는 점이다. 달리 말해, '먼지'에 쌓여 있는 '나'의 '현재'적 삶은, 어떤 특별한 동기에서 비롯된 것이라기보다 단지 어떻게든 겨우 살아 존재하는 것만으로 그 의미를 획득한다. 비록 모든 것이 뒤죽박죽된 비참한 상황 속에서나마 "하나의 행동"이 "열의 행동"을 부르는, "미리 막을 줄 알고 미리 막아져 있"거나 '미리 칠 줄 알고 미리 쳐들어가 있'는 인과관계가 성립된다는 사실이다.

다시 말해, 전혀 달라지지 않는 "갱 안의 잉크 수건의 칼자국"과 달리, 그 "달라지지 않는" 삶의 현실 속에서도 "어제와 오늘이 하늘과 땅처럼/달라지고 침묵과 발악이 오늘과" 달라지는 놀라운 변화가 일어난다. 전혀 변화와 진전이 없을 것 같은 무한고립의 비참한 삶의 시간 속에서도 문득 "증오가 가고 이슬이 번쩍이고/음악이 오"는 시간이 도래한다. 무엇보다도 전혀 기대할 수 없는 없었던 "변화"의 '시작'과 '끝'이 재개되면서, '땅 위를 걷고 있는 발자국 소리가 가슴을 펴고' 활짝 '웃'는 삶의 시간이 전개된다.

더욱이 그 어떤 확신이나 미래적 전망보다 일시적이며 강렬한 현재에 집중하는 상황주의 또는 세속주의적인 나날 속에서 "희화의 계시가 돈이 되"거나 "사랑"이 되는 삶의 생동감을 얻는다. 무엇보다도 꼼짝없이 갇혀 있는 "갱의 단층의 길이가/얇아지"는가 하면, 상품의 교환과 가치를 나타내면서 인간의 가치 저장의 수단이자 매개인 '돈'이 새로운 삶의 '표준'과 가치를 창조하면서 현실생활의 전면에 등장한다. 그러니까 '나'와 '너'의 '행동'을 추동하는 원인이나 동기가 더없이 불리하고 불분명함에도 불구하고, 일련의 삶이 자신의 고유한 척도와 법칙에 따라 일어나는 놀라운 현상이 눈앞에 전개된다.

하지만 그럼에도 불구하고 또다시 '타면'이나 '타락'이 시작된다. 이전과 다르지 않는 새로운 먼지와 갱, 그늘과 돌과 쇠와 구리와 먼지가 다시 생겨나고 여전히 무감각하고 무기력한 '죽은 행동'이 계속된다. 일정한 변화와 삶의 가치가 재등장했음에도 불구하고, 비극적인 타락과 모순의 현실이 되풀이된다. 현대문명의 상징이자 이기(利器)인 '전화'벨에 여전히 "놀라고 놀래"며 살아가는 사태가 벌어진다. 하나의 "끝이 없어지고" 또 "끝이 생기"는 무한회귀적 삶의 모습과 다시 맞대면한다.

"겨우" "실현"한 "망각"은 자신의 본연의 존재감을 망각케 하는 먼지와 거미줄, 갱과 참호로 뒤엉킨 세계에 직면한 자의 마지막 선택이자 대안이다. 모든 것이 절대적으로 되풀이되는 무한회귀적인 속에서 먼저 '망각'은 삶의 고통과 절망의 밑바닥까지 보려는 적극적인 삶의 의지를 나타낸다. 반복되는 먼지와 타면, 삶의 고뇌와 고난 속에서도 희미하게나마 현세적인 삶의 긍정성과 의미를 붙잡으려는 시도 중의 하나가 적극적인 의미의 '망각'이다. 우연을 필연으로 뒤바꾸는 그러한 적극적인 '망각'을 통해, 지금 살고 있는 이 세계 그 자체의 선악과 호오(好惡)를 넘어선 '역경인'적 삶의 도덕의 정초가 어쩌면 그의 처음이자 '마지막'인 '조우(遭遇)의 윤리'였다고 할 수 있다.

6. '신성한 착감'과 '잔인의 초'

주지하다시피 김수영은 일체의 자유와 활동이 제한된 포로생활과 같은 막다른 생의 위기와 불안을 단지 수동적이고 염세적으로 받아들이지 않았다. 오히려 그는 인간의 동물적인 파괴본능이 극대화된 전쟁과 그로 인한 비참한 생의 조건조차 매우 적극적이고 능동적으로 자신의 시적 발판이자 삶의 도약대로 삼는 '역경인'이고자 했다. 특히 그는 크고 작은 개인적이고 역사적인 삶의 소용돌이 속에서 "노염으로 사무친 정의 소재를 밝히"기보다는 "운명에 거역할 수 있는 / 큰 힘을 가지고 있으면서"도 기꺼이 "여기에 떠밀려 내려"가길 선택했던 "고독한 정신"(「나비의 무덤」)을 소유한 일종의 '역경주의자'였다고 할 수 있다.

예컨대 포로수용소 생활 속에서 그의 "예수 그리스도가 되지 않았나 하는 신성한 착감(錯感)"(「조국에 돌아오신 상병포로 동지들에게」)이 그렇다. 그는 포로생활 중에 예수의 수난과 죽음에 버금가는 고통을 겪었지만, 동시에 그가 한 인간으로서 초인적인 인내와 극기로 자신에게 주어진 고통과 비참을 견뎌내고자 얼핏 과대망상적인 '예수'와의 동일시를 시도했다. 그의 또 다른 분신이라고 할 수 있는 '공자' 역시 여기에 해당한다. 그는 고단한 해방기의 혼란과 궁핍한 '생활난' 속에서 "발산한 형상을 구"(「공자의 생활난」)한 긍지 높은 시인이었다고 할 수 있다.

여기서 간과해서는 안 될 것은, 그가 한 인간으로서 자신의 본성 안에 있는 잔인성과 냉혹함을 직시하고자 했다는 점이다. 타인에 대한 무조건적인 '연민'이나 '동정'보다 '타인의 고통'에 대한 즐거움이나 '잔인함' 역시 주목하고 있었던 시인이 바로 김수영이었다는 사실이다.

> 한번 잔인해봐라
> 이 문이 열리거든 아무 소리도 하지 말아봐라
> 태연히 조그맣게 인사 대꾸만 해두어봐라
> 마룻바닥에서 하든지 마당에서 하든지
> 하다가 가든지 공부를 하든지 무얼 하든지
> 말도 걸지 말고 — 저놈은 내가 말을 걸 줄 알지
> 아까 점심때처럼 그렇게 나긋나긋할 줄 알지
> 시금치 이파리처럼 부드러울 줄 알지
> 암 지금도 부드럽기는 하지만 좀 다르다
> 초가 켜 있다 잔인의 초가
> 요놈 — 요 어린놈 — 맹랑한 놈 — 6학년 놈 —
> 에미 없는 놈 — 생명
> 나도 나다 — 잔인이다 — 미안하지만 잔인이다 —
> 콧노래를 부르더니 그만두었구나 — 너도 어지간한 놈이다 — 요놈 —
> 죽어라
>
> — 「잔인의 초」(1965) 전문

여기서 '나'는 지금껏 자신의 마음속에 내재한 잔인성에 대해 솔직히 긍정적이지 못하는 소극적인 인물이다. 하지만 우연히 "맹랑"한 "6학년 놈"과 부딪치면서 제 안의 잔인성의 '문이 열리'는 데서 일종의 쾌감을 느낀다. 애써 모른 체하거나 매우 조심스럽게 '대꾸' '인사'를 하지만, 실상 '나'는 자신의 잔인성 출현에 즐거움을 느낀다. 표면적으로 볼 때 여전히 "나굿나굿"하거나 "부드러"운 모습을 하고 있지만, 어리고 "맹랑한" "6학년" 또는 "에미 없는 놈"에 대한 동정보다 애써 단호하게 구는 데서 좀 더 큰 희열을 느끼는 중이다.23

중요한 것은, 실상 이게 '나' 스스로에게 가하는 고통이자 잔인함이라는 점이다. 달리 말해, "어린 놈"과 벌이는 '나'의 "잔인의 초"는 지배적인 위치에 있는 자로서 자기 확신에 차 있는 힘 있는 자 또는 건강한 자들이 즐길 수 있는 있는 비극적 놀이 중의 하나다.24 그러니까 냉혹함이나 잔인성 역시 인간 '생명'의 본질이며, 그러기에 '나'는 여기서 그 "맹랑한 놈"에게 끝까지 말조차 걸지 않는다. 쉽게 상대방에게 동정이나 연민을 내보이기보다 결코 양보하지 않은 채 스스로에게 잔인하게 굴어보는 대결의 자세를 유지하고 있다.

그렇듯 김수영은 제 안의 '잔인성'을 시험해 볼 정도로 자기 자신과 시대적 운명을 지배하는 힘에 대한 의식을 지배적인 본능이자 긍지에 찬 양심으로 승화시킨 작가였다. 특히 어떠한 불행이나 역경에도 불구하

....

23. 참고로 니체는 고대인의 성대한 축제엔 반드시 잔인함이 거의 모든 환락의 구성요소로 뒤섞여 있으며, 때로 사심 없는 악의는 인간의 한 속성으로 고급문화의 역사에서 더욱 정신화되고 신성화되었다고 주장한다. 예컨대 그는 오늘날 매우 양심의 가책을 느낄 만큼 쓰디쓴 맛을 선사하는 『돈키호테Don Quixote』는 동시대인들에게 가장 명랑하고 쾌감을 주는 책이었으며, 특히 고통스럽게 만드는 잔인함이 더욱 쾌감을 준다는 사실은 너무나도 강력한 인간적인 명제라는 것이다. 인간의 긴 역사 속에서 살펴볼 때 잔인함 없는 축제는 없으며, 심지어 사법적 형법에서조차 축제적인 것이 많다는 것이 니체의 주장이다. 니체, 김정현 옮김, 「도덕의 계보」, 『니체전집 14』, 406~411면 참조.
24. 니체, 정동호 옮김, 「유고(1884초~가을)」, 『니체전집 17』, 322면 참조.

고, 그 비극적 운명에 대항하여 자신이 충분히 강하다는 것을 타인에게 보여주는 '자유로운' 역경인의 한 명이었다.25 무엇보다도 그러기에 그는 제 스스로 자신의 가치를 창조하는 입법자를 자처하기에 '너는 해야만 한다'는 칸트식의 "명령의 과잉"을 결코 "용서할 수 없"(「서시」) 었다. 하지만 전쟁과 군사독재로 점철된 자기 "시대의 윤리"적 "명령"을 자신의 "시"적 "이상"26으로 삼았으며, 따라서 그 누구의 강요가 아닌 자기명령으로서 "시대"적 "명령의 과잉을 요구"(「서시」)를 수용할 줄 알았던 시인 중의 시인이 바로 김수영이었다고 할 수 있다.

....

25. 니체, 「제2논문: '죄', '양심의 가책' 그리고 그와 유사한 것들」, 『니체전집 14』, 398~399면 참조.
26. 김수영, 「책형대에 걸린 시」, 233면.

김수영의 문학과 초현실주의

김진희

1. 한국 초현실주의와 김수영의 문학

김수영은 1961년 2월 10일의 일기에서 "나는 쉬르레알리슴으로부터 너무나 오랫동안 떨어져서 살고 있다. 내가 이제부터 앞으로 (언젠가) 정말 미쳐버린다면 그건 내가 쉬르레알리슴으로부터 너무 오랫동안 떨어져 있던 탓이라고 생각해다오"[1]라면서, 초현실주의에 대한 강렬한 의식을 드러내고 있다. 꿈, 광기, 죽음, 향수 등의 단어를 사용하면서 자신이 초현실주의의 바깥에서는 미쳐갈지도 모른다고 고백하는 이 글은 그 분위기 역시 무의식의 언술처럼 느껴진다.

본 연구에서 이 일기의 내용에 주목하게 된 이유를 우선 김수영 자신의 발언에 기대어 보면, 1955년 10월, 김수영은 "내가 시에 있어서 영향을

---

1. 「일기」(1961. 2. 10), 이영준 엮음, 『김수영 전집 2 산문』, 민음사, 2018. (이하 김수영의 산문은 같은 책에서 인용한다.)

받은 것은 불란서의 쉬르라고 남들은 말하고 있는데, 내가 동경하고 있는 시인들은 이미지스트의 일군이다'[2]라면서 초현실주의에 선을 그었고, 해방 후 '마리서사'에서 접하게 된, 일본 초현실주의 잡지 『시와 시론』의 소속 시인의 작품을 이상한 시로[3] 평가했고 이외 문학론과 산문 등에서 '쉬르의 잔당', '모더니즘의 창궐' 등 초현실주의 평가에 부정적 시각을 비치고 있었기 때문이다. 이런 점에서 김수영 스스로가 초현실주의를 거부한 후, 강력하게 수용을 시사했던 개인사적·문학사적 맥락이 있었을 것이라 여겨지는데, 이 맥락이 김수영의 초현실주의 수용의 의의와 관련되는 의미 있는 지점이 되리라 생각한다.

초현실주의 관점에서 김수영의 문학론을 읽어보면 1960년 이후 프로이트, 정신분석, 무의식, 의식, 혁명, 자유, 사랑 등의 용어는 물론 브르통, 아폴리네르, 마야코프스키, 바타이유, 모리스 블랑쇼, 앙리 미쇼, 자코메티 등이 등장하는데, 그가 관심을 기울인 문학적 용어나 주제는 물론 문학인들 대부분이 초현실주의 운동과 일정한 관련을 맺고 있는 대상들이었음에 주목할 필요가 있다. 그간 김수영 문학과 초현실주의 관련성은 제기되었지만[4] 본격적으로 논의되지는 못했다. 특히 김수영이 「참여시의 정리」(1967)에서 참여시의 근간으로 초현실주의를 중요하게 언급하고 있으나, 문학론이나 작품에서 이 부분은 거의 논의되지 않아왔다.[5]

....

2. 「무제」, 1955. 10.
3. 「마리서사」, 1966.
4. 김수영을 기억하는 친구 이종구나 시인 김규동 등은 김수영과 초현실주의 관련성을 언급한 바 있다. 특히 김규동은 김수영이 쥘 쉬페르비엘(Jule Supervielle)과 루이 아라공(Louis Aragon)을 자주 읽었고, 전반적으로 영향을 받았을 것이라 쓰고 있다. (김규동, 「소설 김수영」, 김명인·임홍배 엮음, 『살아있는 김수영』, 창비, 2005.)
5. 최근 신형철의 연구 「이상의 시와 초현실주의 시론이 김수영의 후기 시론에 미친 영향—「참여시의 정리」(1967)」(『한국시학연구』 50호, 한국시학회, 2017)은 '무의식적 참여시'라는 이름으로 김수영의 초현실주의와 참여시를 관련시켜 처음으로 논의를 개진시켰다는 점에서 중요한 연구이다. 다만 김수영의 문학적 과정 안에서 참여시와

잘 알려졌다시피 초현실주의는 1차 세계대전 후, 서구사회의 근간을 이루었던 이성중심주의와 자본주의 사회에 대한 비판적 사유로부터 출발했다. 유럽의 지식인들은 자연스럽게 마르크스 이론에 관심을 갖게 되었고 사회적 혁명의 필요성 역시 대두되었다. 이런 역사적 상황 속에서 초현실주의는 프로이트의 정신분석학을 수용하고, 폭넓게 다다의 영향을 받은 것은 물론, 보들레르나 랭보의 영향, 그리고 삶의 토대를 개혁하려는 마르크시즘 역시 그 운동의 중요한 내용을 이루고 있었다. 그들은 앙드레 브르통의 「초현실주의 선언」(1924)을 시작으로 대전 이후 현실 삶의 조건을 변화시키기 위한 사회적 혁명과 자동기술에 의한 문학의 혁신을 동시에 추구했다. 초현실주의는 삶과 세계에 대한 총체적인 문제제기를 했고, 이런 점에서 예술가에게 미학적 입장과 정치적 입장이 강력히 연결된 것이었기 때문에 역사적, 문학적 맥락에 대한 폭넓고도 정교한 이해가 필요하다.

이런 의미에서 김수영의 문학에서 초현실주의의 영향을 찾는 것은 사회와 현실에 대한 관점, 정치적 태도, 시와 예술에 대한 입장 등 김수영의 문학과 삶 전반에 대한 총체적인 접근을 통해서 밝혀져야 하는 것이기도 하다. 그뿐만 아니라 초현실주의 운동이 서구 유럽이나 일본과 마찬가지로 한국에서도 화단과 화가들과의 협업으로 이루어진 운동이었다는 사실은 문학 연구자의 관점에서 자료의 발굴이나 선택 역시 어렵게 만들기도 한다. 특히 한국 근대문학사에서 1930년대 이후 현대시의 발전에 초현실주의의 영향이 상당히 컸음에도 초현실주의 시와 시론의 문학사적 자료의 정리나 발굴이 충분치 못하고, 연구 성과 역시 많지 않은 상황은 문학사나 예술사적 관점에서 초현실주의를 연구하는 어려움을 발생시킨다.[6] 그러나 여전히 1930년대 초현실주의를 표방한 문예지

....

초현실주의가 갖는 관련성이 규명되어야 할 필요가 있다.

『삼사문학』,『단층』,『맥』,『시현실동인』 등이 일본에서 유학했던 동시대 초현실주의 화가들과 협업하고 있었다는 사실이나 김수영이 기억하는, 파리의 몽마르트 같았던 해방 후 마리서사의 분위기는 시 텍스트를 넘어선 포괄적인 예술운동으로서의 초현실주의 연구의 필요성을 제기한다.

본 연구는 위와 같은 상황을 고려하면서 김수영과 초현실주의의 관련성을 생각해보고자 한다. 김수영은 유럽의 초현실주의의 어떤 특성들을 참여시에 수용했으며, 또 참여시는 한국 초현실주의 전통으로부터 무엇을 계승받았는가를 생각해보는 일은 초현실주의의 한국적 맥락과 김수영의 창조적 수용을 살피는 의미 있는 일이 될 것이라 생각한다. 이 연구를 통해 1930년대 이후 초현실주의의 한국적 전통 속에서 김수영의 문학이 놓인 자리를 생각해볼 수 있을 것이며, 나아가 초현실주의 혹은 아방가르드7가 재소환되는 1960년대 세계문학적 상황 속에서 한국문학으로서 김수영 문학의 독창적 의의를 생각해볼 수 있기를 기대한다.8

....

6. 이건우 외, 『한국근현대문학의 프랑스 문학수용』(서울대학교출판문화원, 2009)에서는 해방 전의 상징주의, 해방 후의 실존주의 등의 수용이 정리되어 있다. 추후 한국문학의 초현실주의 수용에 관한 자료 및 연구 성과의 보완이 필요해 보인다. 한편 본 연구는 오생근, 『초현실주의 시와 문학의 혁명』(문학과지성사, 2010)과 앙드레 브르통, 『초현실주의 선언』(황현산 번역·주석·해설, 미메시스, 2012) 등을 주요하게 참고했다.

7. 본 연구에서는 '아방가르드'라는 개념과 용어가 아니라 '초현실주의'를 사용한다. 아방가르드는 일반적으로 급진적이고, 전위적인, 혁신적인 경향을 포괄하는 의미를 갖는다. 따라서 초현실주의, 다다, 모더니즘 등에 폭넓게 사용할 수는 있지만 각각의 예술운동이 당대와 관련 맺는 역사적, 시대적 의미를 드러내지는 못하기 때문이다. 마테이 칼리니스쿠, 『모더니티의 다섯 얼굴』, 이영욱, 백한울, 오무석, 백지숙 옮김, 시각과언어, 1993, 147면 참조.

8. 이 글에서는 초현실주의와 김수영 문학론의 관련성을, 김수영 개인의 삶과 문학에 대한 이해와 당대 문학사적 상황을 함께 고려하면서 총체적으로 논의해보고자 하는데, 이를 위해 김수영의 생각과 논리가 좀 더 직접적으로 드러나는 문학론, 산문, 일기 등을 연구대상 텍스트로 삼는다. 이외 논의를 보완하는 차원에서 비슷한 시기 시

2. 해방 전후에서 1950년대, 초현실주의 전개와 김수영의 삶과 문학

해방 시단을 기억하면서 김수영 역시 인정했고,[9] 또 문학사적으로도 정리되었듯이 해방기에서 4·19 이전까지는 초현실주의가 시단의 주요한 흐름이었음을 알 수 있다.[10] 이런 의미에서 김수영 문학이 성장, 발전한 문학사적 토대로서 한국 초현실주의의 영향을 충분히 생각해볼 수 있을 것이다.

> 나는 그를 통해서 미기시 세츠코(三岸節子), 안자이 후유에(安西冬衛), 기타노조 가츠에(北園克衛), 곤도 아주마(近藤東) 등의 이상한 시를 접하게 되었고, 그보다도 더 이상한, 그가 보여주는 그의 자작시를 의무적으로 읽지 않으면 아니 되게 되었다. 그는 일본말이 무척 서툴렀고 조선말도 제대로 아는 편이 못 되었지만, 그 대신 그의 시에는 내가 모르는 멋진 식물, 동물, 기계, 정치, 경제, 수학, 철학, 천문학, 종교의 요란스러운 현대 용어들이 마구 나열되어 있었다. 요즘의 소위 '난해시'라는 것을 그는 벌써 그 당시에 해방 후 처음으로 본격적으로 시작하고 있었다. 그의 책방에는 그 방면의 베테랑들인 이시우, 조우식, 김기림, 김광균 등도 차차 얼굴을 보이었고 그 밖에 이흡, 오장환, 배인철, 김병욱, 이한직, 임호권 등의 리버럴리스트도 자주 나타나게 되어서 전위 예술의 소굴 같은 감을 주게 되었지만, 그때는 벌써 마리서사가 속화(俗化)의 제일보를 내딛기 시작한 때이었다.[11]

....
텍스트를 참고한다.

9. 「참여시의 정리」, 1967.
10. 해방 이후 전통 서정시와 현대시 계열이 존재했으나 현대적인 시를 쓰는 초현실주의, 신즉물주의, 후반기동인 등이 현대적 경향을 함축하는 모더니즘으로 불리면서 시의 주류로 인식되었다. 김규동, 「신시 40년사」, 『새로운 시론』, 산호장, 1956 참조.

해방 후 박인환이 운영했던 '마리서사'를 추억하는 김수영의 글에서 무엇보다 1930년대 초현실주의 혹은 폭넓게 모더니즘 시학이 해방 이후의 문단으로 계승되는 현장을 상상하게 된다. 그리고 어떤 의미에서 이런 문학사의 현장에 자연스럽게 편입되지 못한 김수영의 단절감 같은 것도 느껴진다. 김수영은 일본 초현실주의 시와 그 경향을 띠는 박인환의 시에 대한 소극적인 평가를 하고 있고, 1960년대 당대 '난해시'로 불리는 시들의 원류로서 초현실주의를 소환하고 있다. 그리고 이와 함께 1930년대 이후 초현실주의 문인으로 활동했던 김기림, 이시우, 조우식, 오장환과 해방 전후 활동을 시작한 박인환, 배인철, 김병욱, 임호권 등의 시인을 떠올린다.

우선 김수영이 언급하고 있는 일본 시인들은 1920년대부터 1940년대에 이르기까지 일본 초현실주의의 중심에 있던 인물들이다.[12] 김기림 역시 1930년대 초현실주의에 대한 이론적 이해를 토대로 시의 기술 및 방법론 등 모더니즘 시학을 정립하였는데, 김기림의 초현실주의 문학론은 이후 『삼사문학』, 『맥』, 『단층』, 『시현실동인』 등의 동인지에 시학의 논리로 계승, 확장되었다.[13] 인용문에 나오는 이시우는 신백수,

....

11. 「마리서사」, 1966.
12. 안자이 후유에는 일본 초현실주의 운동의 시발점이 되었던 만주 다롄(大蓮)의 시 잡지 『亞』(1924~1927)의 중심인물이었다. 그는 초현실주의 서양화가 그룹 〈오과회〉와 다키구치 다케시, 기타가와 후유히코, 미요시 다쓰지 등과 함께 잡지를 만들었고, 이것이 일본 본토의 초현실주의 잡지 『시와 시론』(1928) 창간의 발화점이 되었는데, 안자이 후유에와 기타가와 후유히코가 함께 활동한 이 잡지는 일본 현대시학의 성립에 중요한 역할을 한 잡지로 평가받았다. 이 잡지 4호에 브르통의 「초현실주의 선언」이 번역 게재되었다. 기타노조 가츠에는 '일본의 쉬르리얼리즘 선언'을 집필했던 시인이며, 1940년 초현실주의 잡지 『VOU』를 창간했다. (이 잡지의 동인으로 김경린이 활동했다.)
13. 김진희, 「김기림의 초현실주의론과 모더니즘 연구 I」, 『한국문학연구』 52호, 동국대학교 국문학연구소, 2016; 김진희, 「『만선일보』에 실린 「시현실동인집」과 동인 활동의

조풍연 등과『삼사문학』(1934. 9~1936. 10)의 동인으로 활동했던 시인이
고14 조우식 역시 초현실주의 화가, 시인, 평론가 등으로 활동하면서
전위예술, 전위사진 등에 관심을 보였던 예술가이다.15

　한편 해방기의 문단에서 초현실주의는 전위적 특성을 강조하는 방향
으로 나간 것으로 이해할 수 있다. 즉 아방가르드가 함의하는 실험적
예술성과 전위적 정치성 두 요소가 분화되는 양상을 해방기『전위시인
집』(1948) 등을 통해 알 수 있는데, 위에 인용한 오장환, 박인환, 배인철,
김병욱 등의 문학 역시 정치적 이념이 명확했으며 당대 현실에 비판적인
태도를 취했다는 점에서 전위적 정치성을 분명히 보여주었다.16 한편
위의 인용문에 등장하지는 않지만 김수영이 화가 박일영과 함께 인간적
인 스승으로 삼고 있었던 소설가 김이석17 역시 초현실주의를 거쳐온
인물이었다. 김이석은 평양에서 출발한『단층』의 동인으로 화가들과의
교류를 통해 초현실주의, 추상미술, 입체파 등의 지향을 같이했다.18

....

문학사적 의의」,『현대문학의 연구』65호, 한국문학연구학회, 2018.

14. 이시우는 정지용, 이상, 김기림 등의 작품을 언급하며 초현실주의 시의 가능성을
　　탐구한 바 있다. 이시우,「絶緣하는 論理」,『삼사문학』3집, 1934. 12;「surrealism」,
　　『삼사문학』4집, 1935. 8 참조.
15. 조우식,「學生欄:『싹르톤』의『通底器』超現實主義와 物體小論」,〈매일신보〉, 1939.
　　3. 5. 조우식은 이 글에서 1932년에 출간한 브르통의『연통관들(Les Vases Communicants)』
　　에 대한 소개 및 설명을 하고 있다.
16. 김진희,「오장환과 새 인간의 탄생」,『회화로 읽는 1930년대 시문학사』, 북코리아,
　　2012; 맹문재,「김병욱 시에 나타난 세계인식 고찰」,『한국문학이론과 비평』60집,
　　한국문학이론과비평학회, 2013; 맹문재,「임호권의 시 연구」,『한국문예비평연구』
　　50집, 한국현대문예비평학회, 2016.
17.「마리서사」, 1966.
18. 일본의 아방가르드 양화연구소와 문화학원을 거치며 초현실주의를 공부한 화가 김병기
　　는 1939년 평양으로 돌아와 평양의 문화인들과 어울렸다고 기억한다. 그는 자신의
　　집을 중심으로 살롱이 마련되어 문학인, 음악인, 미술인이 모였고, 단층파 동인들인
　　김이석, 구연묵, 김화청, 유항림은 물론 북간도의 김조규도 참여했다고 한다. 김병기는
　　『단층』의 표지와 삽화를 그렸다. 그는 김수영이 유한 성품을 가진 인물로 평가했던

김병욱과 임호권, 박인환 등은 김경린, 김경희 등과 『신시론』 1집에 참여했으며, 1949년 4월에는 앤솔러지 『새로운 도시와 시민들의 합창』을 부산 출신의 조향, 일본에서 시를 쓰다가 귀국한 이봉래, 김차영, 김규동 등과 발간했고, 이후 개최하진 못했지만 전후 세계의 현대시의 동향, 특히 초현실주의와 모더니즘 중심 발표회를 결의하기도 했다.19

한편 동시대 일본과 유럽에서는 초현실주의 운동이 다시 주목받고 있었다. 프랑스에서는 앙드레 브르통이 오랜 미국망명을 끝내고 돌아와 후배들과 함께 초현실주의 운동을 전개하면서 1947년에 <파리 초현실주의 국제전>을 개최하면서 초현실주의 운동을 시작했다. 1948년 초현실주의 신문인 <네온>이 발간되었고, 1950년에는 『반세기의 초현실주의 연간』이 출간되는 등 전후에 초현실주의는 다시 주목받기 시작했다.20 일본 역시 전시 중에 남아 있던 초현실주의 잡지 『VOU』가 리더였던 기타노조 가츠에를 중심으로 복간되었고, 초현실주의 시인 니시와키 준사부로 등 역시 현대시 운동을 추진하는 상황이었다.21 이런 전후의 상황 속에서 초현실주의를 포괄하는 현대 예술로서 아방가르드의 가능성이 재차 주목을 받고 있었다. 즉 전후가 되어 본격적으로 활동했던 젊은 작가나 예술가에게 아방가르드는 과거의 역사였으나 한편으로 아방가르드의 체험은 전후 창작활동의 모색에 근거가 되었고, 나아가 기존의 제도나 양식에 대한 비판과 파괴를 정당화하면서 파시즘 체제에 굴복했던 전전(戰前)의 문학, 예술운동을 극복하려고 하는 부흥기의

··············
　　김이석을 정치성이 강한 소설가로 기억했다. 김병기, 「해방 이전 일본에 유학한 미술인들—구술자 김병기(1916)」, 『한국 미술기록존소 자료집』, 삼성미술관, 2004.
19. 양병식, 「한국모더니스트의 영광과 비참」, 김광균 외 공저, 『세월이 가면—시인 박인환과 문학과 그 주변』, 근역서제, 1982.
20. 신현숙, 『초현실주의』, 동아출판사, 1992, 360면.
21. 김경린, 「인환과 나와 그리고 현대시 운동」, 김광균 외, 앞의 책.

문제의식을 적극적으로 대변할 수 있었다.22

　이런 국내외의 초현실주의 상황 속에서 김수영의 문학적 삶은 의식적, 혹은 무의식적 단절감 같은 것을 겪고 있었던 것으로 보인다.

　　당시에 나의 자세는 좌익도 아니고 우익도 아닌 그야말로 완전 중립이었지
　　만, 우정관계가 주로 작용해서, 그리고 그보다도 줏대가 약한 탓으로 본의
　　아닌 우경 좌경을 하게 되었다고 생각된다. 돌이켜 생각해보면 지금도
　　그렇지만, 그때는 더한층 지독한 치욕의 시대였던 것 같다.23

　알려져 있듯이 김수영은 1942년 초 동경에 도착하여 대학 진학을 위한 동경성북예비학교에 입학했다가 대학 진학을 포기하고, 미즈시나 연극연구소에서 공부하다 1943년 12월 귀국했다. 이후 그는 가족들이 이주한 길림에 가서 연극 무대에서 활동을 하다가 해방이 되자 서울로 돌아왔다. 이후 1946년 그는 임화와 만났고 조선문학가동맹 사무실에 나가 번역 일을 했다.24 김수영은 1945년 『예술부락』에 「묘정의 노래」로 등단하는데, '마리서사'에 모인 시인들에게 혹독한 비판을 받았다. 특히 당시 초현실주의 시를 쓰면서 현대시를 선도했던 박인환의 견해에 대해서 김수영은 자신의 의견을 피력할 수도, 또 그 의미를 해석하기도 힘들었다고 고백한다. 즉 프로이트를 읽지도 못했고, 당시 모더니스트들을 맹목적으로 추종하는 것만으로도 힘들었다는 김수영의 기억은25

．．．．．．．．．．．．．

22. 나미가타 츠요시, 『월경의 아방가르드』, 최호영・나카지마 겐지 옮김, 서울대출판문화원, 2013, 243면.
23. 「연극하다가 시로 전향─나의 처녀작」, 1965. 9.
24. 장문석, 「밤의 침묵과 자유의 타수─김수영의 해방공간과 임화의 4・19」, 『반교어문연구』 44권, 반교어문학회, 2016.
25. 「박인환」, 1966. 8.

1930년대 모더니스트로 활동했던 선배 문인과의 학연도 없었고, 시에 대한 전문적인 학습이 부족했던 자신에 대한 일종의 열등의식, 혹은 결벽증 같은 것을 내비치고 있다. 김수영의 이런 조바심은 한국전쟁 이후 더 강화되는 것으로 읽힌다. 박인환으로 추정되는 인물 P를 만나고 불쾌한 쇼크를 받은 날, 어머니에게 동경으로 다시 유학을 가겠다고 이야기하는데, 이는 전후 문단에서 현대시를 쓰는 시인 노릇을 하기 위해서는 문학공부를 좀 더 해야 한다는 강박관념 같은 것이 작용한 것으로 이해된다. 그러나 현실적으로 동경행은 힘들었고 문인들이 모여 있는 명동 쪽으로 나가는 것을 두려워하면서, 김수영은 여러 날의 일기에서[26] '무심하게 살자', '설움과 고뇌와 노여움과 증오를 넘어서 적극적인 정신으로 살자', '비참과 오욕과 눈물을 밟고 가는 길', '나는 절망 위에 산다', '나는 죽음 위에 산다' 등의 긴박한 실존의식을 드러낸다.

이처럼 당대 초현실주의 시인들과의 의도적인 거리를 취하던 김수영이 가깝게 지내던 사람은 다름 아닌 초현실주의 화가라고 불리던 박일영이었다.[27] '일찍이 오소독시컬한 회화 예술의 길을 포기한' 간판 화가인

....

26. 「일기」, 1954. 11. 27~1955. 2. 3.

27. 박일영, 본명 박준경에 대해서는 김수영과 박인환의 산문 이외에 공식적인 자료를 찾기 힘들었다. 혹시 일본 미대에 입학했던 전력이 있는지, 1920년 이후 조선의 미술 전공 유학생들이 많이 다녔던 일본 대학의 입학생, 졸업생 명단을 확인했으나 박일영, 박준경 두 이름으로 찾을 수 없었다. 吉田千鶴子, 「東京美術学校の外国人生徒(後篇)」, 『東京藝術大学美術学部紀要』34호, 東京: 東京藝術大学美術学部, 1999; 한국근현대미술기록연구회 편, 『제국미술학교와 조선인 유학생들(1929~1945)』, 눈빛, 2004 참조. 당시 일본미술대학의 주요 경향이 초현실주의였고, 조선 유학생들 역시 초현실주의 회화를 학습했다. 박일영 역시 정통적으로 미술공부를 하진 않았으나 자연스럽게 초현실주의 예술 주변에서 그림공부를 했던 것은 아닌가 생각한다. 한편 박인환 시인의 부인은 박일영이 박인환보다 5~6살 연장자로, 임호권 시인의 동네인 재동 근처에 살았고 항상 특이한 옷차림과 둥근 빵모자를 썼으며, 화가로서의 입신이 어려워 운이 좋지 않은 화가로 보였다고 기억했다. 이정숙, 「마리서사와 마리로랑생」, 김광균 외, 앞의 책 참조.

박일영은 '마리서사'를 전위적인 공간으로 꾸며주었고 박인환뿐만 아니라 자신에게도 예술가의 양심과 세상의 허위를 가르쳐준 예술가로 기억된다. 이런 박일영에게서 김수영은 아웃사이더 정신을 읽고 있다. 정통적인 화가의 길을 걷지 않고, 아웃사이더의 삶을 살았다는 박일영의 삶에서 김수영은 부르조아 예술제도에 저항하는 초현실주의의 한 특성을 만날 수 있었을지도 모른다.28

　해방기의 시단에서 일정한 거리감을 느껴야 했던 김수영은 혼자 꾸준히 자신의 시 세계를 만들어나가고자 했던 것으로 보인다. 그 당시 일본에서 생활을 같이했던 이종구의 회고에 의하면 김수영은 연극공부를 하면서도 시 창작을 꾸준히 했고, 초현실주의 경향의 작품을 쓰고 있었고, 좋아하는 시인들로는 엘리어트, 오든, 스펜서와 일본 시인으로 니시와키 준사부로, 미요시 다츠지, 무라노 시로 등이 있었다고 한다.29

　일본 초현실주의의 실제적인 선도자는 니시와키 준사부로이고, 그 역시 『시와 시론』의 중심인물이었음에도 김수영이 '마리서사'를 기억하며 니시와키를 이상한 시인으로 거론하지 않았던 점이나 이후 산문 등에서 니시와키의 말을 중요하게 인용하는 사례30 등을 보면 니시와키의 시작에 대한 일정한 애정이 있었던 것은 아닌가 생각된다. 마찬가지로 미요시 다츠지나 무라노 시로 역시 시론에서 인용되고 있는데, 특히 해방 이후 일본과 한국 시단에서 인기를 누렸던 무라노 시로(村野四郎)에

....

28. 김수영은 박일영과의 일화를 「나와 가극단 여배우와의 사랑」(1954. 2)으로 『청춘』에 발표했고, 이후에 이 소재를 갖고 다시 콩트 혹은 소설 구상으로 일기를 쓰기도 했다(「엣징그」, 1954. 12. 28). 이후 1959년 첫 시집 『달나라의 장난』 역시 박일영에게 헌정했음을 볼 때, 1950년대 김수영의 삶과 문학에 박일영과 그의 초현실주의가 큰 영향을 미쳤으리라 생각해볼 수 있다.
29. 최하림, 『김수영 평전』, 실천문학사, 2001, 54면.
30. 「요즈음 느끼는 일」(1963. 2)에서 김수영은 자유와 시를 논하면서 '시를 논하는 것은 신을 논하는 것처럼 두려운 일'이라는 니시와키의 말을 인용하고 있다.

대해 주목해 볼 필요가 있다.

그때 자주 우리 집엘 찾아온 병욱이가 어느 날 찾아와서 이 시를 보고
놀라운 작품이라고 칭찬하면서 무라노 시로(村野四郎)에게 보내서 일본
시잡지에 발표하자는 말까지 해주었다. (중략) 이때 병욱은 대구에서 올라오
기만 하면 나를 찾아왔고, 기식하고 있는 나의 또 기식자가 되었다. 그는
현대시를 쓰려면 우선 육체의 단련부터 필요하다고 하면서 나에게 권투를
가르쳐주려고까지 했다. 지금 생각해보면 상당히 어리석었던 시절이었고
또한 상당히 즐겁고도 괴로운 시절이었다.[31]

무라노 시로는 『시와 시론』이 『문학』(1932. 3.)으로 제목을 바꾸고
나서부터 동인으로 들어갔다는 점에서 그 뿌리는 초현실주의에 있다고
할 수 있다.[32] 그러나 같은 시기 사사자와 요시아키(笹澤美明)와 『신즉물
성 문학』이라고 하는 잡지를 간행한 사실이 시문학사적으로 주목할
만한 일이다. 그 잡지를 통해 그는 독일의 케스트너(Erich Kästner), 브레히
트(Bertolt Brecht), 볼프(Caspar Friedrich Wolff), 링겔나츠(Joachim
Ringelnatz) 등의 비감상적인 즉물주의 시에 큰 공감을 가졌고, 이를
통해 자신의 시관을 차츰 확립해갔다.[33] 그리고 1939년 링겔나츠의
『體操詩集』(1923)을 보고 같은 제목의 시집을 출간했다. 암담한 실존의식
과 삶에 대한 비애감을 보여준 링겔나츠의 시와 마찬가지로 무라노

....

31. 「연극하다가 시로 전향—나의 처녀작」, 1965. 9.
32. 무라노 시로는 신즉물주의 이론과 실존주의 사상의 교차점 위에서, 전후의 비관적
    염세주의와 페시미즘, 죽음의식 등을 깔고서 인간의 실재에 접근한 냉정한 분석을
    통해 지적인 서정을 정착시킨 시인으로 평가받고 있다. 김광림, 「허무의 낭떠러지를
    보는 사람—무라노 시로에 대하여」, 『현대시학』 44집, 현대시학사, 1994. 9 참조.
33. 카기야 유키노부(鍵谷幸信), 「西脇順三郎と村野四郎」, 『國文學: 解釈と教材の研
    究』, 6卷10號, 學燈社, 1961.

시로 역시 허무적 경향을 보였다.34 무라노 시로는 릴케의 시에서도 영향을 받았고, 특히 릴케의 사물의 존재에 대한 강렬한 의식에 관심이 있었다. 무라노는 우리들이 지각하는 것은 사물의 진상, 실재가 아니라 오히려 사물의 분류이며 유형일 뿐임을 인식했다. 그러므로 예술가는 세계와 인간 사이의 이와 같은 장막을 배제하고 실재의 참다운 상과의 접속을 열망하는 존재이며, 사물의 진상을 형상화하려는 정열이 넘치는 자가 시인이라는 이해를 릴케를 통해 깨닫고 있었다.35 이런 맥락에서 1939년에 무라노 시로가 출간한 『체조시집』은 엄청난 반향을 불러일으 켰다.36 감정과 감성을 거둔 채로, 인간의 여러 운동을, 하나의 오브제로 드라이하게 조형적으로 이미지화한 실험적인 시의 형식은 성공했는데, 이는 일본 시단에 초현실주의와 함께 전후 모더니즘 시의 한 방향을 예고했다.37 무라노 시로의 『체조시집』의 반향은 위의 인용문에서 김병 욱이 직접 무라노 시로를 언급하는 대목이나 현대시를 쓰려면 '육체를 훈련시켜야 한다'는 구절 등에서 느껴진다. 그뿐만 아니라 김수영의 초기작인 「공자의 생활난」에서 "꽃이 열매의 상부(上部)에 피었을 때 / 너 는 줄넘기 작란(作亂)을 한다 // 나는 발산(發散)한 형상(形象)을 구하였 으나 (중략) 동무여 이제 나는 바로 보마 / 사물(事物)과 사물의 생리(生理) 와 / 사물의 수량(數量)과 한도(限度)와 / 사물의 우매(愚昧)와 사물의 명 석성(明晳性)을 // 그리고 나는 죽을 것이다"에서 낯선 줄넘기라는 운동 의 상상력이나 사물에 대한 객관적 인식, 그리고 죽음의식 등에서도 그 영향을 읽을 수 있다.38

....

34. 고창범, 「村野四郎의 卽物詩 I」, 『일본학보』 21집, 한국일본학회, 1988.
35. 위의 글.
36. 김옥희, 「신체와 찰나의 미학──무라노 시로 『체조시집』의 세계」, 『일본 근대문학과 스포츠』, 소명출판, 2012.
37. 카기야 유키노부, 앞의 글.

니시와키 준사부로나 무라노 시로는 일본 시단에서 초현실주의와 신즉물주의를 통해 모두 전통적인 서정에 저항하면서 새로운 시정신과 형식을 정립해나간 시인들이었다. 니시와키는 엄밀한 의미에서 초현실주의 시인이 아니라 현대 주지시의 기법을 초현실주의에서 차용한 이론가이자 시인으로 평가되는데, 이런 점에서 그는 문학사에서 주지적 태도를 가진, 일본 신시운동의 지도자로 자리매김되었다.[39] 이는 감정이나 정서를 지적으로 이미지화는 무라노 시로의 작업과 크게 다르지 않았다. 따라서 일본 시문학사에서 스타일의 혁신을 통해 내용의 혁신을 꾀한 시인으로서 니시와키, 그리고 시의 테크닉과 시정신이 밀접하게 관련되어 있다고 강조되는 무라노 시로, 두 시인이 모두 시의 테크닉과 정신의 측면에서 엘리어트과 W. H. 오든과 같이 인용, 평가되고 있다는 사실은[40] 김수영의 발언, 즉 1955년 「무제」에서 "내가 시에 있어서 영향을 받은 것은 불란서의 쉬르라고 남들은 말하고 있는데, 내가 동경하고 있는 시인들은 이미지스트의 일군이다. (중략) 현실을 포착하는 데 있어서 오든은 이미지스트들보다는 훨씬 몸이 날쌔다"라는 문장의 의미를 다시 생각하게 한다. 즉 엘리어트를 포함한 이미지스트와 오든 등에서 김수영이 배운 것은, 그가 현대시의 모더니티(현대성)를 위해 지속적으로 문제시했던 '사상'을 '포름'으로 형상화하는 문제에 대한 일종의 대답이었을 것이다. 김수영은 엘리어트와 오든을 거론했지만, 이 시인들에게서 김수영이 읽은 것은 일본의 니시와키나 무라노와 다르지 않았을 것이다. 이런 점에서 일본 유학 시절 니시와키 준사부로와 무라노 시로의

....

38. 차후에 연구가 가능하겠지만, 릴케-무라노 시로-김수영의 연결 지점을 상상할 수 있다. 특히 김수영이 릴케를 자주 인용하고 있음을 볼 때, 세 시인의 시관(詩觀)의 유사성을 생각해볼 수 있다.
39. 『日本近代文學大事典』第一卷, 東京: 講談社, 1977, 16~17면.
40. 카기야 유키노부, 앞의 글.

영향이 분명히 있었던 것으로 짐작할 수 있으며[41] 특히 니시와키는 무의식의 세계를, 이질적 이미지로 만들어냈기 때문에, 지적인 이미지를 제작하는 영미 모더니스트와 가깝게 이해되었을 것으로 생각된다.[42]

언급했듯, 전후 일본에서 초현실주의 재고 과정에서 무라노 시로 역시 김수영이 감동적으로 읽었다고[43] 하는 모리스 블랑쇼의 『불꽃의 문학』을 인용하면서 '역사적 운동으로서의 '쉬르리얼리즘'은 소멸했지만 '~ism' 즉 정신으로서 일본 전후 모더니즘의 사고와 언어에 그 영향을 주고 있다'고 강조한다.[44] 이와 같이 초현실주의는 해방 이후부터 1950년대에 이르기까지 김수영의 삶과 문학의 저변에 지속적으로 작동하고 있었던 것으로 보인다. 그러나 김수영이 본격적으로 초현실주의를 수용하고, 인식하게 되는 것은 1950년대를 지나 1960년에 이르러서였다.

3. 참여시의 원리로서 초현실주의

1) 혁명의 예술로서 초현실주의의 재발견

김수영은 1961년 2월 10일의 일기에서 아래와 같이 적고 있다.

....

41. 김수영은 「김영태에게 보낸 편지」(1965. 12. 24)에서 무라노 시로 정도의 시인이 되기 위해서 더 노력을 해야 한다고 이야기한 것으로 보아 무라노 시로를 높게 평가했던 것으로 보인다.

42. 실제 『시와 시론』의 많은 시인들이 초현실주의적 시의 기술을 '주지적 시의 제작'으로 이해하고 실천했다. 김진희, 「김기림의 초현실주의론과 모더니즘 연구 I」, 『한국문학연구』 52호, 동국대한국문학연구소, 2016 참조.

43. 김수영은 「시작노트 4」(1965)에서 모리스 블랑쇼의 책 『불꽃의 문학』을 감명 깊게 읽었다고 썼다.

44. 무라노 시로(村野四郎), 「わが国の新卽物主義と超現実主義」, 『今日の詩論』, 寶文館, 1952.

나는 내게 죽으라고만 하면 죽고, 죽지 말라고 하면 안 죽을 수 있는 그런 바보 같은 순간이 있다. 모두가 꿈이다. 이것이 피로라는 것인지도 모르고, 이것이 광기라는 것인지도 모른다. 나는 형편없는 저능아이고 내 시는 모두가 쇼이고 거짓이다. 혁명도, 혁명을 지지하는 나도 모두 거짓이다. 단지 이 문장만이 얼마간 진실미가 있을 뿐이다. 나는 고독으로부터 떨어져 얼마나 긴 시간을 살아온 것일까. 지금 나는 내 방에 있으면서, 어딘가 먼 곳을 여행하고 있는 듯한 기분이 들고, 향수인지 죽음인지 분별이 되지 않는 것 속에 살고 있다. 혹은 일본말 속에 살고 있는 건지도 모른다. 그리고 나 자신은 지극히 정확하다고 생각하고 있는 이 문장도 어딘가 약간은 부정확하고 미쳐 있다. 정말로 나는 미쳐 있다. 허나 안 미쳤다고 생각하고 살고 있다. 나는 쉬르레알리슴으로부터 너무나 오랫동안 떨어져서 살고 있다. 내가 이제부터 앞으로 (언젠가) 정말 미쳐버린다면 그건 내가 쉬르레알리슴으로부터 너무 오랫동안 떨어져 있던 탓이라고 생각해다오. 아내여, 나는 유언장을 쓰는 기분으로 지금 이걸 쓰고 있지만, 난 살 테다![45]

김수영은 위의 글을 일본어로 적고 있다. 실제로 이즈음 김수영의 일기에는 일본어 집필이 자주 등장하고 일본 작가들의 이름이나 그들의 문장이 그 이전보다 자주 등장하는 것으로 보아 일본 원서를 집중적으로 독서하고 있었던 것으로 보인다. 위의 글에 주목해보면 김수영이 마치 무의식을 기술한 것처럼 읽혀진다. 김수영이 말하는 향수, 여행, 죽음, 고독, 광기, 꿈 등은 인간의 깊은 내면 혹은 무의식에 자리한 것들이다. 그 안에는 사회적으로 억압된 혁명도 있고 역사적으로 억압된 일본어도 자리할 것이다. 더욱 김수영에겐 해방 이후, 개인적 문단체험과 관련하여

----

45. 「일기」, 1961. 2. 10.

의식, 무의식적으로 거리를 두었던 초현실주의가 놓여 있을 것이다. 그러므로 김수영이 이런 억압들을 뚫고, 미치지 않고 사는 방법은 무의식을 언어로, 진실한 문장으로 생성함으로써 가능하다. 이런 의미에서 위의 글은 김수영의 고백을 넘어 초현실주의 글쓰기의 의미와 그 의의를 읽게 한다. 즉 초현실주의는 인간의 무의식 탐구를 통해 인간 정신에 억압되어 있는 것들을 인식하고자 했고, 이것에 이르는 방법론으로서 자유연상이나 자동기술법을 사용했다. 이 방법론을 통해 이성의 통제를 벗어난, 인간의 순수한 심리를 드러내 보일 수 있기 때문이다. 김수영 역시 무의식의 언어를 통해 거짓과 쇼를 지향하는 의식적 삶의 허위의식을 벗고 새로운 진실한 언어가 탄생할 수 있을 것이라 생각한다. 초현실주의 시에서 중요한 일은 언어의 개혁이다. 언어의 개혁은 시의 개혁으로, 나아가 인간과 세계의 개혁으로 연결된다. 즉 인간을 자유롭게 하고 인간의 능력 전체를 새롭게 불러내기 위해 먼저 할 일은 언어를 대상으로 삼는 언어의 작업이기 때문에 새로운 시의 언어, 시의 혁명은 중요하다.

4·19 혁명이 좌절되고, 김수영은 그 '혁명'이라는 화두를 자신의 삶과 시에 어떻게 받아들일 것인가에 대한 많은 고민을 했던 것으로 보인다. 무엇보다 시인으로서, 혹은 시인에게 혁명이란 무엇인가. 그리고 "혁명은 상대적 완전을, 그러나 시는 절대적 완전을 수행하는 게 아닌가"[46]라고 스스로에게 질문하면서, "그것은(시는) 상대적 완전을 수행하는 혁명을 절대적 완전에까지 승화시키는 혹은 승화시켜 보이는 역할을 하는 것이 아닌가"라면서 정치적 혁명의 완성을 위한 예술적, 시적 혁명의 가능성을 생각한다. 그리고 초현실주의에서 그 고민에 대한 해답의 일단을 발견한다. 특히 브르통의 「초현실주의 제2선언」(1929)에서 다루는 러시아 혁명 이후 스탈린 독재에 대한 비판과 혁명의 불완전성

----

46. 「일기」, 1960. 6. 17.

은 4 · 19 혁명의 절망 앞에 놓인 김수영에게 시적 혁명의 당위성을 강화시켰을 것이다. 이런 의미에서 위의 인용글은 시인으로서 김수영이 초현실주의를 재발견하여 자기 삶과 시에 받아들이는 중요한 장면을 담고 있다.

한편 김수영이 초현실주의를 재발견하고 자신의 시학의 근간으로 삼고자 하던 즈음 유럽에서는 초현실주의가 새롭게 주목받고 있었다. 앙드레 브르통은 1959년 12월 15일부터 1960년 2월 29일까지 파리에서 <제8회 국제 초현실주의 전시>를 개최했다. 'EROS' 라고 이름 붙여진 이 전시회는 마르셀 뒤샹과 조르주 바타이유가 전후 초현실주의의 실천적, 이론적 전망을 제시했다는 점에서 예술사적으로 그 의의를 평가받았다.[47]

유럽에서 재고되는 초현실주의가 1960년대 한국에서는 주목받지 못했던 것 같다.[48] 다만 그 당시 파리에 체류 중이던 박이문은 그 전시회를 찾았던 많은 젊은 관람객들을 인상 깊게 보면서, 여전히 초현실주의가 오늘날까지 우리 생활에 영향을 계속해서 미치고 있는 까닭은 그것이 한 개의 혁명적 정신, 새로운 인간관과 세계관을 보여주었기 때문이라고 기억한다.[49] 당대 일본에서는 초현실주의 국제전의 소식을 전하고 있으며, 문예지에서는 대담을 진행하고,[50] 이후 1962년에는 앙드레 브르통의

....

47. 정은영, 「초현실주의와 에로스의 수사학 ―1959년 국제 초현실주의 전시(EROS)를 중심으로」, 『조형디자인연구』 제19집 1권, 한국조형디자인학회, 2012.
48. 눈에 띄는 기사로는 1961년 1월, 초현실주의의 이미지론에 중요한 이론적 기여를 한 시인, 르베르디의 죽음이 신문에 소개되어 문학적 업적이 크게 보도되었다. (조르주 레이예, 「詩의 純粹性을 지킨 「르베르디」 自由人으로 神을 擇한 詩人」, 〈동아일보〉, 1961. 1. 8.) 그리고 번역본으로, 이브 디프레시, 『초현실주의』(임갑 역, 양문사, 1963)가 출간되었는데, 필자가 조사한 바로는 초현실주의에 관한 단행본으로 첫 출판이라고 생각된다.
49. 박이문, 「초현실주의 전시회」, 『파리의 작가들』, 민음사, 1976.
50. 「パリの超現実国際展(対談)」, 『芸術新潮』 11(5), 新潮社, 1960. 5, 등 이외 1970년에

『초현실주의 선언 1924~1942』와 『나자(Nadja)』가 단행본으로 번역된다. 국제전시회를 계기로 유럽이나 일본에서 초현실주의에 대한 새로운 유행이 있었던 것으로 이해되는데, 이는 1960년대 유럽과 일본에서 진행된 사회 개혁 운동의 물결이 초현실주의를 당대로 소환하는 것과 관련 있었던 것으로 보인다.

김수영이 혁명과 시를 적극적으로 사유하기 시작하면서 그의 일기에는 아폴리네르, 마야코프스키가 등장하고, 불어를 배워야 한다는 적극적인 태도가 나타나는데, 이즈음이 초현실주의에 대한 독서가 진행 중이었던 때로 보인다.[51] 특히 바타유와 모리스 블랑쇼[52] 그리고 앙리 미쇼[53] 등은 혁명과 예술을 총체적으로 고민해왔던 김수영이 문학의 방향을 정초하는데, 큰 영향을 주었다고 판단된다.[54]

....

는 앙드레 브르통 전집이 출간되고, 2017년에는 앙드레 브르통 작고 50주년 기념집이 발간되는 등 일본에서의 초현실주의 수용은 보다 적극적이다.

51. 그즈음 일기나 산문의 관련 주제에 초현실주의 시인의 이름들이 적혀 있다. 또한 같은 시기 김수영의 번역물의 성격도 달라졌음을 살펴볼 수 있는데, 4·19 이후 정치에 보수적이었던 신비평류에 대한 번역이 점진적으로 사라지고, 뉴욕 지성인파로 불리는 미국 내 좌파 비평가그룹의 글을 번역한다. 박지영, 「번역과 김수영의 문학」, 김명인·임홍배 엮음, 『살아있는 김수영』, 창비, 2005 참조.

52. 김수영과 바타이유, 모리스 블랑쇼의 관련성은 각각 에로티시즘과 죽음의식을 중심으로 연구된 바 있다. 이미순, 「김수영 시론과 '죽음'」, 『국어국문학』 159호, 국어국문학회, 2011; 이미순, 「김수영 시에 나타난 바타이유의 영향」, 『한국현대문학연구』 23호, 한국현대문학회, 2007 참조. 본고는 바타유의 에로티시즘과 블랑쇼의 죽음의식 등을 추동하던 근본적인 사유로 초현실주의에 주목하고 있다.

53. 김수영은 진정한 참여시란 언어적 순수성이 사회적 윤리와 인간적 윤리를 포함해야 한다면서, 대표적으로 앙리 미쇼의 작품에서 예리하고 탁월한 문명비판을 느낀다고 쓰고 있다(「새로운 포멀리스트」, 1967. 3). 즉 김수영의 생각에는 앙리 미쇼 역시 참여시의 한 모델을 제시해주었다는 생각인데, 앙리 미쇼는 경이의 세계를 가능케 하는 초현실주의를 지지하면서, 의도적인 환각의 체험 속에서 글을 썼고, 이를 통해 그는 관습과 형식을 이탈하여 자기 안에 고인 '복수의 목소리'를 들을 수 있었다. 앙리 미쇼, 『주기적 광증의 사례』, 주현진 옮김, 2017 참조.

54. 김수영, 「시작노트 4」, 1965. 김수영은 바타이유의 『문학의 악』, 모리스 블랑쇼의 『불꽃의 문학』을 읽고는 '너무 마음에 들었다'고 감탄했다. 바타이유와 모리스 블랑쇼

바타유는 1945년 「초현실주의 혁명」이라는 글을 통해 전쟁이 중요한
예술운동을 중단시켰지만 "초현실주의는 결코 죽지 않았으며" '저항의
윤리'를 근간으로 하는 "초현실주의의 가장 중요한 공헌은 바로 혁명"이
었음을 강조했다. 그리고 브르통을 중심으로 초현실주의 그룹이 프랑스
귀국 직후 개최한 국제전 <1947년 초현실주의>의 전시 카탈로그에
「신화의 부재」라는 글을 게재하는 등 전후 초현실주의 그룹과 긴밀한
관계를 유지했고, 이후 1959~1960년 <제8회 국제 초현실주의 전시>에서
는 초현실주의 확장에 주도적인 역할을 했다.[55]

초현실주의는 이제 가시적 유파로서가 아니라 하나의 정신 상태로 지속된
다. 누구도 그 운동의 구성원이 아니지만 누구나가 자신이 그 일원일 수도
있었을 것이라고 느낀다. 글을 쓰는 모든 이에게는 자인하나, 무산되고,
때로는 침해당한 것처럼 보이나, 비록 그것이 헛될지라도 진정한 노력과
필요를 표현하는 초현실주의적 소명이 있다. 초현실주의가 사라졌다고?
그것이 더 이상 여기 혹은 저기에 있지 않고 어디에나 있기 때문이다.
(…) 초현실주의자들은 그들의 동시대인들에게는 파괴자들처럼 보였다.
다다이즘의 유산이 거기에 한몫 했을 것이다. 그리고 비순응적인 폭력적
성격이 당연히 가장 충격적이었다. 오늘날 우리에게 놀라운 것은 초현실주의
가 그것이 부정하는 것보다 긍정하는 것이 얼마나 큰가 하는 점이다. 초현실
주의에는 경이로운 힘, 도취된 강력한 젊음이 있다.[56]

모리스 블랑쇼는 2차 세계대전을 거치면서 초현실주의에 대한 입장을

는 2차 세계대전 이후 초현실주의를 적극적으로 수용하여 활동했다.
55. 정은영, 앞의 글.
56. Maurice Blanchot, *La Part du feu*, Gallimard, 1949, pp. 90~91; 고재정, 「모리스
블랑쇼와 초현실주의」, 『프랑스어문교육』 55집, 프랑스어문교육학회, 2016, 재인용.

전면 수정했다. 그는 1930년대 극우 매체의 정치 기자에서, 이후 극좌 성향의 지식인 그룹에 합류하게 되는 변화를 보여주었다. 김수영이 읽었다는 일본어판 『불꽃의 문학』은 블랑쇼의 *La Part du feu*(불의 몫, 1947)를 일본에서 『焰の文學』(1949)으로 번역한 것이다. 여기서 불꽃은 블랑쇼가 바타유의 은유를 가져와 문학을 불꽃에 비유한 것인데, 일본에서 이 제목을 번역본의 제목으로 삼았다. 무라노 시로가 본 책도 이 번역본이었을 것이다. 이 저서는 초현실주의를 재발견한 블랑쇼의 사유가 담긴 책으로 평가되고 있다.

블랑쇼가 초현실주의를 재고하면서 펼친 논의들은 김수영의 시관과 많은 부분 공유점을 보인다. 우선 블랑쇼는 초현실주의가 갖는 긍정적인 힘에 주목하고 있는데, 그것은 바로 새로운 역사를 만들어가는 동력으로 이해할 수 있다. 그는 첫째, 시가 '인간 조건 전체(la condition de l'homme dans son ensemble)'와 관계되는 것이며, '인간 전체(l'homme tout entier)'를 관여시키는 활동이라는 점. 둘째, 인간의 현실은 있는 그대로의 것, 주어진 것이 아니라, 정복해야 하는 것, 언제나 그 바깥에 있는 것이라는 점을 강조했다. 그 바깥이란 이성의 세계나 낮의 시간이 아니라 어둠이고 죽음이다. 이런 조건 속에서 시는 끝없는 초월에 대한 자각인 동시에 그 수단이며, 초월 그 자체이며, 주어지는 것이 아니라 '다른 곳'에 있다고 블랑쇼는 이야기한다. 즉 초현실주의가 언제나 '상상적인 것', '경이로운 것', '기이함', '초현실'을 찾아 나서고 '다른 것'을 향한 촉각을 곤두세우는 것도 이런 이유 때문이다. 그런데 이때 '다른 곳'은 저 높은 곳도 저 먼 곳도 아니다. '다른 곳'은 실제로는 '어디에도 없는 곳'이다.57 이런 의미에서 그곳은 김수영이 말하듯, '불가능이며 일종의 신앙'으로 추구해야 하는 세계이기도 한 것이다.

....
57. 위의 글.

2) 무의식-실존-참여시의 정립

김수영이 브르통, 모리스 블랑쇼, 바타유, 앙리 미쇼 등을 폭넓게 수용하여 자신의 시학으로 정리한 글이 바로 「참여시의 정리」(1967)이다. 이 글에서 김수영은 초현실주의에서 무의식의 문제를 거론하면서 참여시의 근간으로 초현실주의를 자리매김하고 있다. 우선 그는 초현실주의 시의 토대가 되는, '이성을 부인하는 프로이트의 정신분석의 혁명이 우리나라의 시의 경우에 얼마나 실감 있게 받아들여졌는가를 검토해보는 일이 우리 시사의 커다란 숙제'라고 전제한 후, 정신분석의 관점에서 무의식과 시에 관한 자신의 논리를 펼친다.

> 프로이트의 무의식의 시에 있어서는 의식의 증인이 없다. 그러나 무의식의 시가 시로 되어 나올 때는 의식의 그림자가 있어야 한다. 이 의식의 그림자는 몸체인 무의식보다 시의 문으로 나올 수도 없고 나중 나올 수도 없다. 정확하게 말하면 동시(同時)다. 그러니까 그림자가 있기는 있지만 이 그림자는 그림자를 가진 그 몸체가 볼 수 없는 그림자다. 또 이 그림자는 몸체를 볼 수도 없다. 몸체가 무의식이니까 자기의 그림자는 볼 수 없을 것이고 의식인 그림자가 몸체를 보았다면 그 몸체는 무의식이 아닌 다른 것일 것이기 때문이다. 따라서 이런 시는 시인 자신이나 시 이외에 다른 증인이 있을 수 없다. 그러나 시인이나 시는 자기의 시의 증인이 될 수 없다.[58]

순수한 내면에 잠재하는 의식, 즉 무의식의 탐구는 1900년 프로이트가 꿈의 연구를 통해 처음 개진했다. 프로이트의 정신분석에서 무의식과 의식은 단절되어 있으므로 의식과 무의식은 서로 알지 못한다. 김수영의

....
58. 「참여시의 정리」, 1967.

글을 따라가 보면 무의식이 시가 되어 나올 때는 의식의 그림자가 필요하다. 그런데 논리적으로 보면 '몸체인 무의식=의식의 그림자'라고 했으므로, 몸체는 곧 그림자를 볼 수 없고, 그림자도 몸체를 볼 수 없다.59 이런 논리 속에서 김수영은 무의식의 시는 자신이 무의식의 시라고 정당화할 증거가 없음을 이야기한다. 김수영이 이런 주장을 통해 궁극적으로 이야기하고 싶어 한 것은 무엇일까. 김수영의 논지를 해방 전 초현실주의를 적극적으로 소개했던 김기림의 논의를 참고하여 생각해본다.

무의식을 취급하는 시가 부딪쳐야 할 두 가지의 난관이 있었다. 하나는 그것이 단순한 어떤 증상의 기술이 아니려면 보편성을 가져야 한다는 일이다. (…) 다음으로 무의식의 세계를 단순히 묘사하는 것은 지나간 날의 소박한 사실주의에 지나지 않는 것이 아닐까. 다만 달라진 것은 묘사의 대상뿐이 아닌가 하는 문제다. 무의식의 세계가 시적 향수 속으로 들어오려면 한번은 의식화되어야 할 것은 피치 못할 것이다. 다시 말하면 의미로서 전달되어야 한다.60

김수영은 우리 문학이 '실감 있게 프로이트의 정신분석을 제대로

....

59. 프로이트는 무의식이란 일반적으로 잠재적인 생각을 지칭하는데, 특히 어떤 동태적인 생각들, 즉 그의 힘의 강도나 활동성에도 불구하고 의식에서 멀리 떨어져 있는 생각들이라고 말한다. 그리고 의식이 무의식 안의 어떤 관념을 인식하는 순간 그 관념이 바로 행동으로 바뀐다고 한다. 지그문트 프로이트, 「정신분석에서의 무의식에 관한 노트」, 『정신분석학의 근본개념』, 윤희기·박찬부 옮김, 열린책들, 2007 참조. 인간의 무의식이 의식화될 때는 의식이 가진 규범적, 논리적 측면들, 억압적 측면(그림자로 비유)이 무의식에 작용하는데, 이 억압적 측면이란 바로 인간 정신의 무의식으로 환원되기도 한다. 이런 점에서 '무의식=의식의 그림자'와 동일한 선상에서 이해가 가능하다.
60. 김기림, 「푸로이드와 현대시」, 『인문평론』, 인문사, 1939. 11.

다루지 않았다'고 비판하고 있으나 적어도 김기림은 1930년대 다수의
평문을 통해 프로이트와 초현실주의에 대한 상세한 논의를 펼친 바
있다.61 위의 인용문에서 김기림은 초현실주의가 1차 세계대전 이후의
역사적 불안 속에서 배태된 예술 양식이라는 인식을 토대로, 무의식의
시가 단순한 기술의 차원으로 제한되지 않으려면 개인의 주관에서 출발
했더라도 보편적 의미를 가져야 하는데, 이때 보편성이란 상대적 보편성
으로 역사의 단계에 해당하는 문화적 수준이나 시대정신, 이데올로기
등에 대한 인식을 의미한다. 즉 무의식의 시가 의식화되어야 하는데,
이때 무의식의 언어를 의미 있는 진술로 만들어주는 것은 역사의식,
이념 등이라는 점을 강조한다.

> 초현실주의 시대의 무의식과 의식의 관계는 실존주의 시대에 와서는 실존
> 과 이성의 관계로 대치되었는데 오늘날의 우리나라의 참여시라는 것의
> 형성과정에서는 이것은 이념과 참여의식의 관계로 바꾸어 생각할 수 있다.
> (…) 진정한 참여시에 있어서는 초현실주의 시에서 의식이 무의식의 증인이
> 될 수 없듯이 참여의식이 정치 이념의 증인이 될 수 없는 것이 원칙이다.
> 그것은 행동주의자들의 시인 것이다. 무의식의 현실적 증인으로서 실존의
> 현실적 증인으로서 그들은 행동을 택했고 그들의 무의식과 실존은 바로
> 그들의 정치 이념인 것이다. 결국 그들이 추구하고 있는 것은 하나의 불가능
> 이며 신앙인데, 이 신앙이 우리의 시의 경우에는 초현실주의 시에도 없었고
> 오늘의 참여시의 경우에도 없다. 이런 경우에 외부가 허락하지 않기 때문에
> 없다는 것은 말이 안 된다. 외부와 내부는 똑같은 것이다. 그리고 그것은
> 죽음에서 합치되는 것이다.62

....

61. 김진희, 「김기림의 초현실주의론과 모더니즘 연구 I」, 『한국문학연구』 52호, 동국대한
국문학연구소, 2016.

김기림의 이런 생각은 김수영이 무의식과 실존을 동일한 층위에 놓음으로써 같은 맥락을 갖게 된다. 즉 김수영이 '진정한 무의식의 시가 있는가'라고 물었던 핵심에는 정치적, 이념적 이유가 놓여 있었다. 이는 김수영이 당대 초현실주의 시인들이 '이성의 언어의 한계를 뼈저리게 실감하고 있었다면' 4·19도 일어나지 않았을지 모르고, 유치환의 시 같은 것으로 이승만 정권을 처리하려고 하지도 않았을 것이라고 말하는 순간 분명해진다. 김수영은 무의식과 의식, 실존과 이성, 정치적 이념과 참여의식을 같은 차원에서 이해한다. 그리고 참여시에서 중요한 것은 무의식과 실존, 정치적 이념의 진정성이다. 실존철학에서 '실존'이란 '존재의 실제적인 상태'로 인간은 언제나 구체적인 상황 속에 놓여 있다는 인식을 함의한다.63 이런 의미에서 김수영이 강조하고자 하는 것은 인간의 이성과 의식 그 자체가 아니라 구체적인 역사적 상황이다. 마찬가지로 참여의식 혹은 참여문학이라는 것 역시 일정한 사회적 비전을 가진, 정치 이념이어야 함을 의미한다. 즉 정신분석에서 무의식이 현실의 행동을 추동하는 힘인 것처럼 실존에 대한 강렬한 자각과 정치 이념이 참여시에서는 중요하다는 뜻이다. 이런 의미에서만 시를 쓴다는 것은 사회와 현실에 대한 행동이 된다. 그러나 참여시가 도달하려는 그 세계는 현실적으로 불가능한 것이다. 그럼에도 시인들은 외부적인 현실적 억압 속에서 불가능한 세계를 추구해왔다. 이것이 시인의 본질이기에 이는 외부의 문제가 아니라 오히려 내부의 문제가 되고, 참여시에서 실존을 깨닫는 주체의 무의식과 이념의 문제이기도 하다.

....

62. 「참여시의 정리」, 1967.
63. 박정태, 「사르트르, 인본주의적 자유를 선언하다!」, 『장 폴 사르트르』, 임미경 옮김, 작은길, 2016.

김수영의 문학과 초현실주의 | 김진희 ·· 329

김수영은 「참여시의 정리」에서 혁명의 필요성을 강조하기 위해 무의식을 '실존'과 병치시키고 나아가 구체적인 역사적 상황, 1960년대 한국적 '상황'에 대한 문제의식을 강화하는데 이는 초현실주의의 사회에 대한 실천성과 능동성을 보다 강조하고자 한, 실존주의적 관점에서의 초현실주의 이해 및 확장을 보여준다. 이런 점에서 김수영은 초현실주의에 대한 사르트르의 비판적 이해와 만난다. 사르트르는, 작가는 추상적인 인간이 아니라 자기 시대, 동시대의 인간 전체에 관한 글을 써야 한다고 주장해왔고, 이런 입장에서 그는 초현실주의가 보편적인 인간을 넘어 좀 더 구체적인 인간의 해방과 혁명을 문제 삼길 바랐다. 이런 점에서 사르트르는 프랑스 식민지인 알제리 흑인 시인들의 작품에 관하여 쓴 비평문 「검은 올페」(Situation III, 1949)[64]를 통해 초현실주의 시의 역사성을 확인했으며, 시의 참여 불가능성을 주장했던 『문학이란 무엇인가』와는 달리 시의 참여 가능성을 이야기했다. 사르트르가 높이 평가한 것은 흑인 시인 세제르가, 유럽 백인의 무지향적이고 상황 의식이 결여된 것과는 다르게, 초현실주의 정신과 방법을 '자신과 자신의 동족이 처한 상황 의식' 속에서 변용시킴으로써 초현실주의의 새로운 면모를 부각시켰다는 것이었다. 사르트르의 이런 입장은 김수영에게도 역시 유효하다. 김수영 역시 세계를 개혁하고 사회적, 예술적 혁명의 필요성을 강조하면서 그 적실성을 위해 한국사회의 현실을 이해하고자 "요즘은 문학책보다도 경제 방면의 책을 더 많이 읽게 된다. 그래야만 사회에 대한 무슨 속죄라도 되는 것 같고 저으기 흐뭇한 마음이 든다. 또 하나 4월 이후에 달라진 것은 국내 잡지를 읽게 되었다는 것이다.", "인제는 후진성이라는 것이 너무나도 골수에 박혀서 그런지 그리 겁이 나지 않는다"[65]라면서

....

64. J. P. 사르트르, 「검은 올페」, 『침묵하는 공화국』, 천이두 역, 일월서각, 1982.
65. 「밀물」, 1961. 4. 3.

한국이 처한 상황을 적극적으로 인식하고 이런 의식을 참여시의 무의식
이자 실존의 조건으로 정초한다.

3) 예술의 혁명과 정치적 자유의 개진

다다이즘이나 초현실주의 시인들은 예술적으로 새로운 작품을 생산
하려는 예술적 혁명을 위해서가 아니라 자신이 만들어낸 작품을 가지고
무언가 다른 것, 예컨대 미래의 시인에게 할당했던 진보의 증식 같은
임무를 의도하고 있었다. 이것이 '삶을 변혁'시키고자 했던 랭보가 시인
의 정체성을 예술가가 아니라 과학자 혹은 식자로 제시했던 까닭이다.
따라서 초현실주의는 정치에 대해 예술의 자율성을 주장하는 동시에
이상사회를 지향하면서 전통적인 예술 관습의 범위를 넘어서 나아가게
된다. 따라서 이런 이들의 주장은 두 측면, 즉 예술제도에 대한 공격과
삶의 변혁을 추구하는 방향으로 나간다.66 그들은 인간의 심층적인
무의식의 세계를 천착하면서 전통적인 관습과 상식적인 도덕의 벽을
부수고 욕망의 잠재적인 폭발력을 이끌어내고자 노력했다. 그리고 꿈과
상상력, 직관적 사유로서의 인간의 능력을 자유롭게 발현시키는, 인간의
정신적 해방이 정치적 해방과 분리될 수 없는 것이기 때문에 예술과
상상력의 자유를 요구했다.67

....

66. 마테이 칼리니스쿠는 유럽에서의 아방가르드, 즉 다다이즘, 미래주의, 초현실주의
   등이 예술자체를 희생으로 삼는 극단적인 형태의 예술적 부정주의를 보여주었다면,
   모더니즘에는 이런 특성들이 없다고 한다. 즉 프루스트, 조이스, 카프카, 토마스만,
   엘리엇, 파운드 같은 작가들은 반전통적이라는 점에서 당대 미학에 저항적으로 보이지
   만, 종종 정교하게 전통주의적인 특성을 보인다고 지적하는데, 이는 이런 전통적
   경향 이면에 있는 정치적 이념의 보수성을 시사하는 것으로 이해된다. 마테이 칼리니스
   쿠, 앞의 책, 171면.
67. 오생근, 앞의 책, 45면.

브르통은 초현실주의란 무의식에 대한 탐구를 통해 새로운 혁명으로 나아가는 예술운동이라고 믿고 있었다. 그것은 과도한 이성중심주의, 자본주의 사회에 대하여 반기를 들었고 예술을 통하여 새로운 유토피아의 접근을 목적으로 하는 혁명운동이자 혁명적 예술운동으로 인식되었다. 브르통은 '진정한 예술은 혁명적이 아니 될 수 없고 사회의 완벽하고 근원적인 재건을 열망하지 않을 수 없다'고 주장했고 김수영 역시 "혁명은 상대적 완전을, 그러나 시는 절대적 완전을 수행하는 게 아닌가"라고 시를 통한 완벽한 혁명을 상상한다.[68]

김수영 역시 예술적 혁명과 사회적 혁명, 시의 예술성과 정치성을 동시적인 것으로 생각했는데, 시 「육법전서와 혁명」에서도 '기성의 육법전서를 기준으로 바라는' 혁명은 진정한 혁명이 될 수 없으므로 그 방법부터가 혁명적이어야 함을 강조한다. 예술적 개혁이란 그 사회의 낡은 제도의 개혁과 같은 것이므로 초현실주의나 다다가 갖고 있었던 예술 형식의 해체나 부정이 김수영에게는 중요하게 인식된다.

진정한 폼의 개혁은 종래의 부르주아 사회의 미 ── 즉, 쾌락 ── 의 관념에 대한 부단한 부인과 전복에 의해서만 이루어진다. 우리 시단의 순수를 지향하는 시들은 이런 상관관계와 필연성에 대한 실감 위에 서 있지 않기 때문에 항상 낡은 모방의 작품을 순수시라는 이름으로 제시하고 있다.[69]

내가 말하는 다다이즘이나 비트는 동일한 말입니다. 출판문화의 제약에서 벗어나 야외의 낭독회에서 자유를 느끼는 존 웨인이나, 파도에 연설을 한 지난날의 동료를 찬양하는 요시야 여사는 40년 전의 앙드레 브르통이나

....

68. 「일기」, 1960. 6. 17.
69. 「변한 것과 변하지 않은 것」, 1966. 12.

트리스탄 차라와 같은 정신에 있습니다.70

    브르통은 예술적 기교나 순수한 유미주의 등은 진정한 아방가르드가 아니라고 주장했다. 진정한 예술은 혁명적인 사회활동과 함께해야 하기 때문이다. 김수영 역시 예술의 형식-폼은 기존의 미와 쾌락의 관념을 부정하고 전복할 때 이루어진다는 점을 분명히 하면서 1960년대 순수시를 비판한다. 그리고 새로운 미학을 추구했던 앙드레 브르통이나 차라와 같은 정신이야말로 '획일주의에 항거하는 미학'이라고 강조한다.71 이처럼 예술가들이 기존의 형식을 파괴하고, 새로운 형식을 추구하는 것은 예술의 본질과 숙명에 관련된 문제이기도 하다.72 그런데 이렇게 예술의 본질을 지키는 일이 사회적으로는 획일적이고 억압적인 문화에 저항하는 일이기도 하기 때문에 김수영은 "진정한 시인이란 선천적인 혁명가"73라고 선언하고, 나아가 "모든 실험적인 문학은 필연적으로는 완전한 세계의 구현을 목표로 하는 진보의 편에 서지 않을 수 없다"고 주장한다.74 따라서 진보의 편에 있는 예술이 사회적으로 불온하다고 여겨지고 있음을 밝히면서 초현실주의와 다다이즘을 포함하여 재즈, 비트, 안티 예술 등을 억압하는 문화적 획일주의를 경계한다.75 김수영이 여기서 말하는 획일주의란 바로 하나의 이데올로기나 혹은 폐쇄적인 이념 등을 의미하는 것이다. 김수영은 실제로 소련이나 북한과의 이데올로기적 단절이나 국수적 민족주의 등의 강조를 획일주의로 인식하고, 나아가

....

70. 「요즈음 느끼는 일」, 1963. 2.
71. 「멋」, 1968. 1.
72. 「문단추천제 폐지론」, 1967. 2.
73. 「시의 뉴 프런티어」, 1961. 3.
74. 「실험적인 문학과 정치적 자유」, 1968. 2.
75. 「불온성에 대한 비과학적인 억측」, 1968. 3.

이런 주제들을 시화한 작품을 참여시라고 하는 데도 주저함을 나타낸다.

스탈린 독재 체제하에서 자유의 정신이 사라지고 10월 혁명의 이상이 더럽혀지게 되자 브르통은 다음과 같이 이야기한다.

> 되풀이 말하는 것이지만 혁명의 시기를 앞당겨야 한다는 구실 아래 인식에 이르는 훌륭한 길을 가로막아버린다거나 그 길을 이용할 수 없게 만드는 처사는 무슨 일이 있더라도 피해야 한다. 혁명이 성공한다면 높은 수준에 도달해 있는 인간 정신은 아무런 장애가 없는 길 위로 반드시 제일 먼저 떠날 수 있게 되리라고 믿고 있는 만큼 또한 내가 믿지 못할 것은 혁명의 경험이 오히려 인간의 정신을 풍요롭게 만든 그 모든 요소들을 가차 없이 헐값으로 팔아넘기게 될 경우, 과연 정신이 그런 높은 차원에 도달할 수 있는가.76

브르통은 자유의 정신이 사라진 러시아 혁명의 교훈은 그 자체로 불완전한 교훈이라고 주장하면서 혁명가가 꿈을 꾸는 몽상가가 될 수도 있고 위대한 연인이 될 수도 있음을 이야기했다.77 이에 그가 『연통관들 (Les Vases Communicants)』을 통해 연결 짓고 싶었던 것은 꿈과 혁명, 사랑과 혁명이었다. 꿈과 사랑의 가치를 배제하고 오직 정치적 혁명만 주장하는 혁명가는 진정한 의미에서의 혁명가가 아니라고 그는 주장한다.78 브르통은 모든 인간의 사고나 정서의 획일화에 반기를 들고, 참된 자유와 현실을 찾고자 했고, 이런 주장을 1947년 *Arcane 17*에 담았다.

....

76. A. Breton, *Les Vases Communicants*, Cahiers libres, 1932, p. 158; 오생근, 앞의 책, 38~39면, 재인용.
77. 김수영 역시 1960년 9월 9일의 일기에서 소비에트에 관해, 일본어로 '죽은 평화다, 나타다, 무위다, 전부 적당한 가면을 쓰고 있다'고 비판한다.
78. 오생근, 앞의 책, 40면.

이 책에서 그는 "자유: 사람들이 아무리 이 말을 조잡하게 남용해왔다 하더라도 이 말은 조금도 더럽혀지지 않았다"라면서 어떤 이데올로기도 인간의 자유의 본질을 더럽히거나 왜곡해서는 안 된다고 웅변했다. 그는, 자유란 철학적인 개념도 아니고 어떤 형이상학적 성찰의 대상이 아니며 투쟁과 반항과 희생을 통해서 불붙는 힘과 정열이라고 선언했다.

시인으로서 김수영은 브르통이 주장한 것처럼 획일적인 사상에 반대하며 사상의 자유, 언론의 자유를 강조할 뿐만 아니라, 더 나아가 실존의 관점에서 자유를 시쓰기와 연관시킨다. 즉 시를 쓰는 것은 자유를 행사한 것으로 이해된다. 이는 김수영에게 영감을 주었던 모리스 블랑쇼가 사회적 자유의 문제에 무심하다면 결국 억압에 동조하고 은폐하는 허위의식을 받아들이는 것이므로 '가장 자유로운 문학은 동시에 가장 참여적인 문학'이라는 주장과도 같은 맥락이다.[79] 그러므로 김수영이 우리 시단을 향해, "사상이 새로운 언어의 서술을 통해서 자유를 행사한 성공적인 시가 아직 같아서는 하나도 없다"[80] 라고 일갈하는 이유는 시적 혁명의 문제를 고민하면서 한국사회의 현실을 문제 삼는, 진정한 참여시가 없다는 의미이기도 하다.

4) 통합의 상상력과 사랑-온몸-실천의 시학

김수영이 예술의 혁명을 통해 도달하려는 '불가능'과 '신앙'의 그 지점은 어떤 곳인가. 김수영이 여기서 도달하고자 한 불가능한 세계는 블랑쇼 역시 자신의 문학을 통해서 표현하고자 한 경험이었다. 생각할 수 없는 것, 표현 불가능한 세계에 대한 체험은 이성의 가능성을 토대로

....

79. 고재정, 앞의 글.
80. 「생활현실과 시」, 1964. 10.

세워진 낮세계에 감추어져 있다. 그리고 그것은 또 드러내 보이지도 않는다.81 이 세계는 브르통이 「초현실주의 제2선언」에서 말한 바, 타락한 세상의 경계에서 진실을 실천할 모든 사유의 이상적인 비밀(隱祕)이 은폐되어 있는 장소를 의미하는데82 김수영에게 그곳은 바로 무의식의 언어가 발현되는, 몸-온몸이며, 참여시의 근간이다. 그에게 몸은 이성과 의식과 대비되는 장소이며, 생명과 사랑의 원초적인 힘의 출발지로 상징화된다. 그 몸에서 사랑과 욕망의 말이 시작되며, 자유가 이행된다. 이런 의미에서 김수영이 '시의 예술성이 무의식적'이라는 표현은 주목할 만하다.83 김수영은 '시인은 자기가 시인이라는 것을 모른다.' '시인이 자기의 시인성을 깨닫지 못하는 것은, 거울이 아닌 자기의 육안으로 사람이 자기의 전신을 바라볼 수 없는 거나 마찬가지이다. 그가 보는 것은 남들이고, 소재이고, 현실이고, 신문이다. 그것이 그의 의식이다'라는 진술은 결국 「참여시의 정리」에서 말한 바, 무의식과 의식의 단절 속에서 시의 언어가 출발되는 지점은 의식이 아니라 무의식이고, 이때 무의식의 시의 언어는 머리, 심장, 몸을 아우르는 온몸으로 자유를 이행하는 것으로 이해할 수 있다.84

한편 김수영에게 '사랑'은 많은 논자들에 의해 그의 시 세계를 완결하

....

81. 박혜영, 「불꽃의 미학 ─ 삶 속의 죽음을 노래하며」, 모리스 블랑쇼, 『문학의 공간』, 책세상, 1990.
82. 황현산, 「상상력의 힘과 말의 힘」, 앙드레 브르통, 『초현실주의 선언』, 황현산 번역·주석·해설, 미메시스, 2012.
83. 「시여, 침을 뱉어라」, 1968. 4.
84. 초현실주의 맥을 잇고 있는 앙리 미쇼에게 시는 행동의 수단이고, 창조의 장이었다. 김수영도 평가했듯 미쇼의 시는 시인과 세계의 관계를 보여주고 동시에 현실에 대한 비판을 보여준다. 특히 그에게 정신과 육체는 분리되는 것이 아니고, 정신과 육체, 존재 전체가 시적 체험에 참여하고 있음은 김수영의 시의식에 일정한 영향을 주었으리라 생각한다. 김인환, 「앙리 미쇼의 초기 작품에 대한 연구」, 『한국문화연구원 논총』 19집, 이화여자대학교 한국문화연구원, 1972 참조.

는 중요한 주제의식으로 평가되어왔다.[85] 특히 「사랑의 변주곡」(1967)
은 시간상으로 후기에 속하는 것이기도 하지만, 내용 면에서 김수영이
주요하게 다루어왔던 혁명, 역사, 사랑 등의 주제가 작품 안에서 전적으로
통합되어 나타나기 때문이기도 하다.[86] 그렇다면 초현실주의 관점에서
이 주제는 어떤 의미를 갖는 것일까. 이를 생각해보는 일은 김수영이
참여시의 근간으로 '사랑'을 발견해나가는 과정에 대한 또 다른 이해에
기여할 수 있으리라 생각한다.

『나자』(1928)와 『열애(L'Amour fou)』(1937)에서 『연통관들』(1932)에
서 사용했던 '혁명'이라는 어휘를 '사랑'으로 대체한 듯 사랑을 주요한
주제로 다루고 있다.[87] 브르통은 이 책에서 사랑의 승리와 함께 욕망의
승리를 노래한다. 브르통이 생각하는 사랑은 한 개인으로 하여금 그가
속해 있는 사회의 인간화를 꿈꾸게 하면서 욕망의 실현을 계속 추진하도
록 자극하는 요소로서의 사랑이다. 한 개인과 전체를 연결시키는 이
사랑의 정신은 4·19 이후 "전체와 개인과의 사이에서 이다바사미(사이
에 끼여 꼼짝을 못한다는 일본말). 이것이 고작 4월 이후에 틀려진 점(재산
이라면 재산)이니……"라고 고백하는[88] 김수영에게 중요한 영감을 주었
을 것이다. 또한 세계를 개혁하려는 의지와 연결되는 사랑은 결코 이웃과
단절된 이기주의적 사랑이 아니라 이웃과 함께 진정한 인간적 삶을
모색하려는 사랑이다. 브르통은 『열애』에서 "이러한 사랑 속에는 유럽이
현재 처해 있는 오욕의 시대와 완전히 단절되고 미래의 가능성이 고갈되
지 않고 풍부하게 보존되어 있는 진정한 황금시대가 참으로 힘차게
존재한다"[89]고 이야기한다.

85. 강연호, 「'위대의 소재'와 사랑의 발견」, 김명인·임홍배 엮음, 앞의 책.
86. 임홍배, 「자유를 위한 시적 여정—4·19와 김수영」, 위의 책.
87. 오생근, 앞의 책, 41면.
88. 「일기」, 1960. 10. 30.

브르통의 상상력은 김수영이 혁명을 통해 알게 된 사랑을 노래하는 시, "아들아 너에게 광신을 가르치기 위한 것이 아니다 / 사랑을 알 때까지 자라라 / 인류의 종언의 날에 / 너의 술을 다 마시고 난 날에 / 미대륙에서 석유가 고갈되는 날에 / 그렇게 먼 날까지 가기 전에 너의 가슴에 / 새겨둘 말을 너는 도시의 피로에서 / 배울 거다"라는 「사랑의 변주곡」의 주제와 도 맞닿아 있다. 브르통이 도시적 삶에서 우연한 만남들을 이야기하면서 사랑과 욕망을 일깨우듯이 김수영 역시 도시의 욕망 속에서 사랑을 발견하겠다고 선언한다.

그뿐만 아니라 레지스탕스의 핵심인물로 전쟁을 겪으며 시의 힘을 확인해주었던 엘뤼아르 역시 인류애로 승화하는 사랑을 강조했다. 초현실주의자들은 전쟁을 통해 생명의 장으로서의 현실, 매일, 매 순간 우리의 생을 연소시킬 수 있는 모험의 장으로서의 현실에 대한 자각을 새롭게 했다. 엘뤼아르는 냉철한 현실감각과 투명한 반항의식, 그리고 사랑이 융합된 시의식을 통해 인류 전체의 미래와 행복에 대해 꿈꾼다. 이런 의미에서 엘뤼아르의 시는 인간과 삶에 관한 '사랑의 변주곡'을 노래한 시인으로 평가할 수 있는데[90] 그는 인간들이 공통의 언어 사랑을 통해 새로운 세계-경이의 세계로 접근할 수 있으며, 이때 자유란 사랑과 같은 의미로 이해된다. "인간들은 서로의 말에 귀 기울기고 / 서로 이해하고, 서로 사랑하기 위하여 / 태어났다. / 우리에겐 아이들이 있고, 아이들은 자라서 아버지가 되고 / 불도 없고 터도 없는 아이들은 어느 날인가 / 인간들을, 자연을, 그들의 조국을 다시 창조하리라 / 모든 인간의 조국을 / 모든 시대의 조국을"(「죽음 사랑 생」)이라는 엘뤼아르의 노래는 사랑을 통해 죽음과 갈등을 넘어서는 미래의 비전을 보여준다. 그는 일상과

----

89. A. Brtton, *L'Amour fou*, Gallimard, 1937, p. 104; 오생근, 앞의 책, 43면 재인용.
90. 신현숙, 앞의 책, 164면.

경이, 현실과 꿈, 고통과 희망이 어우러진 세계를 보여주면서 우리의 삶에 무한한 용기를 준다.91 이처럼 브르통과 엘뤼아르 등이 특히 2차 세계대전 이후 추구한, 인간의 욕망과 사랑에 기초한, 대립과 갈등을 넘어서는, 인류와 사랑, 미래 세대와 희망 등의 상상력은 1960년대 김수영의 참여시론과 시작품의 상상력으로 작동하고 있다.

김수영이 시 「사랑의 변주곡」을 쓸 즈음 발표한 시론 「시여, 침을 뱉어라」 역시 온몸─육체와 사랑이 참여시의 형식임을 이야기한다.

> 말을 바꾸어 하자면, 시작(詩作)은 '머리'로 하는 것이 아니고 '심장'으로 하는 것도 아니고 '몸'으로 하는 것이다. '온몸'으로 밀고 나가는 것이다. 정확하게 말하자면, 온몸으로 동시에 밀고 나가는 것이다. 그러면 온몸으로 동시에 무엇을 밀고 나가는가.── 그러나 나의 모호성을 용서해준다면 ── '무엇을'의 대답은 '동시에'의 안에 이미 포함되어 있다고 생각된다. 즉 온몸으로 동시에 온몸을 밀고 나가는 것이 되고, 이 말은 곧 온몸으로 바로 온몸을 밀고 나가는 것이 된다. 그런데 시의 사변으로 볼 때, 이러한 온몸에 의한 온몸의 이행이 사랑이라는 것을 알게 되고, 그것이 바로 시의 형식이라는 것을 알게 된다.92

위의 글에서 김수영은 시쓰기는 '몸─온몸'으로 하는 것이라고 주장한다. 단순화시켜 보면, 머리가 이성이나 의식, 심장이 살아 있음을 의미한다면, 몸은 머리와 심장이 숨 쉬는 구체적인 현장이다. 그러므로 "시의 모더니티란 외부로부터 부과하는 감각이 아니라 내면에서 우러나오는 지성의 화염이며, 따라서 그것은 시인이 ── 육체로 ── 추구할 것이지

....

91. 위의 책, 135~171면.
92. 「시여, 침을 뱉어라──힘으로서의 시의 존재」, 1968. 4.

시가— 기술면으로— 추구할 것이 아니다'[93]라는 김수영의 주장 역시 삶의 현장으로부터의 언어를 의식한 말이다. 따라서 이 온몸은 인간 실존의 물질적 증거이기도 하다. 이런 의미에서 김수영의 몸은 비유적 몸이 아니라 실제의 몸이며[94] 사랑과 욕망을 담지한 공간이기도 하다.

사르트르는 「검은 올페」(*Situation III*, 1949)에서 창조적 에너지를 통해 인간 자신의 존재를 초월하게 만드는 힘을 초현실주의에서 찾고 있고, 브르통 역시 1959년~60년 초현실주의 국제전 <에로스>를 통해 추구한 것 역시 혐오와 매혹, 금기와 위반이 교차하는 에로스를 통한 절대적인 자유였다.[95] 그는 전후 프랑스 지성계의 이념적 갈등과 사회적 분열을 넘어 억압에 대한 저항과 해방의 열정을 분출할 수 있는 원초적인 힘으로 사랑-에로티시즘을 주장한다.

삶과 죽음이, 현실계와 과거와 미래가, 소통 가능한 것과 소통 불가능한 것이, 높은 것과 낮은 것이 모순적으로 감지되기를 그치는 어떤 정신의 한 점이 존재한다고 모든 것이 믿게 한다. 초현실주의의 활동에서 이 한 점을 측정하려는 희망 이외에 다른 동기를 찾으려 한다면 헛된 일이다. 이 점에서 초현실주의의 활동에 오로지 파괴적이거나 오로지 건설적인 의미를 붙인다는 것이 얼마나 터무니없는 일인가를 충분히 알 수 있다.[96]

우리는 이미 낡은 것이 된 초현실주의적 방법을 인정하고 있다. 우리는 영혼의 밑바닥에 이르고 기억할 수 없이 깊은 욕망의 힘을 일깨우기 위해서 현실의 피상적 껍질 속으로, 상식과 논리적 이성의 피상적 껍질 속으로

....

93. 「모더니티의 문제」, 1964. 5.
94. 황현산, 「시의 몫, 몸의 몫」, 『살아있는 김수영』, 김명인·임홍배 엮음, 앞의 책.
95. 정은영, 앞의 글.
96. 「초현실주의 제2선언」, 앙드레 브르통, 앞의 책.

잠입해 들어가야 한다. 그 욕망은 우리로 하여금 모든 것을 거부하게 하며 동시에 모든 것을 사랑하게 만드는 것이며, 그 욕망은 자연계의 법칙과 가능성을 극단적으로 거부하고 기적을 부르는 것이다. 또한 그 욕망은 미친 듯한 우주의 에너지에 의해 우리로 하여금 원초적 자연의 소용돌이치는 가슴으로 뛰어들게 만들고 동시에 결코 만족될 수 없는 권리를 주장함으로써 우리로 하여금 자연의 차원을 넘어서게 하는 것이다.[97]

초현실주의에서, 대립과 갈등이 해소되는 '어떤 정신의 한 점'은 현실이 역사적으로 질변하는 계기일 뿐만 아니라 사물과 인간이, 사물과 사물이, 인간과 인간이 서로 조응하고 교통하여 그윽한 통합을 향해 도약하는 순간이다. 그것은 앞에서 엘뤼아르가 말한 사랑의 순간이며, 브르통이 발견한 사랑과 유희이다. 김수영에게도 역시 사랑은 대립적인 것을 통합하며, 타자를 발견하는,[98] 자유의 이행 그 자체이며 역사를 만드는 생성의 힘이고 참여시의 근간이 되는 지점이다.

귀납과 연역, 내포와 외연, 비호(庇護)와 무비호, 유심론과 유물론, 과거와 미래, 남과 북, 시와 반시의 대극의 긴장, 무한한 순환, 원주의 확대, 곡예와 곡예의 혈투, 뮤리엘 스파크와 스푸트니크의 싸움. 더 큰 싸움, 더 큰 싸움, 더, 더, 더 큰 싸움…… 반시론의 반어.[99]

대립과 갈등을 통합하고 넘어서는 정신적, 예술적, 정치적 큰 싸움-혁명의 상상력, 그 궁극의 지점에 존재하는 '반시론의 반어', 즉 '반시와

....
97. J. P. 사르트르, 「검은 올페」, 앞의 책.
98. 「로터리의 꽃의 노이로제—시인과 현실」, 1967. 7.
99. 「반시론」, 1968.

시의 대극과 긴장' 속에서 탄생하는 참여시에 대한 상상을 가능케 한다. 초현실주의는 이런 통합의 지점을 예술적 탐구를 통해 보여주는 것이 사회적 혁명을 위한 예술가의 역할이라고 생각했다. 즉 예술을 통한 탐구의 결과로 얻게 되는 새로운 삶의 질서가 실제 삶에 가져올 변화와 혁명을 상상했던 것이다. 김수영 역시 불완전한 혁명 앞에서 시가 창조할 완전한 혁명을 상상했고, 대립되는 가치들을 넘어 그가 최후로 생각했던 것은 「사랑의 변주곡」에서 노래한 바, 사회적 대립과 긴장을 넘어서는 정치적, 예술적 유토피아에 대한 전망이 아니었을까 생각한다.

4. 한국 초현실주의의 계승과 확장

초현실주의자들은 서구의 미적 제도도 역시 근대 이성의 체계 속에서 정상화된 것이므로 이를 철저하게 해체하는 것이 예술의 혁명이라고 생각했고, 이런 틀을 부수는 일은 당대 미학적 규범이나 사회적 제도에 대한 저항을 의미했다. 그리고 예술의 혁명이 가능한 것은 결국 사회적 혁명과 함께하는 것이었다. 김수영은 4·19 혁명을 계기로 정치적 혁명의 불완전성과 마주해야 했고, 자신의 문학을 통해 미완의 혁명을 어떻게 완성시켜나갈 것인가 고민하는 과정에서 초현실주의를 만났다. 그리고 브르통, 바타이유, 모리스 블랑쇼, 앙리 미쇼, 사르트르 등의 초현실주의를 수용하면서 1960년대 참여시의 개념과 방향을 정립한다. 김수영은 초현실주의에서 무의식을 실존과 병치시킴으로써 당대 한국의 정치적 상황에 대한 문학의 문제의식을 강화시켰고 정치적 혁명과 예술적 혁명은 동시적인 것이라 생각하면서 정치적, 이념적 획일주의에 저항하는 자유의 이념과 참여시를 연결시킨다. 그리하여 일련의 참여시론 「참여시의 정리」, 「시여, 침을 뱉어라」, 「반시론」 등을 통해서 김수영은 대립과 갈등을 넘어서는 통합의 상상력으로서 온몸으로 자유를 이행하는 사랑의 시학을 제시할 수 있었다.

이상에서와 같이 초현실주의와 관련한 방대한 독서와 학습, 풍부한 체험으로부터 김수영은 1960년대 당대의 사회와 문학에 가장 적실한 독자적인 시학을 만들어나갔다. 이는 김수영이 일방적으로 초현실주의의 영향을 받았다기보다는 혁명을 꿈꾸었던 유럽의 초현실주의와 마찬가지로 정치적, 예술적 혁명을 통해 문학과 삶의 혁명적 변화를 추구했던 예술가들의 사상적, 문학적 행보의 흐름이 유사했던 것으로 이해할 수 있다.

한편 참여시의 이론적 토대로 초현실주의를 수용한 김수영의 논리는, 순수와 주지의 경향을 강조했던 1930년대 일본 초현실주의와는 달리 초현실주의의 사회적, 시대적 의의를 강조했던 김기림의 관점을 보다 적극적으로 1960년대 한국시의 장으로 수용했다는 점에서 한국 초현실주의 전통을 심화·확장시킨 것으로 평가할 수 있을 것이다. 이후 김수영의 문학론과 초현실주의 관련성이 같은 시기 시 창작에 구체적으로 어떻게 드러나는가의 문제, 특히 모리스 블랑쇼나 엘뤼아르 등 프랑스의 초현실주의 예술가와 김수영과의 대비적 연구, 초현실주의와 시의 기술적인 문제 등, 김수영과 초현실주의 관련한 연구 주제는 차후의 과제가 될 것이다. 결론적으로 한국 현대시는 김수영의 초현실주의 수용을 통해 혁명과 예술, 정치와 문학 등, 대립되는 가치들에 대한 진지한 고민과 분명한 문학사적 성과를 얻은 것이라 생각한다.

김수영 후기시의 이미지 사유

조강석

1. 김수영 시의 변곡점들

　김수영의 시 세계는 두 가지 중요한 변곡점을 지닌다. 그것은 묘하게도 문학 내적·외적 계기들과 맞물려 있는데 종국에는 모두 시 세계의 변모로 귀결된다는 점에서 두 계기가 하나로 수렴되는 양상을 보인다고 할 수 있다. 물론, 김수영의 시 세계 변화 양상이 비가역적인 성격을 띠고 있다고 할 수는 없지만 두 변곡점을 기점으로 특정 경향의 중요성이 상대적으로 부각되고 그때마다 김수영의 시 세계가 새로운 각도에서 조망되는 결과를 낳는다는 점에서, 유의미한 변화를 촉발하는 계기가 되는 이 변곡점들을 주목할 까닭은 충분하다.[1]

　첫 번째 변곡점은 4·19의 좌절이다. 김수영의 표현을 그대로 사용하

<hr />

1. 김수영 시의 변모 양상에 대해서 필자는 『비화해적 가상의 두 양태』, 소명출판, 2011; 「김수영의 시의식 변모 과정 연구: '시적 연극성'과 '자코메티적 전환'을 중심으로」, 『한국시학연구』 제28호, 한국시학회, 2010 등에서 설명한 바 있다.

자면, '실패한 혁명'2이 시 세계 변모의 첫 번째 계기가 된다. 두 가지 사실을 주목할 필요가 있다. 우선, 흔히 설명되듯이 4·19 혁명의 발발이 아니라 그것의 좌절이 시 세계 변모의 계기가 된다는 것이며 두 번째는 김수영이 "혁명을 실패한 우리들"이라고 말한 시점이 5·16 쿠데타 이후가 아니라 그 직전이라는 것이다. 김수영은 5·16 쿠데타 한 달 전인 1961년 4월 16일, <한국일보>에 「아직도 안심하긴 빠르다」라는 글을 게재한다. 여기서 그는 "여하튼 이만한 불평이라도 아직까지는 마음 놓고 할 수 있으니 다행이지만 일주일이나 열흘 후에는 또 어떻게 될는지 아직까지도 아직까지도 안심하기는 빠르다"3라고 말하고 있다. 그런가 하면 "혁명을 실패한 우리들"이라는 언급이 적시된 「들어라 양키들아」는 1961년 6월에 『사상계』에 발표되었지만 정황상 5·16 쿠데타 직전에 씌어진 것으로 보인다. 그렇다면 김수영은 왜 군사쿠데타 발생 이전에 이미 '혁명의 실패'를 단언했을까? 그리고 이것이 김수영의 시 세계의 변모 양상에서 중요한 변곡점이 되는 까닭은 무엇일까? 1960년 4월 19일과 1961년 5월 16일 사이에 쓰인 다음 글들을 주목해보자.

(1)
혁명이라는 것에 대한 관념이 한 시대 전과는 달라서 인제는 아주 일상다반사가 되어버렸다. (…) 혁명을 하자. 그러나 빠찡꼬를 하듯이 하자. 혹은 슈샤인 보이가 구두닦이 일을 하듯이 하자.
그처럼 현대의 혁명 기록도 18세기나 20세기 초기의 그것들처럼 그렇게

....
2. 김수영은 직접 "혁명을 실패한 우리들"이라고 말하고 있다(「들어라 양키들아」, 『김수영 전집 2』, 169면). 본고에서 특별한 설명이 없는 한 김수영의 시는 『김수영 전집 1』, 민음사, 2018에서 인용하고, 산문은 『김수영 전집 2』, 민음사, 2003(개정판 1쇄)에서 인용한다. 그리고 이하에서는 각기 『전집 1』, 『전집 2』로 표기한다.
3. 김수영, 「아직도 안심하긴 빠르다」, 『전집 2』, 173면.

육중하지도 심각하지도 않다. (…) 그처럼 현대의 혁명은 어디까지나 평범하고 상식적인 것이다.[4]

(2)

나는 4·19 전에 어느 날 조지훈 형하고 술을 마시면서 "세상 사람들이 모두 시인이 되기 전에는 이 나라는 구원을 받지 못한다"고 휘트먼인가의 말을 차용해 가면서 기염을 토한 일이 있었는데 (…)

마음이 정 고약해져서 시를 쓰지 못할 만큼 거칠어진다 해도 할 수 없는 일이다. 시대의 윤리의 명령은 시 이상이라고 생각하기 때문에 이 거센 혁명의 마멸(磨滅) 속에서 나는 나의 시를 한 번 책형대(磔刑臺) 위에 걸어놓았다.[5]

(3)

<4월 26일> 후의 나의 정신의 변이 혹은 발전이 있다면, 그것은 강인한 고독의 감득(感得)과 인식이다. 이 고독이 이제로부터의 나의 창조의 원동력이 되리라는 것을 나는 너무나 뚜렷하게 느낀다. 혁명도 이 위대한 고독이 없이는 되지 않는다. 두말할 나위도 없이 혁명이란 위대한 창조적 추진력의 복본(複本, counterpart)이니까.[6]

(4)

말하자면 혁명은 상대적 완전을, 그러나 시는 절대적 완전을 수행하는 게 아닌가.

....
4. 김수영, 「들어라 양키들아」, 『전집 2』, 166~167면.
5. 김수영, 「책형대에 걸린 시—인간 해방의 경종을 울려라」, 〈경향신문〉, 1960. 5. 20. 인용은 『김수영 전집 2』, 민음사, 2018, 232~233면.
6. 김수영, 「일기초」(1960. 6. 16), 『전집 2』, 494면.

그러면 현대에 있어서 혁명을 방조 혹은 동조하는 시는 무엇인가. 그것은 상대적 완전을 수행하는 혁명을 절대적 완전에까지 승화시키는 혹은 승화시켜 보이는 역할을 하는 것이 아닌가.[7]

(고딕 필자 강조)

정리해보자. 첫째, 김수영은 혁명이 일회성의 정치적 사건이 아니라 "빠찡꼬를 하듯이", "슈샤인 보이가 구두닦이 일을 하듯이" 범상한 일상 속에서 지속적으로 이루어지는 것이라고 규정한다. "현대의 혁명"이 "평범하고 상식적"인 까닭은, 그것이 단발성이 아니라 미시적인 단위에서부터 (영구히) 지속되는 것이기 때문이다. 김수영이 4·19혁명 이후의 경과를 두고 '혁명에 실패한 우리들'이라고 표현한 것은 (아직 발생하지 않은) 군사쿠데타에 의한 헌정중단 때문이 아니라 일상에서 변화를 지속시킬 동력이 사라졌기 때문이다. 김수영은 이를 "혁명의 마멸"이라고 말하고 있다.

둘째, 흥미롭게도 김수영은 "혁명의 마멸"을 중단시키고 혁명을 완성하기 위한 '추진체'로서의 "시"를 강조한다. 프랑스혁명의 이상을 제공한 프리드리히 쉴러가 혁명의 변질과 좌절을 목도하면서 완전체로서의 인격 도야를 위해 지성과 더불어 감정교육을 영구과제로 설파한 맥락을 떠올리게 하는[8] 이와 같은 대목은 군사쿠데타 이전에 김수영이 '혁명의 실패'를 선고하는 까닭을 짐작해보게 한다. 김수영은 1960년 8월에 발표한 글에서 "혁명이란 이념에 있는 것이요, 민족이나 인류의 이념을 앞장서서 지향하는 것이 문학인일진대"[9]라고 말하며 가장 중요한 것은

----

7. 김수영, 「일기초」, 1960. 6. 17, 『전집 2』, 495면.
8. 김수영의 혁명론을 프리드리히 쉴러의 『인간의 미적 교육에 관한 편지』의 관점에서 설명한 것은 앞서 언급한 『비화해적 가상의 두 양태』, 144~163면 참조.
9. 김수영, 「독자의 불신임」, 『전집 2』, 159면.

"정신의 구원"과 "영혼의 개발"이라는 것을 강조한 바 있다. 혁명이 "위대한 창조적 추진력의 복본(複本, counterpart)"인 까닭이 여기에 있을 것이다. 그리고 바로 그런 맥락에서, "상대적 완전"에 거치된 혁명을 "절대적 완전"에 이르게 하는 추진체가 시이다. 그 깊은 의미맥락을 이해하기 위해, 그리고 시 고유의 내적 논리와 문법까지 아우르며 이 말의 의미를 살펴보기 위해 두 번째 변곡점을 지나야 한다. '자코메티적 전환'이 그것이다.

2. '이미지의 순교'와 '레알리테'

김수영은 「시작노트 6」(1966. 2. 20)에서 작품 「눈」[10]을 두고 "만세! 만세! 나는 언어에 밀착했다. 언어와 나 사이에는 한 치의 틈서리도 없다"[11]고 이례적으로 목소리를 높인다. 이 고양된 목소리는 같은 글에서 김수영 스스로 "자코메티적 변모"라고 명명한 어떤 사태로부터 비롯된 것이다. 김수영은 "자코메티적 발견"에 대해 "쓰면서 발견할 수 있는 현상의 즐거움", "시의 레알리테의 변모를 자성(自省)하고 확인한다"라고 스스로 부연하고 있다. 그것이 어떤 의미인지에 대해서는 이미 다른 글에서 자세히 설명한 바 있으므로 여기서는 본고의 핵심인 이미지 사유와 관련된 맥락을 살펴보고 그 연장선상에서 이 문제를 재론하고자

....

10. 눈이 온 뒤에도 또 내린다/생각하고 난 뒤에도 또 내린다/응아 하고 운 뒤에도 또 내릴까/한꺼번에 생각하고 또 내린다/한 줄 건너 두 줄 건너 또 내릴까/廢墟에 廢墟에 눈이 내릴까(「눈」 전문) 본래 김수영이 언급한 맥락에서 이 시를 이해하려면 행갈이를 시각적으로 확인할 수 있는 형태 그대로 옮겨 놓아야 한다. 여기서는 맥락을 위해 시 전문을 소개하는 데 그친다. 이 시에 대한 자세한 설명은 「김수영의 시의식 변모 과정 연구: '시적 연극성'과 '자코메티적 전환'을 중심으로」 참조.

11. 김수영, 「시작노트 6」, 『전집 2』, 452면.

한다.

2-1. 이미지의 여과로부터 이미지의 순교로 '전향'

많은 논자들이 1950년대에 쓰인 김수영의 시에서 사유의 깊이와 진술의 힘, 그리고 성찰적 태도 등에 집중하느라 종종 놓치곤 하지만 실상 시작 활동의 초기부터 김수영은 이미지의 문제에 주목해왔다. 단적으로 「연극하다가 시로 전향─나의 처녀작」이라는 글에서 김수영은 등단작인 「묘정의 노래」에 대해서는 "이 작품은 동묘(東廟)에서 이미지를 따온 것이다"[12]라고 설명하는가 하면 스스로 "실질적인 처녀작"으로 꼽는 「거리」[13]에 대해서는 "나는 남대문 시장 앞을 걷다가 이 이미지를 얻었는데…"[14]와 같은 설명을 덧붙이고 있다.

실제로 김수영의 1950년대 작품들 가운데에는 사물(혹은 동식물)이나 사태의 이미지로부터 시상을 취하고 이를 상징적 의미로까지 발전시키는 방식으로 사유를 전개한 작품들이 자주 눈에 띈다. 동묘, 서적, 팽이, 사진, 풍뎅이, 거미, 향로, 영사판, 유리창, 병풍, 수난로, 지구의 등은 1950년대 김수영의 시에 등장하는 소재들이다. 이런 경향의 작품들 속에는 예컨대, "가벼운 무게가 하늘을/생각하게 하는/자(針尺)의 우아는 무엇인가"(「자」)와 같은 소품으로부터 스스로 "나태와 안정을 배격한 시"[15]라고 설명한 「폭포」와 같은 수작들이 망라된다. 범례적 설명이 될 수는 없겠지만, 김수영의 1950년대 시의 상당수는 이런 '형이상학적 기상(metaphysical conceit)'을 보여주는 작품들이라고 할 수 있다. 이것은

....

12. 김수영, 「연극하다가 시로 전향」, 『전집 2』, 332면.
13. 이 작품은 해방 직후 『민주경찰』에 발표되었다고 알려져 있으나 아직 미발굴 상태이다.
14. 김수영, 「연극하다가 시로 전향」, 『전집 2』, 333면.
15. 위의 글, 337면.

"표상 감각이 주는 건조하고 차가운 즉물성"16을 줏대 삼는 즉물시와는 다른 경향이다. 후일 김수영은 이런 즉물성이 현대성을 일정 정도 담지하는 것이긴 하지만 "문제는 이 현대적인 즉물적 도구를 가지고 그가 무엇을 노래하고 있는가 하는 것이다"17라고 비판적으로 논한 바 있다. 그런 맥락에서 보자면 1950년대 김수영의 시에 나타난 사물과 동식물 그리고 자연물은 소재적 차원에서 파악되어 이미지를 통한 가공을 거쳐 사상이나 이념에 이르게 되는, 전형적인 '메타(meata)-피지컬(physical)' 한 과정을 거친다고 할 수 있다. 위에 열거된 소재를 대상으로 하고 있는 작품들 거의 전편을 이와 같은 방식으로 설명할 수 있는데 대표단수 격으로 「폭포」18와 같은 작품에서 소재로부터 이미지를 거쳐 나태와 안일에 대한 배격이라는 사상(事象)에 이르는 과정을 그 예로 들 수 있을 것이다. 자크 랑시에르의 개념을 빌리자면, 이런 기제로 작동하는 이미지는 상징적 몽타주와 관계된 것이다.

자크 랑시에르는 이미지의 작동 기제와 관련하여 변증법적 방식과 상징적 방식이 있다고 설명한다. 우선 변증법적 방식이란 "상이한 것들의 충돌에 의해 어떤 이질적인 질서의 비밀을 표적으로 삼는"19 방식 즉, "양립 불가능한 것의 마주침"20에 기초한 방식이고 이것의 효과는 "어떤

....

16. 이 표현은 박두진이 박목월의 「나의 배후」에 대해 사용한 것인데 김수영은 「진도 없는 기성들」에서 이를 비판적으로 검토하고 있다. 『전집 2』, 558면.
17. 김수영, 「진도 없는 기성들」, 『전집 2』, 558면.
18. 전문은 다음과 같다. 폭포는 곧은 절벽을 무서운 기색도 없이 떨어진다//규정할 수 없는 물결이/무엇을 향하여 떨어진다는 의미도 없이/계절과 주야를 가리지 않고/고매한 정신처럼 쉴 사이 없이 떨어진다//금잔화도 인가도 보이지 않는 밤이 되면/폭포는 곧은 소리를 내며 떨어진다/곧은 소리는 소리이다/곧은 소리는 곧은/소리를 부른다//번개와 같이 떨어지는 물방울은/취할 순간조차 마음에 주지 않고/나타(懶惰)와 안정을 뒤집어놓은 듯이/높이도 폭도 없이/떨어진다.
19. 자크 랑시에르(김상운 역), 『이미지의 운명』, 현실문화, 2014, 107면.
20. 위의 책, 103면.

세계의 비밀을 폭로하는 간극과 충돌의 힘"21이다. 이와는 달리 상징적 방식이란 "서로 낯선 요소들 사이에서 실제로 친숙성과 간헐적인 유비를 수립하도록 (이질적인 요소들을) 사용하며 함께-속함(co-appartenance, 공속)이라는 보다 근본적인 관계, 즉 이질적인 것이 똑같은 본질적인 직물 속에서 포착되고 그리하여 새로운 은유의 우애를 따라 조합될 여지가 있는 공통의 세계를 증언"22하는 방식이다. 이에 비추어 보자면, 1950년대 김수영의 시에서 이미지가 작동하는 방식은 이질적인 것 사이에서 유비관계를 발견하고 이를 통해 새로운 은유의 세계를 산출하는 방식이다. 이 경우 최종 목적지는 이미지 자체가 아니라 새로 수립된 유비관계를 통해 산출되는 어떤 상징적 의미이다. 이런 방식의 시적 기제 속에서 사물과 사유는 이미지의 매개를 필요로 한다. 김수영도 이런 점을 의식하고 있었던 듯하다. 이와 관련하여 김수영은 '이미지(스트)의 여과 기간'이라는 표현을 사용하고 있다.

　내가 시에 있어서 영향을 받은 것은 불란서의 쉬르라고 남들은 말하고 있는데 내가 동경하고 있는 시인들은 이미지스트의 일군이다. 그들은 시에 있어서의 멋쟁이였기 때문이다. 그러나 이들 이미지스트들도 오든보다는 현실에 있어서 깊이 있는 멋쟁이가 아니다. 앞서가는 현실을 포착하는 데 있어서 오든은 이미지스트들보다는 훨씬 몸이 날쌔다. 그것은 오든에게는 어깨 위에 진 짐이 없기 때문이다. 그러나 이러한 오든도 요즈음에 내어논 「하천」 같은 작품을 보면 이미지스트의 여과 기간과 거의 비등한 시간적 순차를 밟고 있는 것이 보이는데, 역시 이것은 나이를 먹은 탓이 아닌가 생각된다.23

. . . .
21. 위의 책, 103면.
22. 위의 책, 107면.

짧은 글이지만 이 글을 독해하는 데에는 몇 단계의 복잡한 과정이 필요하다. 프랑스 초현실주의자들과 영미 이미지스트의 차이, 김수영이 탐독했던 W. H. 오든의 시 세계 변모 양상, 그 가운데에서 작품 「하천」의 위상, 이에 대한 김수영의 비판적 언급이 시사하는 바 등이 차례로 검토되어야 할 것이다. 그 자세한 양상에 대해서는 또 다른 지면이 필요하므로 여기서는 "이미지스트의 여과 기간"이라는 표현에 집중해보자. 이 글이 1955년 10월의 글임을 감안하고 언급된 시의 제목과 경향을 고려할 때 "요즈음에 내어논 「하천」 같은 작품"은 연작 형태의 목가적 작품인 「전원시(Bucolics)」의 한 부분인 "하천(Streams)"으로 추정된다.[24] 이 작품은 1953년에 씌어졌는데 1955년에 출간된 오든의 후기시집 『아킬레스의 방패(The Shield of Achilles)』에 실려 있다. 「전원시」는 부제를 지닌 7개의 독립적인 시편들로 구성되어 있는데 그 부제는 각기 "바람(Winds)", "나무(Woods)", "산(Mountains)", "호수(Lakes)", "섬(Islands)", "들판(Plains)", "하천(Streams)" 등이다. 잘 알려져 있듯이 오든은 1930년대 영시를 대표하는 시인이다. 동시대의 지성적 비판자인 오든의 시 세계는 "과감한 발화와 이미지, 풍부한 수사, 비판정신과 해체적 태도"[25] 등으로 설명된다. 그런가 하면 우화(parable)의 적절한 사용이나 풍부한 알레고리의 측면에서도 높이 평가받는 시인이다.[26]

....

23. 김수영, 「무제」, 1955. 10, 『전집 2』, 30면.
24. 김수영 스스로 이 작품의 출처를 밝힌 적은 없으므로 추정에 의존할 수밖에 없다. 그 추정 내용은 본문에서 밝힌 바와 같다.
25. *The Cambridge companion to W. H. Auden*, ed. by Stan Smith, New York: Cambridge University Press, 2004, p.6.
26. 이에 대한 당대의 논의로는 John G. Blair, *The Poetic Art of W. H. Auden*, Princeton, New Jersey: Princeton University Press, 1965, "The Poetic of parable"(Ch. 2), "Allegory"(Ch. 3) 참조.

그런데, 1940년대 중반 이후의 후기시는 거침없는 발언과 풍부한 수사를 통해 비판정신을 발휘하던 시기의 작품들과는 결을 달리한다.[27] 종교시와 전원시 등이 쓰이는 시기가 이즈음이다. 김수영이 언급한 작품으로 추정되는 「전원시」 연작의 '하천' 역시 이런 흐름 속에서 파악될 수 있다. 작품 전체를 검토하는 것이 필요하나 여기서는 1연과 2연만을 번역하여 — 문맥을 고려해 다소 의역하였다 — 옮겨보자.

> 물이여, 맑은 물이여, 개울 속에서 즐겁게 뛰노느니
> 곁에 앉거나 너를 보고 들으려 하지 않는 이들 속으로
> 뛰어들며 맴도는
> 순수여, 너는 노래와 운동 속의 완전함인가.
>
> 바람은 종종 으스대고, 대지는 불순하고, 불은 오만하지.
> 그러나 너는 흐름 속에서 언제나 순정하다.

오든의 1930년대의 작품들과 달리 이 작품에서 시적 이미지는 고전적 알레고리를 생산하는 매개가 되고 있다. 거침없는 진술이나 성공적인 우화(parable)에서와는 달리 여기서 이미지는 어떤 관념의 생산을 매개한다. 김수영식으로 말하자면 여기서 사물은 이미지에 의해 여과 과정을 거치며 관념을 지시한다. 다시 말하자면 사물과 이미지와 주제의식이 한 몸을 이루며 시의 다채로운 양상이 전개된다기보다는 각자 맡은 바의 기능들을 수행하며 분업하고 있다는 것이다. 1950년대의 김수영의 작품들 역시 이 경계에 서 있는 경우가 더러 있다. 이때 이미지의 여과

....

27. 30대 이후 오든의 시 세계의 변모에 대해서는 Frederick Buell, "Auden After the Thirties", *Modern Critical Views: W. H. Auden*, ed. by Harold Bloom, New York: Chelsea House Publishers, 1986 참조.

기간이 전경화되는 한, 김수영이 목표로 하는 "이미지의 순교"에는 이르지 못한다는 것은 자명하다.

현대시는 이제 그 <새로움의 모색>에 있어서 역사적인 경간(經間)을 고려에 넣지 않으면 아니 될 필연적 단계에 이르렀다. 연극성의 와해를 떠받치고 나가야 할 역사적 지주는 이제 개인의 신명이 아니라 인류의 신념을, 관조가 아니라 실천하는 단계를 밟아 올라가고 있다. 그리고 이러한 실천은 윤리적인 것 이상의, 작품의 image에까지 강력한 영향을 끼치는 보다 더 근원적인 것으로 되어 있다. 현대의 순교가 여기서 탄생한다. 죽어가는 자기를 바라볼 수 있는 자기가 아니다, 죽어가는 자기——그 죽음의 실천——이것이 현대의 순교다. 여기에서는 image는 바라볼 것이 아니라, 자기가 바로 image이다. 이러한 의미에서 그것은 image의 순교이기도 하다. 비어렉은 이 벼랑의 일보 직전에서 산보하고 있는 셈이다.28

현대시의 새로움-역사적인 경간-연극성의 와해-실천-이미지-이미지의 순교로 이어지는 맥락을 어떻게 이해할 것인가? 연극적 구상성을 통한 풍자에 한동안 매료되어 있던29 김수영은 이제 연극성의 와해를 주장한다.30 현대시가 새로움을 모색하면서, 역사적인 경간을 고려하고

....

28. 김수영, 「새로움의 모색——쉬페르비엘과 비어렉」, 1961. 9. 1, 『전집 2』, 234~235면.
29. "나는 오랫동안 영시(英詩)에서는 피터 비어렉(Peter Viereck)하고, 불란서 시에서는 쥘 쉬페르비엘(Jules Supervielle)을 좋아한 일이 있었다. 두 시인이 다 얼마간의 연극성을 지니고 있는 것이 나를 매료한 원인이 되었을지도 모른다. 이 연극성이란 무엇인가? 읽으면 우선 재미가 있다. 좋은 시로 읽어서 재미없는 시가 어디 있겠는가마는 그들의 작품에는 판도라의 상자를 열어보는 것 같은 속된 호기심을 선동하는 데가 있단 말이다. 이것이 작시법상의 하나의 풍자로 되어 있는지는 몰라도 하여간 나는 이 요염한 연극성이 좋았다." 위의 글, 229면.
30. 물론 그것이 한번에 이루어진 것은 아니다. 이후에도 한동안 김수영의 시에는 구상성과 풍자가 여전히 나타난다.

'실천'을 담보하기 위해서이다. 그러나 이 실천은 작품의 이미지에까지 영향을 미치는 보다 근원적 차원에서 검토되어야 하며 종국에는 그 이미지 역시 순교해야 한다고 김수영은 주장한다. 이 논리 역시 자세한 설명이 필요한 것이지만[31] 여기서는 이미지 사유로 가는 과정에 초점을 맞추어 간략히 설명해보자.

시적 구상성과 풍자는 현대시를 평면적 자기동일성의 세계나 정치적 구호시로부터 '구제'하는 데 있어[32] 나름의 역할을 담당했지만 이제 그것은 새로운 "역사적인 경간"의 지평 위에 놓여 있다. 김수영은 실천과 이미지라는 새로운 키워드를 제시한다. 이때의 실천은 단지 윤리적 차원의 것만이 아니다. 김수영은 이 실천이 "윤리적인 것 이상의, 작품의 image에까지 강력한 영향을 끼치는 보다 더 근원적인 것"이라고 부연하고 있다. 여기서는 "이상"이라는 표현이 절대적으로 중요하다. 이때의 실천은 단지 작품의 사상이나 이념과 관계된 윤리적인 차원의 것이 아니라 그 "이상"의 것인데 '그 이상'의 실천은 "작품의 image에까지 강력한 영향을 끼치는" 것이다. 이런 의미의 시적 이미지는, 김수영의 표현을 사용하자면 "그 자신을 배반하고, 그 자신을 배반한 그 자신을 배반하고, 그 자신을 배반한 그 자신을 배반한 그 자신을 배반하는 (…) 무한히 배반하는 배반자"[33]로서 기성의 관념과 진부한 의미맥락의 '죽음'을 '실천'하는 것이 된다. 그리고 종국에는 죽음을 통해 새로운 '삶'으로 거듭난다는 의미에서 "이미지의 순교"가 최종 귀착지가 된다.

....

31. 김수영이 1950년대에 인식한 연극성, 구상성, 스토리, 풍자의 관계에 대해서는 앞서 인용한 「김수영의 시의식 변모 과정 연구: '시적 연극성'과 '자코메티적 전환'을 중심으로」 참조.
32. 이는 김수영이 몸담았던 '신시론' 동인들이 현대시의 과제로 설정한 것이었다. 이에 대해서는 『비화해적 가상의 두 양태』 참조.
33. 김수영, 「시인의 정신은 미지(未知)」, 『전집 2』, 255면.

그리고 이 귀착지가 하나의 비전에 이르게 되는 것은 '자코메티적 발견'
과 더불어서이다.

2-2. 자코메티적 변모와 '레알리테'[34]

상기한 맥락 속에서 김수영의 후기시 읽기의 중요한 단서를 제공하는
것은 1966년 2월에 작성된 「시작노트 6」이다. 김수영은 칼톤 레이크와
자코메티의 인터뷰를 번역한 「자꼬메띠의 지혜」를 같은 해에 『세대』지
4월호에 실었는데 그 인터뷰 기사에서 발췌한 다음과 같은 대목을 눈여겨
보자.

> 지극히 사실주의적인 작품이 되는 경우에는 독창성이 없는 따분한 <범
> 작>이라는 레텔이 붙을 것이라고 생각하고 있어요. 사실은 그렇게 하면
> 정반대의 것이 나올 텐데. 우리들이 참되게 보는 것에 밀접하게 달라 붙이면
> 달라붙을수록, 더욱더 우리들의 작품은 놀라운 것이 될 거예요. 레알리떼는
> 비독창적인 것이 아녜요. 그것은 다만 알려지지 않고 있을 뿐예요. 무엇이든
> 보는 대로 충실하게 그릴 수만 있으면, 그것은 과거의 걸작들만큼 아름다운
> 것이 될 거예요.[35]

작품 활동 초기에 구상 작업에 몰두하던 자코메티는 1925년 이후
초현실주의와의 영향관계 속에서 한동안 추상에 전념한다. 그러나 1935

---

34. 자코메티적 변모에 대해서는 앞의 논문 「김수영의 시의식 변모 과정 연구: '시적
    연극성'과 '자코메티적 전환'을 중심으로」에서 자세히 논한 바 있다. 여기서는 이미지
    사유를 중심으로 김수영의 1950년대의 시와 후기시의 연결고리를 찾는 맥락에서
    이 문제를 재검토하기 위해 상기 논문에서 논한 바를 중심으로 간략히 요약한다.
35. 칼톤 레이크(김수영 역), 「자꼬메띠의 지혜」, 『세대』, 1966. 4, 316면.

년에 이르러서는 추상을 접고 다시 구상으로 방향 전환을 하게 된다.[36] 중요한 것은, 한동안 초현실주의 작가들과의 영향관계 속에서 추상적 작업을 진행하던 자코메티가 방향을 전환하면서 다시 시작한 구상은 추상으로의 전환 이전의 구상과는 완연히 다른 것이라는 사실이다. 그의 구상으로의 복귀는 표면에서는 전통적 방식으로의 복귀 즉, 오래된 스타일로의 복귀이지만 그 이면에서는 온전히 한 개인의 독창적 비전 (vision)에 의존하는 새로운 의미의 구상의 창조가 이루어진다고 할 수 있다. 김수영이 「시작노트 6」에서 "시의 레알리테의 변모를 자성(自省)하고 확인한다"는 뜻으로 언급한 "자코메티적 발견"의 의미 역시 "레알리테는 비독창적인 것이 아니"라는 자코메티의 결론과 관계 깊다. 김수영이 이 글에서 작품 「눈」의 창작과정을 설명하며 본래 "폐허에 눈이 내린다"의 여덟 글자로 충분할 것이 시를 쓰고 있는 중에 자코메티적 변모를 이루어 6행이 되었다고 하면서 "만세! 만세! 나는 언어에 밀착했다. 언어와 나 사이에는 한 치의 틈서리도 없다. <폐허에 폐허에 눈이 내릴까>로 충분히 <폐허에 눈이 내린다>의 숙망(宿望)을 달했다. 낡은 형(型)의 시이다. 그러나 낡은 것이라도 좋다. 혼용되어도 좋다는 용기를 얻었다.[37] 고 목소리를 높인 것은 1961년 이전의, 연극적 구상성과 이미지의 여과시기로 회귀하지 않으면서도 자신만의 방식으로 '레알리테'를 표현하는 방법을 얻었다는 인식 때문이다. 이례적으로 고양된 목소리를 담고 있는 이 노트는 김수영에게는 한 세계의 죽음과 새로운 세계의 개시가 동시적으로 이루어짐을 공표하는 선언문에 비견된다. 그리고 이 변곡점을 지나면서 비로소 김수영의 시 세계는 "이미지의 순교"를 실천하는

....

36. 알베르토 자코메티의 구상-추상-다시 구상으로의 방향전환과 관련해서는 할 포스터 외(배수희 외 역), 『1900년 이후의 미술사』, 세미콜론, 2007, 421~424면 참조.
37. 위의 책, 452면.

작품들을 향해 나아간다.

3. 이미지의 현실성과 필연성

3-1. 이미지의 미광과 조용한 침잠

다시 "혁명은 상대적 완전을, 그러나 시는 절대적 완전을 수행"하는 것이라는 김수영의 시적 '테제'를 상기해보자. 이는 두 개의 변곡점을 거쳐, 초기의 구상성과 풍자성을 극복하고 레알리테의 재발견을 통해 도달하는 시 세계의 전개와 관계 깊다. 시를 통한 일상에서의 영구 혁명과 이미지의 순교는 어떻게 관계 맺는가? 이를 설명하기 위해 1960년대 후반에 쓰인 두 산문을 경과할 필요가 있다. 「삼동 유감」과 「해동」이 그것이다.

아아, 나는 작가의—만약에 내가 작가라면—사명을 잊고 있는 것이 아닌가. 나는 타락해 있는 것이 아닌가. 나는 마비되어 있는 것이 아닌가. 이 극장에, 이 거리에, 저 자동차에, 저 텔레비전에, 이 내 아내에, 이 내 아들놈에, 이 안락에, 이 무사에, 이 타협에, 이 체념에 마비되어 있는 것이 아닌가. 마비되어 있지 않다는 자신에 마비되어 있는 것이 아닌가. (…)

역시 원수는 내 안에 있구나 하는 생각이 또 든다. 우리 집 안에 있고 내 안에 있다. 우리 집 안에 있고 내 안에 있는 적만 해도 너무나 힘에 겨웁다. 너무나도 나는 자디잔 일들에 시달려왔다. 자디잔 일들이 쌓아올린 무덤 속에 내 자신이 파묻혀 있는 것 같다. (…)

그러다가 며칠 후에 다시 이 글을 쓰고 싶은 생각을 들게 한 것이 역시 마루의 난로 위에 놓인 주전자의 조용한 물 끓는 소리다. 조용히 끓고 있다. 갓난아기의 숨소리보다도 약한 이 노랫소리가 「대통령 각하」와 「25시」의 거수(巨獸) 같은 현대의 제악(諸惡)을 거꾸러뜨릴 수 있다고 장담하기도 힘들지만, 못 거꾸러뜨린다고 장담하기도 힘들다. 나는 그것을 「25시」를 보는 관중들의 조용한 반응에서 감득할 수 있었다.[38]

필자는 다른 논문에서 「삼동 유감」을 '자코메티적 변모' 이후 김수영의 시의식을 설명하는 데 있어 가장 중요한 산문으로 꼽은 바 있다.[39] 그 요지는 첫째, 부정한 세계의 바깥에서 이와 대면한 비판적 주체가 아니라 타락에 연루되고 부정한 세계에 포유된 주체로 자신을 인식하고 그에 따라 자신을 포유한 세계와 더불어 자기전복을 동시적으로 꾀해야 하는, '배반의 배반의 배반의 배반'을 거듭해야 하는 '촌초(寸秒)의 배반자'로서의 시인의 문제의식을 가장 잘 보여주기 때문이다. 이는 "현대의 혁명은 어디까지나 평범하고 상식적인 것"이며 범속한 일상에서 지속적으로 진행되어야 한다는 문제의식과 직결된다. 둘째, 타기의 대상이 아니라 자신을 포유한 세계를 전복해야 하는 이의 난망한 과제가 "주전자의 조용한 물 끓는 소리", "갓난아기의 숨소리보다도 약한 이 노랫소리"에 걸려 있다는 인식 때문이다. 조르주 디디 위베르만의 논의에 힘입어 이를 '지평적 사유의 강한 빛(luce)'에 대비되는 '이미지적 사유의 미광(lucciole)'과도 같은 것[40]이라고 풀 수 있다. 갓난아기의 숨소리보다도 약한, 주전자의 조용한 물 끓는 소리가 "거수 같은 현대의 제악"을 거꾸러

....

38. 김수영, 「삼동(三冬) 유감」, 『전집 2』, 131면.
39. 조강석, 「1960년대 한국시의 정동(情動)과 이미지의 정치학(1)—김수영의 경우」, 『한국학연구』 제38호, 인하대학교한국학연구소, 2015.
40. 조르주 디디 위베르만(김홍기 역), 『반딧불의 잔존—이미지의 정치학』(이하 『잔존』), 도서출판 길, 2012 참조. 조르주 디디 위베르만은 이 저서에서 지평적 사유와 이미지 사유를 대비시킨다.

뜨릴 수 있다고 자신하는 것은 과장이겠지만, 그렇다고 못 거꾸러뜨린다고 장담하기도 어렵다는 말의 진의는 여기에 있을 것이다. 그것은 우리의 상상하는 방식 속에 정치하는 조건이 놓여 있기 때문이다.41 다시 말하자면, 이미지는 진술과 달리 확정적이지 않고 항상 유동하며 불안한 것이지만 정치적 무의식의 기저에서 형성되는 새로운 가치를 파생시키는 중요한 일을 행한다고 할 수 있기 때문이다.42 이를 김수영의 말로 다시 풀자면, "혁명의 육법전서는 <혁명>밖에는 없"(「육법전서와 혁명」)기 때문이다.43

이와 같은 방식의 이미지 사유가 김수영을 사로잡고 있었음은 산문 「해동」에서도 잘 드러난다.

새싹이 솟고 꽃봉오리가 트는 것도 소리가 없지만, 그보다 더한 **침묵의 극치가 해빙의 동작 속에 담겨 있다.** 몸이 저리도록 반가운 침묵. 그것은 지긋지긋하게 조용한 동작 속에 사랑을 영위하는, 동작과 침묵이 일치되는 최고의 동작이다. (…)

피가 녹는 것이라고 생각해 본다. 얼음이 녹는 것이 아니라 피가 녹는 것이다. 그리고 목욕솥 속의 얼음만이 아닌 한강의 얼음과 바다의 피가 녹는 것을 생각해본다. 그리고 그 거대한 사랑의 행위의 유일한 방법이 **침묵이라고 단정한다.**

....

41. 위의 책, 60면 참조.

42. 이미지는 재현적 기능에만 국한되지 않고 기존의 가치와 새롭게 형성되는 가치 체계를 동시에 보유하면서 생성을 거듭해나가는 것이다. 이에 대해서는 「시 이미지 연구 방법론—시 텍스트의 '내부로부터 외부로의 전개'를 위하여」, 『한국시학연구』 제42호, 한국시학회, 2015 참조.

43. 이와 관련하여, 칸트의 논의를 재해석하며 규정적 상상력이 아니라 반성적 상상력의 차원에서 정치적 역동성에 주목한 한나 아렌트의 논의를 이 짧은 구절의 주석으로 제출할 수 있을 것이다. 이 역시 시 이미지 사유의 역동적 가능성 때문이다. 이에 대해서는 한나 아렌트(김선욱 역), 『칸트 정치철학 강의』, 푸른숲, 2002 참조.

우리의 38선은 세계에서 제일 높은 빙산의 하나다. 이 강파른 철덩어리를 녹이려면 얼마만한 깊은 사랑의 불의 조용한 침잠이 필요한가. 그것이 내가 느낀 목욕솥의 용해보다도 더 조용한 것이어야 할 것이다. 그런 조용함을 상상할 수 없겠는가. 이것이 다가오는 봄의 나의 촉수요 탐침(探針)이다.44

이즈음의 김수영의 마음이 저 "조용한 침잠"에 정향되어 있음을 확인할 수 있다. "침묵의 극치가 해빙의 동작 속에 담겨 있다"는 말에 주목하자. 해빙은 침묵을, 그리고 침묵에의 조용한 침잠을 전제로 한다. "동작과 침묵이 일치되는 최고의 동작"은 바로 이런 조용한 침잠을 경과해야 올 수 있다. "침묵은 이행(enforcement)"45이기 때문이다. 갓난아기의 숨소리보다도 약한 주전자의 조용한 물 끓는 소리가 "거수 같은 현대의 제약"을 무너뜨릴 수 있는 계기를 제공하는 것도 해빙의 동작 속에 침묵의 극치가 담겨 있기 때문이다. 그런가 하면 김수영이 "죽음이 없으면 사랑이 없고 사랑이 없으면 죽음이 없다"46고 말할 때 그 진의 역시 동작과 침묵의 일치라는 맥락에 정확히 부합한다. 이는 시를 통한 이미지 사유가 가닿는 어떤 상태 혹은 어떤 "현실"과 관계 깊다.47

....

44. 김수영, 「해동」, 『전집 2』, 144면.
45. 김수영, 「시작노트 7」, 1966, 『전집 2』, 459면.
46. 김수영, 「나의 연애시」, 『전집 2』, 134면.
47. 김수영은 전봉건의 비판을 재반박하는 글에서 그가 "현실"을 "외적 현실"로만 해석하면서 "시인들의 머릿속의 판타지나 이미지나 잠재의식이 뒤떨어져 있는 것은 인정하지 않는 모양"이라고 비판하고 "시인은 자기의 현실(즉 이미지)에 충실하고 그것을 정직하게 작품 위에 살릴 줄 알 때, 시인의 양심을 갖게 된다"고 강조한다. 여기서 그는 시인 "자기의 현실"을 "즉 이미지"로 고쳐 쓰고 있다. 김수영 자신의 다른 표현을 사용하자면 "이미지의 현실성"(「도덕적 갈망자 파스테르나크」(1964))을 요청하고 있는 것이다.

3-2. 스테이트먼트와 이미지

김수영은 「<현대성>에의 도피 ― 1964년 6월 시평」에서 송욱의 시를 비판하면서 "그의 스테이트먼트의 장기(長技)를 발전시켜 나가야 할 것"이라고 언급하며 "풍자적인 스테이트먼트의 순화(세련)"를 주문한 바 있다. 여기서 김수영은 불필요한 장벽이 많고 언론의 자유도 충분하지 않은 상황 속에서 "스테이트먼트의 시"를 발전시켜 나가는 데 어려움이 있음을 인정하며 세계시의 유행이 "진술의 시"의 단계를 졸업한 지 오래되었다고는 해도 그것은 한국의 사정은 아니라고 부언한다. 그리고 "스테이트먼트가 시에 노출될 때 그 작품의 현대성의 성질과 방향과 진위가 가장 뚜렷하게 파악될 수 있는 기회를 제공한다"고 "진술의 시"에 대해 설명한다. "진술의 시"는 이미지 사유를 중심으로 하는 시의 대타항으로 기능하는데 이는 다시 디디 위베르만의 지평적 사유와 이미지 사유라는 관계항을 떠올려보게 한다. 김수영의 후기시에서도 비록, 상호배제적인 대립적 이항으로 양자를 가름할 수는 없지만 '지평적 사유'를 보여주는 '진술의 시' 계열과 이미지의 미광을 통해 전개되는 이미지 사유 계열의 시를 나누어볼 수 있다. 김수영 후기시 중 대표작들로 꼽히는 「거대한 뿌리」와 「사랑의 변주곡」을 이런 맥락에서 재검토할 수 있겠다.

「거대한 뿌리」는 「현대식 교량」과 함께 하나의 이미지 계열을 형성한다. '뿌리-교량' 계열의 이미지는 전통과 현대의 문제와 결부된 지평적 사유의 일단을 단적으로 드러낸다. 물론, 이 작품들에서도 구체적 삽화로부터 전통의 의의, 현대의 속도 등에 대한 사유를 풀어낸다는 점에서, 구체성으로부터 보편성으로 상승하는 김수영 특유의 방식이 드러나 있지만 '뿌리-교량' 계열의 이미지들은 보다 근본적 층위의 문제에 대한 '스테이트먼트'가 주된 발화방식을 이루는 시라고 할 수 있다.

반면, 「사랑의 변주곡」은 '씨앗-노래-미광' 계열의 이미지가 주를 이루고 있다. 말하자면 「사랑의 변주곡」에서의 씨앗 이미지는 가능 세계의 현실성과 논리적 필연성의 문제를 구체적 이미지를 통해 이미지 사유의 차원에서 적실하게 보여주는 예라고 할 수 있다. 이에 대해서는 다른 글에서 세세히 설명하였으므로[48] 여기서는 김수영의 후기시 중에서 이런 이미지 사유 양상을 집약적으로 드러내는 「꽃잎」을 자세히 읽어보기로 하자.

4. 이미지 사유의 비전

「사랑의 변주곡」이 이미지 사유를 통해 이미지의 현실성과 필연성을 보여준다면 이미지 사유의 비전을 보여주는 것이 「꽃잎」 연작이다.[49] 지평적 사유에서와 달리 주전자의 조용한 물 끓는 소리와 같이 낮고 작고 평범한 것이 지니는 파상적 힘의 비전이 이미지 사유를 통해서 전개되는 것이 「꽃잎」이다. 그러나 시를 읽기 위해서 우선 염두에 두어야 할 것은 이미지를 그것이 결과적으로 도달할 수도 있을 상징적 의미와 섣불리 결합시키거나, 혹은 도치된 연역을 시의 문면을 읽기에 앞서 적용하는 것이다. 이미지가 비록 "사회적인 삶"을 사는 것이라고 해도[50]

....

48. 「거대한 뿌리」를 '뿌리-지평 이미지' 계열의 시로, 「사랑의 변주곡」을 '씨앗-이미지' 계열의 시로 분석한 것은 조강석, 「1960년대 한국시의 정동(情動)과 이미지의 정치학 (1)——김수영의 경우」, 『한국학연구』 제38호, 인하대학교한국학연구소, 2015 참조.
49. 「꽃잎」 연작이 이와 같은 비전을 품고 있음을 주목한 것은 이영준이다. 그는 이 연작이 혁명은 고요한 침묵에 내장되어 있다는 비전을 품고 있음을 묘파한다. 이에 대해서는 이영준이 엮은 김수영 시선집, 『꽃잎』, 민음사, 2016의 해설 격으로 실려 있는 「꽃의 시학, 혁명의 시학」 참조.
50. "이미지의 삶은 사적인 것 혹은 개인적인 것이 아니다. 그것은 사회적인 삶이다." W. J. T. 미첼(김유경 역), 『그림은 무엇을 원하는가——이미지의 삶과 사랑(*What*

그 비전은 선언이나 지평적 발화에 의해서가 아니라 이미지들의 연쇄에 의해 결과적으로만 도래하는 것이기 때문이다.

　우선 「꽃잎」 1부를 살펴보자.

1.

누구한테 머리를 숙일까
사람이 아닌 평범한 것에
많이는 아니고 조금
벼를 터는 마당에서 바람도 안 부는데
옥수수잎이 흔들리듯 그렇게 조금

바람의 고개는 자기가 일어서는 줄
모르고 자기가 가 닿는 언덕을
모르고 거룩한 산에 가 닿기
전에는 즐거움을 모르고 조금
안 즐거움이 꽃으로 되어도
그저 조금 꺼졌다 깨어나고

언뜻 보기엔 임종의 생명 같고
바위를 뭉개고 떨어져내릴
한 잎의 꽃잎 같고
革命 같고
먼저 떨어져내린 큰 바위 같고
나중에 떨어진 작은 꽃잎 같고

....

do pictures want?)』, 그린비, 2010, 141면.

나중에 떨어져내린 작은 꽃잎 같고

1연에 제시된 이미지들은 씨앗-이미지 계열에 속하며 정확히 "갓난아기의 숨소리보다도 약한" "주전자의 조용한 물 끓는 소리"의 이미지와 부합한다. "사람이 아닌 평범한 것"에 "바람도 안 부는데 / 옥수수잎이 흔들리듯" 고개를 숙이는 모양은 주전자의 조용한 물 끓는 소리를 들을 수 있는 감성체계 안에서만 현상한다. 그리고 미세한 기미 속에서 운동과 변화의 양상을 포착하는 것은 단단함 속에 응축과 파쇄의 계기를 보유한 씨앗-이미지 계열의 이미지 사유에 속하는 것이다. 그런 의미에서 볼 때 2연의 바람 역시 문제적이다. 1연에는 "마당에서 바람도 안 부는데"와 같은 진술이 있다. 거시적 시계(視界)에서 기미조차 현상하지 않는 바람은 2연에서는 이미 자기의 리듬대로 운동을 전개하는 것으로 제시되어 있다. 여기서도 "자기가 일어서는 줄 / 모르고", "자기가 가 닿는 언덕을 / 모르고", "가 닿기 / 전에는 즐거움을 모르고"에서와 같이, 의도와 의지의 층위에서가 아니라 자연스러운 운동의 과정에서 작용하는 어떤 미세한 기미에 초점이 맞추어져 있는 것을 주목할 필요가 있다. 그리고 그런 맥락에서 볼 때, "그저 조금"이라는 시어 역시 2연에서 시계(視界)의 중심에 놓여 있다고 할 수 있다. 이런 과정에서 꽃은 자연스럽게 바람의 미세한 기미에 연동하여 도달한 어떤 결과라는 의미맥락을 지닐 것인데, 그 역시도 거대한 변화과정의 결말이 아니라 "그저 조금 꺼졌다 깨어나"면서 이행을 지속하는 과정 가운데 놓여 있는 것으로 제시된다.

3연에는 이미지 사유에 의한 것이 아니면 불가능할, 이질적인 것들의 시적 통합이 제시되어 있다. 죽음과 생명, 파상적 기세와 고요한 운동, 침묵과 소란이 이미지 사유를 통해, 대립적 이항이 아니라 한 본질의 두 양태로 제시되어 있다. 특히 "혁명"이 보조관념으로 쓰인 것에 각별히 주목할 필요가 있다. 혁명이 꽃과 같은 것이 아니라 저 대립의 통합이, 그 기미가 혁명과 같다는 것인데 이는 혁명의 논리를 이미지로 풀어내는 것이 아니라 거꾸로 이미지의 논리의 귀결점에 무어라고 지시되어도 좋을 어떤 사태가 놓여 있음을 보여준다. 아마도 이와 관련해서 이 시의 이미지의 논리를 요약하는 것보다, 앞서 살펴본 "침묵의 극치가 해빙의 동작 속에 담겨 있다"는 말이 이에 대한 가장 완벽한 자가 주석이 될 것이다.

2.
꽃을 주세요 우리의 苦惱를 위해서
꽃을 주세요 뜻밖의 일을 위해서
꽃을 주세요 아까와는 다른 時間을 위해서

노란 꽃을 주세요 금이 간 꽃을
노란 꽃을 주세요 하얘져가는 꽃을
노란 꽃을 주세요 넓어져가는 소란을

노란 꽃을 받으세요 원수를 지우기 위해서
노란 꽃을 받으세요 우리가 아닌 것을 위해서
노란 꽃을 받으세요 거룩한 偶然을 위해서

꽃을 찾기 전의 것을 잊어버리세요
    꽃의 글자가 비뚤어지지 않게
꽃을 찾기 전의 것을 잊어버리세요
    꽃의 소음이 바로 들어오게
꽃을 찾기 전의 것을 잊어버리세요

꽃의 글자가 다시 비뚤어지게

> 내 말을 믿으세요 노란 꽃을
> 못 보는 글자를 믿으세요 노란 꽃을
> 떨리는 글자를 믿으세요 노란 꽃을
> 영원히 떨리면서 빼먹은 모든 꽃잎을 믿으세요
> 보기 싫은 노란 꽃을

「꽃잎」의 2부는 알레고리적 연쇄[51]를 통해 진행 자체의 이미지, '진행-이미지'가 전경화되는 작품이다. 여기서 중요한 것은 각각의 이미지들이 무엇을 지시하느냐가 아니라 이미지들의 연쇄가 결과적으로 어떤 의미망을 형성하느냐이다. 이 시는 구문론적으로는 단순한 구조를 보인다. 시는 '꽃을 주세요/노란 꽃을 주세요/노란 꽃을 받으세요/꽃을 찾기 전의 것을 잊어버리세요/내 말을 믿으세요'라는 단순한 구조 안에 이질적이거나 상호 모순되는 이미지들이 연쇄적으로 펼쳐지는 방식으로 이루어져 있다. 그렇다면 중요한 것은 구문과 진술이 아니라 그 안에서 연동하는 이미지들과 그 연쇄가 새롭게 짜내는 의미망이다. 따라서 이 시에서도 주목할 것은 이질적이고 모순되는 이미지들의 병치와 연쇄, 그리고 그것이 보여주는 이미지의 이중 체제[52]이다. 이미 구문론 차원에

....

51. 이때의 알레고리는 상징과 대비되는 바로서의 전통적 알레고리 개념이 아니라 벤야민과 폴 드 만 등에 의해 '복권된' 알레고리이다. 일례로 벤야민은 상징에 비해 평가절하된 알레고리를 복권시키며 알레고리가 총체성의 가상에 저항하며 그 총체성의 가상이 깨어진 폐허(ruin)에 쌓이는 사물들의 파편들에 대한 재조명과 재구성과 관계 깊다고 강조한다. 그리고 이때 알레고리 작가에 의한 가치의 탈취와 상승(Entwertung und Erhöhung)을 통해 새로운 의미 구조가 탄생한다는 것이 벤야민의 논의이다. 이에 대해서는 Walter Benjamin, *The origin of German Tragic Drama*, Trans. by John Osborne, New York: Verso, 2003 참조.
52. 이 표현은 조르주 디디 위베르만의 개념을 원용한 것이다. 디디 위베르만은 이미지가

서 "주세요"/"받으세요", "잊어버리세요"/"믿으세요"와 같은 진술이 그런 구도를 구조화하고 있으며 그 구조 안에서 병치되고 연쇄되는 이미지들이 '가치의 탈취와 상승'의 양상을 심화시킨다. 피어나는 꽃과 죽어가는 꽃, "고뇌", "뜻밖의 일", "넓어져 가는 소란", "원수", "우리", "거룩한 우연", '비뚤어짐'과 '바로잡음', '꽃을 찾기 전의 것'과 '꽃 이후의 것' 등의 이미지들이 이 시에서 하는 일은 구조를 연속체로 투사하는 것이다.53 그리고 이 투사의 결과는, 의미의 심연을 드러내는 것이다.54 이 심연에서 '구제된' 의미맥락을 바로 지시대상으로 환원할 필요는 없다. 이 시의 이미지들은 단절과 단속, 그리고 일회적 사건과 비가역적 전변(全變)이 아니라 일상 속에서 과거의 것을 보유하면서도 동시에 혁신과 끌어올림을 거듭하는(Aufhebung) 실천을 통해 지속되는 변화를 떠올리게 한다.

3.
순자야 너는 꽃과 더워져가는 화원의

....

순수한 환영도, 전일적인 진실도 아니며 "베일의 갈라진 틈과 함께 베일을 동시에 동요시키는 그 변증법적 왕복운동"이라고 규정하며 이를 이미지의 이중 체제로 규정한 다. 그리고 흥미롭게도 그는 "역사는 항구적으로 질문되고 결코 완전히 메워지지 않는 '결함들'을 둘러싸고 구축된다"고 설명하면서 이미지가 진실 전체도, 그렇다고 시뮬라크르에 그치거나 무에 귀속되는 것도 아니라고 주장하며 이미지의 이중 체제라 는 개념을 제출한다. 이에 대해서는 조르주 디디 위베르만(오윤성 역), 『모든 것을 무릅쓴 이미지들』, 레베카, 2017 참조.

53. 크레이그 오웬스는 알레고리는 "구조를 연속체로서 시간적으로 혹은 공간적으로, 또는 시공간적으로 구체화하는 일에 관계한다. (…) 알레고리는 사건들의 수평적인 또는 횡적 구조적인 연속 위에다 대상과의 일치 여부에 대한 수직적인 또는 종적 구조적인 독법을 부과한다"고 설명한다. 크레이그 오웬스(이삼출 역), 「알레고리적 충동」, 『포스트모더니즘과 문화』, 문예출판사, 1991, 237면 참조.

54. 이에 대해서는 최문규, 「바로크와 알레고리」, 『자율적 문학의 단말마?』, 글누림, 2006, 176~184면 참조. 최문규는 여기서 알레고리의 특징은 좁은 의미로 기표와 기의 간의 불일치, 넓은 의미로 텍스트와 의미 간의 불일치와 연결된다고 설명한다.

초록빛과 초록빛의 너무나 빠른 변화에
놀라 잠시 찾아오기를 그친 벌과 나비의
소식을 완성하고

우주의 완성을 건 한 자(字)의 생명의
귀추를 지연시키고
소녀가 무엇인지를
소녀는 나이를 초월한 것임을
너는 어린애가 아님을
꽃도 장미도 어제 떨어진 꽃잎도
아니고
떨어져 물 위에서 썩은 꽃잎이라도 좋고
썩는 빛이 황금빛에 닮은 것이 순자야
너 때문이고
너는 내 웃음을 받지 않고
어린 너는 나의 전모를 알고 있는 듯
야아 순자야 깜찍하고나
너 혼자서 깜찍하고나

네가 물리친 썩은 문명의 두께
멀고도 가까운 그 어마어마한 낭비
그 낭비에 대항한다고 소모한
그 몇 갑절의 공허한 투자
대한민국의 전 재산인 나의 온 정신을
너는 비웃는다

너는 열네 살 우리 집에 고용을 살러 온 지
3일이 되는지 5일이 되는지 그러나 너와 내가
접한 시간은 단 몇 분이 안 되지 그런데
어떻게 알았느냐 나의 방대한 낭비와 난센스와
허위를
나의 못 보는 눈을 나의 둔갑한 영혼을
나의 애인 없는 더러운 고독을
나의 대대로 물려받은 음탕한 전통을

꽃과 더워져가는 화원의
꽃과 더러워져가는 화원의
초록빛과 초록빛의 너무나 빠른 변화에
놀라 오늘도 찾아오지 않는 벌과 나비의
소식을 더 완성하기까지

캄캄한 소식의 실낱같은 완성
실낱같은 여름날이여
너무 간단해서 어처구니없이 웃는
너무 어처구니없이 간단한 진리에 웃는
너무 진리가 어처구니없이 간단해서 웃는
실낱같은 여름 바람의 아우성이여
실낱같은 여름 풀의 아우성이여
너무 쉬운 하얀 풀의 아우성이여

　　「꽃잎」 1부가 이미지를 통해 변화의 미세한 기미와 계기를 포착하고
있고 2부가 변화의 양상을, 그것의 진정한 의미를 이미지 연쇄에 의해

투사하고 있다면 「꽃잎」 3부는 "절대적 완전"의 상대성이라는 비전을, 따라서 완전은 거대한 결말이 아니라 결여를 메우는 구체적인 실천들에 의해 달성됨으로써 요청을 지연시키는 과정에 다르지 않음을 제시한다. 그런 의미에서 볼 때 이 시는 혁명은 상대적 완전을, 시는 절대적 완전을 수행한다는 비전의 시적 버전이다.

이 시의 구조에 있어 눈여겨볼 점은 구상과 추상, 완만한 산문적 리듬과 급박한 시적 리듬, 진술과 이미지가 길항한다는 것이다. "너무나 빠른 변화에 / 놀라 잠시 찾아오기를 그친 벌과 나비의 / 소식을 완성"하는 것이 "문명의 두께"와 씨름하는 지식인이 아니라 "열네 살 우리 집에 고용을 살러 온" 순자라는 것은 분명히 "혁명을 하자. 그러나 빠찡꼬를 하듯이 하자. 혹은 슈샤인 보이가 구두닦이 일을 하듯이 하자", "그처럼 현대의 혁명은 어디까지나 평범하고 상식적인 것이다"[55]라는 진술을 다시 상기시킨다. 의지와 계획 그 자체보다는 일상에서, 결연함보다는 태연함에서 지속적 변화의 양상을 그려보는 사유가 이 시의 전반부와 중반부에 순자와 관련된 일화, 혹은 그런 의미에서의 우화(parable)를 통해 진술되고 있다. 그리고 이런 양상은 시의 마지막 연에 다시 의미론적으로 수렴되고, 순차적으로 고양되는 리듬에 의해 이미지화되고 있다.

마지막 연의 "캄캄한 소식의 실낱같은 완성"은 해빙의 조건으로서의 침묵을, 운동의 배경으로서의 고요를 상기시키며 '씨앗-이미지' 계열의 사유를 다시 촉발시킨다. 이하의 3행에서, 교차배어(chiasmus)[56]로 속도감을 높이는 진술을 통해 거시적 현상과 미시적 계기의 교차, 그리고 그것이 재차 부각시키는 태연함과 상식의 가치라는 의미의 그늘을 짜놓

....
55. 김수영, 「들어라 양키들아」, 『전집 2』, 166~167면.
56. 이 부분이 교차배어에 의해, "말의 쫘배기현상"을 통해 진술된다는 것은 이영준이 설명한 바 있다. 이영준, 앞의 글, 76면.

은 후 시는 마지막 3행에서 다시 고양된 톤으로 후속 사유를 개방하며 대단원에 이른다.

시의 마지막 부분에서 반복되는 "실낱같은"이 "갓난아기의 숨소리보다도 약한"과 연동하는 것이라면 "아우성"은 "해방"의 움직임과 연동된다. "실낱같은" "아우성"은 역설이 아니라 침묵과 소음을, 거시적 변화와 미시적 계기를 아우르는 이미지라고 할 수 있다. 마지막 연에서 순조로운 의미의 진행을 정지시키고 다시 한 번 의미의 역접을 불러오는 "너무 쉬운 하얀 풀"이라는 표현은 "초록빛의 너무나 **빠른** 변화"와 대비되는 태연함과 예사로움을 재차 환기시키는 이미지이다.

우리는 「꽃잎」 연작에서 김수영 특유의 '혁명론'이 어떻게 이미지 사유를 통해 시에서 울림을 갖게 되는지 확인할 수 있다. 시가 거치된 완전을 절대적 완전에 이르게 하는 것이 이와 같다. 완전을 언제나 요청되는 것의 지위에 올려놓고 완전을 지향하는 꿈을 그 결여의 공백으로부터 끊임없이 불어오는 바람과 가장 작은 역치 값에서도 공명하는 풀의 이미지로 그려놓음으로써57 김수영은 벌써 너무 어처구니없이 간단한 모든 말을 하고 있다.

....

57. 본래 계획은 이런 맥락에서 「여름밤」과 「풀」에 대한 재독까지 진행될 예정이었으나 이는 다음 작업으로 남겨둔다.

저자 소개

최원식 _ 문학평론가, 인하대학교 명예교수. 저서로『민족문학의 논리』,『생산적 대화를 위하여』,『문학의 귀환』,『제국 이후의 동아시아』,『문학』,『문학과 진보』,『시는 나의 닻이다』(공편) 등 다수가 있다.

유중하 _ 문학평론가, 연세대학교 중어중문학과 교수. 논문으로「음식은 어떻게 문화가 되는가」,「한·중 짜장면 비교 고찰」, 저서로『혁명의 문화사』(공저),『삼국지 이야기』(전 5권),『화교 문화를 읽는 눈, 짜장면』,『짜장면』 등 다수가 있다.

박수연 _ 문학평론가, 충남대학교 국어교육학과 교수. 평론집으로『문학들』,『말할 수 없는 것과 말해야만 하는 것』, 공저로『라깡과 문학』,『친일문학의 내적 논리』,『오장환 전집』 등 다수가 있다.

김응교 _ 시인, 문학평론가, 숙명여자대학교 기초교양학부 교수. 평론집으로『처럼—시로 만나는 윤동주』,『곁으로—문학의 공간』,『그늘—문학과 숨은 신』,『일본적 마음』, 시집으로『씨앗/통조림』,『부러진 나무에 귀를 대면』 등 다수가 있다.

이영준 _ 경희대학교 후마니타스칼리지 교수. 엮은 책으로『김수영 육필시고 전집』,『꽃잎』,『김수영 전집』(1, 2), 공저로『체계와 예술』 등 다수가 있다.

유성호 _ 문학평론가, 한양대학교 국어국문학과 교수. 저서로『한국 현대시의 형상과 논리』,『상징의 숲을 가로질러』,『침묵의 파문』,『한국 시의 과잉과 결핍』,『현대시 교육론』,『문학 이야기』,『근대시의 모더니티와 종교적 상상력』,『움직이는 기억의 풍경들』,『정격과 역진의 정형 미학』,『다형 김현승 시 연구』 등 다수가 있다.

오연경 _ 문학평론가, 고려대학교 기초교육원 교수. 공저로『한국문학과 민주주의』, 『새로 쓰는 현대시 교육론』,『국어 교육 어떻게 할 것인가』, 엮은 책으로 『문학 교과서 작품 읽기』,『국어 교과서 작품 읽기: 고등 시』 등 다수가 있다.

고봉준 _ 문학평론가, 경희대학교 후마니타스칼리지 교수. 평론집으로『반대자의 윤리』,『모더니티의 이면』,『다른 목소리들』,『유령들』,『비인칭적인 것』,『고유한 이름들의 세계』, 연구서로『한국 현대시의 공간연구』 등 다수가 있다.

노혜경 _ 시인. 시집으로『새였던 것을 기억하는 새』,『뜯어먹기 좋은 빵』,『캣츠아이』,『말하라, 어두워지기 전에』, 산문집으로『천천히 또박또박 그러나 악랄하게』 등 다수가 있다.

임동확 _ 시인, 한신대학교 문예창작학과 교수. 시집으로『살아있는 날들의 비망록』,『운주사 가는 길』,『벽을 문으로』,『처음, 사랑을 느꼈다』,『매장시편』,『태초에 사랑이 있었다』,『누군가 간절히 나를 부를 때』 등 다수가 있다.

김진희 _ 문학평론가, 이화여자대학교 이화인문과학원 교수. 연구서로『생명파시의 모더니티』,『근대문학의 장(場)과 시인의 선택』,『회화로 읽는 1930년대 시문학사』,『한국근대시의 과제와 문학사의 주체들』, 평론집으로 『시에 관한 각서』,『불우한, 불후의 노래』,『기억의 수사학』,『미래의 서정과 감각』 등 다수가 있다.

조강석 _ 문학평론가, 연세대학교 국어국문학과 교수. 비평집으로『아포리아의 별자리들』,『경험주의자의 시계』,『이미지 모티폴로지』, 연구서로『한국문학과 보편주의』,『비화해적 가상의 두 양태』 등 다수가 있다.

ⓒ 도서출판 b, 2019

기획위원 : 최원식, 유중하, 김명인, 박수연, 김응교
총괄책임 : 한창훈
통합 코디네이터 : 안현미
소통 코디네이터 : 유현아
학술 코디네이터 : 김태선
간사 : 전윤수

주최.주관 : (사)한국작가회의, 김수영 50주기 기념사업회, 김수영연구회, 민족문학사연구소
후원 : 문화체육관광부, ㈜창비, 마포구청, 연세대학교 문과대학

50년 후의 시인

초판 1쇄 발행 | 2019년 2월 28일

지은이 최원식 외 | 펴낸이 조기조
펴낸곳 도서출판 b | 등록 2006년 7월 3일 제2006-000054호
주소 08772 서울특별시 관악구 난곡로 288 남진빌딩 302호 | 전화 02-6293-7070(대)
팩시밀리 02-6293-8080 | 홈페이지 b-book.co.kr | 이메일 bbooks@naver.com

ISBN 979-11-87036-98-2 93810
값 24,000원

• 이 책 내용의 일부 또는 전부를 재사용하려면 저작권자와 도서출판 b 양측의 동의를 얻어야 합니다.
• 잘못된 책은 교환해드립니다.